Cet ouvrage a été reproduit
par procédé photomécanique
par la SOCIÉTÉ NOUVELLE FIRMIN-DIDOT
Mesnil-sur-l'Estrée
pour le compte des Éditions Pocket
en mars 1999

POCKET - 12, avenue d'Italie - 75627 PARIS CEDEX 13
Tél. : 01- 44-16-05-00

Imprimé en France
Dépôt légal : avril 1996
N° d'impression : 46175

DERRIÈRE LA PORTE

Un homme et une femme, l'un après l'autre, entrent, par le simulacre d'un petit cirque, dans le royaume d'Éros : un labyrinthe de couloirs sombres. Derrière chaque porte les attend une aventure sexuelle. A travers cette exploration des fantasmes se dessine une quête, une fuite plutôt devant les spectres de la mort et des regrets.

Un roman en deux parties, l'une qui a pour fil conducteur les aventures et le regard d'un homme, l'autre ceux d'une femme.

Le lecteur y choisira son parcours, suggéré par l'auteur à travers des « portes », dessinant ainsi lui-même une architecture de cette traversée érotique des miroirs.

Derrière la porte confirme le talent exceptionnel de son auteur, Alina Reyes, révélée au grand public par le succès de son roman *Le Boucher*.

DERRIÈRE
LA PORTE

ALINA REYES

DERRIÈRE LA PORTE

ROBERT LAFFONT

© Éditions Robert Laffont, S.A., Paris, 1994
ISBN 2-266-06722-2

Derrière la porte

Une aventure dont vous êtes l'héroïne

Femme, sois la bienvenue dans l'antre d'Éros.
Moi, son humble servante, à travers les portes de son
royaume, je veux être avec toi partout où ton désir
t'entraînera, car ma joie la plus douce sera d'être ta
compagne dans toutes les jouissances où tu te
jetteras, de partager avec toi tous les hommes, toutes
les passions dont nous avons rêvé, et, dans la même
ardeur, d'assouvir les pulsions les plus secrètes de
notre âme et de notre corps.

Femme, ma belle pareille, devrai-je m'adresser à
toi avec le *tu* qui donne, ou avec le *vous* qui admire ?
Sachez en tout cas, brûlante amie, qu'une fois passée
avec vous derrière les portes d'Éros, une fois introduite avec vous dans le labyrinthe fantasmatique du
dieu fiché au creux de notre ventre, je serai votre plus
dévouée complice, je serai la main qui guide votre
main, avec vous je sentirai la chimère fabuleuse qui
fendra votre corps, et les baisers de la bouche qui
feront de nos chairs des champs tout enflammés par
les coulées de lave.

Alors, si tu le veux bien, jouons. Car le seul guide

pour se perdre en ce royaume, c'est le jeu, avec ses plaisirs et ses risques. A l'entrée de la caverne tu choisiras un fil, puis, d'aventure en aventure, d'autres encore, qui te conduiront à travers le dédale selon les lois incertaines de ton désir et du hasard.

A toi d'entrer dans le labyrinthe, d'y choisir les portes que tu voudras ouvrir, afin de tracer toi-même ton chemin, ton livre, ton destin.

Viens, vois comme il fait sombre à l'intérieur. Maintenant, tout est possible.

Le petit cirque

Je roulais depuis l'aube. J'avais été réveillée par un mauvais rêve. J'avais pris un long bain, je m'étais parfumée, j'avais mis des dessous en dentelle blanche et, directement sur ma peau, j'avais enfilé ma combinaison de cuir noir. Je m'étais regardée dans la glace et je m'étais trouvée belle. Alors j'étais sortie, j'avais enfourché ma moto, fait rugir le moteur, et j'étais partie.

J'avais rêvé de cette moto depuis mon enfance. Il y avait, à vingt minutes à pied de chez mes parents, un magasin de cycles où j'allais chaque jour admirer la grosse cylindrée rouge qui trônait en vitrine. Quand le vendeur me voyait, il plaisantait gentiment sur ma passion, et ça ne me plaisait pas. Je désirais ardemment cet engin, mais je savais que j'étais trop petite pour assouvir ce désir. C'était mon secret, et je n'avais pas envie qu'on en parle, encore moins qu'on s'en amuse.

Et maintenant, je vivais seule et libre, et rien ne pouvait m'empêcher, si j'en avais envie, de partir à l'aube, nue et parfumée sous ma seconde peau de cuir, et de rouler aussi longtemps que je le voulais, solitaire et sauvage, ma moto rouge entre les cuisses.

C'était l'été. Vers midi, j'ai ralenti pour traverser un village désert. La chaleur écrasait tout. Un petit cirque ambulant s'était installé sur la place. J'ai arrêté ma moto devant l'unique bar et je suis entrée me rafraîchir.

Je me suis assise au comptoir, non loin de trois hommes du pays, qui prenaient l'apéritif. Ils m'ont regardée avec un mélange d'audace et de timidité, et puis ils ont continué à boire en bavardant à bâtons rompus et en jetant un œil vers moi de temps en temps.

Je mourais de faim, aussi. Le patron a accepté de me faire une omelette aux cèpes, et j'ai commandé un bon vin rouge pour l'accompagner. Je suis allée m'installer à l'une des quatre tables, derrière la vitre. J'ai mangé et bu, en prenant tout mon temps.

J'en étais au café, quand une décapotable blanche s'est garée devant le bar, à côté de ma moto. Un homme est sorti de la voiture, et j'ai senti comme un coup de poing dans mon ventre.

Cet homme, c'était celui que j'avais vu en rêve, cette nuit même, dans ce mauvais rêve où je le désirais violemment, et où je ne pouvais jamais l'atteindre, me coucher avec lui. Cet homme était là, et il allait entrer dans le bar.

On a entendu le tigre rugir mollement, et l'homme a semblé changer d'avis, il s'est dirigé vers le cirque, et je l'ai perdu de vue. J'ai attendu. Sa voiture était devant la porte, il allait forcément revenir. Au bout d'un moment, il m'a semblé que mon cauchemar recommençait. Cet homme avait été là, tout près de moi, et aussitôt il m'avait échappé. Je ne pouvais pas rester immobile plus longtemps. J'ai quitté le bar.

Il n'y avait personne sur la place. Je me suis approchée du tigre assoupi. Un homme jeune et musclé, en maillot de corps, est sorti de derrière la cage et m'a dit que, si je voulais devenir dompteuse, il m'engageait avec lui dans le cirque. Je lui ai demandé s'il n'avait pas vu l'homme de la décapotable. Alors il m'a montré la caravane noire.

Une petite femme brune est apparue devant la porte, qui était surmontée de cette inscription en lettres d'or : *Les portes d'Éros*. « Il est là », a dit la jolie nomade en désignant le rideau derrière elle. J'ai payé l'entrée et j'ai pénétré à l'intérieur.

Au bout d'un couloir sombre, j'ai trouvé deux portes. Au hasard, j'en ai poussé une.

PORTE 2,

PORTE 3.

2

Le taureau

Derrière la porte, un homme, affalé sur son lit, retira prestement sa main de l'intérieur de son pantalon, où il était en train de fourrager mollement, tout en feuilletant une revue. Je le priai de m'excuser, et je m'apprêtai à ressortir, mais il protesta qu'au contraire il était ravi de recevoir de la visite et que, si je cherchais quelque chose, il me renseignerait bien volontiers.

Je pensai bien entendu à l'homme de la décapotable, mais je ne voulus pas aborder le sujet tout de suite, et je m'assis avec lui autour de la table basse, où il m'offrit un verre et une cigarette.

L'homme n'avait rien d'un éphèbe. Il faisait plutôt penser à un taureau. Mais très courtois, et sachant parfaitement faire oublier que je l'avais surpris dans une position peu élégante. Ses sourcils épais se rejoignaient presque, ses yeux enfoncés avaient l'éclat d'une minuscule pierre précieuse, ses narines larges comme des naseaux s'ouvraient et se rétractaient régulièrement, sa bouche était remarquablement charnue.

Tout en échangeant avec lui quelques impressions de voyage, quelques remarques sur la beauté du monde, je cherchais à deviner son corps sous l'habillement un peu négligé. Peut-être avais-je été un peu échauffée par ce spectacle d'une intimité violée qu'il m'avait offert à mon arrivée ; ou bien c'était à cause de ce mélange de sensualité robuste et de maîtrise de soi qui émanait de sa personne... A brûle-pourpoint, je lui déclarai que j'avais envie de faire l'amour.

Sans répondre, il se leva, me prit par la main avec un sourire rassurant et m'entraîna vers le lit. Je le trouvai si aimable qu'une vague de chaleur s'empara de tout mon être. J'avais envie de le remercier, de m'occuper de lui, de lui faire du bien. Je lui dis que je ne ferais l'amour qu'à la condition qu'il me laisserait l'entière direction des opérations.

Il se retourna pour me regarder dans les yeux, et je dis encore, avec douceur mais détermination :

— Vous accepterez de me laisser faire tout ce que je veux ? Sans jamais protester ?

Il accepta, et je sus que je pouvais compter sur lui.

Je lui dis de se déshabiller. Pendant ce temps, je fis le tour de la pièce, à la recherche d'objets intéressants. J'y trouvai une bougie et un miroir, que je posai sur la table de nuit. J'ouvris la poche zip de ma combinaison, j'en retirai mon rouge à lèvres et, devant la glace, j'en maquillai ma bouche et mes pommettes.

Quand il fut nu, debout, je tournai tout autour de lui pour bien observer les formes massives de son corps. Il était moyennement poilu et il avait des fesses fermes, une queue assez courte mais épaisse et de gros testicules. J'approchai mon nez de ses aisselles pour en savourer l'odeur.

Je le priai de s'allonger dans le lit, sur le dos. Je serrais toujours mon rouge à lèvres dans ma paume. J'en badigeonnai sa bouche, qui devint écarlate, et j'en peignis le bout de ses seins.

— Regarde-toi, lui dis-je en lui tendant le miroir.

Ces trois touches de rouge sur toute sa force le rendaient d'une beauté inouïe, mais je ne savais comment le lui dire. Je rangeai le stick, refermai ma combinaison de cuir.

Je lui ordonnai de se mettre à quatre pattes sur le lit. Sans quitter mes bottes ni mon vêtement, je me couchai sous lui, de façon à ce que son sexe pendît au-dessus de mon visage, mais sans qu'il pût me toucher, lui. Je me mis à le téter doucement, dans l'espoir de faire durer longtemps le passage de l'état de repos à l'érection complète, mais très rapidement sa queue devint aussi dure qu'un os. Alors je m'agenouillai derrière lui et je me mis à lui lécher le cul.

Quand il eut un peu débandé, je me saisis de la bougie effilée, et délicatement, en l'épargnant de mon mieux, je la fis pénétrer en lui et la lui enfonçai. Toujours à quatre pattes, il baissait la tête et s'accrochait aux barreaux du lit, sans rien dire, respectueux de sa promesse. Tout en faisant aller et venir en lui la bougie, je commençai à le branler en tirant sa queue vers le bas, comme si je trayais une vache. Elle était redevenue extraordinairement dure, et si large que ma main n'en faisait pas le tour. La tête enfouie dans l'oreiller, il râlait comme une bête. En ce moment, je l'aimais plus que tout au monde, et je jouis toute seule, dans le cuir de ma combinaison, qui me rentrait entre les jambes. L'instant d'après, son sperme giclait entre mes doigts.

Nous nous laissâmes retomber sur le lit. L'oreiller où il s'était débattu était tout taché de rouge à lèvres. Avec des mouchoirs en papier, je lui essuyai la bouche et le sexe. Je me sentais ivre de joie, mais je me montrais calme et douce, pour me faire pardonner l'étrange violence de mon désir. Je me déshabillai et je m'endormis entre ses bras, nue, pleinement heureuse.

Quand je me réveillai, il avait disparu. Je pris une douche, abandonnai mes sous-vêtements sur son oreiller, en cadeau, me glissai à nouveau dans le cuir et sortis.

Dans le couloir, j'espérai trouver l'Homme de mes rêves derrière l'une des deux portes suivantes :

   PORTE 3,

   PORTE 5.

3

Trois aveugles

Je me retrouvai dans la semi-obscurité d'une chambre carrée. Les murs étaient entièrement dissimulés par des tentures, dont les plis amples tombaient avec des reflets sombres du plafond jusqu'au sol. Un peu de jour entrait du fond de la pièce par une haute fenêtre, en partie découverte. Le seul meuble, un lit spacieux et profond, luisait doucement.

Soudain je me sentis extraordinairement lasse. Comme hypnotisée, je regardai cet immense lit douillet et j'éprouvai un besoin irrésistible de dormir. J'allai à la fenêtre, tirai les rideaux, et le noir fut complet.

Je me déshabillai, laissai tomber mes vêtements sur le tapis. On n'y voyait absolument rien. J'ouvris le lit, me glissai entre les draps. C'étaient des draps de grand-mère, en coton épais, à larges revers brodés. Blottie dans l'oreiller de plumes, j'imaginai qu'une jeune fille, des dizaines d'années plus tôt, avait dû y broder ses initiales, en longues lettres déliées, pour constituer son trousseau, préparer sa vie de femme.

Peut-être ces draps avaient-ils été ceux dans lesquels elle avait passé sa nuit de noces, peut-être avait-elle, dans cette toile où ses doigts blancs avaient tiré l'aiguille, perdu son sang et sa virginité, découvert l'homme et la jouissance. Ou peut-être étaient-ils restés toute sa vie empilés dans une vaste armoire, le trousseau s'étant révélé si fourni qu'on n'avait pu tout utiliser.

Plongée dans cette nuit d'encre, je sombrais lentement dans le sommeil, en pensant encore, par bribes, à la jeune épousée, toute palpitante de peur et de désir sous les dentelles de sa grande chemise, et aussi à cet homme que j'étais venue poursuivre ici. Et dans un demi-rêve, je me voyais dans le corps de la vierge, attendant que cet homme, pour la première fois, posât ses mains sur moi et qu'enfin il me pénétrât puisque, depuis ma naissance, je n'avais aspiré à rien d'autre. Et puis, lovée dans la position du fœtus, je me laissai emporter par le sommeil.

J'ignore si je dormis longtemps ou non. Au début, je crus que j'étais en train de rêver. Je sentais un barreau dur et chaud contre mes fesses, mais j'étais si lasse que j'étais incapable d'ouvrir les yeux ou de faire un geste. Il n'y avait aucun bruit, et il ne pouvait s'agir que d'une illusion, un de ces tourments érotiques qui s'emparent de vous la nuit, et que rien ne saurait chasser.

Bientôt, pourtant, je sentis un corps entier se plaquer contre mon dos, et sur ma nuque la chaleur d'un souffle retenu. Un bras d'homme passa délicatement sous mon buste, et deux mains, comme des ailes de colombe, se posèrent sur mes seins. Maintenant j'étais bel et bien réveillée, mais je ne bougeai pas, pour ne rien briser. Je voulais ne m'apercevoir de rien, continuer à dormir.

Le barreau s'insinua dans la raie de mes fesses, où il commença à se frotter doucement. Tous les gestes de l'homme étaient lents et précautionneux, comme s'il ne voulait surtout pas me tirer du sommeil, comme s'il voulait transformer le viol en rêve. Et cela me plaisait au plus haut point, j'avais envie de me laisser faire, j'avais une envie cuisante de croire à son histoire et de me laisser entièrement faire.

Je ne pus m'empêcher, cependant, de tendre un peu mon cul, le plus discrètement possible, afin qu'il trouvât plus vite et plus facilement le chemin que je lui désirais voir emprunter. Et, en effet, le membre glissa de mes fesses à ma chatte. Immobile, les yeux toujours fermés, je me persuadai si fort moi-même de l'irréalité de ce qui était en train de se produire que je parvins à me retenir de crier. Je ne voulais être qu'un réceptacle à désir, un corps abandonné, inconscient, totalement soumis au fantasme de mon agresseur.

Le membre me pénétra, et se mit à aller et venir doucement en moi. Il glissait à merveille, et, comme j'étais plongée dans le noir, j'avais l'impression que rien d'autre n'existait que cette succulente machine à faire jouir. J'avais une bouche profonde entre les jambes, et cette ogresse suçait et se régalait comme une gloutonne.

J'atteignis très vite un premier orgasme. J'avais envie de dire : « Je te mange, je te mange. » Mais je restai aussi calme et silencieuse que possible, juste assez pour que mes tressaillements et mes gémissements pussent encore passer pour ceux d'un rêve.

Je faillis pourtant pousser un cri, quand quelque chose se posa sur ma joue. De surprise, j'ouvris les yeux. On n'y voyait toujours rien, mais une odeur douceâtre et musquée emplissait mes narines. Ce qui était en train de durcir sur ma joue, c'était une autre verge. Et les balles de chair tendre qui effleuraient mon nez, et dont le parfum m'enivrait, c'était une paire de couilles.

La première queue donnait toujours des coups dans mon ventre, qui était au comble de l'excitation. Quand la deuxième se fourra jusqu'au fond de ma gorge, je crus que je n'avais jamais été aussi heureuse. Elle allait et venait entre mes lèvres comme elle aurait pris d'assaut n'importe quel orifice, sans me laisser d'initiative.

Plus personne, désormais, ne songeait à jouer les fantômes, ou les endormies. Les deux hommes s'encourageaient mutuellement, ils m'envahissaient, me malmenaient, me secouaient sans aucun égard, mais j'étais maintenant dans un état d'orgasme permanent, le corps entier fou d'un plaisir qui ne voulait plus retomber. Je les entendis, entre deux râles, balbutier des mots incompréhensibles, et ils éjaculèrent tous les deux ensemble, tandis que, la bouche grande ouverte, je hurlais ma joie sous les giclées de sperme.

A voix basse, je les suppliai de rester encore un peu dans moi. Nous nous arrangeâmes tous les trois dans le lit et, cette fois, je sombrai réellement dans le sommeil du juste, une verge dans la bouche et l'autre entre les jambes. Je savais déjà qu'au réveil il me faudrait choisir entre :

— tenter de tirer de nouveaux plaisirs de mes amants inconnus, avec le risque de leur voir perdre, à la lumière du jour, tout leur charme :

PORTE 4 ;

— ou leur fausser compagnie pour poursuivre ma quête, dans l'espoir de franchir avec bonheur toutes les embûches que l'endroit semblait réserver.

PORTE 9.

Les deux amis

Je m'éveillai le sourire aux lèvres, merveilleusement reposée. Mes compagnons de la nuit n'étaient plus là. Un rai de lumière pointait mon ventre comme un doigt. Je me souvins de ma délicieuse aventure, des deux membres virils dont je m'étais régalée, et je me dis qu'il n'y avait rien de mieux à adorer sur terre que les hommes. Ces queues m'avaient fait tant de bien que je regrettai soudain de ne pas en avoir une à moi, car alors je me la serais branlée sans me lasser, pour lui rendre hommage et lui dire combien elle m'était précieuse.

Je me levai, tirai les rideaux devant la fenêtre. Le jour entra dans la pièce. J'en fis le tour du regard. Quelque chose m'intriguait. J'entendais des petits bruits de conversation, et pourtant il n'y avait personne. Je restai un instant immobile, l'oreille tendue. Les bruits étaient de plus en plus nets, ils faisaient comme une chanson douce.

A pas de loup, je me dirigeai vers l'un des murs, masqué comme les autres de cette tenture noire qui enveloppait toute la pièce et la faisait ressembler à la chambre noire d'un photographe. De toute évidence, deux personnes étaient en train de parler là derrière, mais je n'arrivais pas à saisir un mot de leur conversation. C'était un peu comme lorsque les gens parlent en rêvant : on les entend dire quelque chose, mais souvent on n'y comprend rien. Il me vint à l'idée qu'il s'agissait peut-être d'une langue étrangère. Et en effet cela ressemblait à de l'allemand, ou à une langue du Nord.

Ma curiosité s'aiguisait, mais je n'osais pas me manifester. Je trouvai facilement une ouverture dans la tenture, dont j'écartai légèrement un pan, juste assez pour jeter un œil derrière. Alors je fus très contente de ce que je vis.

La tenture dissimulait une alcôve en demi-lune, où avait été aménagé un salon. Dans le canapé étaient assis deux jeunes hommes d'une grande beauté. Je pensai aussitôt qu'il s'agissait de mes compagnons de la nuit passée, et je me félicitai d'être restée avec eux.

Ils étaient tous les deux grands, minces et blonds, avec des yeux bleus et des lèvres roses dans un visage d'ange. Ils se ressemblaient comme des frères. Ils étaient tous les deux pieds nus, portaient tous les deux un jean délavé, et un tee-shirt blanc qui mettait en valeur leur peau bronzée. Ils se parlaient à voix presque basse, et je ne comprenais toujours rien.

Je m'apprêtais à passer derrière la tenture pour aller à leur rencontre, quand le geste de l'un d'eux, que j'appellerai l'Un, me retint d'avancer. L'Un s'était approché de l'Autre pour lui dire quelque chose à l'oreille. L'Autre rit, puis ils s'embrassèrent sur la bouche, en se passant réciproquement les mains sour leurs tee-shirts pour se caresser le dos, le ventre, la poitrine.

J'avais regardé leurs lèvres s'approcher et se rejoindre avec une vive émotion, comme si l'action se passait au ralenti. Je ne m'attendais pas du tout à ça, et c'était si excitant que j'en avais mal entre les jambes.

Le souffle court, je restai cachée derrière la tenture. De ma place, je pouvais voir que le renflement sous le jean de l'Autre tendait maintenant le tissu. L'Un y posa la main, puis il tomba agenouillé aux pieds de l'Autre, toujours assis dans le canapé, et lui ouvrit la braguette. L'Autre ne portait pas de dessous. Sa longue verge, un peu recourbée vers le haut, jaillit d'entre les boutons du jean. L'Un libéra les deux bourses blondes, rondes et fermes, les lécha, remonta jusqu'au gland, puis se fourra la queue entre les lèvres et se mit à la sucer lentement. L'Autre, le pantalon aux chevilles, bouche ouverte, jambes et bras écartés, tête renversée sur le canapé, se laissait faire avec des petits gémissements.

Puis l'Un déshabilla entièrement son compagnon et se déshabilla aussi. Il bandait déjà, et sa queue ressemblait à celle de l'Autre, longue et racée. Leurs corps avaient la perfection de ceux des très jeunes hommes, fins et musclés, avec une peau dorée et seulement quelques poils blonds. Ils s'embrassèrent encore, bouche contre bouche, torse contre torse, queue contre queue.

L'excitation me rendit un peu plus hardie. Je me

risquai à écarter davantage la tenture, suffisamment pour y voir par la fente sans avoir à la tenir. Mes deux amis étaient assez occupés d'eux-mêmes pour ne se rendre compte de rien. Toujours debout, jambes écartées, je me mis à me caresser des deux mains, sans les quitter des yeux. Ces deux hommes qui m'avaient fait jouir étaient maintenant en train d'échanger leurs plaisirs de mâles, c'était une sorte de combat où leurs deux virilités se sublimaient et s'annulaient en même temps, et c'était le spectacle le plus troublant qu'on pût imaginer.

L'Un tomba une nouvelle fois à genoux devant l'Autre et, tout en le léchant, passa entre ses jambes. En se déplaçant comme un pénitent, il fit jouer sa langue sur la queue, puis sur les couilles, puis entre les fesses de son ami, et, quand il fut passé de l'autre côté, il se releva et, d'un coup de reins précis, l'encula.

Le geste avait été si parfait que nous poussâmes tous les trois ensemble un râle de satisfaction. Puis l'Un se mit à aller et venir, avec des mouvements vigoureux de ses fesses gracieuses, tout en tenant son compagnon par la poitrine et en lui mordillant la nuque et l'épaule. L'Autre se masturbait dans le même rythme, et moi aussi, derrière mon rideau. Spectatrice clandestine, j'avais déjà joui plusieurs fois. Ne tenant plus debout, j'étais tombée à genoux, mais j'appréciais tant le spectacle que je trouvais encore les ressources, jambes toujours écartées, de me donner tout le plaisir possible, en dévorant des yeux la fureur érotique des deux amis.

J'atteignis mon dernier orgasme en voyant leurs reins se tendre et leurs visages se tordre, sous l'effet d'une extase violente et nerveuse. Ils déchargèrent ensemble, l'Un dans le cul de son ami, l'Autre dans sa propre main. Je criai en même temps qu'eux, et mon corps se convulsa encore, tandis que je regardais jaillir et éclabousser loin devant sa source la belle liqueur blanche de l'Autre.

Je me relevai, retournai vers le lit. Avec le drap de la vierge, j'essuyai l'intérieur de mes cuisses, qui était trempé. Puis je me rhabillai. Maintenant les deux amis m'avaient assez donné, je ne leur en demanderais pas davantage. J'étais décidée à poursuivre ma route.

 PORTE 8.

5

La boiteuse

Ce long couloir et toutes ces portes fermées excitaient considérablement mon imagination. Je mourais d'envie de savoir ce qui pouvait se passer
derrière ces murs.

En approchant de la première porte, je vis que le
trou de la serrure était ouvragé avec art et singulièrement large, et je me dis que la clé qui faisait jouer une
telle serrure devait être un sacrément bel objet et
d'une fameuse grosseur. Je m'agenouillai devant et
j'y collai un œil.

Derrière la porte, une petite pièce ronde, capitonnée de caoutchouc noir du sol au plafond, baignait
dans une lumière rouge et tamisée. Nue, couchée sur
le dos, les membres largement écartés, une femme
était attachée par des chaînes, et des bracelets de fer
passés autour des chevilles et des poignets, à quatre
crochets fixés dans le sol. Elle était seule, immobile,
et ses yeux étaient fermés.

Je pensai d'abord qu'elle devait dormir, mais
bientôt je craignis qu'elle ne fût inconsciente, ou
même morte. J'allais me décider à pousser la porte,

quand une deuxième femme surgit du fond de la pièce, par une entrée semblable à celles que l'on pratique sur une scène.

Elle était vêtue d'une blouse blanche d'infirmière. Bien qu'âgée d'une cinquantaine d'années, elle avait tressé ses cheveux comme une petite fille, en deux grosses nattes noires et brillantes qui retombaient sur sa poitrine. Son visage triste était en partie masqué par des lunettes de soleil à verres réflecteurs, à travers lesquels on ne pouvait pas voir ses yeux. Elle boitait, et on se disait aussitôt que c'était bien dommage, car elle était grande et bien faite, quoiqu'un peu trop maigre. Une grande serviette en éponge blanche était repliée sur son avant-bras gauche, tandis qu'elle portait de la main droite un seau dont le poids semblait accentuer sa claudication.

Elle s'approcha de la femme étendue sur le sol, se tint debout devant elle, à hauteur de ses cuisses, et, d'un seul mouvement, lui jeta tout le seau d'eau sur le corps, des pieds aux cheveux. Cette opération eut pour effet de réveiller en sursaut la femme inerte, qui tressaillit, ouvrit les yeux et posa un regard apeuré sur l'infirmière. Cette dernière sortit de sa poche un trousseau de clés minuscules, à l'aide desquelles elle ouvrit les bracelets de fer de sa patiente.

Bien que libérée, la femme couchée ne bougea pas. Elle semblait épuisée. Elle était belle, à la fois mince et pulpeuse, la peau très blanche, et dans un tel état d'abandon qu'on avait envie de profiter d'elle. A genoux, l'infirmière se mit à l'essuyer avec la serviette-éponge.

Bientôt, il devint évident que ses gestes ressemblaient plus à des caresses qu'à des soins. Elle avait retourné la jeune femme sur le ventre, lui séchait amoureusement la nuque, le dos et la face postérieure des membres, et s'attardait maintenant sur ses fesses adorables. Après les avoir malaxées, tapotées, mordillées, elle se mit à les couvrir de baisers. On aurait dit une mère avec son bébé.

L'infirmière enleva sa blouse, sous laquelle elle était nue. Elle ne portait plus maintenant que ses chaussures de cuir blanc, de grande pointure et à petit talon carré, ses lunettes opaques, et ses tresses qui effleuraient le bout de ses seins pointus, poires étrangement volumineuses dans un corps si maigre. Elle remit la jeune femme sur le dos, s'étendit à côté d'elle et l'embrassa longuement sur la bouche. Puis elle promena ses mains sur la poitrine ronde et menue, le ventre plat, les cuisses dodues de la belle, et remonta jusqu'à la fleur qui s'ouvrait entre les jambes.

Cuisses grandes ouvertes, abandonnées aux caresses expertes de la boiteuse, dont la bouche tétait ses petits seins gonflés, et dont les doigts faisaient éclore son joli coquillage rose, la belle patiente fut bientôt réduite à supplier, d'une voix faible mais ardente : « Votre bouche, s'il vous plaît, votre bouche maintenant ! » Alors l'infirmière enfouit son visage entre les jambes de sa tendre amie, qui laissa échapper des gémissements de plaisir à fendre l'âme et finit par pousser des cris d'oiseau affolé, cambrée comme une arche, avec de grands coups de reins saccadés.

A son tour, Langue Habile se coucha sur le dos,

ouvrit ses longues jambes et demanda à sa partenaire de l'embrasser sur la bouche et de lui caresser les seins, tandis qu'elle se masturbait. La boiteuse jouit à son tour, puis elles s'enlacèrent et parurent vouloir s'endormir dans les bras l'une de l'autre. Durant tout ce temps j'avais eu envie de les rejoindre, mais je n'avais pas osé faire un geste. Maintenant, irais-je voir ce qui se passait derrière la prochaine porte,

     PORTE 7,

ou me laisserais-je tenter par l'envie de me joindre aux deux femmes

   PORTE 6 ?

6

Les cagoules

Je poussai doucement la porte et je m'approchai des femmes endormies. Quand je fus au centre de la pièce, elles ouvrirent les yeux et m'accueillirent avec un sourire. Je me sentis un peu rassurée. La boiteuse m'invita à me mettre à l'aise, et à venir me reposer avec elles. Je me déshabillai et je m'étendis à leurs côtés.

Maintenant que j'étais là, nue avec ces deux femmes nues, je ne savais plus que faire. Heureusement, elles prirent l'initiative. Elles m'entourèrent, m'embrassèrent sur la bouche, chacune à leur tour, me firent toucher leurs seins, leur corps. Je commençais à être excitée, assez pour prendre l'initiative d'attirer sur moi la jeune femme, pour mieux sentir son corps contre le mien, pendant qu'elle me prêtait ses lèvres et sa langue délicieusement douces.

Je savourais ses baisers et le contact tendre de ses cuisses, de son ventre et de ses seins contre les miens, lorsqu'on entendit soudain un claquement sec. Au même instant, je sentis se refermer sur ma cheville droite l'anneau de fer.

Je voulus bondir, mais la fille pesa sur moi de tout son poids, ses ongles enfoncés dans la chair de mes bras. J'aurais facilement eu le dessus sur elle, si l'infirmière n'était aussitôt venue à sa rescousse. Je me débattis de mon mieux, mais elles réussirent à m'attacher un poignet, puis l'autre, et enfin la deuxième cheville.

Tout alla très vite. Dès que je fus immobilisée, couchée sur le dos, nue et les membres écartés, comme la jeune femme avant l'arrivée de la boiteuse, elles disparurent. Maintenant j'étais absolument impuissante, obligée de m'en remettre totalement à ce qui allait suivre, et dont j'ignorais tout. Allait-on m'abandonner ainsi? Me laisser mourir? Ou me violenter? Me violer? Ou bien la boiteuse allait-elle revenir et m'aimer, comme elle l'avait fait avec la jeune femme? Allait-on me donner du plaisir, ou m'assassiner? J'attendis, longtemps, seule, torturée par toutes ces questions. Puis je finis par m'assoupir.

Ce fut un aboiement de chien qui me tira du sommeil. J'ouvris les yeux et je vis au-dessus de moi, tout autour de moi, en rangs serrés le long de mon corps, une armée de sexes d'hommes. Ils apparte-naient à des êtres entièrement vêtus de latex. Debout, immobiles et recueillis, les hommes en noir sem-blaient prier en silence autour de mon corps. Ils étaient chaussés de bottes et leurs mains étaient libres, mais les seules ouvertures, dans leur armure caoutchouteuse, se trouvaient entre les jambes, pour laisser la grappe du sexe à nu, et dans la cagoule, autour de la bouche et des yeux.

Une fois achevée leur prière muette, les hommes masqués s'agenouillèrent tout autour de moi et commencèrent à se toucher et à s'exciter, en échangeant des grossièretés sur mon compte.

— Voici la nouvelle pute.

— Comment tu la trouves, cette salope ?

— Je la lui foutrais bien dans le cul.

— Et moi dans la bouche.

— T'as vu ces nichons ?

— Et le con ?

— Tu suces, jolie truie ?

— Tu avales, ma salope ?

— Tu sais que tu nous excites ?

— T'aimes nous voir nous branler ?

— Tu sais ce qu'on aime, nous ?

— Se branler sur une salope comme toi.

— T'as déjà vu autant de bites à la fois ?

— T'as vu comme elles sont dures maintenant ?

— Laquelle tu préfères ?

— Regardez comme elle mouille, la mijaurée !

— T'inquiète pas, mon amour, on va te faire reluire.

— Tiens, ma salope chérie, goûte la mienne.

L'un de ceux qui se branlaient au-dessus de mon visage me fourra sa queue dans la bouche, tandis qu'un autre m'enfonçait la sienne dans la chatte. Ils firent chacun quelques aller et retour entre mes lèvres, et ensuite ils se relayèrent entre mes jambes, où souvent ils choisissaient de m'enculer Pendant ce temps, les autres continuaient à se branler tranquillement autour de moi. De temps en temps, tout près, un chien aboyait.

Toutes ces queues enfilées entre mes cuisses écartelées, toutes ces couilles secouées sous mes yeux, toutes ces bites astiquées par toutes ces mains au-dessus de moi me rendaient folle de désir, mais ils se retiraient toujours de moi précisément au moment où ils me voyaient sur le point de jouir. Il y avait des bites de toutes les tailles et de toutes les couleurs, longues, courtes, épaisses, fines, veinées, noires, roses, brunes... Toutes ensemble elles dégageaient une odeur enivrante... Elles étaient de plus en plus dures, je les voyais se tendre, prêtes à exploser... Sur moi, tout sur moi... Alors ils s'arrêtaient quelques instants pour les laisser dégonfler un peu, puis reprenaient leur manipulation. Certains, de leur main libre, se mettaient un doigt dans le cul ou se caressaient les couilles, d'autres me malaxaient les seins, le ventre, les cuisses, les chevilles, n'importe quelle partie de mon corps à leur disposition. L'un ou l'autre donnait quelques coups de reins entre mes jambes et m'abandonnait dès que je commençais à crier. Mon plaisir restait en suspens, inachevé, horriblement douloureux. De temps en temps, ils venaient se faire sucer, et leurs couilles battaient mon visage sans que je pusse y toucher.

Comme ils ne me laissaient pas atteindre l'orgasme, tout en m'excitant constamment au plus haut point, je crus devenir folle. Perdant toute retenue, je finis par les supplier de me faire jouir. Ils m'obligèrent à le répéter plusieurs fois.

— Tu veux jouir ?

— Oui.

— Alors dis-le.

— J'ai envie de jouir.

— Ah oui, vraiment ?

— Oui, oui, je vous en prie, j'ai très envie.

— Tu jouiras n'importe comment ?

— N'importe comment, mais, s'il vous plaît, faites-moi jouir... Je ferai ce que vous voudrez... Je vous en supplie, vite...

Alors ils amenèrent le chien. Un beau berger allemand, que l'un d'eux conduisit par sa laisse jusqu'entre mes jambes.

Je sentis qu'on approchait de la fin. Les hommes masqués s'étaient tous immobilisés autour de moi. Leurs yeux, derrière leurs cagoules, s'étaient durcis. Le chien gémissait et frétillait, et tirait sur sa laisse pour renifler entre mes jambes. « Lèche », dit l'homme, et il lâcha la laisse.

Le chien se mit à me lécher la chatte, de sa grande langue rêche. Les cagoulés recommencèrent à se branler, de plus en plus vite. Je vis la gueule du chien enfouie entre mes jambes, je sentis sa langue me raviner inlassablement, je vis les grosses queues qui commençaient à décharger sur moi, et je jouis avec des convulsions et des cris de bête, dans la truffe du chien et sous une pluie de foutre.

Les cagoulés se levèrent et quittèrent la pièce. Le chien, bien dressé, les suivit docilement. J'étais couverte de sperme, épuisée. Je m'endormis.

Quand je fus réveillée par le seau d'eau de la

boiteuse, je compris que tout allait recommencer comme avec la première jeune femme. Le latex du sol, mouillé, déposait sur mon corps des baisers de ventouses. Je me laissai aimer par l'infirmière, qui m'offrait après toute cette violence un plaisir apaisant. Quand ce fut à son tour de jouir, j'embrassai tendrement son visage, son cou, ses seins pointus, et, au moment de l'orgasme, je lui retirai ses lunettes opaques pour voir chavirer ses yeux.

Puis je me rhabillai et je sortis dans le couloir.

 PORTE 8.

La pomme

La porte s'ouvrit sur un jardin luxuriant, chaud et odorant. Des animaux, des oiseaux et des serpents de toutes espèces se prélassaient, se glissaient ou voletaient entre des arbres d'une étonnante variété. Au milieu coulait un fleuve, lequel se divisait en quatre branches, qui s'enfonçaient dans la végétation. Près de la pointe du delta, un bel homme nu, étendu sous la feuillée, dormait ou rêvait, le visage baigné d'un contentement béat.

Je me débarrassai de tous mes vêtements et, une fois en habit d'Ève, marchai lentement à sa rencontre. En quelques pas, je fus auprès de lui. Je m'agenouillai dans l'herbe pour contempler son corps endormi, tendre et musclé, et la touchante corbeille de fruits qu'offrait son bas-ventre, avec une ravissante banane alanguie sur deux pommes d'amour rondes à croquer.

Adam dormait toujours, et je me contentai de le dévorer des yeux, ce qui ne manqua pas d'éveiller en moi des appétits que je tâchai de contenir en serrant les cuisses, la main enfouie dans mon abricot. Bientôt je vis les yeux de mon bel ami se mettre à rouler sous ses paupières closes, tandis que sa banane prenait le volume d'un beignet prêt à flamber. A n'en pas douter, le désir s'était mis à hanter son sommeil.

Quand je vis son bas-ventre orné d'une nature aussi avantageuse, je ne pus m'empêcher d'en approcher la main. Mais, avant que j'eusse pu le toucher, il s'éveilla, me prit brutalement par les hanches pour me faire mettre à quatre pattes et me posséda en disant : « Te voilà enfin, os de mes os, chair de ma chair ! » Des mots doux pour le moins étranges, et qui ne me firent pas le moindre effet, d'autant que l'acte fut consommé en trois coups de reins.

Aussitôt fait, mon éjaculateur précoce se laissa retomber dans l'herbe, où il se remit à somnoler. Devais-je, en réponse à sa muflerie, lui envoyer une gifle, quitter la pièce et l'abandonner à ses rêves solitaires, ou tenter de lui donner un minimum d'éducation ? Considérant que, d'une part, il s'agissait tout de même d'un beau morceau, qu'il serait dommage de gaspiller, et que, d'autre part, le devoir me commandait d'être solidaire de la prochaine femme qui tomberait entre les bras de cet animal, j'en conclus que le mieux était encore d'essayer de l'amener gentiment à ouvrir les yeux sur quelques réalités de la vie.

Au milieu du jardin, un magnifique pommier, courtisé par quantité d'oiseaux, ployait sous son abondante production. J'allai y cueillir une belle pomme rouge, que je frottai dans l'herbe pour la rendre plus brillante encore.

Revenue m'asseoir près de la jolie brute assoupie, je croquai bruyamment dans la pomme. Il sursauta et, enfin, daigna me regarder.

— Tu en veux ? dis-je en la lui tendant.

Elle était ferme, juteuse et sucrée. Nous la dégustâmes jusqu'au trognon, en y plantant les dents chacun à notre tour. C'est ainsi que naquit entre nous une première relation de complicité et de bonne humeur.

Quand je le vis souriant et satisfait de ce premier plaisir, j'entrepris de lui enseigner d'autres joies du corps. Je posai mes doigts sur sa joue, commençai à lui caresser le visage et les cheveux. Il tendit maladroitement son bras vers moi, et je l'aidai à reconnaître mes traits sous ses doigts.

Puis je m'approchai encore de lui et mordillai sa nuque, ses oreilles, ses lèvres, sa langue. De son mieux, il me rendit la pareille, en riant un peu. Je caressai son torse, frottai contre lui ma poitrine, pour lui faire prendre conscience de l'intérêt que présentaient nos différences.

Dieu merci, il comprenait vite. De lui-même, il prit mes seins dans ses paumes, les tâta et les observa longuement, et finit par y aventurer sa bouche. Je me mis à haleter et gémir de plaisir. Il me regarda, un brin apeuré, mais je ne lui laissai pas le temps de s'inquiéter davantage. Prenant sa main, je la guidai sur mes hanches, mon ventre, mes jambes, jusque dans le nid humide et brûlant entre mes cuisses. La tension avait été si grande que je jouis presque aussitôt, la tête enfouie dans son épaule et en silence, pour ne pas l'effrayer.

Je le caressai à mon tour, lui massai le dos, les fesses, les pieds, lui suçai les orteils, les chevilles, les seins, lui léchai le nombril, le creux des coudes et des genoux, je griffai doucement l'intérieur de ses cuisses, avant de plonger enfin mon visage entre ses jambes, où je mordis et dégustai les fruits que dès le début j'avais tant admirés et convoités.

Ni lui ni moi ne pouvions attendre plus longtemps. Je m'assis sur lui, face à ses pieds, et le fis pénétrer en moi. Dans cette position, je me mis à aller et venir sur toute la longueur de son membre, de façon à le faire presque sortir de moi, puis à l'y enfoncer entièrement, à chaque mouvement. Ainsi, tout en jouissant d'un frottement langoureux et très efficace sur un point de mon intimité singulièrement sensible, j'espérais l'amener à découvrir, en lui offrant un nouveau point de vue sur l'action, tout le plaisir qu'on peut aussi retirer du spectacle de l'accouplement. Il ne tarda pas à jouir, mais j'eus le temps d'avoir un autre magnifique orgasme, que je ne cherchai pas à cacher, cette fois, et qui me laissa pantelante de bonheur.

Jusqu'à la tombée du soir, nous poursuivîmes notre exploration. Il était jeune, vigoureux et curieux, et nous eûmes le loisir de tout expérimenter, d'autant qu'il apprit à retenir son plaisir suffisamment pour l'amplifier et le faire durer. Il eut même l'idée de me donner une fessée, sans que j'eusse à la demander. De temps en temps, nous faisions une petite pause pour aller nous baigner ou boire à la rivière, et croquer l'un ou l'autre des fruits dont regorgeaient les arbres autour de nous. Nous étions les plus heureux, les plus exultants des êtres, voguant sans cesse de nouveaux désirs en nouveaux orgasmes.

Mais au coucher du soleil, alors que nous reposions dans les bras l'un de l'autre, le visage de mon partenaire s'assombrit. Il fixait le ciel, où de jolis petits nuages pommelés s'amoncelaient joliment dans les lueurs fauves de l'heure, et peu à peu ses traits prenaient une expression de malaise, qui se changea bientôt en véritable effroi.

— Cachons-nous ! dit-il, bondissant sur ses pieds et me tirant par le bras.

— Pourquoi ? Que se passe-t-il ?

— Parce que ! Nous sommes nus ! Tu ne vois pas que nous sommes tout nus !

— Si, et alors ?

— Il ne faut pas qu'il nous voie comme ça !

— Qui ça, il ?

— Lui ! Le Maître du Ciel ! Je l'entends ! Il marche dans le jardin ! Il arrive !

Voilà qu'il délirait, maintenant ! Je voyais sa pomme d'Adam s'agiter dans son cou, ça n'avait vraiment pas l'air d'aller. On était pourtant si bien, l'instant d'avant, encore... Je choisis de répondre sur le ton de la plaisanterie, dans l'espoir de détendre un peu l'atmosphère.

— Bien sûr, voyons ! fis-je. Tout le monde sait ça : c'est l'heure où le Maître du Ciel vient promener son chien sur terre pour lui faire faire ses petits besoins...

— Tais-toi, infidèle, dit-il, égaré. C'est à cause de toi... à cause de toi que j'ai mangé le fruit défendu...

Cette fois, il réussit presque à me mettre en colère

— Ah, nous y sommes ! lui lançai-je. Tu étais ravi d'apprendre le plaisir, mais il te reste en travers de la gorge, c'est ça ! Et tu sais pourquoi ? Il y a quelques heures, tu n'étais encore qu'une bête Et maintenant que tu es un homme, tu as peur, bien sûr ! La vérité, c'est que ça te fait mourir de trouille, d'être un homme. Alors, plutôt que de reconnaître que tu as peur de toi-même, tu t'inventes un maître, là-haut, et tu prétends qu'il t'édicte ses lois.. Parfait ! Je te laisse en compagnie de ton visiteur du soir... Bon courage. s'il t'en reste un peu !

« Pauvre garçon, pensai-je en quittant le jardin. Il n'a pas fini de se torturer, maintenant... »

J'enfilai ma combinaison de cuir et je fis quelques pas dans le couloir, avant de me décider à pousser l'une des deux portes devant lesquelles je m'arrêtai.

  PORTE 9,

  PORTE 8

8

Le clown

Au moment de poser la main sur le loquet, je sentis deux souffles dans mon cou. Saisie, je me retournai. Il y eut dans l'air deux soupirs, qui parurent s'évanouir en s'éloignant.

Le couloir était sombre, désert. Je scrutai quelques instants les ténèbres, convaincue d'avoir perçu deux présences dans mon dos. Tout était calme, silencieux. On distinguait les rectangles sombres des portes dans les murs, mais, si l'une d'elles se fut ouverte, je l'eusse forcément entendue. Peut-être les spectres avaient-ils disparu au bout de ce corridor, à l'endroit où l'on devinait qu'il débouchait à angle droit sur un autre couloir. Je décidai de ne pas m'en inquiéter davantage et je poussai la porte.

J'arrivai juste à la fin du numéro de l'écuyère et du trapéziste, quand celle-ci, debout sur son cheval qui continue à trotter tout autour de la piste, jette ses bras au ciel, pour se laisser enlever dans les airs par son partenaire voltigeur.

Le chapiteau était bourré de monde. Je descendis la travée et parvins à trouver une place tout en bas, à l'extrémité du premier gradin. C'était un petit cirque semblable à celui qui s'était installé sur la place du village, tout imprégné d'un mélange de joie et de mélancolie, qui vous déchirait immédiatement la poitrine.

Le numéro suivant était celui du dressage des fauves, lesquels n'étaient qu'une bande de rats, mais au moins aussi effrayants, à en croire les cris du public, que des lions et des tigres. Armés de fouets, qu'ils faisaient claquer en poussant des ordres gutturaux, les dompteurs faisaient accomplir à leurs rongeurs toutes sortes d'acrobaties, comme de sauter à travers des cerceaux en feu. Avant de quitter l'arène, et après un roulement de tambour, chacun d'eux prit un de ces gros rats gris par la queue, entre deux doigts, et, bouche grande ouverte vers les cintres, fit entrer la tête du fauve dans la gueule du dompteur, ce qui déclencha dans les gradins une apothéose de cris et de frissons.

Puis les clowns entrèrent en piste, vivement acclamés dès leurs premières grimaces et pirouettes. L'étrange était qu'il n'y avait aucun enfant dans ce public, mais que les adultes s'y comportaient comme des gamins excités. Le phénomène devint particulièrement frappant à l'arrivée des clowns.

— Bonjour, les p'tits zenfants ! dit le clown blanc.

— Bonjour, Zinzin ! répondit en chœur l'assistance, sur le même ton.

Je les voyais tous se tordre d'impatience, assis d'une fesse sur le bout des bancs, le visage illuminé d'une joie fébrile.

Zinzin et l'auguste commencèrent leurs pitreries, dans l'enthousiasme général. Quand un taureau en tissu, habité et animé par deux comparses, apparut derrière eux, hommes et femmes se mirent à pousser des cris stridents, comme les bambins au guignol, quand survient la menace d'une matraque de gendarme.

Le clown s'embarqua, avec la défroque de taureau, dans une mascarade de corrida, qu'il iivrait à l'aide d'un grand mouchoir rouge sorti de sa manche, dans lequel il se mouchait bruyamment entre deux passes. Des éclats de rire exagérés et niais secouaient le public. Le plus pénible, cependant, était que personne ne semblait conscient du caractère aberrant de cette sorte de gaieté et que tout le monde paraissait s'amuser sincèrement.

Soudain, un cavalier déguisé en barbare, et monté sur un cheval noir, surgit des coulisses au galop, fit un tour de piste et, arrivé à ma hauteur, me prit par le bras avec une telle force qu'il m'arracha de mon banc. En un instant, je me retrouvai assise en croupe derrière lui, accrochée à sa chemise pour résister aux secousses d'une furieuse chevauchée dans le cercle de lumière, sous les huées de la foule.

Puis, aussi violemment qu'il m'avait enlevée, il me jeta au milieu de l'arène, entre les deux clowns, qui se mirent à se renvoyer ma personne de l'un à l'autre, comme une poupée de chiffons, avec des bouffonneries qui ravissaient le public. Leurs comparses accoutrés en taureau se mêlaient à la confusion, en me poussant dans le dos à coups de tête.

Enfin le clown blanc me prit dans ses bras, avec des mimiques d'attendrissement. Tout en faisant mine d'être emporté par un excès de sensiblerie romantique, il me maintint fermement, avec une poigne à me briser les os. Pendant ce temps, l'auguste me liait les mains aux cornes du taureau.

Quand je fus attachée, le clown se recula pour me regarder, poussa un sifflement admiratif et, ouvrant la braguette à gros boutons de son large pantalon bariolé, en sortit son sexe, qu'il exhiba devant le public en se frottant le ventre d'un air de gourmandise. Les gens se mirent à hurler de joie.

La plaisanterie passait vraiment les bornes. Je commençai à protester énergiquement en gesticulant pour me libérer. Le taureau auquel j'avais été ligotée me donnait des coups de tête, pour me déstabiliser. Ces pitres et cette foule imbécile me mettaient hors de moi. Je tirai violemment sur mes liens, mais je ne réussis qu'à les enfoncer un peu plus dans mes poignets, où ils me brûlèrent les chairs.

D'un fourreau qu'il portait à la ceinture, l'auguste sortit un sabre, qu'il tendit à son acolyte. De la pointe de la lame, ce dernier se mit à découper ma combinaison de cuir. Je restai évidemment paralysée, à la merci du moindre dérapage. Le public retenait son souffle, poussait des « ahhh... » émerveillés chaque fois que le clown avait réussi une incision et qu'un nouveau pan de mon vêtement tombait à terre, découvrant peu à peu mon corps.

L'opération dura une éternité. Ce gros porc de clown ridicule bandait de plus en plus ferme à

mesure qu'il me dénudait. Quand il m'eut entièrement dépouillée, rutilant de fierté, il fit admirer à la
galerie sa petite bite dressée et la coiffa de son nez
rouge, pour faire redoubler les acclamations qui
pleuvaient sur lui. Surexcités, les gens se mirent à
frapper des pieds sur les gradins, tous ensemble.
Dans le vacarme général, le clown se rapprocha
lentement de moi.

Je lui envoyai un coup de pied que je destinais à ses
parties, mais qu'il esquiva. L'auguste me mit le sabre
sous la gorge. Je serrai les dents, lançai un regard
haineux au pitre minable qui revenait à la charge,
avec ses éternelles grimaces. Cela ne l'empêcha pas
de m'écarter les cuisses et de me prendre de force
sous les encouragements d'un public en délire.

Je n'avais d'autre choix que de me laisser faire en
tâchant de conserver un parfait sang-froid, afin que
cette mésaventure fût la moins douloureuse possible,
au moral comme au physique. Me voyant résolue à
ne pas bouger, l'auguste retira son arme de mon cou.
Le clown s'activait en moi comme un lapin, mais
n'était toujours pas parvenu à ses fins. Je le sentais à
peine, tant j'avais réussi à concentrer toute mon
attention sur une autre partie de mon corps, à savoir
sur ma main droite, que je parvenais peu à peu à faire
glisser de son garrot.

Sur la piste comme sur les gradins, les gens,
dévorés de voyeurisme, ne pensaient pas un instant à
se soucier de mon mouvement de libération. C'est
ainsi que je pus finalement me saisir du sabre, le
planter à travers le bras du Zinzin, qui se retira de

moi en hurlant, sa misérable petite chose violacée toujours raide. Aussitôt, une vague d'affolement hystérique parcourut tout le chapiteau. Je me glissai sous les gradins, trouvai une issue et me mis à courir, toute nue dans le corridor sombre.

La colère me submergeait, j'avais envie de mourir, plutôt que d'avoir à me souvenir de l'imbécillité des gens. Je courais au hasard dans le labyrinthe des couloirs, et plus je courais, plus ma rage tournait à la férocité et, pour finir, à une féroce envie de rire.

Je m'arrêtai et me mis à marcher calmement, jusqu'au moment où j'eus envie de pousser une nouvelle porte.

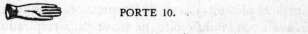 PORTE 10.

9

Les pompiers

Au moment de pousser la porte, je crus apercevoir dans le couloir deux silhouettes incertaines et furtives, qui passèrent derrière moi et disparurent avant que j'eusse eu le temps de les regarder. Quelques instants plus tôt, j'avais eu l'impression, à laquelle je n'avais pas voulu croire, de sentir deux respirations dans mon dos. Avais-je été suivie par des spectres ? Ce dédale de corridors était si sombre qu'on n'y pouvait rien distinguer de précis, et je renonçai pour l'instant à éclaircir ce mystère.

J'entrai dans un grand salon cossu. Une femme en peignoir vint à ma rencontre et me prit par le bras en souriant.

— Je suis heureuse de vous accueillir ici, dit-elle. Vous avez choisi la bonne porte... si vous aimez le plaisir, bien sûr... Je serai enchantée de partager les miens avec vous.

Elle m'entraîna au fond de la pièce, derrière le bar, me servit un verre de bourbon et ajouta :

— Vous aimez les pompiers ?

Puis elle m'expliqua qu'elle s'apprêtait à en recevoir un régiment, de beaux garçons triés sur le volet, dans leur uniforme rutilant.

— Quoique j'en sois très friande, je les partagerai volontiers avec vous, dit-elle encore. Ma chère, acceptez, et je vous garantis que vous n'oublierez pas de sitôt ce régal...

Je me laissai tenter. Mon hôtesse me fit déshabiller, et nous enfilâmes toutes deux des escarpins et de la lingerie fine entièrement rouges. Nous passâmes un agréable moment devant la glace, à nous arranger, à nous parfumer, à nous coiffer et à nous maquiller l'une l'autre, en nous échauffant à l'évocation de ce qui nous attendait.

Quand nous fûmes prêtes, elle appuya sur un bouton, la sirène retentit, et nous courûmes nous asseoir sur le divan. Peu après, un bataillon de pompiers fit son entrée dans le salon. Ils se rangèrent face à nous, droits et dignes. Ils étaient magnifiques. L'uniforme mettait merveilleusement en valeur leur puissance, leurs casques étincelaient, leur maintien, leurs épaules et leur torse vous aiguillonnaient d'une irrésistible envie de vous jeter contre eux.

Je lançai un coup d'œil à ma compagne, pour lui exprimer ma satisfaction et ma hâte de voir débuter les festivités. Je les contemplais avidement, et j'avais l'impression, comme devant une Jaguar, que j'allais me mettre à jouir rien qu'en les regardant.

L'hôtesse s'occupa de les partager en deux groupes, un pour moi et un pour elle, et de leur faire baisser leur pantalon, ce qu'ils firent tous dans l'ordre et la discipline, à son commandement. Après être passée entre eux pour examiner leur matériel viril, qu'ils avaient d'ailleurs fort beau (je supposai qu'elles les avait aussi triés sur ce critère, et pas seulement sur leur fière allure en uniforme), elle revint s'asseoir sur le canapé, jambes écartées, et attendit.

Les hommes s'étaient alignés en deux files indiennes, et chacun polissait sa lance à incendie pour nous la présenter dans le meilleur état. Quand ma compagne vit que les deux premiers étaient en mesure d'offrir une queue parfaitement dure et dressée, elle frappa dans ses mains, et aussitôt ils se détachèrent du peloton de leurs camarades pour venir nous rejoindre au petit trot, malgré les pantalons qui entravaient leurs chevilles.

A peine mon premier pompier s'était-il approché de moi que je criai d'excitation. Je m'arrachai culotte et soutien-gorge, m'empalai sur lui avec une horrible impatience. C'était un beau garçon, et doté d'un air d'innocence qui acheva de m'enflammer. J'entrai dans une série d'orgasmes ininterrompus, qui finirent par me faire tourner la tête, au point que je craignis de m'évanouir. Quand mon joli pompier eut joui en moi, je m'accrochai à lui, en le suppliant de rester encore et de recommencer. En ce moment même, je me sentais folle d'amour pour lui. Mais il se retira pour laisser la place au suivant, qui s'avéra tout aussi charmant

Je consommai les quatre ou cinq premiers hommes avec le même empressement excessif, mais c'est le temps qu'il me fallut pour commencer à calmer un peu la flamme que tous ces mâles avaient allumée en moi. Je criais mon plaisir sans retenue, comme ma compagne de réjouissances, qui semblait elle aussi dotée d'un vif tempérament et d'une passion immodérée pour ces messieurs.

Quand je me sentis vidée de toutes mes forces, je laissai l'initiative à mes partenaires, en les autorisant à me prendre selon n'importe laquelle de leurs fantaisies. Au bout d'un moment, j'eusse bien été en peine de dire où je me trouvais, ni même qui j'étais. Je n'étais plus qu'un être fondu dans le temps, et le temps était un long délice étourdissant.

Je revins à moi vers la fin, en reconnaissant soudain l'Homme, celui que j'étais venu chercher ici, déguisé en pompier, qui se dirigeait à son tour vers ma compagne. Une violente pointe d'émotion, vite teintée de tristesse, de dépit et de jalousie, me traversa le cœur. Pourquoi fallait-il qu'il se trouvât dans l'autre groupe ? Il ne le savait pas, mais c'était mon homme, il était pour moi...

Cependant, un autre pompier déjà me pénétrait, guidait son dard au fond de mon ventre brûlant... J'oubliai tout, emportée par le plaisir.

Quand les hommes se furent tous retirés, leur mission bravement accomplie, je m'endormis sur le canapé, avec mon hôtesse. Plus tard, elle me proposa une douche et une collation, et je lui empruntai une petite robe légère, que je mis sans aucun dessous, car j'étais lasse de ma combinaison de cuir et de tout ce qui pouvait engoncer mon corps.

Puis j'embrassai ma compagne et je sortis à

nouveau dans les couloirs, où je déambulai longtemps, pensive. Les spectres s'étaient remis à me
suivre, je sentais leur présence derrière moi et je me
retournais souvent, terrifiée, mais ils ne se laissaient
pas voir, et je refusais de succomber à ma peur en me
précipitant derrière la première porte venue.

Je pensais à cet homme que j'avais failli retrouver.
Il m'avait regardée, mais il était allé baiser l'autre
femme, comme tous ses copains. « Salaud », chuchotai-je. Mais aussitôt je le regrettai, et je fis un petit
geste de la main devant ma bouche pour effacer dans
l'air le mot que j'y avais laissé échapper. Au fond, je
ne savais pas si cela m'avait davantage excitée ou
désespérée, de le voir posséder une autre femme. On
rêve toujours d'avoir un homme pour soi seule, mais
ce rêve serait-il aussi fort et aussi vibrant si on ne
savait l'homme justement soumis à la tentation de
regarder ailleurs ?

« Allons, conclus-je, je l'ai raté ? Ce n'est pas si
grave. Je finirai sûrement par le retrouver. En
attendant, autant profiter des merveilles que semble
offrir cet endroit. » Et je poussai une porte.

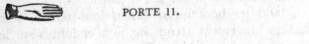

PORTE 11.

mains sur mon sexe. Ce qui, certainement, ne devait qu'ajouter à mon ridicule. Sans rien voir autour de moi, je me dirigeai d'un pas aussi assuré que possible vers le comptoir, plantai mes yeux dans ceux du réceptionniste et lui demandai calmement une chambre. Il me jeta un rapide coup d'œil et dit :

— Madame n'a pas de bagages ?

— Avez-vous une chambre, oui ou non ? insistai-je, pressée de me soustraire à la vue du monde.

Autour de moi les gens allaient et venaient, rendaient leur clé, réglaient leur note... J'essayais d'oublier combien je devais leur paraître incongrue et déplacée, nue dans ce vieil endroit tellement civilisé.

Enfin, on me tendit une clé, en précisant avec un air d'embarras que c'était la dernière chambre libre et en me demandant si j'étais bien sûre de la vouloir. Je donnai mon nom pour le registre, puis je m'enfuis, refusant d'être accompagnée, la clé serrée dans ma paume, comme mon dernier espoir de survie.

Je dédaignai l'ascenseur pour éviter le liftier, et le contact avec d'autres clients de l'hôtel, qui eût été particulièrement éprouvant dans cette cage étroite. On m'avait donné la chambre 413. Mais, dès le premier étage, l'escalier s'interrompit. Je m'avançai dans le corridor, lequel débouchait sur tout un réseau d'autres couloirs, à l'angle desquels des panneaux fléchés indiquaient la direction des chambres. De temps en temps, une flèche dressée vers le plafond annonçait les chambres des étages supérieurs, entre les numéros 200 et 484, mais j'eus le plus grand mal à trouver dans ce dédale un nouvel escalier. Je rencontrai les mêmes difficultés à chaque niveau. Après bien des détours, d'un couloir à l'autre et d'une volée de marches à l'autre, je finis par atteindre mon but, au dernier étage.

C'était une chambre spacieuse, avec un sol en plancher, un vieil ameublement et deux grands lits, le tout plongé dans l'ombre. Je n'allumai pas la lumière, n'ouvris pas les volets, trop heureuse de me retrouver enfin dans un espace d'intimité. Je fermai la porte à double tour et allai m'enfouir entre les draps. Seule. Seule et nue dans la chaleur d'un grand lit confortable, dans le silence, dans le temps ouvert devant moi à une totale liberté de rêver, dormir, penser... Je m'abandonnai langoureusement à ce délicieux moment.

Dans mon demi-sommeil, une lancinante rêverie érotique s'empara de moi. J'avais dû m'endormir tout à fait, car je m'éveillai en sursaut, dans un mélange d'effroi et d'excitation. Les yeux ouverts dans mon lit, il me fallut quelque temps pour admettre que j'entendais bien, réellement, dans cette chambre, des halètements d'amour.

Je me redressai, scrutai l'ombre autour de moi. Appuyé contre la porte, un couple était en train de s'embrasser avec passion. Étroitement enlacés, tout en échangeant des baisers, ils se livraient l'un sur l'autre à des attouchements fébriles, qui semblaient les mener au bord de l'extase.

Je fus violemment choquée par cette scène, qui, sur le moment, déclencha en moi une foule de sensations et de sentiments divers et contradictoires, que je me trouvai incapable de démêler. De ce chaos, qui traversait mon esprit et mon corps, je ne retenais qu'une question : comment avaient-ils pu entrer, alors que j'avais fermé la porte à clé ? Et cette question, je la leur posai. Ils se retournèrent vers moi, ouvrirent la porte et sortirent, sans un mot, avec une placidité et une précision parfaites.

Je me levai, courus à la porte, que j'ouvris à mon tour, pour regarder dans le corridor. Personne. Je m'enfermai encore une fois à double tour et retournai me coucher. Maintenant, je regrettais de les avoir chassés par ma brutalité. Lorsqu'ils m'avaient regardée, un instant seulement, j'avais distingué dans l'ombre deux visages pleins de douceur et, sans doute, un peu mélancoliques. Ces deux-là s'aimaient, à coup sûr. Pourquoi ne m'étais-je pas montrée plus compréhensive ?

J'essayai de retrouver mon calme, mais le souvenir de leurs soupirs et de leurs halètements ne me laissait pas de paix. Jambes ouvertes dans le lit, yeux fermés, je commençai à me caresser doucement, en imitant leurs souffles et en imaginant toutes les sensations qu'ils étaient en train d'éprouver au moment où je les avais surpris. Je me fis jouir longuement, et puis je sombrai à nouveau dans le sommeil, les mains encore serrées entre les cuisses.

Cette fois, je m'éveillai paisiblement, sans angoisse. Je sus tout de suite qu'ils étaient revenus. Je me laissai flotter dans une demi-veille, bercée par leurs bruits d'amour. Ils étaient tout près de moi, dans le lit d'à côté. J'ouvris les yeux et je les vis, nus, pâles, en position de lotus, l'un dans l'autre. Leurs corps ondulaient en harmonie, et ils ne se quittaient pas des yeux. Leur lit était juste sous la fenêtre, et la faible lumière de la nuit tombait sur eux d'entre les interstices des volets.

Puis il la renversa sur le dos et se coucha sur elle. Alors, tous deux tournèrent lentement la tête vers moi et me regardèrent. Je n'osai ni bouger ni parler, par crainte de les faire fuir une deuxième fois. Soudain je me sentais plus angoissée que jamais, et j'ignorais l'objet de ma terreur. J'avais pourtant fermé la porte à clé, me disais-je encore. Mais autre chose m'inquiétait, autre chose que je ne connaissais pas.

Les amants tendaient leurs mains vers moi. Je les rejoignis, me couchai à côté de la femme. Elle approcha ses lèvres des miennes, mit sa langue dans ma bouche et me donna un baiser qui incendia tout mon corps, glacé par la peur. L'homme se mit entre mes cuisses et me pénétra, tandis qu'elle continuait, de ses mains, de sa bouche et de ses seins, qu'elle glissait entre mes lèvres, à me couvrir de baisers et de douceurs. Les deux amants me firent jouir une seule fois, mais d'un plaisir intense, qui toucha simultanément tous les points sensibles de mon sexe et de mon corps, et vibra et rayonna jusqu'en ses extrémités.

Après un orgasme aussi parfait, je dus m'endormir instantanément, car je ne gardai aucun souvenir de ce que nous fîmes par la suite. Quand je m'éveillai dans leur lit, au matin, ils avaient disparu. Par terre gisait la petite robe légère de l'amante, qu'elle avait abandonnée sur le plancher. Avant de quitter la chambre, je l'enfilai, à même la peau.

Retrouver la réception fut encore une opération complexe. Je dus chercher mon chemin dans l'entre-lacs des couloirs et des escaliers, avant d'atteindre le hall, dans une tenue moins embarrassante que lors de mon arrivée. Lorsque je rendis ma clé, le réception-niste regarda ma robe d'un air peureux et dit :

— Vous les avez vus ? D'habitude, nous ne don-nons pas cette chambre... C'est la seule chambre hantée de l'hôtel... La seule...

— Que voulez-vous dire ? demandai-je sur un ton de colère, dont j'ignorais moi-même la raison.

— Chut ! reprit-il à voix basse, tremblant comme une feuille. Je vous en prie, pas de scandale ! C'est entendu, nous avons eu tort ! Maudits revenants ! Vous ne nous devez rien, mais n'en parlons plus, vous voulez bien ! N'en parlons plus, n'en parlons plus !

« Cet homme est fou », pensai-je. Je préférai ne pas insister et je sortis de l'hôtel. Dans le couloir obscur, j'hésitai entre les deux portes suivantes :

  PORTE 11,

  PORTE 12.

11

Le chevalier noir

Il n'y avait rien dans cette pièce, sinon un livre ouvert, un livre plus grand que moi. L'encre noire sur le papier gravait des caractères géants, les dessinait dans toute leur étrangeté, leur beauté mystérieuse. Je fis quelques pas vers l'ouvrage, le cœur battant d'enthousiasme et d'une vague appréhension, comme si je m'attendais à voir ses ailes se refermer doucement sur moi, pour m'embrasser et m'enlever. J'entrai dans l'ombre des pages.

Je m'immobilisai entre les colonnes de signes et je vis que ces signes étaient des armées secrètes de fourmis, occupées à élaborer un abat-jour, pour adoucir la blancheur zénithale des plages de papier. Dans un léger vertige, je déchiffrai ces vers, sur la page de droite :

> *Voilà déjà plus de sept ans,*
> *alors que seul comme un manant*
> *j'allais en quête d'aventures,*
> *armé de toutes mes armures,*
> *comme doit l'être un chevalier,*

> *je pris sur ma droite un sentier.*
> *C'était une voie moult felonesse*
> *au cœur d'une forêt épaisse,*
> *de ronces et d'épines pleine.*
> *Non sans ennui et non sans peine*
> *je me maintins dans ce hallier.*
> *A peu près tout le jour entier,*
> *en chevauchant, ainsi j'allai,*
> *jusqu'au sortir de la forêt,*
> *qui était celle de Brocéliande.*

Je m'approchai de la page, la pris entre mes mains pour la tourner. Elle pivota comme une porte, et je me retrouvai dans une forêt, au milieu d'un sentier broussailleux. Je me mis en marche, malgré les ronces qui s'agrippaient à ma robe et griffaient mes jambes nues. Très vite, je tombai sur un buisson chargé de grosses mûres noires, dont je fis un régal.

Au bout du sentier, on apercevait la lueur d'une trouée, d'où me parvenait l'écho d'un tumulte. Je m'en approchai et je découvris, dans un espace défriché, toute une bande de taureaux, aussi sauvages que des ours ou des léopards, qui s'entrecombattaient en menant si grand bruit, et avec un tel orgueil, que je ne pus m'empêcher de faire trois pas en arrière.

Un rustre moricaud, laid et hideux à démesure, était assis sur une souche, une grande massue à la main. En m'approchant du vilain, je vis qu'il avait la tête plus grosse que celle d'un percheron, la tignasse en bataille et le front pelé, large comme deux mains, des oreilles grandes et velues comme celles d'un éléphant, les sourcils énormes et la face plate, des yeux de chouette, un nez de chat, une bouche fendue comme gueule de loup, des dents de sanglier, aiguës et rousses, une barbe rouge, des moustaches tordues, le menton collé au poitrail et une longue échine bossue. Appuyé sur sa massue, il portait un vêtement étrange, ni de lin ni de laine, qui consistait en deux peaux fraîchement écorchées, de deux taureaux ou de deux bœufs, à son cou attachées.

Le vilain sauta sur ses pieds, dès qu'il me vit vers lui approcher. Je ne sais s'il voulait me toucher, ni ce qu'il voulait entreprendre, et je me tins prête à me défendre. Il se tenait là, debout, tout coi et sans bouger, monté sur un tronc. Et il devait bien faire au moins cinq mètres de haut.

Il me regarda, mais ne dit mot, pas plus qu'une bête ne l'eût fait. Et je crus qu'il ne savait ni parler ni raisonner. Toutefois, j'eus la hardiesse de lui demander :

— Dis-moi, es-tu ou non une bonne créature ?

Alors il me répondit qu'il était un homme.

— Quelle sorte d'homme es-tu ?

— Comme tu le vois. Je suis comme je suis, je ne change pas de forme.

— Que fais-tu ici ?

— C'est là que j'habite, et je garde les bêtes de ce bois.

— Tu les gardes ? Mais, par saint Pierre de Rome, elles ne savent pas ce qu'est un homme ! Je ne vois pas comment on pourrait garder une bête sauvage, ni dans un pré, ni dans un bois, ni nulle part ailleurs, si elle n'est attachée, ou enfermée...

— Et pourtant, je les garde. Et je peux te garantir qu'elles ne sortiront jamais d'ici.

— Mais comment peux-tu bien t'y prendre ?

— Dès qu'elles me voient arriver, il n'y en a plus une qui bronche. Car si j'en attrape une, je la prends par les cornes avec ces deux poings que tu vois, et que j'ai durs et forts. Aussitôt, les autres tremblent de peur et se rassemblent autour de moi, comme pour me demander grâce. Mais nul à part moi ne pourrait s'y fier. Et celui ou celle qui se mettrait entre elles serait tué sur l'heure... Je suis donc le seigneur de mes bêtes, et tu ferais mieux maintenant de me dire qui tu es et ce que tu veux.

— Seigneur, fis-je, dans l'espoir de m'assurer par flatterie sa bienveillance, je suis entrée dans la forêt pour y quêter quelque aventure. De quelle nature, je ne puis le dire, car j'ignore pourquoi je marche parmi les bêtes de ce bois, telles que vous, beau gentil seigneur, et ces vôtres taureaux sauvages, que je vois prêts à m'encorner.

Le fort géant, en m'oreillant, roulait des yeux sous ses sourcils, et je pensai que par ces yeux il me voyait aussi étrange qu'il pouvait l'être à mon regard.

— Quelle sorte de femme es-tu ? dit-il.

— Comme tu le vois. Je suis comme je suis, je ne change pas de forme...

Le grand vilain encore une fois me regarda d'un drôle d'air, puis se rassit dessus sa souche.

— Si tu recherches l'aventure, fit-il, va jusqu'à la

fontaine. Ci-près tu trouveras l'endroit où un sentier t'y mènera. Avance bien toujours tout droit, sans t'occuper des autres voies. Va jusqu'au bout, et tu verras une fontaine dont l'eau bout, bien que plus froide que du marbre. Ombre lui font les plus beaux arbres qu'ait jamais pu créer nature. Par tous les temps leurs feuilles durent, ils ne les perdent jamais l'hiver. Il y pend un bassin de fer, au bout d'une très longue chaîne, qui tombe jusqu'en la fontaine. Et là, tout près, tu trouveras un bloc de pierre, comme on n'en vit jamais de telle, et à côté une chapelle, qui est petite mais fort belle. Si tu veux, dans le bassin, prendre de l'eau, et sur la pierre la répandre, il se fera une telle tempête que de ces bois toutes les bêtes, chevreuils et cerfs, daims, sangliers et même oiseaux, s'échapperont. Car tu verras tant foudroyer, venter, et arbres se briser, pleuvoir, tonner, étinceler que, si tu peux en réchapper sans grand ennui et sans dégâts, tu seras de meilleure chance que ceux qui vinrent avant toi.

Du doigt, le vilain me montra le chemin. Il tint ses bêtes autour de lui, et je les contournai pour m'enfoncer dans la forêt. Il devait être près de midi, quand je vis l'arbre et la fontaine. Cet arbre était le plus beau pin qui eût jamais poussé sur terre, et si touffu que même par forte pluie, à coup sûr, pas une goutte ne pouvait traverser son feuillage. D'une branche je vis pendre le bassin, fait de l'or le plus fin. Quant à la fontaine, elle bouillonnait comme de l'eau chaude. La pierre était une émeraude, évidée comme un vase et posée sur quatre rubis plus flamboyants et plus vermeils que n'est au matin le soleil, quand il paraît à l'orient.

Je me penchai sur la vasque esméraldine, pris de l'eau entre mes paumes. Elle était froide et pure. J'y trempai les lèvres, bus à longues goulées. Puis je m'assis sur la pierre précieuse, à l'orée de la fontaine, et rafraîchis dans ses bouillonnements glaciaux les égratignures qu'à mes jambes avaient laissées les ronciers de la forêt. La clairière était toute pleine de silence, comme si la sauvagine, à cette heure, était à reposée.

Soudain les branches du pin se mirent à bruire, de froissements d'ailes et de cris d'oiseaux. Aussitôt après paraissait devant moi un chevalier, armé de toutes ses armures et monté sur un brun destrier. Il mit pied à terre et, retirant son heaume, me fit paraître le plus charmant visage d'homme que femme pût contempler.

— Gente dame, fit-il en s'inclinant, me permettrez-vous de m'approcher de votre fontaine? Une flèche à la cuisse m'a tant blessé que jamais, je crois, je ne m'en remettrai

Je vis qu'il avait, sous son haubert, noué sa chemise autour de sa plaie, et qu'elle était tout ensanglantée.

— Noble sire, répondis-je en me dirigeant vers lui, je vous porterai volontiers secours.

Et je l'entraînai vers la fontaine, où je le fis asseoir et où je l'aidai à retirer ses armures. Quand il fut libéré de la lourde cotte de mailles, je défis la chemise nouée autour de sa cuisse blessée et la trempai dans l'eau de la fontaine, qui devint plus rouge que son socle de rubis. Ses braies étaient déchirées à l'endroit où la flèche avait percé sa chair, et je lavai soigneusement la plaie.

Pendant que je le soignais, il me dit qu'il avait pour nom Gauvain, qu'il était chevalier du roi Arthur et qu'il allait me conter, si je le voulais, comment il se trouvait ainsi blessé. Je l'encourageai à parler, et il me fit ce récit :

— Hier soir, dit-il, m'a pris l'envie d'aller chasser. J'ai averti mes chevaliers, et mes veneurs, et mes valets. Et comme c'est un grand plaisir, de bon matin, j'entre en forêt. Sur la piste d'un très grand cerf, on a bientôt lâché les chiens. Les veneurs courent à l'avant, mais moi je demeure à l'arrière.

« Pourtant, avant de quitter la forêt, j'aimerais bien pouvoir tirer. C'est alors que, dans un buisson, je vois une biche et son faon. C'est une bête toute blanche, avec des bois dessus la tête. Le chien aboie, elle bondit. Je tends mon arc, tire. Touchée au sabot, elle tombe aussitôt. Mais la flèche rebondit, me traverse la cuisse et me fait choir sur l'herbe drue, près de la biche que j'ai eue. Alors, blessée, tout angoisseuse, en gémissant elle me dit :

« " Ahi ! Lasse ! Je suis occise ! Mais toi, vassal, qui m'a blessée, que telle soit ta destinée : jamais par nulle médecine, ni par herbe, ni par racine, ni par médecin, ni par poison, tu ne trouveras guérison de cette plaie dedans ta cuisse, à moins que celle qui te guérira ne souffre un jour pour ton amour tant de peine et tant de douleur que jamais femme n'en souffrit Et toi, tu souffriras aussi, par amour d'elle, et tous ceux qui aiment, ont aimé ou aimeront, de cela s'émerveilleront. Maintenant, va! Laisse-moi en paix!"

Quand il eut fini son histoire, il mit ses yeux dedans les miens, et ajouta :

— Voilà comment, chère gente dame, je me trouvai par le destin abandonné entre vos mains.

Par ce regard j'eus l'impression qu'une flèche à mon tour m'avait blessée, cette flèche qui par les yeux touche le cœur des amoureux. Et lui aussi, sans doute, de la même flèche était touché car, tout en finissant de bander sa plaie, je vis dessous ses braies serrées sa pigne d'amour qui brandonnait.

— Dame, fait-il, je meurs pour vous. Mon cœur souffre mille tourments. Si vous ne m'en voulez guérir, alors il me faudra mourir. Je vous demande votre amour, belle, ne me repoussez pas!

— Ami, dis-je avec un sourire, ce serait aller bien vite que d'accéder à votre demande. Et ce n'est pas mon habitude.

— Douce gente dame, je vous en prie, ne vous fâchez pas si je vous dis qu'une femme légère de métier se doit longtemps faire prier, pour se donner du prix, et pour que nul ne la croie coutumière de ce déduit. Mais la dame aux pensées honnêtes, qui garde en elle valeur et sens, si elle rencontre un homme qui lui plaît, ne se fera trop désirer. Sans tarder elle l'aimera, et elle y trouvera sa joie. Avant que nul ne le sache, ils se seront donné de grands bonheurs. Belle dame, finissons-en, je vous en prie, de ce débat !

Nous laissâmes le parlement pour nous regarder doucement.

Auprès de moi je le sentais tout entier frire, tandis que mon cœur pour lui haletait. Il m'accola et se mit à me baiser le visage, à me chérir, à me serrer. Je tendis ma main, empaumait cette grosse pigne chaude qui bossoyait dessous ses braies. Sous mes doigts, je sentis ses génitailles si pleines et son braquemart si roide que, défaillante d'ardeur, je ne songeai désormais plus qu'à me laisser broyer le cul.

Il me renversa dans l'herbe avec lui, au pied de la fontaine, et me pelota la coquille. En tirant sur ses braies, je découvris un fier dardel et deux bien blondoyantes bourses, qui attisèrent ma fureur. Je me mis à calefourchies, et, d'une empeinte, il me fichia. Nous eûmes vite conjoui.

Après cet ardent et premier baiser d'avril, nous prîmes le temps de nous mettre nus. Il avait un beau corps sec et musclé, dont je me déliciais. Et comme il était fort gaillard et, pour honorer sa dame, capable d'enroidir à volonté, vaillant comme un chevalier, il m'habita trois fois encore, non sans avoir, dans mon joyau, habilement moult langueté, et les plus grandes joies donné.

Au quatrième coup d'estoc, il vint s'épandre entre mes mamelettes et m'esclabota à grand foison, jusqu'au menton. Affriandée par la fragrance de son onguent, je me mis à langueter sur le top de son dardel devenu flac, et puis je l'engoulai, et je lui fis tant de bontés que de nouveau, entre mes lèvres, il se remit à brandonner. Il brailla fort quand j'exprimai tout ce qui lui restait de suc, que j'avalai et dégustai.

— Aurez-vous merci de moi, dites, douce savourée ? dit enfin mon courtois ami.

Et je me mis entre ses bras à reposée, car j'avais grande lassitude, en la bouche, la crevasse et le cul, et aussi les gambettes, et le corps tout entier. L'air était clair, net et serein. Tout rayonnants et fatigués de nos amours enlangourées, nous nous laissâmes emporter dans une tendre dormeveille.

Sous la feuillée verte du pin, que traversent des hirondeaux, nous échangeons de doux regards.

— Très belle amie au clair visage, dit mon gentil seigneur, de ton plaisir et de ta main je veux mourir et vivre. En ce vouloir m'a mon cœur mis.

— Et qui le cœur, beau doux ami ?

— Dame, mes yeux.

— Et les yeux, qui ?

— La grand beauté qu'en vous je vis.

Mon cœur encore pour lui halète, encore, encore, car c'est de lui que me viendront bon et mal heur, et tout ce qui me donne vie. Mon front rosoie, dans son épaule je l'enfouis, pour qu'il ne voie ma joie de lui et mon émoi. Entre ses bras je suis enclose, et il m'enlace, et ardemment, sa peau je baise où je repose, je ris, et presse mon amant, et aussi pleure, pour autre chose, car grande joie de grand tourment est souvent cause.

Soudain, un bruit de chevauchée nous fait tous deux fort sursauter. Dans l'herbe, nous ramassons nos habits, dont nous nous revêtons. La chemise, de sa cuisse, est tombée, et plus rien ne reste de sa plaie, qu'une cicatrice bien fermée.

— Tendre amie, dit-il, la biche m'a maudit, mais vous m'avez sauvé.

A peine a-t-il remis son pourpoint qu'en la clairière a pénétré un groupe de chevaliers, tout en armures et fort pressés.

— Messire Gauvain, fait l'un d'eux, nous avons grand besoin de vous. Alors qu'autour de Lancelot nous chevauchions à votre recherche, un nain bossu et rechigné nous a trahis. Par ruse il a enlevé Lancelot, et nous devons le délivrer.

— Qu'en est-il de la reine ? demande Gauvain.

— La reine Guenièvre vous attend, Lancelot et vous, pour retourner auprès d'Arthur. Mais elle aurait le cœur navré si tout à l'heure elle apprenait que son ami est enlevé.

— Belle douce amie, dit Gauvain en se retournant vers moi, Lancelot m'est très cher, je ne peux l'abandonner. M'accorderez-vous une semaine ? Dans huit jours je serai là, à la fontaine, et je vous attendrai. Car, à ce jour, jamais mon cœur ne fut frappé d'un tel amour qu'il a pour vous. En cet instant où le devoir et l'amitié le disputent au désir brûlant que j'ai de demeurer auprès de vous, je me sens plein d'angoisse. Mais je suis en votre plaisir, ma dame, et je ferai ce que vous direz.

— Noble seigneur, dis-je en lui tenant les mains, il est ainsi que les amants ont tour à tour joies et tourments. Partez avec vos chevaliers à la recherche de Lancelot. Dans une semaine, ici même, si vous tenez votre promesse, vous reviendrez pour me baiser.

A l'orée de la fontaine, mon ardent ami me dit adieu et m'embrassa en soupirant.

— Le corps s'en va, le cœur demeure, dit-il encore.

Puis il remit son armure et remonta sur son cheval. Avec ses compagnons, il disparut dans la forêt.

Quand il fut parti, tout mon cœur se mit à ondoyer, et je connus le mal d'amour. Autour de moi tout se taisait. Je m'assis sur la pierre de la fontaine, mouillai mon visage dans ses eaux froides et bouillonnantes, pour effacer mes larmes.

— Messire Gauvain, beau doux ami, dis-je en regardant l'herbe où nous avions joui, voyez comme je suis seulette et oppressée, depuis que vous m'avez quittée. Et toi, herbette tendre, garderas-tu la remembrance de nos amours, quand nous viendrons, d'ici huit jours, nous y étendre ?

Mes yeux tombèrent par hasard sur le bassin d'or, qui pendait de l'arbre dans la fontaine, et je me souvins des paroles du gardien de taureaux. Je préférais affronter n'importe quelle tempête, plutôt que de demeurer dans l'ennui où je me trouvais. De l'eau du bassin, j'arrosai la grande émeraude creusée.

Mais j'en dus trop verser, peut-être. Car il se fit telle tempête que, de plus de quatorze lieues, des éclairs touchèrent mes yeux. Et les nuées tout pêle-mêle jetaient pluie, neige et grêle. Et la tempête fut si forte que mille fois je me crus morte, des foudres qui partout tombaient, et des arbres qui se brisaient. Et je restai fort alarmée, tant que le temps ne fut calmé. Mais bientôt Dieu me rassura, et ce temps guère ne dura. Bientôt les vents se reposèrent et, sur son ordre, venter n'osèrent. Dès que je vis l'air clair et pur, je me sentis de nouveau sûre. Car le plaisir, dès qu'on l'a pris, fait oublier tous les soucis.

Dès que l'orage fut passé, je vis, sur le pin amassés, tant d'oiseaux qu'on n'y pouvait plus voir ni branches ni feuilles. Il était tout couvert d'oiseaux et n'en était qu'encore plus beau. Et doucement, tous ils chantaient et joliment s'entr'accordaient. Chacun chantait son chant à lui. De leur joie je me réjouis, et j'écoutai sans me lasser leurs mélodies et leur concert, si enchanteurs que l'on ne peut entendre ailleurs si grande fête ni si beaux chœurs.

Soudain me parvint le fracas de toute une troupe de chevaliers. Un instant, je pensai que Gauvain et ses compagnons étaient de retour. Mais apparut un seul chevalier, un inconnu qui menait si grand bruit qu'on aurait dit qu'il était huit. L'air agressif, il fondit sur moi, plus rapide qu'un aigle et plus enragé qu'un lion.

Je restai sans bouger auprès de la fontaine, en le regardant venir sans avoir l'air de le défier, ni de le craindre. Il s'arrêta devant moi et me cria :

— Qui es-tu ? Es-tu un alien ?

— Oui, dis-je, je suis une étrangère.

— Comment es-tu arrivée ici ?

— Non loin d'ici, dans la forêt, un gardien de taureaux m'a montré le chemin de la fontaine

— Sais-tu ce que tu as fait? Tu as provoqué sur mes terres une telle tempête que plusieurs arbres sont brisés, les animaux se sont enfuis, et mon château en a été tout secoué. Et maintenant, il te faut réparer ton geste.

Sans me laisser le temps de lui répondre, il se pencha sur moi, me souleva de terre et m'enleva en croupe sur son cheval, qu'il lança aussitôt au galop. Je m'accrochai à sa cotte de mailles, car il était aussi tout en armures. Je n'avais pas même encore vu sa figure.

Il m'emmena ainsi, sur son noir destrier, jusqu'en un château fort, ceint de hauts murs et d'eau profonde. Pour nous laisser passage, on nous descend un pont-levis. Dès que nous avons mis pied à terre, le chevalier par le bras me tient en son poing, qu'il a fort et dur, et traverse avec moi une très vaste salle et beaucoup de belles chambres, jusqu'en la pièce la plus haute du donjon. Et je ne vis nul autre homme ni femme en ce manoir. Puis il me laisse seule en cette chambre et quitte les lieux, non sans avoir fermé la porte à clé.

Je me retrouvai enfermée dans une grande pièce dallée. En son milieu un lit est prêt, dessus la couche deux couvertures de soie brodée et des draps fins. Je m'en allai à la fenêtre.

Le soir tombait, et il pleuvait, une petite pluie qui pleuvinait, tout doucement, sans se lasser. « Lasse! dis-je, qui me fera de ce donjon un jour sortir, sinon la mort? » En bas, très bas, le noir fossé aux eaux sans fond me ceinturait. Le jour passait, et la forêt tout à l'entour disparaissait. Beau doux ami, mon cœur se noie, le bruit s'enfuit et, dans le bois, la vie s'en va avec la brune. Anquenuit ne luira la lune. Et la nuit et le bois me donnent grand ennui, et plus que le bois ni la nuit, la pluie.

Entre les draps je me couchai. Bientôt s'ouvrit la porte, et parut le chevalier funeste.

— Seigneur, dis-je, que ferez-vous de moi? Me tiendrez-vous ainsi recluse, en agonie?

Il avait revêtu de riches atours sombres, un bliaut noir tout brodé d'or, et un mantel d'écarlate, fourré de petit-gris. Sa figure était longue et plus inquiétante que jamais, quoiqu'il tentât de faire bonne mine. Il me welcoma en des termes fort courtois et me tendit une chemise, une robe de soie et un bliaut fourré d'hermine blanche.

Il m'invite à l'accompagner jusqu'en la salle pour dîner. Il me regarde et ses yeux noirs, fixes, lancent des étincelles. « Cet homme t'aime, dis-je en moi-même. » Et je ne sais s'il me faut plutôt en espérer ou en trembler.

Je mets la robe et le bliaut, qu'il m'aide à lacer étroitement dessus mes flancs. Quand je me vois bien atournée, si belles sont les étoffes, et si richement brodées, qu'en mon cœur revient un peu de joie. A ses côtés je redescends jusqu'au seuil de la salle, dont l'huis est grand ouvert. Sur une longue table nappée, je vois des plats, des chandelles en chandeliers et des hanaps d'argent doré, un pot de vin moré et l'autre de claret.

Autour de la table, il y a tant de chandelles que

vive est la clarté. Mais, au fond de la salle, mille ténèbres. Sur un banc sont deux bassins d'eau chaude, pour se laver les mains, et une serviette bien ouvrée, et fort blanche, pour s'essuyer. Ensemble nous mangeons, et buvons de ses vins, miellés et épicés. Puis il me raccompagne en ma prison.

Dedans le lit le chevalier entre avec moi. Il a retiré braies et chemise, mais je n'ai nul désir de lui. Et cependant, il est fort beau. Mais mon cœur vers lui ne me pousse, car il demeure tout entier entre les mains de mon ami. Quand il me voit toujours vêtue de ma chemise, couchée au bout du lit et froide comme marbre, le chevalier, d'un air fort sombre, quitte la chambre et m'y enferme.

Toute la nuit, je ne dors guère. L'aube vient, efface la pluie. Dans le ciel gris plane une aiglesse, que je regarde à la fenêtre. Son cri étrange étrangement me rassure, et je retourne dans le lit, où je trouve enfin le sommeil.

Tout le jour, je reste recluse et esseulée. Seule une vieille entre en la pièce pour m'apporter boire et manger, et tous les soins de la toilette. La nuit revient le chevalier, qui se couche en mon lit et tendrement m'accole. Il est fort beau, et ses yeux noirs lancent des flammes de tristesse.

— Elas, beau sire, lui dis-je, je ne puis vous donner ce cœur que mon ami a déjà pris. Prenez mon corps, si vous voulez, mais mon amour lui garderai.

Le chevalier ne dit mot, mais il se lève et disparaît.

La troisième nuit, il ne vient pas, ni celle d'après, ni les suivantes. Mon âme en grand tourment s'agite.

Les jours sont pâles comme mort, les nuits je reste à ma fenêtre, à écouter dans les étoiles le chœur silencieux des cieux. A l'aube, à l'heure où dans les airs plane sans bruit la sombre aiglesse, mon cœur halète, ne sais pour qui. Et je retourne dans mon lit, chercher le sommeil et l'oubli.

La septième nuit, j'entends la clé dans la serrure. Le chevalier dans la chambre est entré.

— Dame, fait-il, vous êtes libre.

Et il s'apprête à me quitter, en me laissant la porte ouverte.

— Sire ! dis-je, tout angoissée d'amour.

Alors il vient vers moi, et dans ses bras me presse, me chérit, me caresse. Ensemble en la profonde couche nous fait tomber l'ardent désir qui tant s'est tu, et de la bouche, et des mains, et du corps tout entier, nous nous baisons, fol et folle, et de folie perdus. Dans cette ire d'amour, sur la dalle de pierre, je chois à paumetons. Derrière moi, à genoillons, mon noir seigneur en mon cul m'aiguillonne, et me donne en la gorge un cri étrange, qui résonne de mur en mur, dans la chambre, dans le manoir, et par la fenêtre s'échappe dans la nuit, par-dessus le fossé aux eaux sombres, parmi les bêtes de la forêt.

Toute la nuit et tout le jour, le noir seigneur et moi nous compagnons charnellement. Jamais nous ne nous demandons de quels délices voulons paître, mais paissons tous ceux que nous commandent nos membres et notre tête, et de paumes et de langues, et de culs et de crevasse, et de bourses et de braquemart, et de jambes et de bras, et de ventres et de seins, et de doigts et de cheveux, et d'ongles et de dents. Et l'un par l'autre toujours attisés, toujours évigorés, nous forniquons sans nous lasser, comme, à force de jeu, pour l'un et l'autre nous tuer.

A la venue du soir, dans la chambre odorante de nos tourments et de nos joies, le corps endolori et las, du combat d'amour je tombe en pâmoison.

« Suis-je morte ou vive ? Ai-je vécu ou rêvé ? » pensai-je en revenant à moi. C'était la huitième nuit, et j'étais seule dans les ténèbres. Les habits que l'on m'avait donnés, chemise, robe et bliaut richement ornés, gisaient partout, fort déchirés. Je remis ma petite robe d'étrangère et je sortis par la porte grande ouverte. Je traversai des chambres, traversai la grande salle, sans rencontrer personne. Par le pont-levis, qui était baissé, je quittai le château, entrai dans la forêt.

Longtemps dans l'ombre je marchai, en me blessant aux ronces et aux épines. Longtemps dans la nuit je marchai, sans retrouver notre fontaine. L'aube revint, et je revis tournoyer dans le ciel l'aiglesse. « Aiglesse, pleurai-je, pourquoi tournoies-tu seule en ce si vaste ciel ? As-tu perdu tes deux amis ? »

Je pris un arbre et l'enlaçai, de toutes mes forces, les yeux fermés.

Tout doucement l'arbre pivote et me renvoie sur l'autre rive, de l'autre côté du livre. En couverture je vois écrit *Chrétien de Troyes, Marie de France*. Or je referme le grand livre, j'ouvre la porte et je m'en vais.

PORTE 14,

PORTE 12.

12

Le ramoneur

C'était un grenier mansardé, tout encombré de vieux objets. La lumière du jour, qui tombait de la lucarne, éclairait gaiement ce bric-à-brac. Par l'ouverture, on pouvait voir le ciel, très bleu, transparent. Sur un guéridon, je pris une charmante ombrelle un peu fanée, mais en parfait état. Je décidai d'aller voir le soleil.

J'enjambai la fenêtre et me retrouvai sur un toit de tuiles, face à une forêt d'autres toits, à la fois tous semblables et tous différents, avec leurs pentes douces, leurs tuiles roses, leurs zincs gris, leurs cheminées de toutes espèces, leurs antennes, leurs gouttières, leurs verrières, leurs saillies, leurs angles plus ou moins imbriqués... Les toits de la ville, étendus à perte de vue, et le ciel posé dessus, un ciel de printemps par instants zébré du vol vif et brutal des martinets, dont les cris rayaient la lumière, partout réfléchie.

Je me mis à marcher sur les tuiles, au-dessus de la grande cité, dont il ne me parvenait qu'une rumeur confuse et assourdie, et dont je ne voyais que cette magnifique, joyeuse et désordonnée troupe de toits. De temps en temps j'apercevais, par une lucarne ouverte, une chambre aménagée sous les combles, que traversaient parfois, comme en ombres chinoises, une ou deux silhouettes.

Je m'assis contre une grosse cheminée, pour contempler plus à mon aise le ciel et la ville. Tout était vaste et beau, ouvert et secret. Les martinets noirs et pointus criaient, fendaient l'air à une allure fulgurante, dans tous les sens, puis se déplaçaient en bandes d'un toit à l'autre. Mon regard fut attiré par une mansarde, juste un peu en contrebas de mon poste d'observation, où venaient d'entrer deux personnes, un homme et une femme. Ils se déshabillèrent et se mirent à faire l'amour sur le lit. Je me dis qu'à leur place je le ferais debout à la fenêtre, l'homme derrière moi, pour jouir en même temps du spectacle des toits.

Je me retournai en entendant un air bien connu de comédie musicale. Un ramoneur, d'un pas léger, se promenait de cheminée en cheminée, son long balai dedans la main. Agile et mince, tout noir de suie, il chantonnait d'un air joyeux. Il vint vers moi, me salua et enfonça son hérisson dans le conduit, qu'il ramona soigneusement.

Je m'écartai de ma cheminée pour le regarder travailler. Il avait une jolie frimousse et des yeux bleus illuminés par sa gaieté. Je me penchai pour regarder dans le trou noir.

— N'est-ce pas là un beau métier? me dit-il, amusé par ma curiosité. (Et, en chantant, il poursuivit :) Toute la journée je me balade au-d'sus d'la ville, avec les nuages, les chats et les oiseaux... De cheminée en cheminée je me balade, et je ramone, je ramone gaiement...

Il me tendit les bras, et nous nous mîmes à danser sur les tuiles, en reprenant sa chanson en chœur. Et puis il me plaqua contre la cheminée, je relevai ma robe, il ouvrit la braguette de sa salopette, d'où sortit un bel outil, qu'il fit entrer dans mon conduit et activa avec la même dextérité et la même vigueur qu'il montrait au maniement de son hérisson. Nous continuions à chanter.

Toujours enlacés, nous nous étendîmes sur la pente douce du toit, où nous poursuivîmes notre ouvrage, toujours chantant, quoique sur un rythme de plus en plus syncopé. Le dos contre les tuiles, la tête renversée dans le ciel, je jouis en même temps que lui.

Nous restâmes allongés sur le toit, côte à côte, car le jour pâlissait, et l'heure approchait de contempler le coucher du soleil. Quand il eut disparu, ne laissant plus dans le ciel que de grandes traînées rouges, je me levai, ouvris mon ombrelle, marchai jusqu'au bord du toit et sautai. Tout doucement dedans les airs je descendis, jusqu'à la rue, où je trouvai une sortie.

Dans le couloir, des spectres plus noirs que mon ramoneur m'encadrèrent et me tinrent compagnie par leurs chuchotements, leurs souffles dans mon cou. Encore une fois, je ne pus résister à l'envie de les voir enfin. Mais, encore une fois, ils s'effacèrent dans l'ombre, aussitôt que je me retournai. Peut-être

n'étaient-ils eux-mêmes que des morceaux d'ombre ?
Parfois leur présence invisible me terrifiait. Mais, en
ce moment, j'avais plutôt tendance à les considérer
avec bienveillance, comme cette araignée noire dans
un coin du plafond, que d'abord l'on redoute et qui
finit par devenir si familière qu'on a l'impression
qu'elle écoute quand on lui parle...

Je me sentais d'excellente humeur. Spontanément,
je m'arrêtai de marcher et poussai une nouvelle
porte.

 **PORTE 15.**

13

La lune

J'entrai dans un salon d'été, aménagé dans une véranda. Tout était éteint. Seule la lumière de la lune, que je ne voyais pas depuis ma place, permettait de distinguer dans l'ombre des fauteuils en osier, une table où brillait le reflet de quelques verres, une grande plante verte. Je me faufilai en tâtonnant un peu entre les meubles, rejoignis la porte vitrée.

Elle donnait sur un jardin laissé à l'abandon. Sur les deux côtés d'une allée bordée de pierres, des bouquets de grandes fleurs jaunes s'épanouissaient entre les hautes herbes. Un fil à linge garni d'épingles était tendu entre deux arbres. Une légère brise faisait frissonner les feuilles, à la pointe desquelles jouaient des lueurs argentées. Un oiseau de nuit ulula.

Derrière l'une des hautes grappes de fleurs jaunes, exactement sous la lune pleine, debout, immobile, vêtu d'un imperméable crème, se tenait un jeune homme.

J'ouvris la porte, sortis dans le jardin. Le ciel était chargé d'étoiles, traversé par la bande compacte et blanchâtre de la Voie lactée. La lune, énorme et crémeuse, trônait sur un halo épais, rougeoyant comme une plaie. On n'entendait que le froissement de la brise dans les feuilles, le ululement intermittent de l'oiseau, la respiration imperceptible du jardin et du jeune homme. Je me dirigeai vers lui.

Il regardait un point indéfini devant lui, et ne détourna pas les yeux vers moi, bien qu'il m'entendît sûrement approcher.

Quand je fus face à lui, il écarta très légèrement son imperméable, sous lequel il était nu. Je m'agenouillai dans l'herbe, au milieu des fleurs, qui frôlèrent mes épaules et mon visage. Elles dégageaient une odeur forte, un peu âcre. Je pris le sexe de l'homme dans ma bouche.

Je le suçai, lentement. Quand il jouit, je me retirai, pour voir jaillir sa substance blanche, irisée par les rayons de lune. De lourdes gouttes perlèrent sur mon visage, dans mes cheveux. Je les léchai. Elles avaient un goût de suc végétal.

Le jeune homme repartit, disparut dans l'ombre du jardin. Je revins vers la véranda. On entendit encore la chouette.

Je sentais sur mes genoux la trace des herbes fraîches écrasées. Je traversai la pièce et la quittai.

Dans le couloir, j'ouvris la porte suivante.

 PORTE 16.

14

Les fauves

Je me retrouvai dans un couloir aussi sombre que celui d'où je venais, mais beaucoup plus étroit et rempli d'un écho de rugissements de fauves, qui circulait dans ce boyau comme un maelström. Je m'immobilisai un instant, saisie de stupeur et d'effroi.

Et puis je continuai d'avancer. Au bout du corridor, qui était seulement à trois ou quatre pas, je devinais un rideau, et j'étais curieuse de découvrir ce qui se passait derrière.

Quand j'écartai la tenture, les rugissements, qui s'étaient tus, retentirent à nouveau. Dans une grande cage au milieu de l'arène d'un cirque vide, deux lions tournoyaient autour de leur dresseur, gueule ouverte et babines retroussées pour pousser leurs cris rauques. Le dompteur lança un ordre, et les fauves montèrent lentement s'asseoir sur des tabourets.

C'étaient deux bêtes magnifiques. Je m'approchai de la cage pour mieux les admirer.

Le dompteur me regarda, ouvrit la porte grillagée et attendit, sans dire un mot ni me quitter des yeux.

Je le rejoignis lentement, la peur au ventre, et j'entrai dans la cage.

Les fauves me regardèrent et rugirent encore. L'un d'eux sauta de son tabouret et fit un pas vers nous. J'étais paralysée de terreur. Le dresseur lui parla gentiment, dans une langue que je ne connaissais pas, et lui désigna le tabouret. Le lion retourna s'asseoir.

L'homme me prit par la main, m'entraîna au fond de la cage. Je ne quittais pas des yeux les fauves, qui eux aussi nous regardaient. L'homme me plaqua le dos aux barreaux et s'appuya sur moi. Son tricot de peau laissait paraître son torse et ses bras musclés, d'où se dégageait une odeur forte. A travers son collant, je sentis contre ma cuisse son sexe dur comme du fer.

Il déboutonna ma robe, qui s'ouvrit entièrement, baissa son collant, et me ficha son pieu entre les cuisses. Jambes écartées, bras ouverts au-dessus de la tête, je m'accrochai aux barreaux, tandis qu'il me fourrageait à coups puissants.

La cage se mit à trembler et à cliqueter. Je vis les fauves quitter leur tabouret et se remettre à tournoyer dans le sable. Paniquée, et comme si cela devait abréger ma terreur, les poings serrés autour des barreaux de la grille, que dans mon spasme je secouai violemment, je me laissai soudain emporter par l'orgasme, dans un fracas où se mêlaient les cliquetis de la cage malmenée, mes cris, les râles du dompteur qui jouissait aussi, et les rugissements des lions énervés.

Quand je revins à la raison, je restai pétrifiée de peur. Le dompteur s'était retourné vers ses bêtes et avait le plus grand mal à les calmer. Au moins avait-il réussi à détourner leur attention sur lui seul. Au lieu d'obéir à ses ordres, les lions le défiaient, gueule ouverte. Enfin, il réussit à les faire coucher. D'un signe de la main, il m'indiqua que le moment était venu de m'esquiver.

Lentement, le dos plaqué contre les barreaux, sans quitter les bêtes des yeux, je progressai pas à pas vers la porte de la cage. Le dompteur ne cessait de parler à ses fauves, car ils étaient toujours nerveux, et tentés de se lever. Tout doucement, j'entrouvris la porte, me faufilai... Enfin, je fus dehors.

J'aurais voulu dire au revoir à mon amant, mais il s'occupait à nouveau de faire monter les lions sur les tabourets, et se désintéressait totalement de moi. Au fond, je n'avais pas fait plus attention à lui que lui à moi. Nous n'avions pas même échangé un mot. Il n'avait parlé qu'à ses fauves, et je n'avais regardé qu'eux.

Je jetai un œil sur les gradins vides, en imaginant y entendre la rumeur excitée de la foule devant le numéro des lions. Par le petit boyau sombre, je rejoignis les couloirs.

Je m'aperçus que j'avais les jambes flageolantes et que j'étais épuisée. Je poussai une nouvelle porte, dans l'espoir de trouver un bon lit.

PORTE 17.

15

The golden phallus

J'entrai dans une immense salle de jeu, si grande que je n'en pouvais voir le fond. Sous l'impitoyable éclairage artificiel, tout brillait, à commencer par le décor néoclassique-kitsch, entièrement doré. Aussi loin que portait le regard, des dizaines de rangées de machines à sous s'alignaient dans tous les sens.

Les employés du casino, qui circulaient dans les allées, n'étaient que des hommes, de beaux jeunes hommes complètement nus, à l'exception d'un bandeau dans les cheveux et de sandales en cuir lacées aux chevilles. Et les joueurs n'étaient que des joueuses, des femmes de tous âges, assises sur un tabouret face à leur machine à sous, la main serrée sur le gros et grand phallus d'or qui servait de levier.

Les machines tintaient, ici ou là crachaient des pièces, et, quand le jackpot était suffisamment important, un des croupiers à poil courait au-devant de la gagnante pour la féliciter et l'aider à ranger ses dollars dans un casier.

Tout cela était assez excitant, mais je n'avais pas un sou en poche pour tenter ma chance. Je traversai la salle, cherchant le comptoir de l'hôtel auquel devait certainement appartenir ce casino. Sans doute même n'était-il que le jumeau d'une autre salle semblable, mais réservée aux hommes, avec des créatures de rêve de sexe féminin pour assurer le service.

Je trouvai en effet le hall de l'hôtel, vaste et clinquant. Ces établissements arborent toujours un luxe tapageur, tout en offrant des chambres à prix modiques, afin de mieux attirer le gogo dans leurs salles de jeu. Je repérai un ascenseur devant lequel un gros homme attendait. Je le pris avec lui.

Aussitôt les portes refermées, je lui dis :

— Je voudrais jouer, mais je n'ai pas d'argent pour ma première mise.

Et je le regardai droit dans les yeux. Il me sembla qu'il avait compris. J'ajoutai alors :

— Vingt dollars pour une pipe.

Il sortit les billets de sa poche et se déboutonna. Je lui fis la chose à côté des boutons d'étage, afin de n'avoir qu'à tendre la main pour commander une nouvelle ascension, ou une nouvelle descente. Nous nous baladâmes ainsi autant de temps qu'il le fallut, c'est-à-dire assez peu, car je trouvais plus amusant de faire ça dans le mouvement, plutôt que de bloquer l'ascenseur, ce qui eût risqué de me rendre claustrophobe, ne fût-ce que pour quelques petites minutes. De plus, nous courions ainsi le risque d'être surpris, ce qui ajoutait encore une pointe de piment.

Mes vingt dollars à la main, je rejoignis la salle de jeu, trouvai une machine libre et ne lâchai plus le phallus doré, que j'abaissais et relevais avec vigueur à chaque pièce engagée dans la fente. Un serveur joliment proportionné vint me proposer une boisson, et je le regardai avec intérêt mais sans insistance, par timidité. Puis je remarquai que les autres femmes ne se gênaient pas pour adresser compliments et plaisanteries aux membres du personnel, voire même pour les tripoter un peu. Quand le serveur revint prendre mon verre vide, je n'hésitai pas à lui adresser un sourire flatteur, tout en lui soupesant gentiment les couilles.

Au bout d'un moment, je gagnai une dizaine de dollars, et puis je reperdis tout. Il me fallut donc retourner aux ascenseurs. Cette fois encore, je repérai bien ma proie, car ma proposition trouva le meilleur accueil, bien que j'eusse doublé mon tarif. Je fus même particulièrement chanceuse, car un autre type pénétra dans l'ascenseur au dix-huitième étage et nous surprit en plein milieu de l'action. Je ne m'interrompis qu'une seconde, le temps de lui expliquer :

— Je travaille, monsieur.

Alors il se déboutonna aussi et attendit son tour.

C'est donc avec quatre-vingts dollars en poche que je repartis à l'assaut des machines à sous, et des phallus d'or.

Ce manège dura toute une nuit, ou peut-être tout un jour, ou toute une nuit et tout un jour, car il était impossible de se rendre compte de l'écoulement du temps, dans ce lieu privé de toute autre vie que celle du jeu, et de toute autre lumière que celle des néons.

The golden phallus

Plusieurs fois, je remportai le jackpot : la machine n'en finissait pas de cracher en branlant ses dollars, et aussitôt survenait le croupier, que dans mon enthousiasme je ne pouvais m'empêcher de tripoter, et que je finissais par gratifier d'un bon pourboire.

Quand j'avais soif, je faisais appel à un serveur, quand j'avais faim, je me rendais au restaurant, où l'on servait de tout en permanence, quand je manquais de fonds, j'allais aux ascenseurs et, quand j'avais gagné, je rejouais, jusqu'à tout perdre.

Quand j'eus épuisé toutes les joies de l'endroit, je fis signe au croupier que je trouvais le plus beau, l'attirai au bout de mon allée et lui fis cadeau du montant de mon dernier gain. Il prit mon visage entre ses mains et m'embrassa sur la bouche, d'un long et vrai baiser de cinéma. En le quittant, j'eus le plaisir de constater que son membre s'était aussi fièrement dressé que les phallus d'or. Je lui aurais bien fait une pipe, mais je commençais à avoir mal aux mâchoires. Nous nous fîmes un petit signe de la main et nous nous séparâmes.

Je retrouvai la porte des couloirs et je m'y engageai. Aussitôt les spectres sinistres revinrent me souffler dans les oreilles. Pour ne pas me laisser importuner plus longtemps, je poussai la porte suivante.

PORTE 19.

16

L'homme à la fenêtre

« Le retrouverai-je un jour ? » pensai-je, en poussant une nouvelle porte. Et déjà, je ne savais plus très bien quel était l'homme que je cherchais. N'était-il pas l'un de ceux que j'avais aimés ici ? En m'accrochant aux pas de cet homme qui était entré dans le petit cirque, qui devait être comme moi en train d'errer dans ce royaume étrange et d'y aimer d'autres femmes, ne poursuivais-je pas une chimère ? Ou bien, au contraire, n'avais-je pas aimé ici que de purs fantasmes, et ne trouverais-je le véritable amour qu'une fois accomplie cette quête de l'ombre, toute semée de désirs, de joies et de peines ?

Comme on aimerait pouvoir être toujours lucide, savoir vraiment ce que l'on fait, et pourquoi on le fait ! Mais, de même que plus nous accumulons de connaissances, plus nous nous apercevons de l'étendue de notre ignorance, plus nous progressons dans notre compréhension de nous-mêmes et du monde, plus le mystère, en nous et autour de nous, s'épaissit. Voilà pourquoi, projetés et ballottés dans des couloirs sombres, nous nous trouvons réduits à la merci de fantasmes qui nous gouvernent, bien plus que nous ne les gouvernons, et qui pourtant sont nos alliés, une sorte d'armée qui grossit et nous accompagne dans notre aventure.

J'étais entrée dans une petite chambre toute simple. Je me dirigeai vers la fenêtre, voilée de légers rideaux blancs. Elle donnait exactement sur la fenêtre d'une autre chambre, dans un autre immeuble, seulement séparé du mien par une étroite impasse. Et dans cette autre chambre, semblable à la mienne, un homme, assis dans un fauteuil, lisait.

C'était un homme mûr, grand et charpenté, qui avait dû être beau et athlétique dans sa jeunesse, mais que l'âge avait rendu un peu lourd. Était-ce le fait de l'observer à travers une fenêtre? Je ressentis tout de suite pour lui une vive curiosité.

Fait étrange pour un homme qui lisait tranquillement dans sa chambre, il portait un costume sombre, élégant, une chemise blanche et une cravate, fine et sobre, dont le nœud était relâché autour du col ouvert. Ses cheveux, courts sur une nuque épaisse, grisonnaient, et sa tête forte, bien qu'il eût l'air d'un intellectuel, eût presque pu être celle d'un boxeur, avec son nez cabossé, son front bas, ses pommettes saillantes, son menton carré. Le bas de son pantalon remontait sur sa jambe droite, qu'il avait croisée sur l'autre, et je pouvais voir sa chaussette, une fine chaussette en coton gris, qui moulait sa cheville. J'essayai en vain de déchiffrer le titre du gros livre qu'il lisait.

L'homme ne bougeait pas, et, cependant, le fait de

l'épier à son insu m'excitait considérablement. Il me semblait qu'à force de l'observer j'allais le pénétrer, percer son secret. C'était comme un viol sans violence, quelque chose qui me remplissait d'une sensation très douce et très aiguë.

Je le regardais et je me demandais quelle pouvait être sa vie, j'imaginais son corps nu, sa façon de faire l'amour, sa façon d'être... Quelles étaient ses préoccupations, en ce moment ? Quelle sorte de femmes aimait-il ? Était-il sensible, amoureux, sexuel ? Libre ? Capable de fantaisie ? Intelligent ? Gai ? Ténébreux ? Mystérieux ?

L'homme se leva, se dirigea vers la fenêtre et s'y arrêta, face à moi. J'ignorais s'il pouvait me voir derrière mon rideau. Nous restâmes un moment sans bouger, et bientôt je sus, à l'expression de son visage, qu'il me regardait. Alors je me mis à ouvrir lentement ma robe, qui était toute boutonnée sur le devant.

Une fois la robe ouverte, je tirai le rideau. Il regarda mon corps, me regarda. Je tombai à genoux derrière la fenêtre, où je posai ma bouche, à hauteur de son sexe, de l'autre côté de la ruelle. Les lèvres appliquées contre la vitre, je me mis à la sucer, en fixant ses yeux pour le prier de répondre à mon désir. Il défit sa braguette, libéra son sexe. Il bandait.

Un instant, je fermai les yeux, de bonheur. Il était magnifique. Je le dévorai du regard, encore et encore. Ces couilles et cette grosse queue qui débordaient du costume élégant, sous la cravate, étaient magnifiques. Je me relevai, ôtai ma robe et me mis à tourner lentement derrière la fenêtre, en ondulant des hanches pour lui laisser tout le loisir d'examiner mon anatomie.

J'écrasai mes seins contre la vitre, les caressai. Il prit sa queue dans sa main, commença à la faire coulisser lentement. Alors j'approchai le fauteuil de la fenêtre, m'y installai, jambes écartées sur les accoudoirs, et me branlai, face à lui, sans le quitter des yeux. Je jouis en le regardant s'astiquer, de plus en plus vite. Au moment où mes reins se convulsèrent et se soulevèrent dans le fauteuil, au moment où je criai, tête renversée, je restai consciente qu'il était en train de me regarder avec avidité, que je l'excitais autant qu'il m'excitait. Je rouvris les yeux à temps pour le voir éjaculer, envoyer tout son foutre chéri sur la vitre, où il se mit à dégouliner lentement.

Puis il quitta la pièce et ne reparut pas. J'allai me coucher et je m'endormis aussitôt. Je m'éveillai à la nuit tombée. Mon premier mouvement fut de regarder par la fenêtre, depuis mon lit. A ce moment même, je vis la lumière s'allumer dans la chambre d'en face, et l'homme y pénétrer, en compagnie d'une femme.

C'était une grande femme, forte et maquillée. « Une pute », pensai-je. Elle enleva son manteau, sous lequel elle était en guêpière, bas et escarpins à talons démesurément longs et pointus. Ses gros seins pigeonnaient abondamment.

Je laissai ma chambre plongée dans l'ombre. Ils se mirent à faire l'amour, et je me dis qu'il avait fait exprès de la ramener pour la baiser en pleine lumière, sous mes yeux. Elle tomba à genoux devant lui, comme je l'avais fait derrière la vitre, et commença à le sucer. Puis il l'entraîna sur le lit et se mit à peloter et manger ses gros nichons. Comme j'aurais voulu être à sa place! Comme il devait bander! J'avais envie pour lui qu'il prenne du plaisir, même si je ne pouvais le lui donner moi-même. Pourtant, la chose ne l'intéressa pas longtemps. Avec l'aide de la fille, il se déshabilla, puis se coucha sur elle et la prit.

Les chevilles de la fille, avec ses talons aiguilles, entouraient le cou de mon aimé, dont le vaste dos allait et venait, sans précipitation, entre ses cuisses. Je me sentais à la fois très excitée et très triste de le voir faire l'amour à une autre femme. Et je ne savais si c'était davantage la brûlure de la jalousie, ou celle de la lubricité, qui me retenait clouée derrière cette fenêtre, dans le noir, le souffle court et la poitrine douloureuse, à ne pas perdre un détail de leur copulation.

L'homme fit mettre la fille par terre, à quatre pattes devant la fenêtre, et, agenouillé derrière elle, l'encula, face à moi. Je regardai intensément son visage, qui se tordait de plaisir. J'avais envie de crier « non, non! », et « oui, oui! », car je voulais être elle, je voulais être lui, je le voulais, lui, je voulais que tout ça se passe dans mon corps à moi... Au dernier moment, il se retira de la fille et éjacula en l'air, vers moi. « C'est pour moi, pensai-je, c'est mon cadeau, il l'a fait pour moi. » En même temps que lui, je jouissais la bouche ouverte, comme si j'allais pouvoir avaler le foutre qu'il m'envoyait.

Je quittai la pièce, un peu perdue. Jamais je ne pourrais toucher cet homme. Il ne m'avait donné que son image, et il ne me donnerait jamais rien de plus. Pourtant, si j'avais pu le connaître, c'eût peut-être été l'homme que j'eusse le plus aimé au monde...

Dans les couloirs, je marchai longtemps, en revoyant sans cesse les mêmes cruelles et fascinantes images. Avais-je eu raison de m'exposer ainsi devant lui ? C'était si dérisoire... Mais c'eût été pire encore si je n'avais pu rien montrer de mon désir. Qu'avait-il pensé de moi ? M'avait-il un peu aimée, lui ? Maintenant que j'avais perdu cet homme, cet homme que je n'avais jamais eu, je n'avais plus goût à rien.

Des spectres me suivaient, chuchotaient dans mon dos et disparaissaient chaque fois que je me retournais pour tenter de les voir. Ils finirent par me préoccuper davantage que le souvenir de l'homme à la fenêtre. Pour échapper à leur pénible manège, je me décidai à pousser une autre porte.

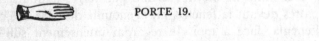 PORTE 19.

17

Les kilts

C'était une rue paisible et grise, grise comme la brume qui enveloppait toute chose et lui donnait un caractère un peu inquiétant, très romantique. On n'y percevait ni bruit, ni silhouette, ni aucune manifestation d'âme qui vive, et je restai un moment sans bouger, à scruter le brouillard, désemparée. Et puis je me décidai à marcher, dans n'importe quelle direction, puisqu'il m'était de toute façon impossible de savoir où j'allais.

Je n'avais pas fait trois pas que j'eus l'impression d'avoir donné, bien malgré moi, quelque alerte, ou quelque signal de départ. En effet, une musique encore lointaine, ou étouffée par la brume, se fit entendre, et des gens peu à peu jaillirent de nulle part, jusqu'à former une foule compacte et excitée, qui se massa sur le trottoir, comme pour attendre le passage d'un cortège. Mêlée à eux, j'attendis aussi, car il était devenu très difficile de circuler.

La musique se rapprochait. Maintenant je reconnaissais une de ces mélopées traditionnelles d'Écosse et le son des cornemuses. Enfin, on distingua dans la brume le premier rang des musiciens, dont l'ensemble remontait la rue au pas. J'essayai de me faufiler dans la foule, afin de trouver une meilleure place que la mienne. J'étais arrivée au bord du trottoir, quand il se fit une grande bousculade, au cours de laquelle je tombai à la renverse sur le dos, la tête dans le caniveau.

Au même moment, les musiciens arrivèrent à ma hauteur. Quelle chance ! Car les gens alors n'eurent plus d'yeux que pour eux et oublièrent de se soucier de moi. Moi aussi, je regardais le spectacle avec la plus grande excitation. Et sans doute n'y avait-il dans cette foule personne qui en jouît autant que moi. Car moi seule en avais la preuve évidente sous les yeux : les cornemuseurs, sous leurs kilts, étaient nus.

Oh ! A quel beau défilé de breloques, binious, instruments merveilleux, me fut-il donné d'assister ! Je n'en avais jamais vu autant à la fois, tous différents et tous semblables, charnus et prodigieusement appétissants, si joliment ballottés par la marche ! J'en oubliai la foule autour de moi, et je portai mes mains entre mes jambes, juste quelques instants, juste assez pour goûter le divin soubresaut, en même temps que paradaient au-dessus de mon visage extasié les derniers rangs de leurs divins charmes.

Aussitôt qu'ils furent passés, je me relevai et m'éclipsai, la tête basse, craignant que quelqu'un ne se fût rendu compte de mon manège, et désireuse de savoir où se rendait ce très gracieux régiment de mâles. Je les suivis :

PORTE 18.

Les pisseurs

Finalement, l'ensemble des cornemuseurs entra dans un pub. Je m'y engouffrai à leur suite, sans idée préconçue, seulement parce qu'ils m'excitaient. Ils se débarrassèrent de leurs instruments et s'installèrent au comptoir, où ils commandèrent joyeusement des bières. J'en demandai une aussi, assise à la seule place qui restait, à une extrémité du bar.

Quelques-uns, qui étaient juchés sur des tabourets, n'avaient pas replié leur jupe sous leurs fesses. Et je pensai avec émotion que tout leur attirail charnu reposait là, mollement, contre le skaï du siège, à l'insu de tous les autres clients du pub, excepté de moi-même. Je regardais leurs chevilles et leurs mollets, pris dans d'épaisses chaussettes, la ligne où elles s'arrêtaient, au-dessous du genou, et le peu de chair que l'on voyait alors, musclée et poilue, avant l'ourlet du kilt. Ah, comme j'aurais aimé pouvoir balader mes mains et mon visage sous ces jupes !

Je n'arrêtai pas de regarder, je regardais tout, tout ce que je pouvais voir, et j'imaginais tout, tout le reste... Et j'étais si brûlante entre mes jambes que je décidai d'aller me soulager aux toilettes.

Je ne l'avais pas fait exprès, ou du moins pas consciemment, mais je me rendis compte que j'étais en train de suivre l'un des cornemuseurs, qui allait au même endroit que moi. Les yeux rivés sur ses jambes, je ne pus me détacher de lui et j'entrai à sa suite dans les toilettes pour hommes.

Nous avions tous les deux un peu abusé de la bière. Je le regardai sans vergogne et, devant lui, je levai ma robe, m'assis sur le siège et pissai.

— A toi, maintenant, dis-je.

Et je passai ma main sous sa jupe pour lui attraper la queue et le conduire ainsi devant la cuvette. Puis je la lui tins pour le faire pisser. Je visai très mal, et nous en foutîmes partout, en riant beaucoup.

Quand il eut terminé, je tombai à genoux devant lui et commençai à le sucer. Il durcit un peu, me saisit par les épaules pour me plaquer debout contre le mur et voulut me prendre. Mais il avait décidément trop bu. Je me mis à le branler pour rendre à son engin suffisamment de vigueur. Quelle expérience magnifique de branler un homme sous sa jupe ! En même temps, il me tripotait de son mieux le minou, de ses grands et gros doigts. J'étais dans un tel état que je jouis presque aussitôt, en criant et en me cognant la tête contre le mur carrelé.

Mon enthousiasme sembla lui donner le dernier coup de fouet nécessaire. Il me pénétra d'un coup, bien qu'un autre cornemuseur vînt d'entrer dans les toilettes, dont nous n'avions pas pris la peine de fermer la porte. Ce dernier nous contourna pour aller pisser dans la cuvette, juste à côté de moi, puis se branla en nous regardant.

Quand mon partenaire eut joui et m'eut fait jouir plusieurs fois, le deuxième cornemuseur le remplaça. Cette fois, je me penchai au-dessus de la cuvette, en me tenant aux bords pleins de pisse, et il me prit par-derrière.

Lorsque enfin je quittai ces toilettes, je me sentais calmée pour un bon bout de temps. Je rejoignis tranquillement la douceur ouatée de la rue, jusqu'à la sortie. Une fois dans les couloirs, je repris ma quête à travers les portes.

PORTE 21,

PORTE 22.

19

La boue

Il pleuvait. Une grosse pluie chaude qui dégoulinait lourdement d'entre les arbres, sur le chemin de terre détrempé. A une trentaine de mètres devant moi, sur ce même sentier, marchait un homme en chemise et pantalon de toile kaki. Le tissu mouillé se plaquait contre son petit cul rond et dur, et contre les muscles de son dos, de chaque côté de la fente souple de la colonne vertébrale. Ses cheveux étaient ras sur sa nuque épaisse, ses épaules larges, ses hanches étroites, ses jambes longues, ses pieds chaussés de rangers. Je me mis à le suivre.

Très vite, mes cheveux et ma robe furent trempés, eux aussi, et se collèrent à ma peau. La forêt dégageait une forte odeur d'humus et de sève. J'abandonnai mes chaussures, pour marcher pieds nus dans le sol limoneux. La pluie semblait occuper tout l'espace sonore, jusqu'à l'intérieur de mon corps.

«Je vais t'avoir», pensai-je, les yeux rivés sur le mec que j'avais pris en chasse, sur cette silhouette de belle bête, ce cul qui se contractait en souplesse à chaque pas, d'un mouvement régulier, provocant.

Et plus j'avançais derrière lui, plus je bandais.

La boue baisait la plante de mes pieds, j'y enfonçais mes orteils. Ma robe mouillée se fourrait entre mes cuisses, épousait la chaleur de mon sexe, où elle se changeait en eau brûlante. « Maintenant », me dis-je. Et je marchai plus vite, pour me rapprocher de lui. Le désir me vidait la tête, je me sentais fiévreuse et surpuissante, comme sous l'effet d'une drogue.

J'avançais à pas rapides, rythmés, sûrs, droit vers mon but. L'homme se retourna, me regarda un instant, de ses petits yeux marron, et un mince sourire se dessina lentement sur son visage de grand garçon brutal, mais encore joufflu. Puis il poursuivit son chemin.

Je lui emboîtai le pas, haletante, jusqu'à le serrer au plus près. Je marchai quelque temps ainsi, presque à le frôler, dans son odeur. Il était très athlétique et viril, mais il émanait de lui quelque chose de charnel, de rond, de profondément sensuel. Il suffisait de suivre cet homme comme je le faisais, vibrante et réceptive, pour se rendre compte qu'il pouvait être facilement aussi fragile que dangereux. D'un geste vif, spontané, je passai mon bras entre ses jambes et attrapai ses couilles à travers le pantalon. Il s'arrêta.

Je les tenais bien en main. Sans le lâcher, je tâtai un peu plus haut pour empaumer aussi sa bite. Je la trouvai, la malaxai à travers le tissu mouillé. Nous étions toujours immobiles, debout, moi derrière lui. Il avait un peu levé la tête, écarté les jambes, et sa grappe gonflait sous mes attouchements. Son torse enflait à chaque inspiration, le souffle lui manquait, comme à moi. Je continuai à lui masser la queue, l'avant-bras fiché entre ses cuisses, contre ses fesses dures.

Il avait bien trente centimètres et quarante kilos de plus que moi, mais, toujours en restant derrière lui, je l'entraînai par terre. Nous nous étendîmes sur le flanc, dans le bourbier. Je passai un bras sous sa hanche, défis son ceinturon, les boutons de sa braguette, tendue. Puis je tirai en même temps sur son pantalon et sur son caleçon, que je ramenai à ses genoux.

J'étais déjà crottée de glaise, et lui aussi. La terre détrempée faisait une pâte élastique et odorante, qui collait aux vêtements, aux cheveux, aux poils, aux ongles, à la peau, et qu'on avait envie de manger. J'en pris plein mes paumes et lui en massai les fesses, en les écartant bien l'une de l'autre. Et puis je les léchai, les barbouillai de salive, à force coups de langue, jusqu'à les nettoyer.

Une nouvelle fois, je passai ma main entre ses cuisses, attrapai sa grappe gonflée et la ramenai en arrière, juste sous son cul, en lui faisant refermer les jambes pour l'y maintenir. J'enfouis mon visage dans ce triangle obscur, chaud et charnu, et lui suçai le gland. En même temps, j'enserrai une de ses jambes entre mes cuisses et m'y frottai. Je jouis contre son pantalon, le nez entre ses fesses.

Il pleuvait toujours, et la fange où nous étions vautrés était de plus en plus vaseuse. Elle s'accrochait partout, rendait nos corps prodigieusement doux, sales et glissants. A la hauteur de son pubis, des doigts je creusai un trou dans le sol. Puis je le fis coucher sur le ventre et enfoncer sa bite dans le trou. Je m'étendis contre lui en lui mordillant la nuque.

Arc-boutée sur lui, robe relevée, le clitoris frottant contre la raie de son cul, les mains sous sa chemise, refermées sur ses seins, je me mis à le bourrer de coups de reins, méthodiquement, tandis qu'il s'occupait à foutre la terre, la glaise douce et suceuse qui lui enveloppait la bite. Quand je sentis monter mon plaisir, je l'agrippai par les hanches pour mieux le contrôler et, en quelques mouvements plus amples, plus précis et plus appuyés, je jouis, en plein dans son cul souillé de boue.

Dans un dernier râle, je me rendis compte qu'il était sur le point de jouir, lui aussi. Alors je retournai lui lécher le trou du cul, en lui massant les fesses, où mon jus se mêlait à la glaise. Ses reins se convulsèrent, et il éjacula, happé par le trou de boue.

Il se laissa retomber, la joue contre la terre détrempée. Je tendis mes mains sous la pluie pour les laver, puis les passai sur ma bouche et sur son front, où je déposai un baiser. Je me levai et le laissai, étendu de tout son long dans la glaise accueillante, la chemise relevée sur le dos, le pantalon baissé sur les genoux, le cul tendrement battu par la pluie chaude.

Je repartis sur le chemin, récupérai mes chaussures. Avant de sortir, je trouvai dans la forêt un coin herbeux, où je réussis à me nettoyer entièrement. Puis je rejoignis les couloirs, pleinement, absolument et magnifiquement heureuse.

PORTE 20.

20

Les couloirs

Ma robe, encore trempée, collait à mon corps. Dans les couloirs, je me mis à marcher vite, les bras croisés sous la poitrine. Le froid m'entrait dans la peau, je frissonnais. Derrière moi, tout près de moi, je sentais le souffle des deux spectres qui me poursuivaient. J'avais encore une odeur de boue et d'amour, mes cheveux dégoulinaient de grosses gouttes froides qui couraient dans mon cou et le long de mon dos.

J'avais envie de retourner dans le chemin, où j'avais laissé l'homme couché sur le ventre, par terre, pantalon aux genoux, j'avais envie d'enduire encore ses fesses et ses bourses de glaise, et de le chevaucher par-derrière, comme si j'étais un homme, un homme en train de prendre un autre homme. Ç'avait été un si grand, un si beau moment. J'avais voulu croire que j'atteignais à la perfection. Et pourtant, je devais bien reconnaître qu'il m'avait manqué de pénétrer réellement cet homme et d'être pénétrée par lui.

Je continuais d'avancer dans le labyrinthe obscur, dédaignant les portes qui s'alignaient tout au long des murs. Parfois il me semblait entendre parler les spectres, mais je ne pouvais donner le moindre sens à leurs chuchotements.

Maintenant je commençais à me sentir lasse de ce périple sexuel et amoureux, j'avais envie de retrouver l'homme que j'étais venue chercher ici et de quitter ce lieu d'errance. Car, si j'y trouvais de grandes jouissances, je m'y sentais aussi gagnée par une peur sourde, qui se manifestait par la présence de plus en plus insistante des spectres. De cette peur, j'ignorais la cause réelle, et ce mystère me troublait davantage encore. Quelque chose de décisif allait finir par m'arriver, et ce pourrait être le pire aussi bien que le meilleur.

Je me couchai par terre dans un couloir, contre un mur, et j'essayai de m'endormir. Mais aussitôt que j'eus fermé les yeux, les spectres se mirent à virevolter autour de moi, à faire tournoyer l'air dans tous les sens, comme pour m'obliger, par leurs tourments, à poursuivre mon chemin.

Je tentai de résister, les mains entre mes jambes. Encore et déjà, j'avais envie d'un homme, de sentir en moi et contre moi un homme, de m'abandonner à lui et de le gouverner, de tirer de lui et de lui donner joie et plaisir, d'être par lui sauvée de la peur, de moi-même et du monde. « Hommes, dis-je, je jure de vous aimer et de vous êtres fidèle toute ma vie. » Et mes mains doucement s'enfoncèrent et ondulèrent dans mon sexe brûlant, et je me mis à haleter et à gémir, toujours couchée contre le mur, en chien de fusil, dans le chahut des spectres, tout en jurant ma passion aux hommes, sans lesquels la mort m'eût emportée depuis longtemps.

Quand j'eus atteint l'orgasme, je me rendis compte que le calme était revenu autour de moi. Les spectres étaient partis ou, du moins, ils avaient cessé leur harcèlement. Je me sentais un peu triste, mais apaisée, prête à reprendre ma quête. Je me levai, arrangeai un peu ma robe et mes cheveux toujours humides, et poussai la porte suivante.

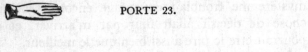 PORTE 23.

21

Le secret

Je me trouvai aussitôt prise dans une foule joyeuse, des hommes et des femmes en tenues de soirée extravagantes, qui évoluaient, une coupe à la main, sur une grande terrasse illuminée, par une belle nuit d'été. D'abord, personne ne fit attention à moi.

Je me faufilai entre les gens, jusqu'auprès de la piscine. C'est alors qu'un petit groupe de quatre ou cinq filles et garçons sembla me reconnaître et fondit sur moi en s'écriant :

— Ah, la voilà !

Ils paraissaient passablement éméchés.

— Non mais, regardez un peu dans quel état elle s'est mise ! ajoutèrent-ils en riant.

Je pensai que je n'étais pas très présentable avec ma pauvre petite robe, et je me sentis passablement gênée. Mais comment disparaître subitement, au milieu de cette foule qui n'avait maintenant plus d'yeux que pour moi ? Du moins, c'était ce que je supposais, étant donné le tapage que ces sinistres lurons s'étaient mis à faire autour de moi. Mais peut-être personne ne prêtait-il attention à leur numéro.

Quoi qu'il en fût, tout ce monde commençait à m'étouffer. Et ce me fut presque une délivrance quand la petite bande m'empoigna par les membres et me jeta à l'eau.

Je remontai sans me presser à la surface, puis replongeai. La deuxième fois que je sortis la tête hors de l'eau, mes yeux tombèrent directement dans ceux d'un homme qui me fixait, debout au bord de la piscine. C'était un homme sec, de taille moyenne et très laid. Lui seul portait un costume à peu près classique et de très belle coupe. Son visage disgracieux, mangé par une barbe de plusieurs jours aux reflets bleutés, fascinait par son regard perçant. Je nageai jusqu'au bord du bassin et en sortis.

— Pardonnez-leur, dit-il en venant à ma rencontre.

Puis il se présenta. Il s'appelait Hans, et nous nous trouvions ici chez lui, où il donnait une petite fête. Il s'exprimait avec une parfaite distinction, un maintien et une aisance qui auréolaient vite sa laideur d'un charme puissant. Il me prit par le bras, et je me laissai guider à l'intérieur de la grande et luxueuse maison, où il me confia à une jeune employée, avant de s'éclipser. Je le regardai partir avec regret.

La soubrette m'emmena à l'étage, où elle me proposa une chambre avec salle de bains et, dans une très longue armoire à glaces qui occupait un mur entier de la grande pièce, toute une garde-robe de femme.

— C'est votre taille, n'est-ce pas ? dit-elle. Prenez

ce que vous voudrez, ce sont les vêtements de
l'ancienne femme de M. Hans. Comme vous le voyez,
certains n'ont même pas eu le temps d'être portés.

— Pourquoi ? Elle est morte ?

— Non, elle est partie.

— En laissant toutes ses affaires ?

— Vous retrouverez M. Hans sur la terrasse ou
dans le grand salon. Il vous attend. Avez-vous besoin
d'autre chose, madame ?

— Non, merci.

La jeune femme sortit, sur un sourire impertinent.
Je pris un bain, me parfumai et choisis dans la garde-
robe très variée un body sans manches, en vinyle,
zippé sur le devant, sur lequel j'enfilai un mini-short
en soie, avec un gros ceinturon de fer. Je m'amusai à
compléter ma tenue avec des bas autofixants, des
bottines lacées à hauts talons bobines, des gants fins
et soyeux, coupés aux phalanges comme des mitaines
et moulants jusqu'au-dessus du coude, ainsi qu'un
collier de perles grises, tombant dans mon décolleté.
Je tirai mes cheveux en arrière, les dissimulai sous
une coiffure en feutre et soie noire, bordée de perles et
emboîtée sur la tête comme une perruque. Je maquillai soigneusement mon visage et mes mains, et
vérifiai mon allure dans les glaces. J'étais très belle.

Je redescendis au salon. Cette fois, ma tenue était
plus en accord avec celle des invités, qui faisaient
tous assaut de dandysme et de décadentisme. On
approchait de la fin de la nuit. Le D.-J. faisait patiner
des disques sur des platines, des gens dansaient sur la
house, d'autres s'enlaçaient dans les divans et dans

tous les recoins. Je me dirigeai vers le bar, lorsque je vis mon hôte, Hans, venir à ma rencontre.

Il m'adressa un compliment sur mon changement d'apparence, et nous prîmes un verre. En le regardant, je me fis la réflexion désagréable que sa femme avait dû partir bien vite pour ne pas même prendre le temps de faire ses valises... Qu'est-ce qui avait bien pu motiver une telle précipitation ? Pourtant, Hans était parfaitement courtois, et même presque attendrissant, car on pouvait deviner, derrière le masque d'humour froid, une certaine tristesse, peut-être une sensibilité blessée.

Nous parlions à peine, à cause du bruit. Mais nous restions assis côte à côte, comme si c'était la chose la plus naturelle du monde, comme s'il m'avait attendue, comme si nous étions deux vieux amants, ou deux êtres inéluctablement aimantés. Je pris un deuxième verre, puis un troisième, un quatrième peut-être. Par la baie vitrée je voyais les étoiles s'effacer, dans le ciel qui virait au gris. Et, je ne sais pourquoi, ce spectacle, ce moment, me parurent soudain insoutenables. Je me levai d'un bond pour y échapper et rejoignis la piste, où je me mis à danser de toute mon âme.

J'étais entourée de filles et de garçons excentriques et charmants. L'un des plus mignons ne me quittait pas des yeux et s'arrangeait pour danser toujours face à moi, mais je mis longtemps à m'en rendre compte, car je ne m'apercevais de rien, sinon du mouvement de la musique à l'intérieur de mon corps. De temps en temps, j'allais me désaltérer en avalant un nouveau verre d'alcool, et puis je retournais danser. Je finis par me coller à mon joli partenaire, et nous dansâmes en nous embrassant à pleine bouche.

Et puis il ne resta plus personne sur la piste, et la musique cessa. Il faisait grand jour. En titubant dans le désordre du salon, je rejoignis la terrasse, où chauffait déjà un beau soleil matinal. Allongée au bord de la piscine, je trempai un doigt dans l'eau et l'agitai pour regarder les reflets. Maintenant, je savais que Hans, à la barbe bleutée comme l'eau de la piscine, allait revenir et me prendre. Je l'attendais.

Je me couchai sur le dos et je ne pensai plus à rien, qu'à respirer l'air du matin, à laisser se poser sur ma peau sa caresse encore fraîche, le regard perdu dans les frondaisons du parc. Dans le silence doucement brodé de chants d'oiseaux, je l'entendis venir.

Il s'agenouilla entre mes jambes, défit mon ceinturon et déchira mon short, dont la soie parut crier entre ses mains. Puis il fit sauter la fermeture à pressions de mon body. J'écartai largement les cuisses, genoux pliés, et tendis légèrement le bassin, espérant sa bouche, son baiser. Mais il ne se produisit rien.

Je baissai les yeux sur lui et je vis qu'il était toujours agenouillé, immobile et perdu dans la contemplation de ma coquille grande ouverte. Un peu surprise, je décidai de le laisser regarder autant qu'il le voudrait, puisqu'il semblait y trouver du plaisir.

Le temps passait, et rien ne changeait. Un moment, il se coucha sur le ventre, la tête entre mes jambes, et je crus qu'il s'était enfin décidé. J'avais eu le temps d'imaginer les sensations que me donnerait sa barbe, d'attendre le premier contact de sa langue dans ma petite chatte impatiente, d'espérer qu'elle s'y révélerait la plus habile des langues et qu'elle saurait me faire délicieusement jouir, comme peu de langues d'hommes savent le faire...

Mais, apparemment, il avait seulement voulu rapprocher son visage de mon sexe écartelé. Il en était si près que je pouvais sentir son souffle, mais toujours aucun contact. J'attendis encore, pensant qu'il n'allait pas tarder à m'honorer, maintenant.

Au bout d'un moment, je me mis à bouger un peu le bassin, en poussant de petits gémissements de désir pour lui faire comprendre qu'il était temps de mettre un terme à sa rêverie, ou à son examen. Et, pour être tout à fait claire, je l'attrapai par les cheveux et tentai de lui mettre de force sa bouche dans celle de mon ventre, qu'il avait tant admirée. Mais il se dégagea avant de m'avoir touchée.

Je m'assis d'un bond, profondément vexée et frustrée.

— Pardonnez-moi, dit-il. Je suis appelé par une affaire urgente, très urgente.

Il avait un drôle d'air, qui me fit peur. D'un seul coup, je n'avais plus envie de rien, sinon de le voir partir.

— Voici les clés de la maison, poursuivit-il en me tendant un trousseau. Comme vous le voyez, sur chacune est écrit le nom de la pièce qu'elle ouvre. Allez vous reposer dans votre chambre, faites-vous servir à manger, visitez le parc et la maison... Vous êtes ici chez vous...

Il parlait d'une voix blanche et en haletant un peu, comme s'il était très excité. Pourquoi, alors, m'abandonnait-il ? Je retirai mon body, sous lequel j'étais nue. Parce que j'avais trop chaud, et peut-être aussi dans un dernier espoir de le tenter. Mais il se contenta d'ajouter, presque fiévreusement :

— Je vous en supplie, restez. Je serai de retour ce soir, et... nous aurons tout notre temps...

Et il partit. Après avoir fait quelques pas, il se retourna et cria :

— Sur le trousseau... il y a sûrement aussi la clé de la cave... Ouvrez toutes les pièces que vous voudrez, mais pas celle-là. Surtout pas celle-là, c'est très important... Je vous expliquerai...

J'étais épuisée. « Putain d'allumeur, pensai-je. Il y a tout de même de drôles de types... » Je renonçai à m'interroger davantage sur son cas et je me levai pour rejoindre ma chambre. J'avais seulement envie de dormir.

Dans l'escalier, je rencontrai une autre employée de maison, moins jeune mais aussi séduisante que celle de la veille. Elle me proposa de m'apporter un petit déjeuner dans ma chambre. J'acceptai avec plaisir. En attendant mon café, je me plongeai dans la baignoire. J'en sortis pour m'attabler devant un plateau fumant, auquel je fis honneur avec un bel appétit. Et puis je me couchai et m'endormis.

A mon réveil, au milieu de l'après-midi, je vis par la fenêtre qu'il faisait toujours aussi beau, et j'eus envie d'aller faire un tour dans le parc. Je choisis dans l'armoire une robe d'été fluide et fraîche, des tennis en toile blanche, un chapeau de paille, et je sortis. Au moment de refermer la porte de ma chambre, je me souvins du trousseau de clés et je retournai le chercher sur la table de nuit.

Je ne restai pas longtemps dans le parc. Ce trousseau de clés, qui était pourtant petit, m'encombrait. Je n'avais aucune poche où le mettre, j'étais obligée de le garder dans ma main, j'avais peur de le perdre, je ne pensais plus qu'à lui. Pourquoi m'avoir donné ces clés? Il ne m'avait pas semblé que les pièces de la maison étaient verrouillées. Les portes de certaines chambres, même, restaient ouvertes ou entrouvertes sur le couloir, à l'étage.

Je ressentis soudain un désir impérieux de visiter la maison. Je la rejoignis à grands pas, je me mis même à courir, en me reprochant vivement de n'y avoir pas pensé plus tôt. Et cependant, j'aurais été incapable de dire sur quoi se fondait un désir aussi puissant, sinon sur un pressentiment obscur, qui n'aurait pu s'exprimer plus précisément.

Au lieu d'explorer la maison, comme je croyais vouloir le faire, je me mis à chercher fébrilement l'entrée de la cave. Je souffrais, comme si quelqu'un, à l'intérieur de moi, s'amusait à me torturer en me grattant la cervelle. Je ne m'appartenais plus.

Quand je tournai enfin la clé dans la serrure de la cave, je sus que je n'étais pas poussée par la curiosité, mais par une sorte de jalousie immonde. Et cette jalousie, qui me brûlait comme les feux de l'enfer, je l'éprouvais parce que mon hôte, l'homme que j'avais désiré en vain, m'avait laissé soupçonner combien il pouvait être dissimulateur, et quel abîme de mensonges, et de secrets, il avait décidé de se laisser établir entre lui et moi, comme le plus désespérant des murs.

La porte s'ouvrit sur un escalier raide et étroit. Je la refermai doucement et je commençai à descendre en silence, sans allumer la lumière. Il me semblait entendre, venant d'en bas, des bruits de voix. Après la dernière marche, je fis encore quelques pas sur un sol qui me parut de terre battue, et mes mains, projetées en avant pour me repérer dans l'espace, rencontrèrent une tenture.

J'hésitai à la reconnaître. La voix que j'entendais, c'était la mienne. Elle ne disait rien, elle soupirait. Je cherchai l'extrémité de la tenture, l'écartai. Et la vérité éclata. Ce que j'avais cru garder intime, secret, pour moi seule, s'affichait là, sur un écran. Dans le lit, je me donnais du plaisir avec des objets que j'avais trouvés dans la table de nuit. Ce plaisir que mon hôte m'avait refusé, je le prenais seule à l'aide d'instruments divers. Et l'homme qui m'avait filmée à mon insu, assis dans un divan, face à l'écran, un zappeur à la main, jouait avec ces images de moi, tandis que la petite brune qui, la veille, m'avait accompagnée dans ma chambre le suçait.

Je crus m'évanouir de honte. Était-ce donc à cela que se limitait notre relation ? Plaisirs solitaires ou cachés, tromperies ? Mon cœur s'emplit de haine, pour moi, pour lui, pour nous, et encore pour moi.

La porte de la cave s'ouvrit. Je restai appuyée contre le mur, dans un recoin. La lumière s'alluma, et l'autre employée, apparemment très habituée à emprunter ce raidillon, descendit l'escalier d'un pas vif et léger. Je ne bougeai pas. Peu importait après tout que je fusse découverte ou non. La femme passa sans me voir, écarta la tenture et disparut.

Je voulus partir. Mais je ne pus m'empêcher, malgré la répugnance que m'inspirait ce geste, d'épier une dernière fois mon hôte. Tandis que défilaient toujours sur l'écran ces images obscènes de moi-même, insupportables, plus personne ne s'en souciait. Tous les trois faisaient l'amour ensemble. Tout ce qu'il aurait pu me faire, il le faisait sans compter à l'une et à l'autre. Je m'enfuis, sans même me préoccuper de rester silencieuse. Mais sans doute étaient-ils assez absorbés par leurs plaisirs pour ne rien remarquer.

Je voulus partir de cette maison, retourner dans les couloirs sombres du petit cirque. Mais je ne parvins pas à retrouver la porte par où j'étais arrivée. Je parcourus la maison dans tous les sens, fis plusieurs fois le tour de la terrasse, en vain. Il n'y avait plus de sortie.

Je m'enfonçai dans le parc. J'aurais voulu disparaître, m'effacer de ma propre mémoire. Couchée au pied d'un arbre, je me sauvai dans un sommeil semé de mauvais rêves.

Je fus réveillée par le plaisir. Une tête était enfouie entre mes jambes. Ce qu'il m'avait refusé le matin même, Hans était en train de me le donner, à travers le tissu de ma culotte. Il me l'enleva, et je m'abandonnai à son baiser délicieux, que j'avais tant attendu. Il était aussi habile que je l'avais rêvé, sa langue me transformait en coulées de lave sur la pente d'un volcan, en ruisseaux de crème, en chair ouverte, extasiée, sa langue me léchait, me ravinait, me ventousait, imprimait dans toute ma fente à vif des réseaux d'ondes de plus en plus serrées, électrisantes. Je jouis dans sa bouche, le corps arqué comme si je m'étais trouvée soudain expulsée du sol.

Il me fit coucher sur le ventre. Agenouillé derrière moi, il me prit par les hanches, me fit soulever le bassin, cambrer les reins, et me pénétra. Je sentais sa queue dure et veloutée frotter tout au long de mon fourreau, jusqu'au fond, où elle cognait à coups feutrés, avant de revenir lentement en sens inverse, semant sur tout son parcours un déferlement d'anneaux de plaisir. Les contractions de l'orgasme se propagèrent de l'intérieur à l'extérieur de mon sexe, et même si profondément dans mon ventre que j'en eus l'estomac soulevé, au point de me sentir au bord de la nausée.

Il se coucha sur le dos, et je le chevauchai à mon tour, assise sur lui, jambes repliées, une main tendue derrière moi pour lui griffer le dessous des couilles, tout en m'empalant sur lui à longs et puissants coups de reins. Encore une fois, j'atteignis un plaisir qui remonta en hoquet dans ma gorge.

Je me couchai un peu sur lui pour me reposer, puis je recommençai, accroupie sur mes pieds cette fois, cuisses grandes ouvertes sur son pieu dressé à la verticale, tout au long duquel je montais et descendais. Je jouis encore une fois, en même temps que lui.

Je m'effondrai sur son corps, épuisée. Quand je recouvrai mes esprits, il me revint en mémoire ce qui s'était passé, le matin au bord de la piscine, et surtout un peu plus tard, dans l'après-midi. D'abord, je pensai tout oublier. Après le bonheur que nous venions de prendre ensemble, le reste devenait sans importance.

Mais, peu à peu, les poisons de la méfiance et de la rancune s'insinuèrent dans mes veines. Je revoyais douloureusement ce que j'avais vu dans la cave, cette face cachée de la réalité que je soupçonnais d'être toute la réalité, la réalité elle-même. « Il m'a trompée, pensais-je. Et il me trompe encore. S'il est venu m'aimer, c'était seulement pour se servir de moi, pour faire de moi un des rouages de sa machine secrète, à laquelle il ne me donnera jamais accès. »

Je me dégageai de son étreinte, m'assis dos à lui, la tête rageusement rentrée entre les mains.

— Qu'y a-t-il ? demanda-t-il.

— Rien.

— Rien ? Bien sûr que si, il y a quelque chose... Et tu vas me dire tout de suite quoi...

Je n'eus pas besoin de me retourner pour sentir qu'il avait brusquement changé. Il y avait de la haine dans sa voix, comme s'il voulait m'éliminer.

— Qu'y a-t-il ? répéta-t-il, dans une colère rentrée qui me paralysa. Qu'est-ce que j'ai fait ?

Comme s'il ne le savait pas ! Il savait très bien le

mal qu'il m'avait fait. C'était justement ce qui le mettait hors de lui. Il devait se douter que je l'avais découvert, il avait tout fait pour que je le découvre, en m'interdisant la clé de sa cave. Ce qu'il m'avait fait de mal, c'était de ne pas m'avoir permis d'entrer dans son jeu, de m'avoir trahie et, surtout, de m'avoir montré si cruellement combien nous étions loin d'être complices... Tout cela tournait en moi et me torturait, mais j'étais incapable de le lui dire. Car avouer que je savais équivalait à avouer comment j'avais su.

Il m'avait prise par le bras, me regardait dans les yeux, essayait de me forcer à parler. L'envie d'entendre éclater la vérité dilatait ses pupilles, mais il était aussi terrorisé que moi à l'idée que l'indicible pourrait être dit. Il était comme l'assassin qui cherche à se faire accuser pour alléger un peu le poids de sa faute, mais qui, aussitôt accusé, ne peut que nier farouchement, voire tuer son accusateur.

A ce moment, j'eus presque pitié de lui.

« Quelle faute si grave a-t-il commise ? me disais-je. Sinon d'être lui, c'est-à-dire différent de moi ? Pourquoi cherche-t-il tant, peut-être sans le vouloir, à être démasqué ? Parce qu'il ne peut savoir lui-même ce qu'il y a derrière son masque ? Parce qu'il veut me pousser à retirer aussi le masque que je porte sans le savoir ?

« Je crois bien, pensai-je encore, que je suis en train de jouer le même jeu que lui : je lui montre, par mon attitude, que j'ai utilisé la clé de sa cave et trahi son intimité, mais je refuse de l'admettre. »

Il se mit à insister d'un air de plus en plus mauvais, en me serrant le bras à me faire mal. Alors je fus prise d'une bouffée de rage haineuse. Et comme je ne pouvais rien dire d'autre, je l'accusai de m'avoir violée pendant mon sommeil.

— Crois-tu que j'aurais baisé avec toi si j'avais eu toute ma conscience ? hurlai-je. Quand je me suis réveillée, c'était déjà trop tard, tu avais commencé à me violer. Ta tête de con sous ma jupe... Qu'est-ce que je pouvais faire ? Me débattre ? A quoi ça aurait servi ? C'était déjà trop tard. Tu as profité de ma faiblesse, salaud ! Tu n'es qu'un salaud, un sale porc, tu me dégoûtes !

Il ricanait, me rappelait tous les détails de ma participation à nos ébats. J'avais envie de le tuer. Je lui envoyai un coup de poing dans la figure, qu'il me rendit aussitôt sous forme de gifle. Nous commençâmes à nous battre. La rage décuplait mes forces, mais il eut vite fait de me coincer l'avant-bras dans le dos, m'obligeant à m'immobiliser, sous peine de me le casser.

Dès qu'il m'eut relâchée, je partis en courant dans le bois, sans prendre le temps de me rhabiller. Bientôt je m'aperçus qu'il s'était mis à me poursuivre, nu lui aussi. Tout en continuant à courir, je me retournais de temps en temps pour voir son visage haineux se rapprocher de moi. Cette fois, c'était sûr, il allait me tuer... Affolée, essoufflée, je zigzaguais entre les arbres.

Maintenant je le sentais là, juste derrière moi... Alors je trébuchai sur une grosse branche couchée dans l'herbe et je m'affalai violemment sur la terre, où je perdis connaissance.

En revenant à moi, je me souvins de la dernière image que j'avais aperçue dans ma chute. Presque en même temps que moi, Hans lui aussi trébuchait sur la branche et s'écrasait contre le sol.

Maintenant la nuit était tombée. J'avais mal aux mains, à la tête, un peu partout dans le corps, et j'avais froid. La lumière de la lune perçait un peu entre les branches, juste assez pour que je puisse voir, à mes côtés, le corps de Hans, inanimé. Sa tête, tournée vers moi, reposait sur une pierre. Je tendis la main vers lui, touchai son bras. Il était froid. Je descendis jusqu'à l'intérieur du poignet, cherchai le pouls. Rien ne battait.

Je me levai et m'en allai, dans l'ombre du parc, en trébuchant sans cesse, et sans même chercher à m'orienter. Je finis par apercevoir la terrasse, illuminée comme la veille. Je marchai vers elle.

Il n'y avait personne, et tout était silencieux. Privé de ses fêtards, l'espace donnait une impression de vide vertigineux.

Je descendis dans la piscine. Au fond de l'eau, j'appelai Hans. Mais tout était sombre et muet, et je faillis perdre le souffle. Je rejoignis la surface en toussant et en crachant. « Si nous sommes morts côte à côte, pensai-je, c'est peut-être que nous nous aimions, malgré tout. » Et puis je me souvins que je n'étais pas morte.

Au bout de la terrasse, je retrouvai ma robe et la

porte qui me renvoyait dans les couloirs. J'y errai un certain temps, avant de franchir une nouvelle porte.

PORTE 26,

PORTE 27

22

Le lac

L'air était délicieusement frais et doux, la lumière celle d'un petit matin d'été, le silence tout juste ourlé du clapotis minuscule de l'eau contre la berge. Tout autour du lac s'étendait la chaude forêt de pins, dont on distinguait la ligne verte jusque sur la rive opposée, loin à l'horizon.

Je laissai ma robe et mes chaussures au pied d'un arbre, et je marchai dans le sable piqué d'épines, jusqu'à l'eau, en enjambant une colonie de grosses fourmis noires.

La plage étroite formait une petite crique, dont l'une des extrémités était fermée par de larges bouquets de roseaux. Tout était désert.

J'entrai dans l'eau, qui enserra mes chevilles comme deux mains amoureuses. Je marchai droit devant moi, dans le lac transparent, dont la caresse tiède montait lentement le long de mes jambes.

J'étais déjà à plusieurs dizaines de mètres de la plage, et l'eau ne m'arrivait qu'aux seins. J'y plongeai tout entière, nageai. Un peu en arrière, sur ma gauche, je regardai les bouquets de roseaux. A cet endroit, l'eau faisait une vaste nappe noire. Je nageai vers elle.

L'eau était là plus profonde. Au milieu des roseaux, invisible de la berge, il se formait une minuscule île de sable. Je me dirigeai vers elle. Quand le fond manqua, je me remis debout, et mes pieds furent happés par une substance douce et visqueuse, une algue fine et fournie qui enveloppait les cailloux et les rendait glissants.

Je m'étendis sur l'île, au soleil. Les roseaux ondulaient doucement, comme s'ils étaient habités par des fantômes. Je relevai la tête et je vis un nageur qui venait vers moi, mais sans doute ne m'avait pas vue derrière ma barrière végétale. Je me recouchai et je l'attendis.

Quand il mit un pied sur l'île, je le regardai et lui tendis la main. Il me plaisait. Il était nu, lui aussi, fin et bronzé. Il tomba dans le sable à côté de moi et me caressa tendrement.

Il me pénétra, et nous nous amusâmes à rouler ensemble, enlacés, dans le sable, et jusque dans l'eau, au milieu des roseaux. Quand l'eau devint trop profonde, il se retira de moi, et nous jouâmes à nager tour à tour l'un sous l'autre, en nous dispensant chaque fois l'un à l'autre caresses et baisers, partout, et surtout entre nos jambes écartées, où nos sexes ressemblaient à deux animaux aquatiques.

Comme il arrivait maintenant un peu de monde sur la plage, nous restâmes dans les roseaux, près de l'île, où il recommença à me pénétrer. Nos corps étaient devenus un peu huileux, ce qui donnait une douceur particulière à notre étreinte. Il était debout dans le lac, qui lui arrivait à la poitrine, et j'étais accrochée à son cou, les genoux refermés autour de son dos et les pieds sur ses fesses. Tout était facile et léger, à cause de l'eau. Notre plaisir monta lentement, et nous l'atteignîmes ensemble, avec des soupirs et des gémissements qui ressemblaient au souffle de la brise dans les roseaux.

Nous nous reposâmes un moment sur l'île. Quand il fut assoupi, je le quittai sans bruit et rejoignis le fond de la plage, où quelques personnes s'étaient installées. L'heure magique avait passé. Je remis ma robe et je sortis.

Dans le couloir, les chuchotements des spectres me rappelèrent le petit bruit du vent au fil de l'eau, et je souris, en m'apprêtant à pousser une nouvelle porte.

 PORTE 24,

 PORTE 25.

23

La vieille femme

Une vieille femme, couchée dans un lit d'hôpital, me regarda entrer. Dans son visage fatigué, maigre et ridé, ses yeux noirs et brillants comme deux perles impressionnaient par leur vivacité. Deux chardons au milieu d'un désert.

Elle me dévisageait sans la moindre décence, et je ne pouvais pas non plus détacher d'elle mon regard, car ses traits m'étaient douloureusement familiers. Assurément, j'avais déjà rencontré cette femme-là quelque part, et elle me rappelait quelque chose de pénible, mais ma mémoire refusait de me livrer la clé de ce mystère.

— Approche, dit-elle d'une voix faible et tremblotante.

Je lui obéis, comme hypnotisée.

Son lit sentait la mort. Je réussis à détourner mes yeux de son visage, pour me concentrer sur le cheminement du sérum depuis le flacon de plastique suspendu au-dessus du lit, jusqu'à l'intérieur de son bras. Et c'est alors, à ce moment où je ne la regardais plus, que je sus qui elle était.

Quand je revins vers son visage, la vérité qui s'était fait jour dans mon esprit ne put être que confirmée de façon éclatante par ce que je voyais, ce que j'avais vu dès le début sans vouloir le reconnaître. Entre cette femme et moi il n'y avait qu'un peu de temps, quelques petites dizaines d'années, c'est-à-dire sans doute pas beaucoup plus qu'un instant, puisque cet espacement ne nous empêchait pas de nous trouver réunies. Cette femme, c'était moi.

Elle était maintenant si impressionnante que j'hésitai à la regarder. Mais j'étais aussi très curieuse de voir ce que j'étais devenue. Alors, selon mes forces, je me mis tour à tour à l'observer, puis à fermer les yeux, pour me retrouver telle qu'en moi-même, en mon corps et en mon âme d'aujourd'hui. *On ne peut se baigner deux fois dans le même fleuve.* Si le corps change, l'âme reste-t-elle identique à elle-même ? Tout en ce monde est si fuyant... Comment croire que la petite fille que j'étais, la femme que je suis aujourd'hui, et cette vieille que je serai bientôt soient exactement la même personne ?

La vieille ouvrit la bouche, cette bouche que j'avais eue charnue et gracieuse, et prononça :

Vous aurez bien le temps / d'observer les étoiles / lorsque les vers, sans hâte, / vous mangeront.

Je reconnus un poème de Garcia Lorca, que j'avais lu quelques jours plus tôt. « M'en souviendrai-je donc jusqu'à la fin de ma vie ? » pensai-je.

— Couche-toi près de moi, dit la vieille.

Je me glissai dans le lit à côté d'elle, son corps cagneux contre le mien. J'étais partagée entre le sentiment d'avoir à la chérir et à lui apporter un peu de consolation, et l'envie de l'abandonner brutalement, pour oublier toute cette tristesse répugnante. « Pourquoi m'a-t-elle imposé cette rencontre, pensai-je avec colère, en violation de toutes les lois naturelles ? »

— Ne fais donc pas l'idiote, dit la vieille. C'est toi qui viens me voir.

Je me raidis d'appréhension en sentant que, sous les draps, elle prenait ma main dans la sienne en ajoutant :

— Prête-la-moi. Elle est plus douce que la mienne...

Et elle la posa entre ses cuisses flétries, sur son vieux sexe rabougri, mais encore brûlant. Je faillis crier d'horreur.

J'essayai de me libérer, mais elle me maintenait avec une force étonnante. Elle se mit à se masturber, avec *mes* doigts.

Je fermai les yeux et je me vis, dans ma peau présente, couchée sur un lit d'hôpital, écartelée. « J'en ai assez de tout ce charcutage », pensais-je dans mon demi-rêve. Et j'avais envie de me reposer pour échapper à l'acharnement dont j'étais victime.

La vieille finit par jouir. Je sentis son corps trembler et sursauter à mes côtés. Elle laissa retomber sa tête sur l'oreiller et s'endormit.

Mes doigts étaient toujours pris dans les siens, comme dans les serres d'un rapace. De l'autre main, je les lui ouvris et je sortis du lit.

Je ne lui en voulais pas. « Tu as raison, lui dis-je en moi-même. Tu as abusé de moi, mais c'est moi qui suis venue te voir. Peut-être t'ai-je dérangée autant que tu m'as perturbée. »

Je retournai dans les couloirs, où je marchai longtemps. Mais à aucun moment les spectres ne se manifestèrent.

J'étais dans un grand vide.

Quand cette sensation se fit trop vertigineuse, quand j'en vins à me sentir au bord de l'épuisement, j'ouvris une nouvelle porte, comme on se rue dans une sortie de secours.

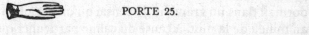 **PORTE 25.**

24

Le bavard

La lumière était éteinte et les volets fermés. Quand mes yeux furent habitués à l'obscurité, je vis que j'étais dans une chambre confortable. Un homme dormait dans un grand lit. Je pensai qu'on devait être au milieu de la nuit, à cause du calme particulier qui régnait dans cette pièce, qui faisait apparemment partie d'un appartement. La respiration de l'homme était lente et régulière.

J'avais très envie de me reposer. Je décidai de profiter du lit, sans réveiller le dormeur. Je me déshabillai et me glissai entre les draps. Il y faisait tiède et doux, et je soupirai d'aise.

Je me mis tout près de l'homme, car je me sentais l'âme tendre, et il me plaisait de me laisser aller au sommeil dans la chaleur d'un corps tout proche. Mais je dus bientôt admettre que plus je sentais sa présence, son odeur, plus je le savais à portée de ma main, et plus l'envie de dormir s'éloignait de moi. Je commençai à me tourner et me retourner dans le lit, en cherchant à m'apaiser. Je finis par me placer face à lui, en chien de fusil, une position qui, pensais-je, devrait m'aider à me concentrer sur moi-même, tout en me tenant à une relative distance de lui. Mais, en remontant vers moi mes jambes repliées, mon genou, par inadvertance, toucha le sexe de l'homme.

Il était dur, long, chaud et même humide sur le bout. Devant une aussi merveilleuse surprise, je ne pensai plus un instant à prendre du repos. Doucement, je refermai ma main sur la belle queue tendue.

Le dormeur s'éveilla et se mit à m'embrasser et à me caresser gentiment, sans passion excessive. Au bout d'un moment, comme nous en étions toujours aux mêmes élémentaires préliminaires, je me décidai à plonger sous la couette, pour lui sucer la queue. Celle-ci était parfaitement *al dente*, un régal. Mais je ne voulais pas me contenter de ça.

Quand je revins vers lui, il recommença à m'embrasser et à me caresser. Je ne voulais pas avoir l'air trop pressée de passer aux choses sérieuses, mais le désir me brûlait. Je me collai ardemment contre lui, avec des ondulations du bassin pour lui faire comprendre qu'il était temps maintenant de me pénétrer.

Ma manœuvre réussit, puisqu'il me renversa sur le dos pour se coucher sur moi. J'ouvris grandes les cuisses, mourant d'impatience et d'excitation.

Il allait enfin me prendre. C'est alors que retentirent deux petits coups de sonnette.

— Excuse-moi, dit-il.

Et il se leva pour aller ouvrir la porte. Un autre homme entra dans la pièce. Mon presque amant ouvrit la lumière, et je vis qu'ils étaient tous les deux charmants, plus très jeunes mais encore très minces et cool, comme deux étudiants, deux adolescents attardés. Cette visite en pleine nuit me paraissait pour le moins étrange et survenue au mauvais moment, mais après tout je commençais à penser que c'était peut-être une aubaine, qu'ils allaient peut-être venir tous les deux dans le lit.

Au lieu de quoi, ils me proposèrent d'aller boire un pot avec eux. J'étais évidemment très déçue et frustrée. J'essayai de le prendre sur le mode de la plaisanterie :

— Pourquoi bouger ? dis-je. Moi, je suis très bien dans ce lit... Ça ne vous dit rien ?

Mais ils ne parurent pas comprendre mon offre et m'invitèrent, encore une fois, à les accompagner. Résignée, je me levai, toute nue, et enfilai ma robe, tandis que mon dormeur s'habillait aussi.

Nous sortîmes, pour nous retrouver dans un petit bar simple et chaleureux, autour d'une table en bois rustique. Des gens décontractés entraient et sortaient, buvaient et parlaient, comme nous. Mes deux compagnons ne cessaient de bavarder avec sérieux, sur tout et sur rien.

Au début, je me mêlai à leur conversation. Puis, le temps passant, le dépit me gagna. Je me levai brusquement et quittai le café sans dire un mot.

Mon presque amant me rattrapa dans la rue et me demanda ce qui se passait. Par allusion au fait que nous n'avions pas fini de faire l'amour, je lui répondis, amère :

— Quand on fait des promesses, on les tient.

Il se justifia en se remettant encore à parler comme un robinet ouvert, à produire tout un verbiage d'où il ressortait que, si l'on voulait s'instruire sur la vie, il convenait de sortir, plutôt que de rester enfermé à faire l'amour.

— Je me fous pas mal de m'instruire! lui rétorquai-je violemment. Ce que je veux, c'est jouir! Tout de suite! Et toujours!

Enfin, il parut impressionné par la force de mon désir. Il me prit par le bras et dit que nous allions rentrer tout de suite.

Une fois chez lui, je trouvai dans une commode à côté de la salle de bains des sous-vêtements féminins. Comme je voulais être sûre de ne pas rater mon coup cette fois, je décidai de sortir le grand jeu. Je me présentai dans sa chambre en guêpière rouge, bas noirs et talons aiguilles. Je me penchai au-dessus de lui, et, tout en lui griffant la poitrine, l'intérieur des cuisses, les couilles, je promenais mes seins, qui débordaient de la guêpière, tout durs et gonflés de désir, sur son visage. Je les lui fis sucer, l'un après l'autre, tandis que ma main s'occupait de sa queue, qui devint dure comme un morceau de bois.

Maintenant j'étais folle d'impatience. Je l'enjambai et, à califourchon, m'apprêtai à m'empaler sur lui.

A cet instant précis, encore une fois, une sonnerie retentit. J'eus l'impression d'être réveillée en sursaut par une gifle. Je le vis, hagarde, bondir du lit pour arrêter le réveil, je l'entendis, sans vraiment comprendre, expliquer qu'il était l'heure de se lever et qu'il ne pouvait à aucun prix se mettre en retard.

Il avait déjà disparu sous sa douche. J'arrachai mes dessous, rageusement, en le traitant de sale bavard. Je l'aurais tué. Avant d'en venir à cette extrémité, je me rhabillai et sortis, en claquant la porte.

Dans les couloirs, je marchai un moment à grands pas, avant de pousser une nouvelle porte.

PORTE 26.

25

Le masque

C'était une grande et magnifique salle de château, où se donnait un bal masqué. J'eus aussitôt le sentiment d'être tombée dans une autre époque, car personne, parmi les dizaines d'invités, ne portait de costume contemporain ni même du siècle dernier. Un orchestre interprétait des musiques raffinées, sur lesquelles les gens exécutaient des danses délicates, ordonnées et très codifiées.

Les hommes portaient tous des perruques, des pourpoints et des collants qui leur moulaient les jambes, les fesses et le sexe. Les femmes avaient des mouches, des robes longues et de profonds décolletés. Tous étaient poudrés et masqués, pour la plupart, de grands loups vénitiens richement ornés.

Aussitôt que je fus entrée, un laquais se précipita sur moi et m'entraîna dans une pièce attenante, qui servait de vestiaire. Là, une camériste s'occupa de me fournir un costume décent, un corset dont elle tira de toutes ses forces les lacets, des bas de soie blancs et leur jarretière à ruban, des petits souliers de satin, une robe à cerceaux blanc et rose, d'une beauté éblouissante, entièrement cousue à la main dans les tissus les plus fins, tout ornée de dentelles, de broderies et de dizaines de perles, les plus belles que j'eusse jamais vues.

Après m'avoir parfumée, maquillée, coiffée et poudrée, la camériste m'offrit un loup assorti à ma tenue, brodé d'or et orné de perles et de plumes blanches. Elle parlait une langue que je ne connaissais pas, mais qui ressemblait beaucoup à l'italien, et je n'eus pas besoin de mots pour lui faire comprendre ma satisfaction et ma gratitude.

Le laquais me raccompagna dans la salle de réception, où les danseurs m'intégrèrent à leur groupe. En me laissant guider et en les observant, je parvins assez bien à suivre leurs évolutions. Quoiqu'elles parussent aussi empruntées que galantes, leurs danses se révélaient vite, à la pratique, aussi érotiques et dynamiques que n'importe quelle danse contemporaine.

Car il fallait constamment changer de partenaire, passer de main en main et de bras en bras, avant de retrouver son partenaire attitré. Cela créait une sorte de tourbillon sensuel, que les masques rendaient encore plus excitant. Et il n'était pas rare de voir revenir vers soi son partenaire en très visible état d'érection, sous son collant, état provoqué par des frôlements fugaces mais répétés contre une grande variété de robes et de femmes.

Je dansai longtemps et m'amusai beaucoup. Vers la fin, je retrouvais toujours le même partenaire, un grand homme masqué de noir qui me poursuivait de ses assiduités. Ses yeux étincelaient et son sexe gonflait un peu plus à chaque nouvelle danse, au point que j'eus peur qu'il ne finît par jouir dans son collant, et contre ma robe, au cours de l'une de nos évolutions.

A la fin d'un morceau de musique, je m'éclipsai au fond de la salle. J'étais très excitée, moi aussi. Je vis que mon partenaire masqué avait quitté le bal, comme moi, et se frayait sans hâte un chemin dans ma direction. Je le regardai fixement et je quittai la pièce.

Une fois dans les couloirs du château, je l'attendis. Quand je vis paraître sa silhouette, je me mis à courir, en tenant ma robe.

Je l'entendais courir derrière moi. De temps en temps, je me retournai sur lui, à la fois pour simuler la peur et pour le défier.

Il me coinça au bout d'un couloir sombre et silencieux, loin de la salle de réception. Je poussai des cris stridents, qui l'incitèrent à me brutaliser un peu. Au moment où il s'y attendait le moins, alors que je me débattais, je posai ma main sur sa queue énorme, à travers le collant.

Il me prit d'abord debout, en m'entraînant sauvagement d'un mur contre l'autre, puis me renversa par terre, où il me fit subir tous les outrages. Il jouit trois fois, et moi tant de fois que je n'aurais su les compter. Je profitai de l'éloignement du lieu pour mener grand bruit, gueuler et râler tout mon soûl. Comme nous ne parlions pas la même langue, je l'abreuvai sans aucune gêne de toutes les obscénités qui me passaient par la tête, et sans doute faisait-il de même, car il s'exprimait aussi fort bruyamment. A aucun moment, ni lui ni moi ne retirâmes notre masque. Et nous nous séparâmes sans rien connaître l'un de l'autre, sinon la fureur sexuelle que nous avions partagée.

Comme ma robe se trouvait maintenant quelque peu déchirée, froissée et salie, et comme j'étais moi-même épuisée, je retraversai la salle de bal aussi discrètement que possible, pour retourner me changer dans la pièce attenante. Quand j'eus récupéré ma tenue initiale, je m'éclipsai du château par où j'étais entrée et retrouvai le labyrinthe, obscur, avec les chuchotements des spectres et de nouvelles portes à ouvrir.

 PORTE 27,

PORTE 28.

26

La belle parleuse

J'entrai dans une chambre sombre, dont je ne distinguai, dans le noir, que le grand lit. J'étais si fatiguée que je m'y dirigeai aussitôt, sans allumer la lumière. J'enlevai ma robe et me couchai.

J'étais dans mon premier demi-sommeil, quand je crus entendre une petite voix appeler :

— Hep! Hep!

Je restai sans réaction, car aussitôt le silence était revenu, et je crus avoir rêvé. Je me retournai sur l'autre flanc, enfonçai ma tête dans l'oreiller et m'apprêtai à sombrer dans un bon grand sommeil. C'est alors que la petite voix, de nouveau, se manifesta :

— Hep! Hep! S'il vous plaît!

Cette fois, j'écarquillai les yeux dans le noir, aux aguets.

— S'il vous plaît! Ne vous endormez pas tout de suite! J'ai besoin de vous! dit la petite voix.

C'était une voix douce et pas plus haute qu'un chuchotement, mais clairement audible, et qui articulait nettement. Et bien que je n'eusse jamais entendu pareille voix, elle me sembla familière. Cette voix était celle de quelqu'un qui avait besoin de moi, et je sus tout de suite que même si ma fatigue, ou toute autre raison, eût voulu me faire fermer les yeux et les oreilles, il m'eût été impossible de résister à son appel, à la nécessité que je sentais en moi de porter à l'être à qui elle appartenait tout le secours qu'il attendait de moi.

— Je suis là! dit la petite voix.

A n'en pas douter, elle venait de l'intérieur du lit, d'entre les draps. J'eus un sursaut de peur, comme si je m'attendais à sentir courir entre mes jambes une souris. « Allons, me dis-je, les rongeurs sont sans doute des animaux intelligents, mais, autant que je sache, ils ne sont pas encore doués de parole. » Et, jetant drap et couverture hors du lit, je me mis à tâter la couche.

— Par ici! Plus bas! Plus haut! Encore un peu! Oui! Là, vous y êtes! disait la petite voix.

Ma main se posa sur un cylindre doux, dur et chaud, humide sur le bout.

— Ahhh! fit la petite voix.

A ce moment, la lune sortit des nuages et jeta sa lumière sur le lit, à travers les stores de la fenêtre. Alors je vis qu'un homme, couché auprès de moi, et dont je tenais la quéquette, dormait. Je lâchai aussitôt l'objet et regardai son visage. Il paraissait profondément endormi.

— Hep! fit la petite voix.

Les lèvres de l'homme n'avaient pas bougé. Je les fixai soigneusement, attendant la prochaine intervention de la petite voix, qui ne tarda pas.

— Ne t'inquiète pas, fit-elle. Il dort. Je t'en prie, viens me voir... Tu ne risques rien...

Il fallait me rendre à l'évidence. L'homme dormait bel et bien, et sa bouche restait aussi immobile que le reste de son corps. Couché sur le dos, il ne portait qu'un tee-shirt. Et ce qui m'appelait, c'était sa verge, dressée là, contre son bas-ventre, et qui semblait me regarder de son œil unique. Sa verge parlait.

Je me penchai sur elle, émue.

— C'est toi ? lui dis-je. C'est toi qui m'appelles ?

— Mais oui, ma belle. Je sais que tu es mon amie...

— Comme je suis heureuse... Combien de fois, moi, j'ai parlé à des... de belles queues comme toi... Et aucune ne me répondait... Oh oui, je suis ton amie... Ta meilleure amie...

— Alors, prends-moi dans ta main.

— Mais... s'il se réveille...

— Qui ça ? lui ? Sois tranquille, c'est moi qui le commande. Il ne se réveillera que si je le préviens. Mais on peut rester entre nous, non ? On n'a pas besoin de lui ?

— Oh non, non... Toutes les deux, juste toutes les deux...

— Alors, dépêche-toi, prends-moi dans ta main... J'en peux plus, moi... Ahhh... Branle-moi, maintenant...

Je fis tout ce qu'elle me demandait, le cœur battant, avec toute l'application et tout l'amour dont j'étais capable, au comble du bonheur. La queue était de plus en plus dure et chaude, elle me remplissait la paume et elle gémissait doucement, tout en me donnant de temps en temps des indications :

— Plus lentement... Va bien jusqu'en bas... Oui, comme ça... J'adore ta petite main douce, chérie... Tu me fais du bien... Oh, un peu plus vite, maintenant...

Je la branlais en suivant exactement ses désirs et, la bouche tout près du gland, je lui murmurais :

— Je t'aime... Je t'aime... Tu es si belle... Et tu vas tout me donner... Je ferai tout ce que tu me demanderas... Oh, voilà que je sens monter la crème... C'est trop bon... Ma vilaine salope, mon adorée, tu vas me l'envoyer en pleine figure, dis... ?

— Ouiii..., fit la petite voix.

Et je reçus tout le merveilleux foutre onctueux sur la joue, au coin de la bouche, sur les doigts et dans le creux du pouce.

Ma queue chérie dégonflait lentement et ne disait plus rien. Je la tenais toujours dans ma main, tout en me nettoyant de l'autre main et de la langue. Son sperme avait un exquis petit goût de noisette.

Quand elle fut réduite comme peau de chagrin au creux de ma paume, je libérai ma bien-aimée, qui sembla alors retrouver ses esprits.

— Excuse-moi, dit-elle, reposant à nouveau contre le pubis de l'homme. Ça faisait trop longtemps que j'étais dans cet état-là, il fallait absolument que je me décontracte au plus vite...

— Ne t'excuse pas, voyons. Ça m'a fait tellement plaisir...

— Tu comprends, il dort, il rêve, je ne sais pas ce qu'il fabrique... En tout cas, il m'excite, et ensuite il n'y a personne pour s'occuper de moi... Même pas lui...

— Ne pense plus à tout ça. Je suis là, maintenant...

— Oui, mon ange... Et on va encore s'amuser, toutes les deux... Tu veux bien ?

— Je n'ai pas de plus beau rêve... Jouer avec toi... Tout le temps, tout le temps...

— Alors, prends-moi donc dans ta bouche. Et ensuite... ensuite, fais ce que tu veux de moi... Je suis à toi, entièrement à toi...

De la pointe de la langue, par petites touches, je léchai l'extrémité du gland, le pourtour du prépuce, la hampe sur toute sa longueur... Puis je l'enfournai entièrement dans ma bouche, jusqu'au fond du palais, et, d'une joue à l'autre, je la suçai, la roulai, l'aspirai... Très doucement, très longuement... J'étais si émue que j'avais envie de pleurer. De temps en temps, je m'interrompais pour la caresser et la regarder, et je lui disais :

— Je t'aime tant... Je t'aime tant... Il n'y a rien au monde que j'aime autant que toi... Mon trésor... Ma biche... Mon dieu... Je ne me suis jamais agenouillée que devant toi... Mon idole... Le but, le cœur, le sel de ma vie... Oh, laisse-moi t'adorer... Toi toute seule, sans le corps et le personnage pas toujours agréables auxquels tu es attachée... Toi, ma très belle, belle au repos, avec ton petit bout attendrissant, belle en train de pisser, belle en train de gonfler, bander, se dresser, frémir, belle en train d'éjaculer, belle en train de débander aussi... Ma très belle, ma toujours belle... Avec ton gland à l'air innocent, doux comme un bébé... Ton joli filet, comme une couture, comme un chemin... Ta peau si fine, si tendre... Tes veines où parfois le sang tape si fort... Ton odeur... La magie de cette tige, qui change de forme, grandit et rétrécit, durcit et ramollit, vibre et arrose, et répond aux caresses, et parfois n'en fait qu'à sa tête, indomptable, réagit quand on ne le voudrait pas, ou reste sans réaction quand on la sollicite... Car il faut savoir s'y prendre avec toi, n'est-ce pas ? Il faut t'aimer, n'est-ce pas ? Moi je t'aime, je t'aime plus que tout...

Ma bien-aimée avait fini par enfler entre mes lèvres. Je la promenai partout sur mon corps, de la plante de mes pieds à mes paupières, en passant par le creux de mes genoux, mon nombril, mes seins, mes aisselles, ma nuque, mes oreilles... Je la câlinai, la massai entre mes orteils, la respirai, la tordai, la frappai contre ma peau, la chatouillai de la pointe de mes cils, la griffotai, la léchotai, la pinçotai, la mordillai, l'examinai, lui parlai, la malaxai, la dégustai, l'adorai... Et quand elle fut bien raide, je l'enfourchai, face au dormeur, puis dos à lui, pour qu'elle me donne orgasme sur orgasme, jusqu'à tomber d'épuisement, tétanisée. Alors je lui soufflai : « A toi, maintenant », et, dans un dernier effort, je donnai encore quelques coups de reins, qui la firent jouir tout au fond de mon ventre, qui se contracta encore une fois sous le plaisir.

En me couchant sur le corps du dormeur, je

m'aperçus, à travers les stores, que le jour n'était pas loin de se lever. Assurément, l'homme n'allait pas tarder à se réveiller. Je me penchai vers ma douce amie et lui dis :

— Hélas, je vais devoir te quitter, maintenant. Si seulement je pouvais t'emmener avec moi... Mais cela ne se peut, et je ne tiens pas à rencontrer l'être à qui tu appartiens... Adieu, mon amour, je ne t'oublierai pas.

— Adieu, dit-elle. Moi aussi, je te garderai dans mon cœur.

Je l'embrassai tendrement et je me détournai. Après tout, j'avais assez joui d'elle, je n'en avais plus besoin. Je remis ma robe et je sortis de la chambre en silence.

Dans le couloir, les spectres revinrent m'emboîter le pas. Au lieu de m'inquiéter de leur présence invisible, je leur dis, à voix haute :

— Pourquoi n'en ai-je pas une, moi aussi ?

Et comme personne ne répondait, j'entrai derrière une des deux premières portes que je trouvai sur mon chemin.

 PORTE 29,

 PORTE 30.

27

Le lit de roses

Au milieu d'une pièce au sol et aux colonnes de marbre, dans un vaste lit en forme de baignoire et rempli de pétales de roses, reposait un éphèbe à la peau blanche, au corps parfait de statue grecque. Il tourna vers moi sa belle tête gracieuse et me tendit la main. Je me déshabillai et le rejoignis.

Il promena indolemment ses mains sur mon corps. Je caressai sa chevelure bouclée, embrassai sa poitrine. Sa chair était tendre et ferme, sa peau glabre et si douce qu'elle semblait avoir été baignée dans du lait.

Les roses nous faisaient une couche suave, moelleuse, extrêmement veloutée et d'un parfum exquis. Il prit un pétale entre ses doigts blancs et potelés, et me le glissa entre les lèvres. Je le mordis, le dégustai et, à mon tour, lui en tendis un, que je mis dans sa bouche charnue, et qu'il mangea aussi, tandis que je lui suçai doucement le majeur. Son membre, petit et fort joli, se mit à durcir. Je l'effleurai, pour dégager le bout rose.

Il vint sur moi et me pénétra. Je refermai mes

jambes autour de son dos, appuyai mes talons dans la raie de ses fesses, et l'accompagnai dans son mouvement de va-et-vient. Il ne se pressait pas, mais donnait ses coups de reins avec un art consommé, comme si nous étions en train d'exécuter un ballet, dont l'aboutissement serait à coup sûr un plaisir aussi total que raffiné. Et, en effet, toute la région de mon sexe était sollicitée, car je sentais, en même temps que son membre dans mon fourreau, ses bourses frapper mollement et en cadence juste au-dessous, entre mes cuisses, au bord de mes fesses, et son pubis frotter contre le mien et exciter mon bouton.

Il ne manquait pas de se pencher souvent sur moi pour me mordiller et me lécher le lobe de l'oreille, me baiser le visage, le cou, les clavicules, les bras et les seins. De mon côté, je lui agaçais les tétons, lui caressais le ventre ou les bourses, l'agrippais par les cheveux ou par les fesses. Notre plaisir montait avec une telle régularité et une telle harmonie que nous n'éprouvâmes pas le besoin de changer de position. Nous atteignîmes l'orgasme ensemble, dans un duo de gémissements langoureux.

Il se coucha sur moi, et je l'enlaçai, heureuse. Nous reposâmes un long moment dans les bras l'un de l'autre, les yeux fermés et le sourire aux lèvres. Puis il se retira, et nous essuyâmes nos liquides d'amour dans les pétales de roses.

Je l'embrassai sur le front, sortis du lit et me rhabillai. Au moment où je tirai la porte, je me retournai vers lui. Il me regardait, toujours couché sais des petits cailloux, les mettais dans ma bouche et les suçais, jusqu'à ce qu'ils eussent perdu leur goût de sel. J'en gardai quelques-uns, ainsi que des coquillages, dont la forme, le poli ou la couleur me plaisaient bien.

La marée descendante dégageait une large bande de sable mouillé. Je m'agenouillai face à la mer, ouvris la main pour déposer par terre le petit trésor que j'avais amassé. Puis je commençai à construire un château.

J'y travaillai longtemps. Je façonnai les murs d'enceinte, les tours, le donjon, le chemin de ronde, les échauguettes et les créneaux. J'entourai la bâtisse d'un fossé profond, dans lequel je laissai remonter l'eau de mer qui imbibait le sable. Puis, des ongles et du bout des doigts, je me mis à pratiquer des meurtrières, et autres ouvertures, dans la muraille.

Quand j'eus creusé la porte d'entrée, je vis avec étonnement le sable continuer à s'écrouler au fond de la petite excavation que je venais de faire, comme si, de l'intérieur du château, une grosse puce de sable poursuivait mon ouvrage. Et ce fut avec stupéfaction que je vis bientôt sortir, par cette même porte, un minuscule petit homme, nu comme un ver.

Pour lui je devais être une sorte de génie féminin, une géante surnaturelle sortie de quelque bouteille crachée par la mer. Je me couchai à ras du sol pour être plus à sa hauteur et pour mieux l'observer. Quand il vit mes yeux, pour lui gigantesques, plantés sur sa personne, il croisa ses mains sur son sexe miniature. Puis, malgré notre différence de taille, il commença à se pavaner et à me considérer d'un petit air machiste, comme s'il s'attendait à m'impressionner et à me séduire.

Je tendis ma main à plat devant lui, au-dessus du fossé, pour l'inviter à monter à bord. Ce qu'il fit, après s'être galamment incliné pour m'accorder un baise-doigt.

Ses petits pieds me chatouillaient agréablement la paume. Il s'accrocha à mon pouce, et tout doucement, pour ne pas le déséquilibrer, je m'assis dans le sable. Puis je relevai ma main, avec son précieux contenu, à hauteur de mon visage. Il était mignon comme tout. Bien fait et viril, avec ses tout petits muscles bien dessinés, son sexe riquiqui et son joli visage de voyou, fin et racé, entouré de cheveux gominés aussi noirs que ses yeux, au regard velouté et enjôleur, quoique un peu sot.

— Alors, poupée, fit-il en gonflant avantageusement le torse, j'te plais ? T'as déjà vu un corps aussi beau et... aussi viril ?

C'est alors que je m'aperçus que sa mini-quéquette remontait fièrement sous mon nez. Je me retins d'éclater de rire, à la fois pour ne pas le vexer et pour ne pas le faire tomber. Je baissai pudiquement les paupières d'un air effarouché.

— Ne sois pas si timide, dit-il sur un ton qu'il voulait rassurant. Allons, enlève ta robe... N'aie pas peur...

Je le déposai sur le sable, de l'autre côté du fossé, au cas où il lui prendrait l'idée de s'enfuir. Car je n'avais pas l'intention de laisser échapper une merveille aussi amusante. Sans le quitter des yeux, je me déshabillai, avec des mines de vierge maladroite et une adresse de strip-teaseuse pour mieux le faire baver devant mes charmes, pour lui colossaux. Puis je me couchai sur le dos, refermai ma main sur lui (tout entier, il n'était pas plus grand qu'un pénis d'homme ordinaire) et le mis sur mon ventre.

A quatre pattes, il se mit à parcourir ce paysage de femme, tout affolé de désirs lubriques. D'abord il grimpa jusqu'à mon sein gauche, contre lequel il se posa, jambes et bras écartés pour l'enlacer. Bouche grande ouverte, il réussit à enfourner mon gros téton, qu'il se mit à sucer. En même temps, je voyais ses petites fesses onduler contre ma chair et je sentais son petit pieu dur s'agiter contre mon sein. Finalement, une grosse goutte de liquide chaud et visqueux s'écrasa contre ma peau.

J'en oubliai presque la taille de mon partenaire. L'essentiel n'était-il pas qu'il fût un homme ? J'étais maintenant toute mouillée entre mes cuisses. Dieu merci, il eut alors la bonne idée de s'aventurer à cet endroit-là, sans doute pour lui une véritable caverne d'Ali Baba, à laquelle il rendit tous les honneurs.

Il s'accrocha à mes poils pour descendre entre mes jambes écartelées. Puis il se mit à s'agiter entre mes lèvres et jusque dans mon fourreau. Il me touchait et me titillait partout et partout, et ses membres minuscules donnaient tant de précision à ses caresses qu'il me maintint dans un état de plaisir aigu. Quand il m'eut amenée au bord de l'extase, il me pénétra, de son corps tout entier. Alors je jouis, arc-boutée sur le sable et criant contre la mer.

Le petit homme remonta sur mon ventre, où il s'étendit, tout ruisselant. Nous nous endormîmes ensemble, sous le vent.

Je fus réveillée par une lame d'eau froide, qui vint s'insinuer sous mes reins. Je me relevai vivement. La mer était en train de monter. Elle avait presque entièrement détruit le château, et le petit homme avait disparu. J'allai ramasser ma robe, emportée par le vent à plusieurs mètres de là, et me mis à la recherche du petit homme. D'abord je fouillai dans les décombres de la forteresse, puis tout autour. Enfin j'entrai dans l'eau jusqu'aux genoux, avec l'espoir de le voir flotter et se débattre, ici ou là, dans les remous. Mais tous mes efforts demeurèrent vains, et je finis par renoncer.

La mer avait complètement mangé mon château, maintenant. Le ciel était devenu d'un gris d'acier, la houle profonde et immense avançait vers moi, menaçante, le vent enflait, plein de vacarme et de sel, et aussi de bouffées d'odeurs cadavéreuses. Je m'arrachai à l'attrait puissant et inquiétant de la masse gigantesque des eaux, et je repartis, dos à l'océan. Je franchis une nouvelle fois le cordon de dunes, derrière lequel je récupérai bientôt mes chaussures, et retrouvai la sortie.

Une fois retournée au labyrinthe des couloirs, je me mis à songer combien il eût été agréable de pouvoir emmener le petit homme partout avec moi, discrètement, dans le creux de ma main, dans une poche, dans mon soutien-gorge entre mes seins, ou même dans ma culotte. Et je regrettai amèrement de l'avoir perdu.

Mais je finis par l'oublier, en essayant de comprendre le murmure des spectres qui s'étaient mis à marcher à mes côtés, juste derrière moi. Et bien que le sens de leurs paroles chuchotées m'échappât, il me sembla qu'elles m'apaisaient. A l'angle d'un corridor, je poussai l'une des deux premières portes que je distinguai dans l'ombre.

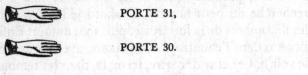

PORTE 31,

PORTE 30.

29

Aventure à Gotham City

Je débarquai en plein Gotham City, au cœur de la grande ville bleu nuit, dans la jungle des gratte-ciel gothiques, des rues agitées, avec leur circulation automobile intense, bruyante et nerveuse, leurs trottoirs populeux, où se déployait un éventail complet de tous les genres et de toutes les bizarreries de l'espèce et de la société humaines, leurs bouches d'égout crachant de leurs profondeurs infernales des nuées fantomatiques, leurs entrées de métro aussi lugubres que des pièges à rats, avec leurs projecteurs qui balayaient le ciel noir de leurs faisceaux jaunes... Gotham City vibrait, tremblait, vivait.

Au bout de la rue, je tombai sur un square où s'était formé un attroupement, qui ne tarda pas à grossir. Les gens criaient et levaient le poing, en manifestation de leur mécontentement suite à certain projet du maire. Je me mêlai à la foule, en essayant de comprendre ce qui se passait.

C'est alors qu'une troupe de malfrats bondit sur nous et se mit à semer la panique. Des sirènes hurlèrent, les gens se dispersèrent en courant pour échapper aux coups de matraque qui pleuvaient de toutes parts. Deux hommes tombèrent sur moi et commencèrent à me malmener. En cherchant à m'enfuir, je tombai par terre, où ils s'apprêtèrent à me rouer de coups. Dans l'affolement général, j'eus le temps de voir débouler une grosse voiture sophistiquée, munie de deux ailerons profilés à l'arrière, et qui n'était autre que la batmobile.

Batman lui-même en jaillit et, dans un bond qui fit voler sa cape sombre, m'enleva à mes agresseurs.

A bord de la batmobile, nous regagnâmes rapidement la batcave, où le héros et son majordome me reçurent avec tous les égards. Ce dernier s'éclipsa ensuite, me laissant seule avec Batman.

Je le regardai, émue et admirative. Tout était là : son ample cape bleu nuit, ses bottes et ses gants noirs, son collant et son justaucorps gris, son slip noir, son ceinturon jaune, son masque à oreilles de chauve-souris et, sur son torse, le fameux insigne noir sur fond jaune. Tout était là, et déjà j'avais envie d'en savoir davantage, de connaître l'homme qui se cachait derrière la panoplie du héros.

— Vous m'avez sauvée de ces brigands, dis-je.

— Ce n'étaient pas des brigands, c'était la police.

— Mais...

— La police déguisée en bande de brigands... Sachez que la police est, toujours et partout, au moins aussi dangereuse que les voyous...

— Je ne sais comment vous remercier, dis-je en

baissant modestement les yeux (en réalité, je louchais avec intérêt sur son batslob, qui moulait une protubérance appétissante).

— Si vous le permettez, je vais prendre un peu de repos, dit-il.

Et il se dirigea vers le fond de la cave, où s'ouvrait un profond précipice, seulement surplombé d'un pont de pierre naturel, étroit comme une poutre. Au-dessus du gouffre, une échelle de gymnastique était fixée contre la paroi. Batman s'y suspendit, la tête en bas, sa cape aux ombres noires et bleues plongeant dans le vide.

J'hésitai beaucoup à le rejoindre. Je n'avais rien d'une chauve-souris, moi. Mais c'était tout de même Batman, et je m'en serais toujours voulu si j'avais laissé passer une si belle occasion de l'approcher de très près. Bravant le vertige, je fis quelques pas sur l'étroite corniche au-dessus du gouffre, jusqu'à l'échelle.

Je m'accrochai aux barreaux et commençai à les gravir. Quand je fus parvenue à hauteur du grand batslob noir, mon cœur se mit à battre la chamade. J'y risquai une main, attendant avec appréhension la réaction de Batman, qui ne passe pas pour un coureur. Mais il ne bougea ni ne protesta. Je vis seulement la batbosse augmenter joliment de volume.

C'était plus qu'un encouragement. Oubliant ma situation périlleuse, je me mis à baisser d'une main le batslob, c'est-à-dire à le remonter, avec son collant, jusqu'à ses genoux. Le batzob apparut, en chair et en os, aussi magnifique que tous les autres accessoires du héros, et dressé à l'horizontale au-dessus du précipice, défiant le vide et les lois de la pesanteur.

Je grimpai encore un peu à l'échelle, jusqu'à ce que mon sexe fût à hauteur du batzob. Alors je l'enjambai et, accrochée des deux mains au dernier barreau de l'échelle, au niveau des pieds de Batman, je l'engouffrai dans mon corps.

Je me mis à aller et venir sur le batzob, qui était d'une efficacité redoutable. Je criai plusieurs fois, et chaque fois mon cri retentit dans le précipice, provoquant l'envol de dizaines de chauves-souris. Bientôt je sentis que mon amant m'accompagnait dans mon orgasme, et une abondante et fulgurante batcream m'emplit le ventre.

Galant, Batman profita de sa mission suivante pour me raccompagner jusqu'à la sortie par les raccourcis, c'est-à-dire en voltigeant au-dessus du gouffre, puis des immeubles, à l'aide de filins qu'il tirait d'une arme accrochée à sa ceinture, et qu'un grappin permettait d'accrocher à n'importe quelle saillie.

Gotham City baignait dans une couleur bleu nuit, et nous circulions dans le ciel nocturne, en traversant de temps à autre l'un de ces faisceaux jaunes lancés du sol par les projecteurs. En bas continuait à grouiller la vie complexe et pleine d'affrontements des habitants de la cité, que je regardais avec effroi et admiration, en me promettant de revenir dans cet univers féerique, où il me restait encore à rencontrer le Joker, l'Épouvantail, le Pingouin, Double-Face, et tant d'autres encore...

Après qu'il m'eut déposée, je vis s'éloigner Batman, l'ombre de sa cape déployée planant au-dessus de Gotham City. Il rejoignit le toit d'un immeuble, et sa silhouette altière se découpa sur une grosse lune jaune. Il me sembla qu'il regardait dans ma direction. Puis il disparut.

Après une telle aventure, je retrouvai les couloirs très étourdie. La tête me tournait encore, quand je poussai la porte suivante :

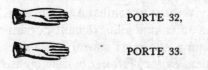

PORTE 32,

PORTE 33.

Le pirate

Sitôt la porte ouverte, je faillis bien me faire écraser par une voiture, qui empiéta à toute allure sur le trottoir. Je reculai vivement et tombai à la renverse. La voiture continua sa course folle, semant la panique parmi les piétons, et aussi parmi les autres véhicules, qui devaient éviter l'étrange et dangereuse équipée à laquelle se livraient ces deux bolides noirs, car ils étaient deux, et c'étaient des corbillards, qui fonçaient à toute vitesse en tâchant de se dépasser et de s'éliminer l'un l'autre, par des échanges de chocs violents et répétés dans leurs carrosseries.

— Vous vous êtes fait mal ? dit une voix.

Au-dessus de moi se penchait un jeune homme brun, mince, hâlé et frisé, vêtu d'un tee-shirt blanc et d'un vieux jean délavé et déchiré, un peu trop étroit, qui moulait ses parties.

— Tout va bien, dis-je avec un sourire.

Et il me tendit la main pour m'aider à me relever.

Il n'était pas très grand et paraissait un peu fruste, mais finement musclé, souple et bien proportionné, avec une peau brune et lisse, un visage charmeur, des yeux très noirs, des pommettes hautes, des joues creuses et des lèvres charnues.

Au bout de la rue, l'un des deux corbillards, qui avait réussi à passer légèrement devant l'autre, s'engouffra à l'intérieur d'une porte ouverte dans un long mur, apparemment celui d'un cimetière. Au même moment, l'autre le carambolait sur l'aile arrière gauche pour essayer de le coincer. Les moteurs hurlaient, les pneus crissaient, les tôles s'entrechoquaient à grand bruit et, par-dessus tout cela, les deux chauffards appuyaient frénétiquement sur leur klaxon et, par la vitre ouverte, se criaient des injures. Les gens de la rue hochaient la tête d'un air désapprobateur, mais sans étonnement, comme devant un bien triste spectacle, auquel on est malheureusement habitué.

Mon camarade, lui, me regardait d'un air amusé.

— T'as jamais vu ça ? dit-il. C'est toujours comme ça quand les deux sections ont un enterrement ensemble.

— Quelles sections ?

— La laïque et la religieuse. Les artisans portent les macchabs en terre gratis, les prêtres font raquer. A cause de ça, ils se traitent d'escrocs et se tapent sur la gueule pour entrer les premiers au cimetière, ou des conneries dans ce genre...

Sans plus s'occuper de moi, il se mit à marcher en direction du cimetière. Et, sans réfléchir, je lui emboîtai le pas.

— Comment tu t'appelles ? lui demandai-je.

J'avais l'impression de le suivre comme un petit

chien. Ou de retomber en enfance, dans ces moments
où on essayait de s'intégrer à un groupe de plus
grands, qui se souciaient peu de votre compagnie.

— Don Juan, répondit-il, sans plaisanter.

Et il ne me demanda pas mon nom. Je continuai à
le suivre. Nous entrâmes dans le cimetière, où les
deux corbillards avaient enfin pénétré, l'un après
l'autre, et s'en allaient décharger leur cargaison dans
deux coins opposés.

Il régnait dans ce cimetière une animation farami-
neuse. Entre les tombes, caveaux, sarcophages et
sépultures diverses, une foule hétéroclite menait une
vie bruyante et désordonnée. A travers les allées,
d'un monument funéraire à l'autre, des enfants
couraient, criaient, slalomaient, en skateboard ou sur
des patins à roulettes, en utilisant dalles et tertres
comme tremplins pour leurs sauts et leurs acrobaties.
Des étudiants jouaient à des jeux de balle, des joggers
de tous âges, en short et baskets, couraient, des
vendeurs à la sauvette se livraient à leur petit
commerce de glaces, marrons grillés, canettes de
sodas, drogues, objets volés, des prostitués des trois
sexes attendaient l'amateur et l'emmenaient dans
une chapelle ou dans un mausolée, des mères promenaient leur bébé...

Ici et là, des percussionnistes, des chanteurs, des
musiciens divers, des prédicateurs ou des militants
étaient entourés de petits groupes qui dansaient, ou
écoutaient, ou discutaient. Sur certaines dalles, des
amoureux, hétéros ou homos, s'enlaçaient, parfois de
très près et très chaudement. D'autres dalles étaient

squattées par des camés en plein trip ou par des ivrognes en train de cuver. Derrière les cyprès, il n'était pas rare de voir un cul à l'air, car les gens allaient y pisser ou même y chier.

Des chiens se disputaient des morceaux de viande plus ou moins en état de putréfaction, quelques poules picoraient toutes sortes de restes, une chèvre trottinait et broutait ce qu'elle pouvait trouver d'herbes et de coquelicots, et principalement les couronnes mortuaires et les fleurs, artificielles ou non, déposées sur les tombes. Au détour d'une allée, je vis avec stupeur des adolescents, filles et garçons, en train de jouer au bowling avec des têtes de morts et des fémurs dressés en guise de quilles.

Je rattrapai don Juan, qui marchait à deux pas devant moi, le tirai par la manche et lui demandai des explications.

— Viens voir, dit-il.

Et il m'emmena au fond du cimetière, où l'on inhumait le cadavre apporté par l'un des deux corbillards qui étaient arrivés tout à l'heure à grand fracas. Le corps était simplement enveloppé dans un linceul. Les croque-morts le jetèrent dans une grande fosse commune, déjà pleine d'un tas informe et pestilentiel. Cinq personnes accompagnaient le mort, dont une femme âgée qui pleurait dans un mouchoir.

Deux ouvriers se mirent à pelleter dans un amas de terre à côté du trou pour en reboucher la fosse. Cette dernière étant pleine de dépouilles à ras bord, l'opération fut assez brève. Puis ils commencèrent à creuser dans la parcelle voisine. Très vite apparurent sous leurs pelles des dizaines d'ossements humains, qu'ils amoncelèrent dans une grande benne, jusqu'à vider entièrement la fosse.

— C'est à cause de la montée des terres, dit don Juan. Plus le temps passait, plus y avait de macchabs, et plus le niveau du sol s'élevait. T'as pas remarqué comme les portes des chapelles sont basses ? C'est qu'elles sont à moitié enterrées. Si on avait rien fait, le cimetière aurait fini par déborder des murs...

— Et comment vous l'en avez empêché ?

— Ils *croient* qu'ils l'en ont empêché... Mais ils ont juste retardé les choses... Le truc qu'ils ont trouvé, c'est la récup. On met les macchabs tous ensemble dans des fosses. Quand une fosse est pleine, on la ferme et on en ouvre une plus ancienne, où il ne reste plus que les os. Les os, ils les récupèrent, et personne ne sait vraiment ce qu'ils en font. Avant, on les mettait dans des ossuaires, mais là non plus y a plus de place, alors... Évidemment, y a toujours des petites fuites dans le système... Des gamins qui récupèrent des os pour jouer, des chiens qui arrachent des bouts de viande sur les corps encore un peu frais...

— Mais pourquoi tous ces gens sont-ils ici, au cimetière ?

— Parce qu'y a pas de place ailleurs, tiens... Le jour, ailleurs, y a de la place que pour ceux qui sont au travail. Le soir et la nuit, c'est le contraire. Tu vois ce phare, au milieu du cimetière ? Tout à l'heure, après le coucher du soleil, il va s'allumer, et tout le monde va dégager d'ici. Parce que la nuit, ici, c'est un parking, un parking surveillé, pour tous ceux qui viennent s'amuser en ville. Parce que le soir, en ville, y a pas assez de place pour garer toutes les bagnoles...

— Et toi? Qu'est-ce que tu fais?

— Viens avec moi, tu verras...

On touchait à la fin de l'après-midi. Peu à peu, à mesure que la lumière baissait, le cimetière se vidait. Je suivis don Juan jusqu'à un mausolée, dont l'entrée était marquée par une sculpture particulièrement dramatique. Au sommet d'un rocher, une Mort impressionnante, squelettique, drapée dans un linceul, la faux dressée, dominait orgueilleusement, le regard vide, un bateau fracassé au pied de l'écueil. Don Juan entra dans le monument et en ressortit avec une lanterne.

Nous fûmes parmi les derniers à quitter le cimetière. Des agents commençaient à patrouiller pour faire évacuer les attardés. Quelques rues plus loin, nous vîmes le phare s'allumer, pour signaler aux vivants le séjour des morts, et aussi un endroit sûr pour garer leur véhicule.

Don Juan m'entraîna dans un terrain vague, noir et désert. Bien qu'il n'y eût ici aucun éclairage, il refusa d'allumer sa lampe. La lune se leva, une lune cabossée, presque pleine, et quelques étoiles réussirent à percer la couche de pollution. Au milieu du terrain se dressait un mur lépreux, dernier vestige d'un immeuble depuis longtemps détruit. Au pied du mur, dans les orties, il ramassa une échelle, qu'il dressa contre la ruine, jusqu'à la trouée d'une fenêtre.

— Tu vas monter là-haut, dit-il. Tu t'assoiras sur le rebord de la fenêtre, ensuite tu poseras la lampe à côté de toi, tu l'allumeras et tu ne bougeras plus jusqu'à ce que je vienne te chercher.

Je pris la lanterne et je fis tout ce qu'il avait dit, sans protester ni poser de questions. Je n'éprouvais aucune crainte. Une fois assise là-haut, j'eus l'impression de flotter entre ciel et terre. Je m'étais rarement sentie aussi bien. En bas, tout était noyé dans l'ombre, malgré la lune, et don Juan avait disparu. L'air était frais, on entendait la rumeur de la ville. C'était comme si j'étais à la fois très loin et très près de tout. J'attendis un certain temps, mais sans avoir le sentiment d'attendre, comme si j'étais suspendue dans le temps.

Puis je vis les phares d'une voiture et j'entendis le bruit d'un moteur se rapprocher. Pendant quelques secondes, une partie du terrain vague fut violemment éclairée, et je vis la silhouette de don Juan courir dans cette lumière. Presque aussitôt, tout s'éteignit, phares et moteurs, il y eut des éclats de voix, une portière claqua. Peu après, don Juan revenait au bas du mur, me demandait d'éteindre la lampe et de descendre.

Quand je parvins au bas de l'échelle, il me prit entre ses bras et me porta jusqu'à la voiture.

— Tu as de la chance, dit-il. Cette nuit, c'est une décapotable.

Et il me posa avec lui sur la banquette arrière. Il

avait parlé d'un ton léger, mais il y avait dans sa voix quelque chose que je n'y avais pas encore entendu, quelque chose de grave qu'il cherchait à dissimuler et qui m'inquiéta.

Assis en biais sur la banquette, face à face, entrecroisant nos jambes, nous commençâmes à nous embrasser et à nous caresser avec fougue, comme pris d'une subite et impérieuse faim. Il avait une longue langue agile et des lèvres pulpeuses, qui donnaient des baisers pénétrants et savoureux. Mes seins étaient tendus, mon ventre brûlait, me mouillait les cuisses. Comme, heureusement, je ne portais aucun dessous, ses doigts se promenaient librement sous ma robe, avec une science et un instinct sûrs.

Je glissai ma main sous son tee-shirt, appréciai de la paume l'arrondi de son épaule, passai mes doigts dans les quelques poils de son torse, pinçotai ses tétons, puis descendis le long des abdominaux, doucement, dépassai le nombril, atteignis le bas-ventre en introduisant mes doigts sous la ceinture du jean. Je sentis le bout chaud et humide de sa queue tendue contre la toile, et je compris qu'il était nu, lui aussi, sous son jean.

Je défis sa braguette à la hâte, et sa queue jaillit, magnifiquement libre et raide. Je tâtai aussi ses couilles, fermes et gonflées. Sa queue était assez longue, racée. Je refermai ma main autour de ce barreau aussi dur qu'un os et, comme il avait glissé ses doigts dans ma chatte, où il me caressait avec une grande habileté, je jouis, toujours accrochée à sa rampe.

En jouissant, je m'étais renversée sur le dos, contre la banquette. Il se mit au-dessus de moi et me pénétra. Il baisait avec un mélange de souplesse artistique et de rage, tantôt se laissant emporter par la force exigeante de son désir et de sa virilité, tantôt reprenant le contrôle avec une sorte d'esprit de jeu, une légèreté qui confinait à l'humour. Aussitôt que j'avais eu un orgasme, il changeait de rythme ou de position, malgré l'inconfort de l'endroit.

Nous fîmes l'amour sans dire un mot. La nuit était pleine de nos gémissements et de nos souffles, et, dans l'étroitesse de notre banquette, nous étions les amants les plus fougueux et les plus unis du monde. Il jouit, et quand je sentis dans mon con en feu les palpitations de sa queue, secouée par la montée des giclées de foutre, je jouis avec lui.

Nous recommençâmes à faire l'amour, nus cette fois, et en nous suçant d'abord longuement l'un l'autre. Extrêmement tendre et raffiné pendant les jeux préliminaires, il devint plus radical pendant l'acte lui-même et, s'abandonnant totalement cette fois à la violence de son désir, il me laboura de coups de reins brutaux, sans se préoccuper de mon plaisir, qui vint pourtant, tout aussi brutalement et avec tant de force qu'il s'accompagna d'un haut-le-cœur.

Ensuite, nous partageâmes des cigarettes, en bavardant tranquillement, les yeux tournés vers le ciel.

— Quand tu m'as envoyée là-haut avec la lampe, dis-je, c'était pour faire croire à un phare de cimetière et attirer une voiture?

— T'as tout compris.

— T'es un pirate, alors ?

— Et toi aussi... La fiancée du pirate...

— Où il est, le propriétaire de la voiture ?

— Quelque part, là où il voulait aller...

— Où ça ?

— J'en sais rien, moi. En ville...

— Comment t'as fait pour qu'il te laisse sa voiture ?

— T'inquiète pas. Y a pas de problème, tout va bien. Le type récupérera sa bagnole demain matin, et personne n'y pensera plus.

— T'y penseras plus, toi ? Tu penseras plus à moi ?

Il se mit à rire en me traitant gentiment d'idiote, sauta sur le siège avant et chercha sur la radio une bonne station, avec du hard rock. Il monta le son à fond, et nous bondîmes dans l'herbe, pour danser comme des fous. Finalement, il me prit contre le capot de la voiture, debout, dans les rugissements de la musique.

Puis nous éteignîmes la radio et retournâmes sur la banquette, où nous passâmes le reste de la nuit, l'un contre l'autre, à échanger tendresses et rires, en regardant les étoiles briller et peu à peu disparaître.

Avant la fin de la nuit, don Juan me raccompagna là où il m'avait trouvée, sur le trottoir où j'avais failli me faire écraser. Je voyais bien que c'était le moment de nous quitter, et j'avais envie de pleurer.

— Tu fais ça tous les soirs ? ne puis-je m'empêcher de lui demander, bêtement.

— Quoi ?

— Tu sais bien... La lanterne... Avec une fille.

— Oui, dit-il.

Et il eut l'air si triste que je n'ajoutai pas un mot. Puis il se mit à rire et à se moquer de moi.

— Qu'est-ce que c'est que cette petite mine ? fit-il en me relevant le menton. Tu sais très bien que nous sommes tout seuls, toi et moi...

Il prit mon visage entre ses mains, et nous nous regardâmes. Je me serrai contre lui, et puis je me retournai, ouvris la porte et sortis.

Dans le couloir, je me laissai aller à pleurer, en marchant dans le noir. Je pleurai aussi fort que j'en avais envie, en criant et en me cognant contre le mur. Et quand je fus calmée, je pénétrai derrière une nouvelle porte.

PORTE 33.

31

Le soldat nu

Je me mis à marcher sur une piste droite et cimentée, au milieu d'une forêt de pins. Les arbres craquaient de chaleur, embaumaient la résine. Des herbes poussaient entre les plaques de ciment, vieilles et rongées.

Au bout de la piste, je trouvai un blockhaus en ruine, sinistre, avec ses ouvertures comme des trous noirs, inquiétants. Derrière le blockhaus il y avait un abreuvoir hors d'usage, moulé dans le même béton et envahi par la mousse. Et à côté de l'abreuvoir, par terre sur le tapis d'aiguilles de pin, reposait un homme en uniforme de soldat, inanimé.

Je m'accroupis à ses côtés et tentai de le réveiller. Il respirait, mais restait plongé dans une profonde inconscience. Je l'examinai pour m'assurer qu'il n'était pas blessé. Il avait un beau visage encore enfantin et innocent, et un corps d'athlète qui remplissait parfaitement son uniforme.

Comme il ne portait aucune trace sur le devant du corps, je le retournai sur le ventre pour regarder son dos. De ce côté aussi, tout allait bien. Il avait un bon petit cul rond et musclé, que je me retins de tâter, même à travers la toile. Je le remis sur le dos.

J'essayai encore de le réveiller, mais en vain. « Peut-être a-t-il une blessure cachée sous son uniforme », me dis-je. Et je décidai que j'avais le droit, et même le devoir, de le déshabiller.

En lui retirant ses vêtements un à un, j'eus l'impression d'être retournée en enfance et de jouer à la poupée. Quand il fut entièrement nu, je constatai que son corps ne portait aucune trace d'aucune lésion. En revanche, il était aussi ferme que doux, et fort bien proportionné. Je déposai un baiser sur son épaule, car c'était pitié de le voir ainsi inanimé.

Maintenant qu'il était tout nu, je me dis que les aiguilles de pin risquaient de lui irriter la peau. Le mieux serait de le déposer dans le lavoir, qui, tout tapissé de mousse et arrosé des rayons obliques du soleil, lui ferait une couche douce et tiède. Je me plaçai derrière sa tête, le pris sous les bras, le soulevai et commençai à le traîner. Il était lourd, et je dus m'arrêter plusieurs fois, avant de l'amener jusqu'au pied du lavoir.

Le hisser à l'intérieur fut une autre affaire. Au bout d'un moment, mes efforts me donnèrent si chaud que je dus me mettre nue, moi aussi, pour poursuivre mon travail. Malheureusement, je laissai retomber plusieurs fois le corps, par épuisement ou par maladresse, souvent juste au moment où j'étais tout près de parvenir au but, alors que j'avais déjà réussi à passer une épaule par-dessus la margelle.

Mais je ne me décourageai pas. Chaque fois, après

une courte pause, je retournais le ramasser et je déployais encore toutes mes forces pour le soulever et le transporter jusqu'à la couche que je lui destinais. Et finalement ma persévérance fut récompensée, et je pus contempler mon beau soldat nu étendu dans son arche de mousse, comme un bijou dans son écrin.

— Tu me dois bien un petit merci, lui dis-je.

Et je frottai longuement mon nez contre le sien, car c'est un plaisir inoffensif mais puissant, que souvent les hommes considèrent comme un enfantillage un peu ridicule et qu'ils ne vous accordent jamais plus de quelques secondes. Narine contre narine, l'une après l'autre, je m'abandonnai enfin à ce jeu aussi longtemps qu'il me plut, et avec tous les raffinements qu'il me fut agréable d'y apporter. J'en retirai une grande satisfaction.

Puis je recommençai à me préoccuper de l'état de santé de mon soldat. A coup sûr, je l'avais passablement abîmé pendant le transport, surtout dans le dos, qui avait longuement raclé sur le bord de béton du lavoir. Je m'en inquiétai et le tournai sur le ventre.

En effet, il avait le dos affreusement marqué de meurtrissures, bleus et égratignures diverses, qui formaient déjà des croûtes de sang. Craignant que ses blessures ne vinssent à s'infecter, je décidai de les nettoyer.

Des ongles, je fis sauter les croûtes. Le sang se remit à perler. Je le léchai soigneusement, sur chaque plaie, car il me semblait avoir entendu dire que la salive constituait un excellent antiseptique.

Quand j'en eus terminé, je lui écartai les fesses

pour voir s'il n'avait pas été blessé là aussi. D'abord je ne vis rien. Puis il me sembla qu'il avait une écharde enfoncée dans la peau, tout près de l'anus. Je pris un morceau de bois pointu, à l'aide duquel j'essayai de le débarrasser de cette petite épine, qui pourrait s'avérer fort douloureuse et s'infecter elle aussi. Mais je ne réussis qu'à lui écorcher tout un carré de peau, où un peu de sang apparut.

Il ne me semblait pas que l'écharde fût sortie. Refusant de lui faire davantage de mal, je décidai d'essayer de l'avoir en la suçant. Ce que je fis, la bouche enfouie entre ses fesses, que je tenais fermement écartées des deux mains. Malgré des efforts encore une fois longs et renouvelés, je n'obtins pas de meilleur résultat, et je finis par renoncer. Au moins était-il bien nettoyé.

Le sang sur son dos s'était à nouveau coagulé. J'en profitai pour le retourner. Sur le devant du corps, il ne portait pratiquement aucune égratignure, mais je décidai de le laver aussi. Je me mis à le lécher avec application, à petits coups de langue, des orteils jusqu'au front.

Quand je vis que, malgré tous mes soins, le soldat ne se réveillait toujours pas, je sentis la colère m'envahir. Après tout, il avait peut-être besoin d'un remède plus énergique. Je levai la main, lui assénai une gifle retentissante. Il resta sans réaction. Alors je recommençai, encore et encore, et sur tout son corps, de toutes mes forces, à le frapper. Il ne bougea pas.

Je finis par m'écrouler sur lui en pleurant et en lui demandant pardon. Je decendis jusqu'à son sexe, que je pelotai et suçai, en m'imaginant ainsi le consoler. Mais, en dépit de mon acharnement, il resta mou et frais, appétissant mais ridiculement amorphe. C'était à hurler de rage.

Encore une fois, je sentis une colère débordante monter dans tous mes membres et me brouiller le cerveau. Je regardai le pauvre diable qu'en vain je tirai par la queue et sur lequel je m'apprêtais à laisser fondre ma vengeance. Dans un dernier sursaut de conscience, je pris peur de moi-même et, ramassant ma robe, je m'enfuis à toutes jambes, loin du blockhaus sinistre, loin du lavoir en ruine, aussi loin, aussi vite que possible, par la piste cimentée, jusqu'à la sortie.

Une fois dans le couloir, je me rhabillai. J'aurais bien voulu tout oublier tout de suite, ou être tourmentée par les spectres, mais je restai seule avec mon malaise et mon incompréhension. Je n'osais plus aller nulle part. Je finis pourtant par pousser une nouvelle porte, car il fallait bien poursuivre.

 PORTE 32,

 PORTE 33.

32

Le roi

Je pris ma place dans la grande queue de femmes qui attendaient devant le trône du roi. Celui-ci était un gros homme chamarré d'habits prétentieux. Il me parut tout de suite à la fois antipathique et attirant. Son grand sexe dressé sortait à la verticale de sa culotte brodée de diamants, et, en ce moment même, la première femme de la file venait de l'enfourner dans sa bouche, où il n'en rentrait qu'une petite partie. De chaque côté du trône étaient disposés deux sabliers géants, que deux valets en livrée retournèrent à l'instant précis où la femme se mit à l'ouvrage.

Elle suçait le phallus royal avec l'énergie du désespoir. Mais, quand tout le sable fut écoulé, elle se releva et quitta la pièce en pleurant. Aussitôt, la femme suivante prit sa place.

Le roi semblait indifférent à tout ce qu'on pouvait lui faire. Il se laissait manipuler sans rien perdre de sa majesté ni de son sang-froid. Je vis défiler plusieurs femmes sur son membre, qui tantôt le branlaient, tantôt le suçaient, tantôt le chevauchaient. Mais il demeurait égal à lui-même, sans rien perdre de sa substance ni de sa vigueur, et, quand le sable avait fini de s'écouler, les femmes qui s'étaient acharnées sur lui repartaient en pleurant.

Je demandai des explications à ma compagne la plus proche, celle qui me devançait dans la file d'attente.

— C'est le roi Temps, me dit-elle. Il a promis que celles qui arriveraient à le faire jouir seraient immortelles. Mais, comme tu le vois, personne n'arrive jamais à rien tirer de lui. Elles pleurent parce qu'elles échouent, comme toutes les autres. Et pourtant, qui ne voudrait pas tenter sa chance ?

Bientôt vint son tour, et, malgré tous ses efforts, elle laissa le roi aussi raide et froid qu'à mon entrée dans cette salle. Elle repartit en larmes.

Je m'approchai du roi, mais à une distance respectueuse. Même en tendant la main, je n'aurais pu le toucher. Je me souvins de l'un des meilleurs moments érotiques que j'avais passés derrière les portes de ce petit cirque, et je me mis à le raconter en insistant sur certains détails. Quand le sable fut aux deux tiers écoulé, je m'arrêtai de parler.

— Eh bien ? dit le roi au bout d'un petit moment.

C'était la première fois qu'il faisait entendre sa voix.

— Eh bien, quoi, Sire ? repris-je ingénument.

— Eh bien, la suite ! Comment cela s'est-il terminé ?

— Accepterez-vous de jouir si je vous le raconte ? Je vous promets que vous ne serez pas déçu...

— Eh bien, soit. Mais faites donc.

Je poursuivis mon histoire, en y mettant tout mon cœur pour la rendre aussi troublante que possible. Le roi haletait. Au moment où j'en vins à la conclusion, on vit sortir de son membre une abondante fontaine de sperme, blanche et brillante. Il y eut dans l'assistance un mouvement de vive émotion. Le sable finissait juste de s'écouler, de chaque côté du trône.

— Serai-je immortelle, Sire ? demandai-je.

— Eh bien... Revenez demain, racontez-moi une autre histoire, et nous étudierons la question.

— Mais... Vous aviez promis à celle qui...

— On ne discute pas avec le roi Temps, dit-il d'un ton tranchant.

Je m'inclinai et retournai au fond de la salle. « Ce roi n'est qu'un escroc, j'aurais dû m'y attendre », pensai-je. Et, haussant les épaules, je retournai dans les couloirs, où je poussai l'autre porte.

PORTE 33.

33

L'échange

La brume s'attachait aux vitres, une brume dense
et grise comme des cheveux, qui cernait la maison
par toutes ses ouvertures, creusées dans l'épaisseur
des murs de pierres. Aux quatre coins de la grande
pièce unique, rustique et rectangulaire, se trouvaient
respectivement la réserve de bois, la cheminée, le
frigo et une fenêtre — à peu près tout ce qu'il faut
pour vivre.

A côté du tas de bois, un gros rocher entrait de la
montagne dans la maison. Et sur ce rocher, au milieu
de quelques brindilles et morceaux de branches
sèches, on avait installé une épaisse et vilaine robe de
chambre rose, sur laquelle reposaient une chatte et
son petit. Couchée sur le flanc, elle se laissait téter
par le nouveau-né, qui, d'un peu loin, ne ressemblait
qu'à une boule de poils un peu plus foncée.

Je m'approchai d'eux. C'était une ravissante petite
chatte, aux très longs poils roux, blancs et noirs, et au
minois adorablement gracieux et féminin. Elle ron-
ronnait de bon cœur en se faisant les griffes dans le
tissu, et se laissa caresser avec le plus grand plaisir.

Le chaton, qui avait encore les yeux fermés, était aussi de trois couleurs, mais plus brun.

Je montai à l'étage par la vieille échelle de bois. Les combles étaient aménagés en trois petites chambres, seulement distinctes par des niveaux de plancher différents et quelques tentures punaisées le long des poutres. Face à une grande fenêtre, dans un large lit à barreaux de fer blancs, appuyée sur des coussins, une femme écrivait.

— Bonjour, dis-je.

— Oh ! là là ! oh ! là là ! Je vais être en retard ! dit-elle entre ses dents, d'un air extrêmement pressé.

Elle ressemblait tout à fait au Lapin d'Alice, mais, au lieu de courir, elle restait affalée dans ses oreillers, à bleuir d'encre une page blanche posée sur une chemise en carton, elle-même posée sur ses cuisses. Apparemment, il n'y avait vraiment pas de quoi s'affoler. J'eus envie de rire, mais je n'en fis rien, car elle paraissait sérieusement perturbée.

Je m'assis sur le bord du lit. Comme elle ne prenait pas même le temps de lever les yeux sur moi, clouée à toute allure sous sa couette, je regardai ailleurs. Sa chambre était en désordre. Un bouquet de menthe séchée était fiché entre une pierre et une poutre. A côté de la grande glace ovale, sur un petit meuble, ses produits de beauté avaient l'air exposés comme des bibelots. Et derrière la porte vitrée, toujours la brume, comme un morceau de coton géant.

Je me levai, décidée à m'en aller. Alors, sans pour autant cesser d'écrire, la jeune femme daigna enfin me regarder.

— Restez, je vous en prie, dit-elle. Pardonnez-moi... Ce n'est pas une rencontre facile pour moi...

J'ignorais ce qu'elle voulait dire par là, et sans doute s'en trouva-t-elle embarrassée elle-même, car elle ajouta aussitôt, comme pour changer de conversation :

— Vous avez vu Dinah ?

— Dinah ?

— La chatte...

— Oh oui ! je l'ai vue. Elle est très mignonne... Elle a eu un petit ?

— Elle en a eu trois. C'est la chatte de mes voisins, les fermiers qui habitent dans le pré, l'été. L'hiver, ils redescendent les vaches et retournent vivre dans leur autre maison, plus bas dans la vallée. Car nous sommes en altitude, ici. Dinah avait disparu dans la nature quand ils sont partis. Alors elle est restée quelques semaines toute seule, et puis elle est arrivée chez nous la veille de Noël... Elle est mignonne, non ?

— Très jolie.

— Il a fallu éliminer deux des petits chats, un brun et un blanc. Elle ne s'est rendu compte de rien, je crois. Mais moi, la nuit, j'ai rêvé à ces deux petits chats. C'étaient deux grosses araignées poilues, des araignées en forme de chat, une blanche et une noire, sur leurs toiles d'araignée, qui me regardaient. J'ai été tellement angoissée que je me suis réveillée. Il était encore tôt pour moi, je n'avais pas beaucoup dormi, mais je me suis levée. Je suis tellement en retard...

Encore son délire, pensai-je.

— Il y a toujours autant de brume? dis-je pour changer encore de conversation.

— Hier, il faisait grand soleil. Je me suis mise dehors, sur une pierre, pour écrire. Là où la neige a fondu, les herbes commencent à sentir bon...

— Vous écrivez quoi?

— Votre aventure. Tout ce que vous vivez, à mesure que vous le vivez. En ce moment, par exemple.

Je me penchai sur sa feuille, qu'elle avait tournée, et je vis qu'elle venait de noter exactement notre dialogue et qu'en cet instant même elle finissait une phrase pour raconter que j'étais en train de lire par-dessus son épaule.

— Vous notez tout ce que je fais? dis-je, d'assez mauvaise humeur. C'est un rapport, ou quoi? Vous m'espionnez?

— Je vous invente. Et c'est un roman.

— Vous voulez me faire croire que je n'existe pas? Je suis en train de rêver, peut-être? Ou, plutôt, je ne suis que le rêve de quelqu'un d'autre?

— Vous êtes le rêve de tas de gens. Mais ça ne vous empêche pas d'exister, au contraire.

Elle continuait à écrire. Nous restâmes un moment sans parler. Je me refusais à lui demander davantage d'explications. Ce que je pourrais comprendre par moi-même de ma situation et de la sienne vaudrait bien tout ce qu'elle pourrait m'en dire.

— Je ne te ressemble pas tellement, dis-je enfin.

— Tu es beaucoup plus belle.. Ça m'aurait plu,

d'être comme toi... Et la moto? Tu aimes?

Elle me regarda d'un air rêveur, envieux peut-être. Puis elle parut intimidée.

— Je suis souvent plus à l'aise avec les garçons qu'avec les filles, dit-elle. J'espère que tu t'es amusée autant que moi dans ce petit cirque...

— Ce qui m'inquiète, c'est que j'ai fini par oublier l'homme que je cherchais. Le retrouverai-je?

— Viens.

Elle sortit de son lit, et je la suivis au rez-de-chaussée. Elle ouvrit la porte, et nous fîmes un pas dans le couloir. Alors, pour la première fois, enfin, je vis les spectres qui m'avaient si longtemps poursuivie. Comme il faisait très sombre, je ne distinguais que leurs silhouettes, l'une pâle et l'autre noire.

— Je te présente le spectre de Toi-Même, dit la femme en me montrant le spectre noir. Et le spectre de l'Amour perdu, poursuivit-elle en me désignant le spectre pâle.

— Viens, dirent tour à tour les deux spectres en me tendant les bras.

J'entendis la porte grincer derrière moi.

— Et l'Homme? eus-je le temps de demander, avant que la femme ne refermât la porte sur elle.

— Dehors! dit-elle. Tu le retrouveras dehors!

Et elle disparut.

Au bout du couloir, une faible enseigne lumineuse indiquait la sortie. Je regardai les spectres, l'un après l'autre, et je me demandai si j'allais :

— suivre le spectre de Moi-Même :

PORTE 35,

— ou suivre le spectre de l'Amour perdu :

PORTE 34,

— ou, malgré toute la curiosité que m'inspiraient les deux spectres, sortir tout de suite du petit cirque pour retrouver sans tarder l'Homme, au-dehors :

PORTE 36.

34

Le spectre de l'Amour perdu

A quelques pas devant moi seulement, la petite lumière verte du néon indiquait la sortie. Il ne restait plus dans le couloir que deux portes, l'une en face de l'autre. Bientôt je serais dehors et je retrouverais l'Homme que j'avais tant cherché.

Je me tournai vers la silhouette pâle du spectre de l'Amour perdu, dont on ne distinguait pas les traits, mais qui faisait dans l'ombre une longue tache d'un blanc presque phosphorescent, fantomatique. Encore une fois, il tendit la main vers moi et, de sa voix chaude et mélancolique, répéta :

— Viens...

Je regardai le spectre de Moi-Même, qui m'invitait aussi à le suivre, mais je ne pus résister à l'appel triste et amoureux du spectre pâle, qui semblait avoir tellement besoin de moi.

Je le suivis jusqu'à la porte de gauche, et nous entrâmes dans une petite pièce circulaire et haute de plafond, semblable à un cylindre et seulement meublée d'un lit défait, dont les draps de satin luisaient sous la lumière tamisée des lampes, accrochées tout autour de la chambre.

Le spectre de l'Amour perdu était enveloppé d'une ample cape blanche et portait sur la tête une cagoule grossièrement taillée, tel un sac en tissu blanc, où avaient été découpés, à l'emplacement des yeux et de la bouche, trois trous ronds. Il s'approcha de moi, me prit la main et, après avoir longuement plongé dans mes yeux son regard ténébreux et enflammé, se pencha doucement sur ma bouche et me donna le baiser le plus doux, le plus passionné et le plus langoureux qu'on m'eût jamais donné. Puis il retira sa cape, qu'il laissa choir sur le sol.

Il était magnifique. Long, fin, musclé, son corps était doté d'une grâce et d'une harmonie rares, comme s'il eût été imaginé et façonné par un artiste, plutôt que né de la chair. En guise de cache-sexe, il avait enroulé autour de ses flancs plusieurs cordes, dont les extrémités pendaient entre ses cuisses.

Sa cagoule était également resserrée autour de son cou par une corde. J'en approchai les mains pour défaire le nœud et dévoiler aussi son visage. Mais il recula vivement.

— Ne fais pas ça, dit-il. Tu ne dois pas me voir.

— Mais pourquoi ?

— Ne pose pas de questions, je t'en prie. Tout serait fini pour nous si tu me voyais.

Je le regardai, incrédule. Allait-il vraiment garder cette cagoule ? Me demander d'aimer un homme sans visage ?

— Je t'en prie..., ajouta-t-il tout doucement en effleurant mes cheveux.

Derrière les deux trous ronds, ses yeux sombres brillaient. Il prit mes mains, qu'il posa sur les cordes enroulées autour de ses flancs. Je commençai à les défaire, la tête baissée, pour cacher mon envie de pleurer, ma déception de ne pouvoir contempler son visage. Envie qui finit par laisser la place à une excitation grandissante, à mesure que je dénouais les cordes autour de son bas-ventre.

Quand j'eus enfin libéré son sexe, frais et émouvant comme un compotier rempli de perles fines, il m'entraîna sur le lit, entre les draps de satin. Les cordes avaient laissé des marques dans sa chair. Je baisai tendrement ses bras, ses épaules, son torse, son ventre, et puis, sur les hanches et autour du pubis, sa peau meurtrie.

Son sexe avait un peu gonflé, mais j'étais tellement émue que j'avais peur de le prendre dans ma bouche. Je tournais autour, admirative et intimidée, sans pouvoir me décider. Enfin il me prit par les cheveux et guida mes lèvres vers lui.

Quand j'eus son membre dans la bouche, il me sembla être entrée en éternité. Je le suçais, et plus rien d'autre n'existait que cette chair dure et grosse et chaude et savoureuse contre mes joues, ma langue, ma gorge et mon palais. Je le suçais, je le tétais, et sa tétine me donnait l'oubli, sa grosse tétine concentrait le monde, qui se tenait tout entier entre mes lèvres pour me donner sa substance nourricière et me faire jouir.

J'eusse pu rester là pendant des heures, accrochée à sa queue, et peut-être y mourir d'hébétude. Ma bouche était directement liée à mon bas-ventre, à mon sexe qui se contractait au rythme de mes lèvres, comme pour sucer aussi. Quand il éjacula, j'éprouvai en même temps l'orgasme, sans avoir à me toucher. Je l'avalai en jouissant.

Il se tourna sur le côté, et je le gardai en bouche, délicieusement lasse et infiniment reconnaissante. Je fermai les yeux, tout près de m'endormir. Et sans doute somnolai-je un peu, avant de m'apercevoir qu'il avait recommencé à gonfler et qu'il encombrait de nouveau considérablement ma bouche. Encore une fois, il me prit par les cheveux, mais pour me ramener vers son visage.

Il me coucha sur le dos, prit mes jambes entre ses mains et me pénétra. D'abord, j'essayai de me concentrer sur son torse, ou de fermer les yeux pour ne pas me laisser impressionner par son visage cagoulé et cette corde qu'il portait autour du cou comme un pendu.

— Tu m'aimes encore ? demanda-t-il.

— Oh oui ! répondis-je avec passion.

Car, bien qu'il fût lui-même perdu dans ma mémoire, j'avais gardé le souvenir fort et douloureux de l'amour que j'avais eu pour lui, autrefois, et du temps infini où j'avais attendu son retour.

— Je t'aime tant..., dis-je en l'attirant vers moi pour enfouir ma tête dans son épaule. Je n'ai jamais cessé de t'aimer... Mon amour... Mon bel amour perdu... Te souviens-tu ? Un jour, tu m'avais dit : « Le voleur de lune reviendra cher-

cher les étoiles... » Je croyais que tu parlais de nous...
Pourquoi n'es-tu pas revenu me chercher, mon bel
amour ?

Et, tout en lui disant des mots d'amour, je jouis.

Il resta longtemps en moi, m'épuisant de plaisirs.
Je n'avais plus peur de sa cagoule, je la regardais
fixement au contraire chaque fois qu'approchait un
orgasme, et alors je partais comme une flèche,
comme si j'étais aspirée par cet objet sinistre, vers un
vide irrésistible.

Des heures peut-être s'écoulèrent avant qu'il ne
jouît à son tour. Alors, il se laissa retomber sur
l'oreiller et s'endormit.

Je le contemplai avec émotion. J'étais amoureuse
de chaque parcelle de son corps, j'étais amoureuse de
lui tout entier, même de ce qu'il me cachait, même, et
peut-être surtout, de son mystère. Bientôt je vis qu'il
s'était mis à rêver. Ses yeux roulaient sous ses
paupières, et sa respiration avait changé. Que se
passait-il dans sa tête ? Que voyait-il, que vivait-il,
que je ne pouvais voir ni vivre avec lui ? Agenouillée
au-dessus de lui, tout doucement, j'entrepris de
défaire le nœud qui fermait la corde autour de son
cou.

Il ne se réveilla pas. Je tirai délicatement sur la
cagoule. Et, alors que je m'attendais à voir surgir de
sous le masque une figure très enlaidie par quelque
mal ou défaut qu'il eût voulu cacher, je découvris un
visage d'un bel ovale, aux traits fins et purs, bien
marqués, aux pommettes hautes et aux joues un peu
creuses, à la peau parfaitement lisse et fraîche.

Il était si beau que je restai interdite, n'osant plus le toucher ni même le regarder. J'oubliai l'interdiction qu'il m'avait faite de le voir, et ne songeai pas même à lui remettre sa cagoule, pour dissimuler mon infraction. Au contraire, je me laissai aller à déposer un baiser sur ses lèvres, un baiser que je voulais être le dernier. Alors il se réveilla.

Quand il se vit découvert, il entra dans une colère et un désespoir fous, se mit à sangloter et à pleurer. De la corde que j'avais ôtée à son cou, il commença à me frapper. Et je me laissai faire, éperdue de tristesse moi aussi, car je voyais bien que j'avais trahi.

Quand les coups me firent tomber au sol, il me prit dans ses bras, et nous pleurâmes ensemble, nos visages serrés l'un contre l'autre, tout mouillés de larmes. Nous pleurions convulsivement, dans les bras l'un de l'autre, et je sentais l'intérieur de mes cuisses se mouiller et son membre durcir contre mon nombril. Et finalement il mouilla aussi mon ventre, sans avoir bougé, simplement à cause de ces larmes qui nous unissaient.

Je ramassai ma robe en rampant et je m'enfuis, confuse et malheureuse. Une fois dans le couloir, je me rhabillai, essuyai mes joues trempées de larmes.

Le spectre de Moi-Même ouvrit sa porte et surgit de l'ombre. Dans sa chambre on pouvait voir, de la fenêtre, de hautes montagnes s'élever vers le ciel.

— Tiens, me dit le spectre noir.

Et il me tendit une petite poignée de cailloux colorés.

— Garde-les, ajouta-t-il. Ils t'aideront.

Je sentis que j'aurais pu trouver du secours auprès de lui, mais qu'il était trop tard. Je serrai les pierres fines dans ma paume. Maintenant, il me fallait sortir.

Je pensai au spectre de l'Amour perdu. Je n'avais pas envie de l'abandonner. Je me demandai si j'allais :

— essayer d'emmener avec moi le spectre de l'Amour perdu.

PORTE 38.

— prendre par la main le spectre de Moi-Même, vers lequel je me sentais irrésistiblement attirée, et l'emmener avec moi jusqu'à la sortie.

PORTE 39.

35

Le spectre de Moi-Même

« C'est la dernière étape », pensai-je en regardant, au bout du couloir, les lettres blanches du mot SORTIE se détacher faiblement sur le fond vert de l'enseigne lumineuse. Il ne restait plus que deux portes, et rien ne m'obligeait à les pousser. Mais la silhouette sombre du spectre de Moi-Même, que je distinguais à peine dans l'ombre, me remplissait de curiosité.

Je regardai aussi le spectre de l'Amour perdu, qui semblait m'espérer et m'attendre plus fébrilement. Mais le spectre sombre m'attirait comme si nous étions l'un et l'autre aimantés, et je sus tout de suite qu'il me serait impossible de résister à son appel muet. Sans faire un geste ni dire un mot de plus, il se mit en marche, et je le suivis.

J'entrai avec lui dans une cellule claire et carrée. A côté de la fenêtre, sur une table, un grand livre était ouvert en son milieu. De l'autre côté, sur une deuxième table, le couvert avait été mis pour deux personnes, et un plat fumant attendait d'être servi. L'ameublement de la pièce était complété par deux chaises, un petit lit en fer et une étroite armoire. Étrangement, la simplicité austère de ce lieu inspirait une grande joie.

Le spectre, un homme mûr en longue tunique sombre, solidement planté, les yeux perçants, d'un vert extrêmement clair, ressemblait à un grand prêtre oriental. La force morale qui émanait de toute sa personne eût jeté une distance infranchissable entre lui et autrui, si elle n'avait été contrebalancée par sa gentillesse naturelle, dépourvue de mièvrerie aussi bien que de sécheresse. Je me sentis heureuse d'être en sa compagnie, sous ce regard dans lequel on devinait clairvoyance et bonté, et aussi une certaine cruauté.

J'allai jusqu'à la fenêtre et je vis que nous étions perchés au sommet d'un piton rocheux, au milieu de montagnes arides et désertes. Devant la cellule, un minuscule jardin, entouré d'un muret de pierres, occupait le restant de l'étroit sommet. Un couple de rapaces planait dans la lumière matinale. Au loin, dans la vallée, on apercevait un village.

Le spectre m'invita à partager son repas. J'avais grand faim. Nous prîmes place autour de la table, pour déguster un déjeuner simple et frugal, mais composé d'excellents produits.

— Pourquoi m'avez-vous suivie dans les couloirs ? lui demandai-je.

— Je ne vous ai pas suivie. J'étais avec vous. Comme toujours...

— Mais vous n'étiez pas avec moi, derrière les portes...

— Bien sûr que si... Vous étiez trop occupée pour vous en apercevoir, mais j'étais là... Comment pourrais-je vous quitter ? Je suis le spectre de Vous-Même, ne l'oubliez pas...

Je baissai le visage sur mon assiette, car je me sentais rougir. Ainsi, il voyait tout, il savait tout de moi. J'avais envie de m'évanouir. Dans un état de semi-conscience, je tombai à ses pieds, sous la table, et enlaçai des deux mains ses chevilles nues, à la lisière de sa tunique monacale. Ses grands pieds un peu torses étaient sanglés dans les lanières de ses sandales de cuir.

— Je suis à vous, soufflai-je.

— Tu es à moi, comme je suis à toi. L'heure est venue de nous connaître physiquement.

Je mis ma tête sous sa tunique, baisai ses mollets, forts et poilus, respirai dans l'ombre et la chaleur de son corps. Je serrai ses genoux autour de ma tête, remontai lentement mes mains le long de ses cuisses et restai ainsi longtemps sans bouger, les doigts arrêtés à la lisière de son pubis, les yeux fermés, pour goûter pleinement cet instant suspendu, l'impatience au bout des ongles. Puis, tout doucement, sous la tunique sombre, je remontai mon visage le long de ses cuisses.

Jusqu'au moment où mes lèvres rencontrèrent ses grosses couilles pleines, tandis que sa queue dure frappait contre mon front.

Je me sentis défaillir de bonheur. Perdant toute retenue, je me frottai comme une folle, des mains et du visage, contre toute sa grappe gonflée, que je pelotai, baisai, mordillai, dans un accès incontrôlable de délire érotique, une envie de me bâfrer, d'arracher et de bouffer, envie dont je devais contenir la sauvagerie pour la canaliser dans une furie purement amoureuse, débarrassée des pulsions trop violentes qui auraient pu m'amener à le blesser.

J'eus l'impression d'être réveillée en sursaut lorsqu'il souleva sa tunique, prit ma tête entre ses mains et me fit relever. Il me déshabilla et enleva aussi sa tunique, sous laquelle son corps puissant et massif était nu.

— Il faut d'abord savoir ce que nous sommes et dans quel monde nous sommes, dit-il.

Il me mit un doigt dans le cul, me fit enfoncer mon majeur dans le sien. Nous nous fouillâmes réciproquement l'anus. Quand nous retirâmes nos doigts, il nous les fit respirer en disant :

— Voilà ce que nous sommes : des êtres qui transforment la chère en merde, dans un monde qui sans cesse se transforme en merde et renaît de sa merde.

Puis il me fit asseoir sur le bord de la table et me prit ainsi, à grands coups brusques.

Accrochée des deux mains au bord de la table, cuisses grandes ouvertes, je le sentais toucher tout au fond de mon fourreau et tout au long frotter, dans un mouvement régulier et obstiné, jusqu'à ce que ma chair s'enflammât et se mît à vibrer, jusqu'à ce que je fusse tout entière envahie par l'orgasme, et puis par une série d'orgasmes.

Alors il se mit à changer sans cesse d'orifice, me

pénétrant tour à tour dans le cul, le con et la bouche, sans répit, toujours avec la même vigueur. La tête me tournait et je perdais l'esprit, totalement offerte et prise dans une suite de convulsions qui ne voulaient plus s'arrêter, jetée hors du monde et de moi-même par une jouissance ininterrompue, qui me faisait crier et grogner et geindre comme une bête qui copule ou qu'on égorge, car les sens à ce point exacerbés par le plaisir transforment votre corps en chaos infernal, autant qu'en champ d'extase.

Vers la fin, je m'accrochai aux poils de son torse, à ses cheveux, à son cou que je griffais, je m'accrochai à lui comme à une bouée de sauvetage, et aussi pour lui faire mal et qu'il m'accorde grâce. Alors je le vis rejeter la tête en arrière, je sentis sa grosse queue palpiter dans mon cul, et il éjacula, par longs à-coups.

Toujours fiché en moi, il m'entraîna sur le plancher, et nous prîmes du repos, dans les bras l'un de l'autre, dans le corps l'un de l'autre.

Plus tard, il me déposa sur le lit, couchée sur le dos. Tandis que je m'apprêtais à m'endormir, épuisée, il m'écarta les jambes, fourra sa tête entre elles et se mit à me toucher et à me lécher, pendant un temps infiniment long. Parfois je jouissais doucement, et parfois nous nous laissions aller tous les deux à une délicieuse somnolence, au cours de laquelle sa bouche ou ses doigts restaient toujours ventousés entre mes cuisses.

Puis je lui demandai de venir s'asseoir sur mon visage et de s'y branler. Ses grosses couilles ballottaient sous mes yeux, je les malaxais et leur donnais des coups de langue, sans perdre de vue sa main, qui coulissait sur sa bite et la secouait. Il libéra des jets de foutre blancs et brillants, qui se transformèrent, au contact de ma peau, en cailloux colorés, qui roulèrent sur mes seins.

Je restai abasourdie par ce spectacle merveilleux. Il ramassa toute cette poignée de pierres fines et la déposa dans ma main, en me recommandant de toujours les garder.

— As-tu des ciseaux? dis-je.

Et je lui demandai de me couper les cheveux, à hauteur de la nuque. Je m'assis sur une chaise, il se plaça debout à côté de moi, et les ciseaux se mirent à crisser. Quand toutes mes longues mèches furent tombées sur le plancher, je les ramassai et les lui offris.

Au moment de le quitter, mon cœur se serra. Je le regardai longuement et me demandai si j'allais maintenant, en sortant du petit cirque :

— retrouver l'Homme que j'étais venue y chercher :

 PORTE 40 ;

— choisir plutôt de partir seule :

 PORTE 37 ;

— ou tenter d'emmener avec moi le spectre de Moi-Même :

 PORTE 39.

36

Le monstre

Les deux spectres, l'un vêtu de pâle et l'autre de noir, m'attendaient, immobiles. Je leur serrai les mains dans l'ombre, émue, et puis je les quittai, car il était temps pour moi de rejoindre ma vie du dehors et d'y retrouver l'Homme que j'étais venue chercher ici.

Je marchai vers l'enseigne lumineuse, le cœur battant. Je n'étais plus qu'à trois pas d'elle, lorsque j'entendis derrière moi un gémissement. Je me retournai.

Dans l'obscurité je distinguai la silhouette des deux spectres, enlacés. On eût dit qu'ils s'embrassaient sur la bouche. Puis je les vis disparaître ensemble derrière l'une des deux portes.

Je commençai à me demander si je ne commettais pas une erreur en voulant sortir sans avoir rencontré ces deux spectres qui m'avaient suivie, pendant tout mon parcours à travers le labyrinthe. N'avaient-ils pas quelque chose à m'apprendre, eux aussi ? Et retrouverais-je une autre occasion de faire leur connaissance ? Je rebroussai chemin, poussai la porte par où je les avais vus disparaître.

J'entrai dans une cellule de moine, carrée, simple et claire. Ils ne parurent pas m'entendre. Près de la fenêtre, à travers laquelle on devinait un paysage de montagnes arides et désertes, le spectre de Moi-Même était en train de déshabiller l'autre, c'est-à-dire de lui enlever son ample cape blanche, sous laquelle il était nu.

Alors je découvris que le spectre de l'Amour perdu était un jeune homme d'une très grande beauté, du moins en ce qui concernait le corps. Car son visage restait dissimulé sous une cagoule blanche, un sac en tissu percé de trois trous pour les yeux et la bouche, et resserré autour du cou par une corde. Étrangement, il portait aussi des cordes autour des reins. Leurs extrémités retombaient entre ses cuisses, formant cache-sexe.

Le spectre de Moi-Même, quant à lui, conserva sa longue tunique noire. Son vêtement, son maintien, son regard et cette cellule qui lui servait apparemment de chambre semblaient être ceux de quelque grand prêtre ou sage oriental. Chacun de ses gestes était parfaitement calme et précis, et on lisait sur son visage détermination et force morale, comme s'il se fût apprêté à remplir un devoir, plutôt qu'à se laisser aller à la lubricité. Il était très impressionnant.

Il se mit à dénouer les cordes attachées autour du bassin du beau spectre pâle. Quand il en fut libéré, ce dernier s'accouda à la fenêtre, dos à moi, et présenta son cul à son compagnon, avec des gémissements.

Alors le spectre sombre se retourna vers moi et me fit signe d'avancer. Une fois près de lui, je tendis la main vers son bras, mais il me repoussa. Je l'approchai alors du corps nu du spectre pâle. Mais il me repoussa encore.

— Ne nous touchez pas, dit-il. Ni moi ni, surtout, lui. Quoi qu'il advienne, ne le touchez surtout pas. Il en résulterait un grand malheur pour nous trois. Mais regardez et restez, car nous aurons besoin de vous tout à l'heure.

Et il me fit asseoir sur une chaise, à côté de la table, où deux couverts étaient mis.

Le spectre de Moi-Même ramassa l'une des cordes qui avaient entouré les flancs du jeune homme cagoulé et commença à l'en frapper. Sans se débattre, le spectre de l'Amour perdu gémissait et se plaignait. Il se mit même à courir autour de la pièce, tandis que son persécuteur le poursuivait, faisant claquer de plus belle la corde dans ses chairs.

D'abord je fus horrifiée par la cruauté de cette scène, et je m'apprêtai à intervenir. Et puis je me rendis compte que le spectre pâle, maintenant, bandait. Et que, tout en mimant la fuite, il semblait s'exposer de lui-même aux coups les plus douloureux, donnant à battre toutes les parties de son corps magnifique.

Son membre était de plus en plus raide et violacé. Je glissai ma main sous ma robe, car, malgré le malaise où me plongeait ce spectacle, je commençais à me sentir très excitée.

Le jeune homme cagoulé était tombé par terre, couché sur le dos, et se faisait fouetter la poitrine en se contorsionnant, mais sans chercher à se protéger de ses bras. Sa queue se redressait et sursautait sur son bas-ventre. Alors j'oubliai les recommandations du spectre noir. Cet homme avait besoin de moi, il fallait que je l'aide.

Je me laissai glisser sur le sol et m'approchai de lui à quatre pattes. Quand je fus à sa portée, j'empoignai sa queue, terriblement dure et chaude, la branlai rapidement. Aussitôt, il poussa un cri et jouit dans ma main.

Le spectre noir se recula, grave et inquiet. Je me sentais soulagée, comme si j'avais joui moi-même. Mais le spectre pâle se leva d'un bond et arracha sa cagoule, l'air hagard. Son visage, qui était aussi d'une grande beauté, se tordait d'angoisse. Il chance-lait, nous regardait tour à tour l'un et l'autre, incrédule.

Et soudain il commença à se transformer, à une vitesse fulgurante. Ses cheveux blanchirent et poussè-rent, son dos se voûta, ses chairs devinrent flasques, sa peau s'affaissa, son visage se couvrit de rides, des dents tombèrent de sa bouche, ses ongles devinrent démesurément longs. Il se jeta sur le spectre de Moi-Même, le griffa dans le cou.

Ce dernier se laissa tomber par terre. Son cou était barré d'une longue et profonde estafilade, qui se mit à saigner abondamment, de grosses gouttes de sang qui coulèrent sur le plancher.

Le spectre pâle perdait ses forces. Ses chairs se creusaient et bleuissaient, plaquées sur ses os. Il tomba au sol lui aussi, couché sur le dos, dans la position où, l'instant d'avant, j'avais saisi son sexe

ardent, maintenant tout racorni. Son corps dégageait une odeur de cadavre, et il ne bougeait ni ne
respirait plus.

Depuis le début de sa transformation, le dos au
mur, la tête entre les mains, je criais, tétanisée. Le
spectre de Moi-Même se releva et dit :

— Il faut le tuer maintenant.

A l'endroit où il avait été étendu, il y avait une
flaque de sang sur le plancher. Mais l'hémorragie
semblait passée. Je continuai à crier. Le spectre de
Moi-Même me calma d'une gifle et me fourra dans
la main une paire de ciseaux, en répétant :

— Il faut le tuer maintenant.

— Mais il est mort ! Vous ne voyez pas qu'il est
mort ? sanglotai-je.

— Si tu ne lui plantes pas ces ciseaux dans le
cœur, il ne sera jamais mort. Tu dois le faire si tu ne
veux pas qu'il souffre éternellement et qu'il revienne
te tourmenter toute ta vie.

Je m'approchai du cadavre, m'agenouillai devant
lui. Je pleurais tant que ma vue se brouillait. Je
serrai les ciseaux dans mes deux mains, les levai au-
dessus de sa poitrine décharnée et frappai à plusieurs reprises, en sanglotant. Rien ne sortait de son
corps, comme s'il était vidé de son sang. Je m'éva-
nouis.

Quand je revins à moi, je vis qu'un trou rectangulaire s'ouvrait à côté de moi dans le sol.

— Aide-moi, dit le spectre de Moi-Même.

Nous enveloppâmes le corps dans sa cape blanche
et le couchâmes dans la fosse. Puis nous remîmes en

place les lattes du plancher. J'étais exténuée, mais étrangement calme.

— Tu vas vivre au-dessus de lui ? demandai-je au spectre noir.

— Nous vivons tous sur des morts, dit-il.

Et il me prit dans ses bras. Je pleurai doucement, la tête appuyée sur sa poitrine.

— Je t'aime, soufflai-je.

— Souviens-toi, dit-il, je suis et je serai toujours avec toi. Et surtout dans tes moments les plus intimes, dans tes rêves, dans tes plaisirs, et dans tes peines. Si tu sais reconnaître ma présence, m'écouter et m'aimer dans ces moments-là, alors tout ira bien.

Et il m'embrassa.

Je lavai sa plaie dans son cou, qui cicatrisait déjà. A l'endroit où son sang avait imprégné le plancher, il ne restait plus aucune trace, sinon un petit tas de cailloux colorés. Il les ramassa, les mit au creux de ma main en me recommandant de bien les garder. Je l'embrassai encore et m'en allai. Je savais maintenant qu'il ne me quitterait plus.

Dans le couloir, je marchai lentement vers la sortie en me demandant si j'allais à présent, en sortant du petit cirque :

— retrouver l'Homme que j'étais venue y chercher :

     PORTE 40 ;

— ou choisir de partir seule :

PORTE 37.

L'ermite

Ahmed est venu me voir cet après-midi. J'ai entendu le moteur de loin. J'ai tout de suite su que c'était lui. Il me l'avait dit, qu'il allait s'acheter une moto. On a longuement admiré l'engin, et puis il m'a proposé de l'essayer. Je lui ai dit que je n'étais plus assez jeune pour conduire un trial, mais j'ai accepté de monter derrière lui, et nous avons fait un grand tour dans la forêt, sur la route et, pour finir, sur la plage. Je me tenais à son blouson de cuir, et tout cela me ramenait bien des années en arrière...

Ensuite nous sommes rentrés à la maison, mais Ahmed n'est pas resté longtemps. Je crois qu'il avait hâte de remonter sur sa moto. Nous avons fumé une cigarette, et puis il est parti. J'ai enlevé ma robe et j'ai marché jusqu'à la plage.

Voilà des années que je vis ici, dans cette cabane au milieu de la forêt. Au début, les gens de l'île me prenaient pour une folle. L'habitude aidant, je crois que je passe aujourd'hui pour une simple originale. A vrai dire, peu m'importe. Mais, bien qu'il ne vienne jamais personne par ici, la chose s'est rapidement sue : une femme déjà vieille vivait toute nue au milieu des arbres, dans l'ancienne baraque en bois du forestier.

Bien entendu, chaque fois que je reçois de la visite, ou chaque fois que je me rends au village pour faire des courses, je remets ma robe. Le reste du temps, je vis comme il me plaît. Et c'est si bon de sentir l'air et le soleil sur toute sa peau. Je ne trouve pas mon corps laid, même s'il est marqué par le temps. Je ne trouve pas qu'un corps nu et heureux de l'être soit jamais laid. Je me sens bien dans ce corps qui a vécu avec moi tant d'aventures. Ce corps, mon vieux pote, qui aime tant la vie encore, et parfois plus que moi...

La seule chose que je garde sur moi, c'est ce bracelet que j'ai fait avec les pierres colorées que m'avait données le spectre de Moi-Même. Il m'a suivie partout dans ma vie déjà longue et belle, pleine d'amours, d'apprentissages et de mouvement. Car ainsi va la vie pour moi : jamais installée ni définitive, mais en constante évolution, comme à ses débuts, dans les années d'enfance. Et dans cette vie, seul ce petit bracelet de pierres fut et reste identique à lui-même, mon point de ralliement.

Qui peut dire de quoi demain sera fait ? Je suis heureuse.

J'l'ai déjà dit à la police. J'suis sûr qu'c'est pas Ahmed qu'a fait l'coup. Puis c'est même pas sûr qu'elle a été tuée, la vieille. Pourquoi il l'aurait tuée ? Ils disent qu'elle devait avoir de l'argent chez elle, mais personne l'a jamais vu, ce fric. A mon avis, elle avait rien du tout. C'était pas son genre. Et puis elle a très bien pu se noyer toute seule. C'est pas parce qu'Ahmed a disparu le même jour qu'il l'a tuée. Surtout qu'il l'aimait bien. J'ai même un pote qui dit qu'il les a vus partir tous les deux à moto, hier matin. C'était elle qui conduisait, même. Je sais, c'est dur à croire, vu qu'au même moment ils repêchaient son corps. C'que j'trouve encore plus bizarre, c'est qu'elle soit allée se baigner tout habillée. C'était pas dans ses habitudes, ça... En tout cas, c'était une femme super. Moi aussi, je l'aimais bien. J'étais allé la voir avec Ahmed, la première fois, pour l'inviter à une représentation. Huit représentations dans l'île, on a fait. Une dans chaque village. C'est sûr qu'Ahmed va nous manquer s'il revient pas. Dans un petit cirque comme le nôtre, des funambules, y'en a pas trente-six. Mais nous sommes des gens du voyage, nous... Et, quoi qu'il arrive, on va pas s'éterniser...

38

La folle

Je ne veux même pas parler du petit cirque, personne ne comprend. Des médecins se sont penchés sur moi, avec leur air ridicule de secouristes, et m'ont demandé de parler. De quoi voudraient-ils que je leur parle ? De ce qu'ils ont perdu eux-mêmes et qu'ils recherchent en triturant comme des charognards dans la cervelle des autres ? Allez vous faire foutre et débrouillez-vous sans moi avec vos problèmes, bande de médiocres noncouillus ! Je sais bien que je n'aurais pas dû essayer de faire sortir le spectre de l'Amour perdu, je n'ai besoin de personne pour m'expliquer ça, je sais que j'aurais dû le laisser dans sa chambre, là-bas, dans le labyrinthe sans lumière. Je le tenais par la main, pourtant, et de tout mon cœur, mais pfuitt ! dès que je suis sortie dans le soleil, plus personne.

Moi toute seule, c'est tout. Je n'ai même pas crié, ni pleuré ni rien, car je ne me suis même pas rendu compte de ce qui s'était passé. Je ne m'en souvenais même plus, que j'avais voulu emmener l'Amour perdu avec moi. Oh, oh, mon bel amour perdu, comme tu étais beau avec ta corde au cou, comme tu m'as bien battue avec ta corde, comme je t'aimais, comme je t'aimais ! Je suis restée un petit moment plantée au milieu de la place, sous le soleil, avec l'impression d'avoir oublié quelque chose,

mais quoi ?

Pendant longtemps je ne me suis pas souvenue, je voyais bien que je cherchais quelque chose, mais quoi ? Si j'avais voulu me souvenir, je me serais souvenue bien sûr, mais je ne voulais pas, c'est comme ça. D'abord je n'avais pas le temps avec la vie que je menais et puis j'avais des amours je tombais amoureuse de tous les hommes qui me regardaient, je les prenais par la main mais au bout d'un moment ils ne voulaient même plus me voir, c'était toujours pareil et je disais quelle importance il y a tant d'autres choses

dans la vie

et alors je passais à autre chose, oh je savais très bien m'y prendre pour me réaliser j'ai tout essayé et tout goûté la comédie l'alcool les femmes le jeu la méditation et même la philosophie le retour aux sources l'art contemporain les sciences parallèles la charité et même la célébrité, j'ai fait de grandes choses ne riez pas pauvres crétins vous qui croyez ne rien avoir ne rien avoir perdu vous qui avez perdu l'envie de vivre depuis bien plus longtemps que moi puisque vous êtes déjà morts et enterrés dans vos petites vies

étriquées.

Ce n'est pas vous qui mourrez dedans la mer un

jour un beau jour d'été après avoir rencontré votre double dans une cabane au fond d'un bois votre double qui s'en allait avec un beau jeune homme sur la moto de sa jeunesse tandis que vous alliez parler dedans les vagues à votre bel Amour perdu. Oh, oh, mon bel amour, m'aimeras-tu toujours ?

La morte

Enfin, j'ai reçu de la visite. Un beau gendarme, et qui ne manquait pas d'allure. Il s'est approché d'un air ahuri, et puis il s'est penché lentement sur moi en me regardant fixement, a avancé sa main tout doucement vers ma poitrine... et a passé deux doigts entre mes côtes pour attraper la carte bleue, qu'il a examinée avec plus de curiosité encore que mon squelette.

C'est tout ce qu'il restait de moi : mes os et ma carte bancaire. Les corbeaux avaient bouffé même mes chaussures, à moins qu'elles n'aient été emportées par les éléments. Tout un long hiver, je suis restée couchée là. Oh, ils m'ont pourtant cherchée longtemps ! Les héritiers, évidemment. Sans preuve de ma mort, ils étaient coincés. Tous ces mois ont dû leur paraître bien longs, bien plus longs qu'à moi... Et maintenant ils vont commencer à se disputer autour de ma dépouille... Autour de ma carte, plutôt qu'autour de mes os, bien sûr... Que cette bande de chiens s'entre-tue, ce sera le meilleur cadeau qu'ils pourront faire à l'humanité !

Quant à moi, je ne regrette rien. Quand je suis venue ici, l'automne dernier, c'était pour retrouver le spectre de Moi-Même. Je n'aurais pas dû essayer de le faire sortir du petit cirque. C'est comme ça que je l'ai perdu. Je me suis retrouvée dehors toute seule. Lui que je tenais par la main, l'instant d'avant, n'était plus là. Disparu, évanoui. Tout comme les cailloux qu'il m'avait donnés. Ensuite, je n'ai plus jamais joui ni rêvé.

D'abord je me suis mise à collectionner les hommes. Comme aucun ne pouvait me rendre ce que j'avais perdu, je suis devenue amère, puis haineuse. Je leur ai pris tout ce que je pouvais leur prendre, leur donnant en échange le mépris qui gonflait mon cœur hypocrite. Au milieu de mon ascension dans l'échelle sociale, j'ai épousé le plus bête et le plus vaniteux de ceux que j'avais fait tomber dans mon lit, afin de pouvoir jouer avec lui au chat et à la souris, tandis que je continuais à ne m'intéresser qu'au pouvoir et à l'argent.

J'ai tout piétiné pour faire carrière, amis, amours, enfants, et quand je suis arrivée au sommet, j'ai vu que j'étais seule au-dessus du vide et que ça m'était bien égal. Car je n'avais pas vécu autrement depuis ma sortie du petit cirque.

Et puis il y a eu ce rêve, à l'automne dernier. C'était mon premier rêve depuis toutes ces années, et j'y retrouvais le spectre de Moi-Même. Je le voyais à la fenêtre de sa cellule, au sommet de son pic montagneux, et il tendait les bras, comme pour m'appeler. Plusieurs nuits de suite, j'ai attendu qu'il revienne. Je n'en dormais plus. Et quand je sombrais enfin dans le sommeil, il était si profond et si noir qu'en me réveillant j'avais l'impression d'émerger de la mort. Aucun rêve ne revenait me visiter.

Un matin, j'ai pris l'avion, une voiture de location, et je suis partie, seule, en montagne. Le lendemain, dès l'aube, j'étais sur un chemin de haute randonnée, au départ d'une longue marche en direction d'un sommet. J'imaginais confusément qu'une fois là-haut, dans un cadre qui ressemblerait au sien, il accepterait peut-être de réapparaître.

Au bout de quelques heures, la brume est tombée. On m'avait bien prévenue, au syndicat d'initiative. Mais je n'ai pas pour habitude d'écouter ce qu'on me dit. Je voyais à peine le bout de mon bras. J'ai quitté le chemin, roulé sur le bas-côté. J'ai réussi à me relever et, malgré une douleur au genou et la visibilité nulle, j'ai essayé de continuer à avancer, en tâtonnant de pierre en pierre.

J'ignore combien de temps tout cela a duré. Il faisait froid, et je n'avais aucun repère. Je me suis couchée dans les cailloux, et je me suis laissée mourir.

Je les ai entendus me chercher, pendant des jours et des jours, avec l'hélicoptère et les chiens. Et puis le silence est revenu, la neige est tombée et m'a gardée dans un long sommeil blanc, dépourvu de rêves. Finalement ce gendarme est tombé sur moi par hasard, en allant pisser en dehors du chemin, après la fonte des neiges. Je n'habitais déjà plus dans mon corps.

Voilà des mois que j'ai recommencé l'ascension de

ce sommet. Opération bien plus lente et difficile qu'on ne l'imagine, dans ma situation. Car bizarrement mon âme, dépourvue de mon corps, est devenue bien plus lourde et maladroite. A tout moment, j'ai peur qu'elle ne cède. Mais je continue à me traîner dans la pente, car j'ai toujours l'espoir de retrouver, là-haut, le seul être qui m'ait manqué sur cette terre, le spectre de Moi-Même.

40

Les jongleurs

Comment ne l'ai-je pas reconnu à la sortie du petit cirque? C'est une question que je me pose encore. Sa décapotable était toujours là, et je scrutais la place, je suis même allée voir dans le café. J'ai pensé qu'il n'était pas encore sorti, et j'ai attendu.

Pendant ce temps-là, lui aussi était dehors et m'attendait. Mais nous ne nous sommes vus ni l'un ni l'autre, jusqu'au soir.

Nous sommes allés à la représentation du cirque, chacun de notre côté, et c'est là que nous nous sommes rencontrés. La suite est comme un rêve. Après le spectacle, nous sommes devenus amis avec les artistes du cirque, et les jongleurs nous ont prêté leur caravane pour la nuit.

C'était la nuit de la Saint-Jean. La nuit la plus courte, mais aussi la plus longue. Tout le monde continuait à s'amuser sur la place, nous les entendions danser et rire et crier autour du feu, avec la musique, pendant que nous faisions l'amour. Et nous avions tant d'amour à nous faire, l'un et l'autre.

Bien sûr que j'étais amoureuse de lui. Seulement,

c'est parfois difficile de se dire ça après une seule nuit. Le lendemain matin, nous nous sommes quittés très tendrement, en échangeant nos numéros de téléphone. Et nous sommes partis, chacun de notre côté, chacun dans notre vie.

Le soir même, j'ai voulu l'appeler. J'ai cherché partout, mais j'ai dû me rendre à l'évidence : j'avais perdu son numéro. Je n'avais aucun moyen de le retrouver, puisque je ne connaissais même pas son nom. J'ai attendu son appel.

Pendant un an, j'ai mal vécu. J'avais l'impression qu'on m'avait arraché quelque chose et qu'on m'avait laissé le ventre ouvert. J'ignorais qu'il avait aussi perdu mon numéro de téléphone. Et pourtant j'avais l'impression qu'il souffrait, lui aussi. Je savais bien que nous étions liés l'un à l'autre, et j'avais mal pour lui comme pour moi, parce qu'il était séparé de moi. J'ai essayé de me distraire avec d'autres rencontres, mais elles ne m'apportaient qu'un réconfort éphémère, et me laissaient encore plus triste, après.

Avec les cailloux colorés du spectre de Moi-Même, je me suis fait un bracelet. Quand l'ennui me gagnait, je le prenais dans ma main et je faisais rouler les pierres entre mes doigts.

L'été suivant, sur la route, par hasard, je suis à nouveau tombée sur le petit cirque. Il y était aussi. Par le même hasard, si on peut encore appeler hasard ce genre de coïncidence. Nous y sommes restés quelque temps. Nous voulions une vie nouvelle. Nous avons appris à jongler, nous sommes devenus des gens du voyage.

Puis nous sommes partis, et nous avons fait tant d'autres choses. Depuis le début, pour nous, la vie est toujours nouvelle, le monde toujours à découvrir. L'amour aussi.

Certes, nous avons souffert les disputes et les séparations, et surtout craint les habitudes et l'enfermement. Mais nous finissons toujours par rattraper toutes les balles, par jouer avec elles et nous les renvoyer, en virtuoses de plus en plus avertis. Il est mon amant, mon frère, mon compagnon, mon ami, mon complice. Ni moi sans lui ni lui sans moi, c'est avec ces mots que nous jonglons.

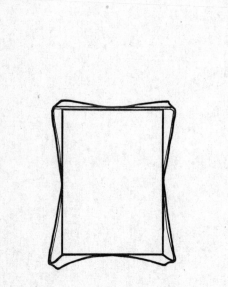

Par un brûlant après-midi d'été, un homme et une femme en quête d'aventure franchissent tour à tour l'entrée d'un petit cirque ambulant. Sans le savoir, ils viennent de pénétrer dans l'antre d'Éros, un étrange labyrinthe, où tout n'obéit qu'à une seule loi : celle du désir.

Si vous avez soif, vous aussi, d'émotions nouvelles et de plaisirs interdits, si vous êtes las de la banalité répétitive du quotidien, si vous rêvez d'assouvir les pulsions les plus secrètes de votre âme et de votre corps, alors, n'hésitez plus, passez à votre tour "derrière la porte" et découvrez le passionnant terrain de jeu qu'a imaginé pour vous Alina Reyes.

À vous maintenant de choisir les portes que vous allez ouvrir. À vous de tracer votre itinéraire, votre livre, votre destin.

Un livre construit en deux parties, l'une vous proposant de vivre les aventures érotiques d'un homme, l'autre, celles d'une femme. À vous de jouer !

Photo recto *Vénus de Milo*, Musée du Louvre - © G. Dagli Orti
Photo verso . *Diadumène de Polyclète*, Musée National d'Athènes - © Artephot/Nimatallah

Design : Dominike Duplaa

DERRIÈRE LA PORTE

Un homme et une femme, l'un après l'autre, entrent, par le simulacre d'un petit cirque, dans le royaume d'Éros : un labyrinthe de couloirs sombres. Derrière chaque porte les attend une aventure sexuelle. A travers cette exploration des fantasmes se dessine une quête, une fuite plutôt devant les spectres de la mort et des regrets.

Un roman en deux parties, l'une qui a pour fil conducteur les aventures et le regard d'un homme, l'autre ceux d'une femme.

Le lecteur y choisira son parcours, suggéré par l'auteur à travers des « portes », dessinant ainsi lui-même une architecture de cette traversée érotique des miroirs.

Derrière la porte confirme le talent exceptionnel de son auteur, Alina Reyes, révélée au grand public par le succès de son roman *Le Boucher*.

DERRIÈRE
LA PORTE

ALINA REYES

DERRIÈRE
LA PORTE

ROBERT LAFFONT

Derrière la porte

Une aventure dont vous êtes le héros

Homme, sois le bienvenu dans l'antre d'Éros. Moi, son humble servante, à travers les portes de son royaume, je t'accompagnerai partout où ton désir t'entraînera, car mon ambition et mon extase sont de t'offrir toutes les jouissances où tu te jetteras, de te livrer en moi la reine et la soumise, de vivre avec toi toutes les ardeurs, tous les émois, d'assouvir avec toi les rêves les plus secrets et les pulsions les plus intimes de notre âme et de notre corps.

Homme, ma joie et mon tourment, devrai-je m'adresser à toi avec le *tu* qui touche ou avec le *vous* qui désire ? Sachez en tout cas, fougueux ami, qu'une fois passée avec vous derrière les portes d'Éros, une fois introduite avec vous dans le labyrinthe fantastique de mon maître, je serai votre plus chaude complice, je serai la main qui guide votre main, et aussi toutes les bouches muettes aux baisers de sangsues, qui érigeront dans votre virilité des volcans de braises.

Alors, si tu le veux bien, jouons. Car le seul guide pour se perdre en ce royaume, c'est le jeu, avec ses

plaisirs et ses risques. A l'entrée de la caverne tu choisiras un fil, puis, d'aventure en aventure, d'autres encore, qui te conduiront à travers le dédale selon les lois incertaines de ton désir et du hasard.

A toi d'entrer dans le labyrinthe, d'y choisir les portes que tu voudras ouvrir, afin de tracer toi-même ton chemin, ton livre, ton destin.

Viens, vois comme il fait sombre à l'intérieur. Maintenant, tout est possible.

1

Le petit cirque

C'était l'été, je n'avais pas envie de me retrouver coincé sur l'autoroute, dans les embouteillages. J'ai pris la première sortie, et je me suis enfoncé sur le ruban de bitume, tout droit à travers la forêt. Il faisait chaud, l'air fendu par la décapotable fouettait ma peau. Personne. J'ai changé de cassette, monté le son, appuyé sur l'accélérateur. Seul maître à bord. La voiture filait, rapide, docile, bruit du moteur effacé par la voix rageuse de Kurt Cobain.

Soudain la route s'est mise à sinuer, puis il y a eu un carrefour en forme de Y. J'ai pris la branche de gauche. Un peu plus loin, j'ai ralenti pour passer entre des maisons, serrées de chaque côté de la route, et dont on avait fermé à moitié les volets, comme on le fait par les fortes chaleurs, à l'heure de la sieste.

Maintenant l'air était étouffant. J'ai coupé la musique. Au centre du village, dans un parfait silence, les voitures et les caravanes d'un petit cirque ambulant, disposées en cercle, occupaient la place déserte. Une moto rouge était arrêtée devant l'unique bar. Je me suis garé à côté d'elle, dans l'intention

d'aller boire un verre. Mais je ne devais jamais entrer dans ce café.

Au moment où je claquais ma portière, mon regard a été attiré vers le cirque par un feulement sourd. A côté de la cage du tigre, il y avait une caravane noire. La porte, voûtée, était surmontée d'une inscription insolite, peinte à la main en longues lettres dorées, et un peu tremblées : *Les portes d'Éros*. Dans l'encadrement sombre se tenait une petite femme brune, moulée dans une robe aux reflets moirés, les bras nus. Elle ne faisait pas un geste, peut-être même ne me regardait-elle pas, mais j'avais l'impression que ses prunelles brillantes m'appelaient. C'était à la fois un ordre et une supplique, comme si elle avait un besoin impérieux de moi. J'ai traversé le cercle des caravanes, et je l'ai rejointe.

Elle a souri, et j'ai vu que son visage, bien que déjà marqué par le temps, était encore joli, et empreint d'une certaine candeur. Malgré son air un peu gitane, sa peau était blanche et sa silhouette menue, aux formes fines mais potelées, apparemment nues sous la robe étroite, avait quelque chose d'enfantin. Elle m'a annoncé un prix, et j'ai cru que c'était celui de son corps. En même temps, sûre d'elle, elle se retournait pour écarter le rideau qui masquait l'entrée. J'ai regardé le tissu tendu sur ses fesses. Elles étaient si rondes que j'ai dû me retenir d'y mettre la main. J'ai payé, et j'ai pénétré à l'intérieur.

Le rideau est retombé derrière moi, et je me suis retrouvé dans l'obscurité. J'ai fait quelques pas, lentement, puis je me suis retourné pour l'attendre.

Comme je ne voyais ni n'entendais rien, je l'ai appelé. « Madame ! Vous êtes là ? » J'avais horreur de me sentir réduit à réclamer ainsi, mais je ne savais pas son nom, et la garce m'avait laissé tomber. Ça ressemblait un peu à un traquenard, et je me disais que je ferais mieux de m'en aller tout de suite. Mais elle avait réussi à m'exciter, et maintenant, tout seul dans le noir, mon imagination s'échauffait. Une chose était sûre, c'était que je ne pourrais pas repartir d'ici avant d'avoir obtenu mon dû.

Peut-être la petite pute était-elle passée par une autre entrée, et m'attendait-elle déjà sur le lit de sa caravane. Dans ce cas, je la trouverais sûrement en avançant encore un peu. Ou bien elle était encore de l'autre côté du rideau, et je ferais mieux d'aller la chercher, au lieu de rester là, dans le noir, où — qui sait ? — je risquais peut-être de me faire égorger par un complice. Je fis donc mon choix, entre :

— avancer dans le noir

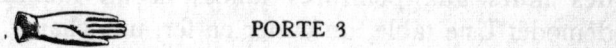 PORTE 2 ;

— retourner chercher la femme

PORTE 3

2

L'inspection

Je décidai de faire encore trois pas, et de retourner en arrière si je ne trouvais pas d'issue à cette espèce de couloir sombre où je semblais engagé. Bras tendus devant moi à cause de l'obscurité, j'avançai doucement. Mes mains rencontrèrent une paroi, sur laquelle j'appuyai. Une porte s'ouvrit.

Aussitôt je fermai les yeux, à cause de la lumière aveuglante qui avait jailli. Une voix autoritaire m'intima d'entrer.

Quand je rouvris les yeux, je vis que je me trouvais sur le seuil d'une petite pièce assez semblable à celle d'un commissariat de police, ou peut-être d'un secrétariat d'hôpital. C'était un bureau vieillot, avec des murs aux peintures fanées et un mobilier démodé. Une table, un casier en fer, une chaise, le tout respirant la pauvreté, y compris l'antique ordinateur, tout entubé d'une multitude de câbles électriques gris. Des spots de photographe, placés aux quatre coins supérieurs de la pièce, éclairaient violemment l'ensemble.

Derrière la table, sur un fauteuil de skaï usé,

trônait une grosse femme en uniforme. Elle avait des cheveux poivre et sel, impeccablement tirés en chignon, un visage plein, sans rides, et plutôt charmant malgré son extrême sévérité. Un trait de rouge très foncé marquait la barre de ses lèvres trop fines, ses yeux noirs étaient cernés de bleu et ornés de faux cils, ses pommettes fortement soulignées de poudre rouge. L'ensemble du maquillage, appliqué sur une couche de fond de teint blanc, était à la fois repoussant et fascinant.

Cependant mon regard en fut détourné par une petite fille que je n'avais pas encore vue et qui venait de me prendre la main pour m'inviter à entrer. La fillette pouvait avoir huit ou dix ans, elle portait une courte robe d'été à fleurs roses. Elle paraissait vive et gaie, avec son bracelet de bonbons autour du poignet, et son nœud rouge dans ses boucles châtains. Elle me tint fermement la main et me conduisit jusqu'à la table, au milieu de la pièce.

La grosse femme me souhaita la bienvenue, avec une gentillesse que je n'aurais pas imaginée. Elle dit que j'étais entré dans le royaume d'Éros et que j'allais pouvoir y réaliser tous mes désirs. Mais qu'il me fallait d'abord répondre à un petit questionnaire, « tout à fait confidentiel, bien entendu, mais vous savez ce que c'est, pour nos statistiques... » Puis elle me demanda d'approcher d'elle.

Je contournai la table et la rejoignis. Elle fit pivoter son fauteuil de bureau et, me faisant face, elle me considéra des pieds à la tête. Elle portait un tailleur de toile kaki, avec des épaulettes et une rangée de

médailles digne d'un général soviétique, épinglée sur sa grosse poitrine. Ses jambes, épaisses mais galbées, étaient gainées de bas couleur chair, et ses cuisses remplissaient entièrement sa jupe droite.

La grosse femme avait repris son air sévère. Toujours assise face à moi, elle tendit les bras et se mit à défaire ma ceinture. Quelque chose, je ne sais quoi, me donnait envie de me laisser faire. « Simple inspection », dit-elle. Elle déboutonna calmement ma braguette, tira sur mon pantalon, puis sur mon caleçon, et fit rouler un peu son fauteuil pour se rapprocher de moi.

Soudain, je pris conscience que la petite fille était restée de l'autre côté du bureau et qu'elle avait les yeux fixés sur mon sexe. La grosse femme surprit mon mouvement de recul, et dit : « Rassurez-vous, elle est aveugle. » La petite se mit à rire. Je regardai encore une fois ses yeux, et je vis qu'ils étaient révulsés. Était-il possible que je n'aie rien remarqué, avant ? La femme dit encore : « On ne vous laisserait pas aller plus loin, si vous ne passiez pas l'inspection », et je la laissai poursuivre.

La grosse femme prit délicatement mon gland entre deux doigts potelés, aux ongles longs et rouges, elle le décalotta et se pencha pour l'observer attentivement. Puis, d'un coup de pied sur le sol, elle ramena prestement son fauteuil devant la table et se mit à taper quelque chose sur l'ordinateur.

Avec la même vélocité, elle revint vers mon sexe et se mit à soupeser ma queue, puis mes couilles, toujours en les détaillant avec soin, sous toutes les

coutures, avant d'aller faire son rapport. Elle fit ainsi plusieurs fois l'aller et retour entre son ordinateur et moi. Ses seins, très remontés par un soutien-gorge dont on devinait l'armature puissante, semblaient deux obus. Son chemisier, tendu à craquer, bâillait entre les boutons. Si l'on y regardait avec un peu d'attention, ce que je faisais chaque fois qu'elle était occupée à scruter mes parties génitales, on pouvait apercevoir par là l'endroit où prenaient naissance les deux paquets de chair blanche et molle, si volumineux qu'ils n'étaient séparés que par un étroit sillon, où perlaient, à mesure qu'avançait l'inspection, de minuscules gouttes de sueur.

Je n'osais pas tourner mon regard vers la petite fille, vérifier si ses yeux, que j'avais d'abord cru voir posés sur mon sexe, étaient toujours révulsés. Je transpirais, à cause de la chaleur des spots.

La grosse femme m'annonça que l'inspection était terminée. J'avais commencé à prendre goût à ses manipulations. Au lieu de me rhabiller, je laissai mon pantalon sur mes chevilles. Je ne lui demanderais rien, mais je voulais qu'elle sache que ma queue, légèrement gonflée maintenant, restait à sa disposition, pour le cas où elle voudrait jouer encore un peu avec.

Et, en effet, elle me considéra d'un air intéressé. Puis elle revint vers moi. Mais tout ce qu'elle fit fut de me rhabiller, comme si j'étais un petit garçon. Elle rangea ma queue dans mon caleçon avec application, rentra ma chemise dans mon pantalon, reboutonna la braguette et boucla ma ceinture.

L'inspection

— Et maintenant, dit la grosse femme, vous pouvez y aller. Ici, vous pourrez faire des expériences auxquelles, peut-être, vous n'avez jamais osé rêver. Mais je suppose que vous voudrez avant tout la retrouver.

— Qui ?

— On m'a dit qu'elle était entrée juste après vous. Cela ne vous facilitera pas la tâche. Vous n'aurez aucun moyen de la reconnaître. Une très belle fille, à ce qu'il paraît, et moulée dans une combinaison de cuir noir. Mais vous allez rencontrer tant de belles filles... Et elle a le temps de changer cent fois de costume, les femmes adorent ça...

— De qui parlez-vous ?

— Mais de la Femme, la Femme de votre vie, voyons !

Et elle se mit à me tutoyer.

— Que tu es empoté ! Dépêche-toi ! Elle t'aime déjà d'un amour ardent, et elle te recherche ! Elle te recherche ! Elle te recherche !

La petite fille était déjà devant moi et me tirait par la main. Je ne pouvais voir ses yeux. Elle fit coulisser une porte, au fond de la pièce. Je me retournai vers la femme, qui, d'un mouvement de tête, me fit signe de sortir. J'aurais voulu dire au revoir à l'enfant, mais elle gardait la tête et les yeux obstinément baissés. Elle serra un peu plus fort sa petite main dans la mienne, puis me lâcha. Quand la porte fut refermée derrière moi, j'entendis l'éclat de rire de la petite.

Je me trouvais dans une sorte de couloir circulaire. La lumière blafarde d'un néon éclairait juste assez

pour qu'on puisse distinguer trois portes. *Elle te recherche ! Elle te recherche !* Les paroles de l'inspectrice n'étaient sans doute que dérision. Mais j'étais maintenant excité, il fallait que je sache, que je voie et, si possible, que je prenne ce qui m'attendait dans cet étrange endroit.

Au moment de pousser l'une des portes, il me sembla sentir le froid d'une ombre tomber sur moi. Mais, gagné par l'impatience, je ne me retournai pas et choisis l'une de ces deux issues :

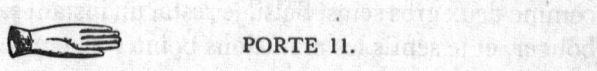

PORTE 9,

ou

PORTE 11.

3

Les nourrices

Je commençais à retourner dans la direction d'où je venais, les bras un peu tendus en avant à cause de l'obscurité, quand mes mains rencontrèrent deux masses de chair tiède, que je reconnus aussitôt comme deux gros seins. Saisi, je restai un instant sans bouger, et je sentis les mamelons pointer au creux de mes paumes.

Je me mis à caresser les seins. Ils étaient volumineux et un peu lourds, mais fermes, de plus en plus fermes et gonflés à mesure que je les malaxais. C'étaient les plus éblouissantes poupes qu'il m'eût jamais été donné de me mettre sous la main. J'y enfouis ma tête, bien serrée entre les deux. Là-dedans, ça sentait bon la femme, comme quand, petit garçon, j'arrivais à trouver un moyen de m'appuyer furtivement contre la poitrine de ma mère.

Dans cette obscurité, j'étais comme un enfant aveugle, et il n'existait rien d'autre au monde que ces deux gros seins dans mes paumes et contre mon nez. Je fermai les yeux, et je me mis à les téter, l'un après l'autre. Du temps passa, dans le noir.

Au-dessus de moi, j'entendis un halètement, puis des gémissements. Dans mon pantalon, ma bite me faisait mal à force d'être tendue.

Alors, des mains se mirent à défaire ma ceinture, déboutonner ma braguette. D'abord, je crus qu'il s'agissait de celles de la créature à qui appartenaient les deux merveilles que j'avais tétées, mais rapidement je me rendis compte que ces mains venaient de derrière moi. Il y avait une autre femme, et cette autre femme faisait maintenant tomber mon pantalon, relevait ma chemise, et frottait sa poitrine le long de mon dos.

J'essayai à mon tour de déshabiller les deux femmes, mais elles refusèrent de se laisser faire. Elles portaient apparemment de longues robes, qui couvraient tout leur corps, ne laissant à nu que leur poitrine. Je regrettai de ne pas pouvoir admirer ce spectacle, deux paires de seins tout nus jaillissant de deux robes strictes. Mes yeux s'habituaient à l'obscurité, mais je ne distinguais que deux masses blanches, qui semblaient flotter toutes seules dans l'ombre.

Je fis mettre les femmes côte à côte, pour pouvoir toucher leurs quatre seins à la fois. Elles poussaient des petits rires. Elles se mirent face à face, pour frotter leurs poitrines l'une contre l'autre. J'y mêlai de mon mieux ma bouche et mes mains. Elles commencèrent à soupirer, de plus en plus fort. Puis elles m'entraînèrent par terre, où j'eus la surprise de rouler dans un épais tapis de laine haute.

L'une des femmes, à quatre pattes derrière moi, laissa pendre sa poitrine sur mon visage, en remuant

doucement, tantôt pour me donner à sucer l'un ou l'autre téton, tantôt pour m'étouffer entre les deux. Pendant ce temps, l'autre, penchée entre mes jambes, branlait ma queue entre ses seins.

A ce rythme-là, je ne tins pas longtemps. La tête enfouie entre les deux gros seins, je jouis en râlant et en les mordant, tandis que ma queue libérait convulsivement ma semence dans l'opulente poitrine qui l'avait accueillie.

— Tu as senti comme elle était chaude et dure ? se disaient mes compagnes, tout en s'amusant à me toucher encore un peu.

Et je me sentais déjà prêt à leur faire profiter encore de ma virilité.

— Mais, ajoutèrent-elles en s'écartant de moi, tu as sûrement envie de poursuivre ton chemin. Tu le sais ? Ici, tu as le droit d'ouvrir toutes les portes que tu as envie d'ouvrir, de vivre toutes les aventures que tu désires. Et puis, il y a celle qui te cherche...

— Qui ? La femme qui était à l'entrée ?

— Oh non. Elle, c'est juste la portière...

Elles rirent.

— Qui, alors ?

— Cette femme de l'extérieur, bien sûr, qui est entrée ici juste après toi... La Femme, la Femme de ta vie, ajoutèrent-elles en chuchotant en chœur.

Et elles rirent encore doucement.

J'essayai encore de savoir qui était cette femme, mais, au lieu de me répondre, mes deux amies se mirent à bâiller et tombèrent dans les bras l'une de

l'autre, en disant qu'elles avaient besoin d'un peu de repos.

Il paraissait difficile de les prendre au sérieux, mais cette histoire m'intriguait. Si jamais elle existait, était-ce une femme que je connaissais ? Ou que j'avais aimée ? Des visages me revenaient à l'esprit, et j'essayai de deviner qui, parmi celles dont j'avais été, ou dont j'étais encore, l'amant ou l'ami, pouvait nourrir le besoin de me suivre dans un lieu où l'on me promettait une orgie de sexe, et peut-être d'amour. Ou bien cette femme était-elle une parfaite inconnue, animée d'un mystérieux désir pour moi ?

Mes deux compagnes se reposaient toujours, enlacées face à face, seins contre seins. Je les distinguais à peine dans l'obscurité. Où étais-je ? J'avais soudain l'impression d'être guetté par des ombres, et j'étais partagé entre l'excitation, l'inquiétude et la curiosité, des désirs intenses et contradictoires noués à la racine de mon bas-ventre :

— rester avec les deux femmes, que j'avais quand même bien envie de déshabiller :

PORTE 6 ;

— continuer l'exploration de ce fameux royaume, où j'allais, semblait-il, rencontrer beaucoup d'autres femmes, et peut-être la Femme :

PORTE 7 ;

— ou sortir d'ici tant qu'il en était encore temps, car après tout je pouvais considérer main-

tenant que j'en avais eu pour mon argent, et puis
je ne savais pas ce qui m'attendait, et cette histoire
de femme qui me cherchait avait de quoi m'inquiéter.

 **PORTE 4.**

4

Trop tard

Voilà, ça y est. On y pense toute sa vie, ou plutôt on fait tout pour ne pas y penser, et finalement le moment arrive. Dans quelques heures, quelques minutes peut-être, je serai mort.

On dit qu'on voit défiler toute sa vie, au moment de mourir. Je ne sais pas si je revois toute ma vie. Comment le saurais-je? On ne saurait jamais revoir que ce que notre mémoire a conservé. Et ce que ma mémoire a gardé, c'est un regret. Ce que je revois, c'est ce moment où j'ai quitté le royaume d'Éros, juste quelques minutes après y être entré. Juste parce que je me croyais suffisamment soulagé, après avoir baisé entre les seins de deux femmes. Juste parce que, en réalité, j'avais peur. J'allais dire, je mourais de peur. Mais, bon Dieu, de quoi avais-je peur? Du plaisir? De la femme qui me cherchait? De moi?

Et voilà, il est trop tard maintenant. J'ai bien eu quelques plaisirs dans ma vie, mais pourquoi en ai-je tant délaissé, refusé? J'ai bien eu quelques femmes, et même une femme parmi toutes les autres, mais comment être sûr que c'était vraiment elle, la femme

17

de ma vie? Comment être sûr que ce n'était pas l'autre, cette inconnue qui me cherchait, et que j'ai fuie?

Oui, c'est certainement de moi que j'avais peur. D'aller au bout de moi. Trop tard. Plus jamais l'occasion ne se présentera. C'est comme si ma vie était un livre dont je n'aurais lu que les premières pages. Je me suis absenté moi-même de ma vie, et je n'avais qu'une vie. Trop tard, trop tard.

Le secrétaire

C'était un bureau désert. Je m'assis derrière le vaste secrétaire, et j'attendis.

J'ouvris un document, qui se trouvait à portée de ma main, et je commençai à le consulter. Apparemment, il y était question d'une affaire de commerce international.

On frappa. Les coups venaient d'une porte située sur le côté, différente de celle par où j'étais arrivé.

— Entrez, dis-je, avec quelque soulagement.

Une charmante jeune femme en tailleur bleu ciel, les cheveux tirés en arrière, les yeux verts derrière une paire de lunettes en écaille, mince et tirée à quatre épingles, ongles vernis, fins bijoux d'or, bas voile et escarpins, fit son apparition.

— Monsieur, je suis votre nouvelle secrétaire, dit-elle en s'approchant du bureau.

Elle avait un bloc-notes et un stylo à la main.

— Si vous avez des instructions pour la journée..., ajouta-t-elle, prête à prendre mes ordres.

— Écoutez, je crois que nous allons faire du bon

travail ensemble, commençai-je, avec le plus grand sérieux. Du très bon travail...

J'étais occupé à essayer de regarder discrètement ses jambes, et je ne savais que dire d'autre.

A ce moment, son stylo lui échappa et roula sous mon bureau. J'allais me baisser pour le ramasser, mais elle était déjà accroupie, plus vive que l'éclair.

— Ne vous dérangez pas, dit-elle en disparaissant sous la table.

Elle ne fut pas longue à me faire comprendre qu'en réalité elle était à la recherche d'un tout autre instrument. A travers le pantalon, je sentis d'abord sa paume se poser sur mes couilles, puis ses doigts défaire un à un tous les boutons de ma braguette. Quand elle eut enfin dégagé un accès direct à mon intimité, elle déballa le tout et prit en bouche l'objet de sa quête. Je me laissai aller dans le fauteuil, la tête renversée sur le dossier, pour savourer confortablement la douceur qui m'était faite.

J'étais en pleins délices, lorsque la porte s'ouvrit. Je me redressai vivement sur mon siège, saisis le document sur la table et fis mine de le consulter, d'un air aussi dégagé que possible. Un jeune homme en costume de bureaucrate entra en trombe.

— Vous auriez pu frapper, dis-je, avec toute l'autorité dont je fus capable.

— Pardon, monsieur, répliqua-t-il, mais c'est un cas d'urgence. On m'a prévenu qu'une femme s'était infiltrée dans l'entreprise en se faisant passer pour votre secrétaire. Or c'est une imposteuse, une photocopieuse, une agente secrète, en un mot une espionne,

dont la mission ne consiste qu'à nous voler nos documents pour les communiquer à nos concurrents.

« Eh bien, pensai-je, tandis qu'elle continuait à me sucer à l'abri des regards, quelle femme de l'ombre, en effet... » Mais, là où elle était, quelles informations pouvait-elle bien être en train de recueillir, qui fussent susceptibles d'intéresser nos concurrents ?

Sous le bureau, elle ne se départissait pas de son ardeur, et j'avais un peu de mal à suivre calmement le discours alarmiste de l'intrus.

— Je n'ai vu personne, dis-je. Vous pouvez disposer.

— Très bien, dit-il, à moitié convaincu. Si vous avez besoin de quelque chose... N'oubliez pas que c'est moi, votre secrétaire...

Et il se dirigea vers la sortie, à regret.

C'est alors que, dans sa quête enthousiaste, mon espionne laissa échapper un petit bruit de succion.

Le secrétaire fit volte-face, plongea à son tour sous la table, en criant :

— Je l'ai démasquée ! Je l'ai démasquée !

Il se produisit là-dessous une belle agitation. Apparemment, la belle photocopieuse n'avait aucunement l'intention de renoncer à son projet. Car, si elle avait été contrainte de libérer sa bouche pour se livrer à quelques explications, elle tenait maintenant ma queue en main, avec la plus grande fermeté, déterminée à ne pas la laisser lui échapper.

Ils finirent par parlementer à voix basse et arrêtèrent de se chamailler. Mon membre éprouvé retrouva le doux confort d'une bouche.

Le secrétaire

Le secrétaire n'avait pas reparu, et la fellation dont me gratifiait l'espionne était encore plus savante et plus énergique. Je pensai qu'elle était sans doute excitée par l'homme qui se trouvait maintenant avec elle sous la table, et qui devait certainement la prendre, pendant qu'elle m'accordait ses faveurs. A vrai dire, je ne réfléchis pas beaucoup ni longtemps, car le plaisir l'emportait sur toute autre considération. J'avais l'impression d'être littéralement pompé. Je jouis, renversé dans mon fauteuil.

Une fois libéré de la bouche où je m'étais donné, je reculai mon siège, curieux de voir enfin ce qui se passait là-dessous. Et je reçus un choc certain, en découvrant le visage du secrétaire. Car c'était lui qui se trouvait encore à quatre pattes devant moi.

Mais lui ne vit rien, car il était en train de jouir. A l'autre bout du bureau, couchée sous lui, la fille finissait de le sucer.

C'était donc lui qui m'avait... Je n'avais pas eu à me plaindre de ses talents, mais tout de même... Ce n'était pas dans mes habitudes. Je me rajustai et quittai la pièce sans les saluer, vexé.

Dans le couloir, deux ombres invisibles, mais dont la présence était aussi sensible que celle de n'importe quel être de chair, m'emboîtèrent le pas. Je me débarrassai d'elles en poussant une porte.

PORTE 11.

6

Le bain

— Je crois que je vais rester encore un peu avec vous, dis-je à mes deux amies.

Elles se levèrent, avec des cris de joie qui me parurent exagérés, et me prirent par la main, chacune d'un côté, pour me guider dans le couloir sombre. Après quelques pas, nous bifurquâmes vers la droite et nous nous retrouvâmes alors à l'entrée d'un très long corridor, tout bordé de portes et faiblement éclairé par des néons. Je me retournai vers mes deux compagnes pour, enfin, les regarder.

Comme je l'avais deviné dans l'obscurité, elles étaient vêtues de longues robes strictes, de couleur très foncée, un peu comme celles que mettent, pour leurs concerts, ces musiciennes ou ces choristes de musique classique. Mais dans ces robes, dont le col montait haut, on avait taillé, à larges coups de ciseaux, un grand trou ovale tout autour de la poitrine. Ainsi les seins sortaient brutalement du tissu, si grossièrement coupé que les bords s'effilochaient sur la chair.

J'eus encore envie de les toucher. Je posai la main

sur chacune de leurs deux poitrines, et elles rirent.

L'une d'elles était brune, avec la peau noire, des hanches étroites, une grande bouche et un regard de braise. C'était Anna.

L'autre, blonde, un peu plus grasse, très blanche, avait des petites lèvres roses et des yeux bleus très pâles, presque transparents. C'était Aurélie.

Je leur dis qu'elles étaient belles, et que j'avais envie d'elles.

Elles ouvrirent une porte dans le couloir, et me firent entrer chez elles, c'est-à-dire dans une pièce dont le sol, les murs et le plafond étaient entièrement tapissés de miroirs. Tout le mobilier, à l'exception du lit et de la baignoire immenses, était taillé dans une sorte de plastique transparent.

A peine entrées, les deux femmes enlevèrent leur robe et, sans aucune pudeur, se promenèrent ainsi à travers l'appartement, entièrement nues. Anna avait un corps ferme et fin, avec de longues jambes et des fesses hautes, d'admirables fesses d'Africaine. Aurélie, plus potelée, était toute en rondeurs douces. Elles avaient toutes les deux des longs cheveux qui tombaient en une masse brillante jusqu'au bas de leur dos, aussi blonde pour l'une que brune pour l'autre. Les miroirs reflétaient à l'infini leurs corps, répercutaient vertigineusement tous les aspects de leur intimité.

L'une après l'autre, elles s'assirent sur la cuvette des toilettes, elle aussi transparente, pour y pisser longuement. Je regardai gicler de sous leur clitoris leur jet puissant, qui s'écrasait en pétillant contre la

paroi translucide, tandis que leurs cuisses ouvertes dévoilaient tous les replis roses de leurs chattes. Quand elle eut fini de pisser, Aurélie, fesses relevées, se secoua un peu pour faire tomber la dernière petite goutte, puis laissa la place à Anna et s'occupa de faire couler un bain.

— Allons! Déshabille-toi! dit Anna, tandis que je la regardais pisser.

Ni l'une ni l'autre ne riaient maintenant. Aurélie me regardait presque timidement par-dessous sa frange de cils blonds, comme une coupable. Et la voix d'Anna avait quelque chose d'autoritaire, presque effrayant.

Je n'avais pas eu le temps de faire un geste qu'elles étaient toutes les deux contre moi, les mains noires d'Anna déboutonnant ma chemise, les doigts blancs d'Aurélie se débattant avec ma braguette. Je bandais comme un âne, mais elles se refusèrent à toutes mes avances. Ce qu'elles voulaient, c'était plonger avec moi dans le bain.

La baignoire, de marbre gris, ressemblait à un cercueil. Elle était maintenant pleine d'une eau lourde, comme si on y avait dilué de la boue. J'y entrai avec elles, et nous commençâmes à nous toucher, tous les trois dans le liquide chaud. Je caressais leurs chattes, leurs trous de cul, leurs seins... Elles se disputaient mon torse, ma queue, mes couilles... Se caressaient entre elles... L'eau huileuse rendait les peaux encore plus douces, plus glissantes.

Les filles commençaient à être très excitées. Anna, qui semblait avoir un certain ascendant sur la douce

Le bain

Aurélie, la fit s'allonger dans la baignoire, tandis qu'elle lui gardait la tête et les épaules hors de l'eau, en la maintenant dans ses bras par les aisselles. Puis elle lui ordonna de se masturber.

Aussitôt Aurélie s'enfonça dans le con deux doigts de la main gauche, qu'elle fit aller et venir, et, avec des mouvements circulaires de la main droite sur le clitoris, se mit à branler frénétiquement sa petite chatte blonde. Ses gros seins blancs flottaient à la surface de l'eau comme deux ballons, ses hanches ondulaient au fond de la baignoire. Face à elle, je me branlais lentement, en regardant son visage, renversé contre les seins d'Anna et contracté par sa course à l'orgasme. Anna déposait des petits baisers sur ses cheveux et sur ses yeux, et l'encourageait doucement : « Oui, ma chérie... Tu es belle... Il te regarde, et il te trouve si belle qu'il le fait aussi... Et moi aussi, tu m'excites.. Montre-nous comme tu vas bien jouir, ma belle chérie... » Aurélie haletait, mordillait le sein de son amie. Soudain ses hanches s'élevèrent convulsivement dans l'eau, elle rejeta sa tête en arrière, et elle jouit, avec des miaulements aigus.

Nous sortîmes du bain pour nous allonger par terre sur les miroirs froids, maintenant tachés d'eau et de buée, mais où l'on pouvait encore voir le reflet de nos corps et de nos organes excités. Je passai ma main entre les jambes d'Anna, et ce seul geste suffit à la faire crier. Elle était brûlante. N'y tenant plus, elle monta sur moi et se mit à me chevaucher à grands coups vigoureux. Elle jouit presque aussitôt, avec

un long cri guttural. Je parvins à me retenir encore, le temps de me retourner sur elle.

Quand Aurélie, qui avait recommencé à se masturber en nous regardant, vit que son amie était maintenant couchée sur le dos, elle vint s'asseoir sur son visage, pour se faire lécher par celle que je fourrageais. Pendant que, dans cette position, les grosses miches d'Aurélie se balançaient sous mon nez, je remarquai soudain que les seins d'Anna, loin d'être volumineux comme je l'avais cru dans le noir, étaient petits et fermes, ravissants. Au même moment, je sentis l'anneau de son sexe se resserrer sur le mien, elles se mirent à crier ensemble leur plaisir, et je jouis avec elles, à longs coups de reins.

Tous les trois, nous nous endormîmes dans les bras les uns des autres.

Au réveil, j'hésitai longtemps entre :

— rester encore avec mes deux adorables Aurélie et Anna :

   PORTE 10;

— ou sortir de cette pièce et me lancer à la recherche de la Femme, d'autres femmes, d'autres aventures :

PORTE 9.

7

Le viol

Je repartis dans le couloir sombre en suivant le mur de la main, sur ma gauche. Mes yeux avaient eu le temps de s'habituer à l'obscurité, et j'avançais sans trop de peine. Cependant, j'eus presque aussitôt le sentiment d'être suivi. Un bruit de pas léger s'encastrait dans le mien, une ombre plus dense s'écrasait sur mon dos. Je me retournai à maintes reprises. La première fois, il me sembla distinguer une silhouette, mais elle s'évanouit dans l'instant et ne reparut plus. Je finis par me convaincre qu'il ne s'agissait que d'un pur effet de ma fatigue, et je parvins à ne plus y penser.

Bientôt, je sentis que le mur faisait un angle. En m'approchant et en tâtonnant, je distinguai deux portes. Je m'apprêtais à pousser la première, mais je me ravisai et me dirigeai vers l'autre.

Derrière la porte, une petite danseuse en tutu m'accueillit avec un soupir de soulagement. « Ah! On vous attendait! » Et elle m'entraîna dans ce qui semblait être les coulisses d'un théâtre.

Sur ses chaussons de soie rose, elle courait entre les

câbles électriques, en me disant : « Venez vite ! Elles sont tellement impatientes ! » Je la suivais, en marchant à grands pas. Elle me fit entrer dans une loge d'artiste, où une vieille dame replète me reçut avec le même soulagement et la même précipitation. « Ah ! Vous voilà ! Vite, enfilez ça ! » Et elle me tendit deux slips, dont l'un était un string minuscule.

Je protestai. Mais elle insista, affirmant qu'il ne fallait pas les décevoir, et surtout ne pas perdre de temps. Devant l'urgence affichée par mes compagnes, je renonçai à discuter davantage. Pendant que je faisais tomber mon jean, la vieille m'observait d'un œil averti. « Vous allez beaucoup leur plaire », affirma-t-elle. J'enfilai les deux slips, l'un sur l'autre, comme on me le demandait, puis je remis mon pantalon et mes chaussures.

L'habilleuse me fit asseoir devant la table de maquillage, s'empara d'une houppette, la trempa dans la poudre et la promena sur mon front, mon nez, l'ensemble de mon visage. Elle prit un bâton de rouge à lèvres, fit sortir le stick rose pâle, y frotta un petit pinceau et me peignit la bouche. Elle me coiffa, en vaporisant un nuage de laque sur mes cheveux, qu'elle lissa en arrière. Pendant ce temps, la petite danseuse manifestait des signes d'impatience. Dès que je fus prêt, elle m'entraîna à nouveau dans les coulisses, toujours en courant.

Parvenu derrière le rideau fermé, je l'écartai un peu et je vis une salle de théâtre, comble de femmes, qui criaient et frappaient le sol du pied en réclamant le spectacle. Aussitôt le lourd rideau rouge s'ouvrit,

et la petite danseuse, me tirant par la main, me conduisit avec elle au centre de la scène. Un tonnerre d'applaudissements, de cris et de sifflets s'abattit sur nous. La petite danseuse, qui tenait à la main un micro que je n'avais pas vu, avec beaucoup d'autorité fit faire le silence et dit, en reculant d'un pas et en ouvrant le bras pour mieux me présenter :

— Et maintenant, mesdames et mesdemoiselles, voici celui que vous attendez toutes, le beau chevalier sans peur et sans reproche, qui va se livrer pour vous au strip-tease le plus chaud, celui dont vous vous souviendrez toute votre vie. Mesdames, accueil !

Le délire reprit la salle de plus belle. J'étais un peu aveuglé par les feux de la rampe, mais je pouvais tout de même me rendre compte qu'il y avait là des centaines de femmes de tous âges, jeunes et vieilles, belles et laides, et toutes surexcitées.

— Elles n'ont pas vu d'homme depuis des années, me hurla à l'oreille la petite danseuse. Si vous les déceviez, elles envahiraient la scène et vous mettraient en charpie.

Elle me désigna encore une fois au public, puis elle rejoignit les coulisses en esquissant quelques pas de danse, sur les pointes.

Ne sachant que faire, je m'avançai sur le bord de la scène, et je saluai la salle, plusieurs fois, une main sur le cœur. Alors on éteignit les lumières, on envoya la musique, et un faisceau de projecteurs fut braqué sur moi. Dans la salle, le silence revint. J'avais l'impression qu'elles retenaient leur respiration.

Bon. Puisqu'elles n'avaient pas vu d'homme

depuis des années, j'allais leur en montrer un. D'un seul mouvement, je tournai le dos à la salle et, dans le rythme de la musique, je rejoignis le centre de la scène. Les projecteurs me suivaient.

Je commençai par trémousser mes fesses, comme je l'avais vu faire à la télévision par des professionnels, tout en déboutonnant ma chemise. Puis je me retournai vers le public, toujours en me déhanchant, les mains serrées sur les pans de ma chemise, avant de l'ouvrir d'un coup, de la faire glisser doucement sur mes épaules et de la jeter derrière moi. Les femmes s'étaient remises à crier, comme devant une idole.

L'idée de leur donner à moi seul tant de plaisir m'encourageait. Avec les mêmes mimiques suggestives, je fis tomber mon pantalon. Maintenant j'étais en slip, et j'arpentais lentement la scène, en m'exhibant sous toutes les coutures et en bandant tous mes muscles. Elles étaient devenues tellement hystériques qu'on aurait dit un immense harem en train de jouir. Je me replaçai au milieu de la scène et, dos à elles, j'enlevai le premier slip.

Quand je me retournai, je vis que des femmes étaient en train de monter sur les planches en brandissant de gros billets. Bientôt, elles furent des dizaines autour de moi, à se battre pour m'approcher, me toucher et glisser leur billet dans mon string.

Très rapidement, la pression fut telle que je me retrouvai par terre, étendu sur le dos. Des dizaines de mains palpaient mon corps, les billets débordaient de

mon string et volaient autour de moi. Je ne pouvais plus bouger. Les plus échauffées levaient leur jupe pour me montrer leurs dessous, ouvraient leur corsage pour se caresser les seins. Je sentis qu'on déchirait mon slip, il y eut des cris stridents, et ce fut le début du viol.

Elles commencèrent par me branler et me sucer, puis, chacune à leur tour, elles me chevauchèrent. Quand l'une d'elles s'attardait un peu trop, les autres l'arrachaient de moi en la tirant par les cheveux, et la suivante prenait sa place. Elles avaient perdu toute retenue, se battant pour passer l'une devant l'autre, pendant que plusieurs me maintenaient cloué au sol. Celles qui m'avaient violé sans avoir eu le temps de jouir se finissaient à la main sous mes yeux, ou venaient carrément s'asseoir et se frotter sur mon visage, jusqu'à l'orgasme. J'éjaculai plusieurs fois, mécaniquement, sans même pouvoir me rendre compte si c'était dans une grosse ou une maigre, une brune ou une blonde, une jeune ou une vieille. Chaque fois, j'espérais que mon supplice avait pris fin, mais chaque fois elles s'acharnaient à refaire durcir ma queue, pour pouvoir continuer leur séance démoniaque.

Finalement, elles durent m'abandonner quand elles virent qu'elles ne tireraient plus rien de moi, et de mon côté je sombrai certainement dans l'inconscience car, lorsque je revins à moi, j'étais incapable de me souvenir de quelle manière tout cela avait pu se terminer. J'étais toujours couché sur le plancher de la scène, nu, le corps contusionné, et les parties

génitales douloureuses. La petite danseuse était à
mes côtés.

— Venez, dit-elle doucement. Je vais vous soigner.

Elle ramassa mes vêtements, et les billets épars sur
le sol, qu'elle fourra dans la poche de ma veste. Elle
était gentille, maternelle. Dans l'état où je me
trouvais, je n'avais d'autre choix que de la suivre :

 PORTE 15.

8

Le manchot

J'entrai dans un vestibule, où un jeune homme sympathique m'accueillit.

— Si vous voulez voir Madame, dit-il, je crains qu'il ne vous faille attendre un peu...

Et il me conduisit jusqu'à une tenture, qu'il écarta légèrement.

— Voyez, dit-il, m'invitant à regarder. Madame est au fond, de l'autre côté de la tenture. Elle l'a un peu entrouverte, comme nous, et vous l'apercevrez entre les deux pans.

Je glissai ma tête dans l'entrebâillement et je vis un salon coquet, où deux types blonds, beaux et athlétiques, étaient en train de baiser ensemble.

Je me retournai vers mon compagnon, en l'interrogeant du regard. Mais il insista, m'indiquant du menton une direction :

— Là ! Là ! Regarde par là !

En effet, de l'autre côté de la pièce, on pouvait voir, par la tenture entrouverte, une jeune femme nue, accroupie. Elle regardait passionnément les deux

34

hommes en train de faire l'amour, et elle se masturbait.

Je me mis à rire.

— Ah, ces femmes ! dis-je à mon compagnon. Deux
types ensemble, ça les excite ! Mais si elles s'aperce-
vaient que leur mec est pédé, alors là, le drame !

Et, de nouveau, je passai ma tête entre les pans de
la tenture. Mon compagnon s'approcha et se mit à
regarder aussi.

— En tout cas, elle a de la chance de pouvoir se
branler, souffla-t-il.

Je ris encore.

— Qu'est-ce qui t'empêche d'en faire autant, si tu
en as envie ? lui dis-je.

Alors, il me montra ses mains gantées.

— Je suis manchot. Tout ça, c'est mécanique, dit-
il en me désignant des yeux ses bras et ses mains. Et
la mécanique, ça ne vaut rien pour ce genre d'opération délicate...

— Pauvre vieux, fis-je, sincèrement désolé.

Il se remit à regarder derrière la tenture, et je
l'imitai, pour oublier son malheur. Les deux types se
caressaient, s'embrassaient, se suçaient et s'enculaient comme n'importe quels amoureux ardents,
tandis que la femme, derrière son rideau, continuait à
s'offrir une sacrée séance de plaisir solitiare. Quel
dommage ! Elle était vraiment jolie et paraissait bien
chaude...

Je commençais à être excité, moi aussi. Je m'aperçus que mon compagnon haletait. Je me tournai vers
lui. Il semblait au bord de l'apoplexie. Il y avait dans

son pantalon une bosse énorme, et il ne pouvait pas se toucher.

— C'est toujours comme ça, dit-il, un peu gêné. Si je ne trouve pas quelqu'un pour m'aider à me soulager, le sang me fait tellement mal que parfois mon cœur s'arrête, et je tombe dans les pommes...

J'hésitai un peu, embarrassé par sa confession et par la demande implicite qu'elle contenait. Mais il avait vraiment mauvaise mine. Et c'était un bien grand malheur, d'avoir perdu ses bras, quand on était un garçon de vingt ans aussi beau et vigoureux que lui.

— O.K., finis-je par dire.

Et, sans le regarder, je défis sa braguette, libérai sa queue et la pris dans ma main. Nous nous remîmes à regarder derrière la tenture, ensemble. J'essayais de m'imaginer que je me branlais moi-même, mais sa queue dans ma main était énorme, plus grosse que la mienne.

Je l'astiquai en regardant la femme, et je me dis qu'elle aurait bien du plaisir, si elle nous voyait. Cela m'encouragea. En même temps, j'aimais autant qu'elle ne me voie pas dans cette position. Car, plus je branlais l'autre, et plus elle m'excitait. Et je me promettais de la retrouver, pour lui faire goûter à des plaisirs plus élaborés que la branlette effrénée à laquelle elle se livrait.

Quand je sentis venir l'autre, je le lâchai, pour qu'il éjaculât dans la tenture. Puis je repartis par où j'étais venu. Je bandais encore, et il ne s'était trouvé personne pour me soulager, moi.

Il me sembla bien, dans le couloir, que des ombres me cherchaient noise, mais je n'en avais que faire. Je poussai la première porte qui se présentait, fermement décidé à ne pas laisser m'échapper la prochaine beauté qui me tomberait sous la main.

   **PORTE 17.**

9

La veuve

Au moment où j'ouvris la porte, un courant d'air jeta sur mon visage une bouffée suave de parfum, un parfum de femme où se mêlaient le musc et la violette. La porte claqua derrière moi.

Je me trouvais dans un couloir semblable à une rue étroite, au bout duquel était en train de disparaître une femme élégante, toute vêtue de noir. Sans réfléchir, je lui emboîtai le pas.

Avant qu'elle ne tourne dans l'angle gauche du corridor, j'avais eu juste le temps d'apercevoir sa silhouette élancée et chapeautée, et pourtant j'avais été frappé de plein fouet par ses formes voluptueuses, mises en valeur par un tailleur qui s'attachait de très près aux courbes des hanches, des fesses, de la taille, et dont la jupe, longue jusqu'au-dessous des genoux et fendue en son milieu, accompagnait à merveille le mouvement de ciseaux des jambes, parfaitement galbées, et gainées de bas noirs dont la couture partait en triangle du talon cambré d'un escarpin, pour monter tout droit le long de la courbure du mollet, dans le creux derrière le genou, et se perdre

quelque part en haut des cuisses, dans la fente du tissu tendu par la marche.

Je me mis à courir pour la rejoindre, en tâchant de rester silencieux, car je ne voulais pas l'effrayer ni risquer de la faire fuir. Mais, quand je fus à l'angle du couloir, je vis qu'elle ne se trouvait qu'à quelques mètres, comme si elle m'avait un peu attendu, et elle se retourna sur moi. Son geste ne dura qu'un instant. A travers la voilette, ses yeux s'étaient plantés dans les miens, noirs, brillants. Puis elle se mit à marcher plus vite.

Je ne savais pas si son regard avait été une invite, un défi, ou s'il avait voulu m'ordonner de la laisser tranquille. Mais, même si ma raison me l'avait demandé, mon corps, mon être tout entier auraient refusé de l'abandonner. Cette femme m'attirait aussi sûrement que si nous avions été aimantés.

Mon cœur battait fort dans ma poitrine, et quand mes yeux remontaient de ses talons aiguilles jusqu'à la fente de la jupe, jusqu'en haut de cette fente où j'apercevais à chacun de ses pas la dernière bande sombre des bas, quand mes yeux glissaient sur le nylon si fin de ces bas, depuis la bande triangulaire plus foncée où naissait la couture, et qui s'élançait comme une flèche d'entre les chevilles jusqu'au-delà du creux des genoux, quand mes yeux à chacun de ses pas embrassaient le balancement des hanches et des fesses, il me semblait que mon cœur battait dans mon bas-ventre.

J'étais obligé de marcher de plus en plus vite, moi aussi, pour la suivre. Ses talons claquaient en rythme

contre le sol, leur bruit se répercutait contre les murs, je n'étais plus qu'à trois enjambées d'elle, en trois enjambées je pouvais être sur elle, la saisir par les hanches... Peut-être se débattrait-elle, peut-être lirais-je la peur dans ses yeux, et alors tout le désir que j'avais d'elle se transformerait en désir de la protéger de moi, peut-être verrait-elle cela, mon envie de la rassurer, de me faire pardonner, et alors elle abandonnerait toute résistance, soudain elle se laisserait tomber entre mes bras, aussi molle qu'une poupée de chiffon, offerte, et alors je relèverais un peu sa voilette pour poser mes lèvres sur les siennes, lui ouvrir la bouche avec ma langue, tout en faisant remonter des deux mains sa jupe, tout en fouillant des deux mains dans sa culotte, et alors elle se laisserait tomber d'elle-même à mes pieds, ses doigts gantés de dentelle noire ouvriraient ma braguette, ma queue raide jaillirait entre ses ongles longs, et alors elle pousserait un petit gémissement de joie, et sous la voilette ses jolies lèvres peintes en rouge enfourneraient mon gros braquemart. Ou bien, loin de se débattre, dès qu'elle sentirait mes mains sur elle, elle relèverait sa jupe sur ses fesses, enlèverait sa culotte et me tendrait sa croupe, toute debout, follement impatiente.

Après avoir bifurqué à maintes reprises dans un dédale de couloirs, elle finit par pousser une porte, derrière laquelle elle disparut. Ce bruit cadencé de talons, le balancement de ce cul à quelques mètres de moi, le mouvement hypnotique de ces jambes, cette couture des bas fascinante comme une ligne à suivre

m'avaient plongé dans un état second. Plus rien d'autre au monde ne comptait que ces jambes et que ce cul, plus rien d'autre ne comptait que de marcher derrière cette femme, en attendant le moment propice de m'en saisir.

Elle avait laissé la porte entrouverte, ce qui était plus que suffisant pour m'inviter à la suivre. J'entrai lentement derrière elle, sûr de tenir ma proie maintenant. Je la trouvai agenouillée dans ce qui semblait être un sanctuaire, une sorte d'église où brûlaient de hauts cierges. Toujours dos à moi, elle se recueillait sur une tombe. En m'approchant, je l'entendis réciter des prières à voix basse. Dans cette position, ses talons aiguilles pointaient vers moi à l'horizontale, et sa jupe noire était si tendue qu'elle semblait prête à céder à tout instant.

Je me plaçai juste derrière elle, pris un pan de sa jupe dans chaque main, et vigoureusement je tirai sur les deux morceaux de tissu, qui dans un long craquement se séparèrent le long de la fente jusqu'à la taille. Découvrant ainsi la splendeur des fesses, dont la blancheur était rehaussée par un petit slip noir transparent, que je fis glisser le long des cuisses, jusqu'aux genoux. Je n'avais jamais vu plus magnifique spectacle. Rapidement je baissai mon pantalon et, m'agenouillant à mon tour derrière elle, je la pénétrai d'un seul coup.

Mon bonheur était si grand que je faillis jouir sur-le-champ. Mais la veuve semblait apprécier elle aussi l'exercice, et je voulus lui en donner encore un peu. Toujours récitant ses prières, qu'elle entrecoupait de

soupirs de plus en plus déchirants, elle se laissa tomber à plat ventre sur la dalle de granit et, accrochée des deux mains aux bords de la tombe, elle se mit à onduler violemment des reins. Avant de me coucher sur elle, je remarquai que, sous l'accroche de la jarretelle, la couture du bas s'achevait par un trou qui évoquait étrangement le sexe de la femme. C'était bien la plus belle salope que j'avais jamais rencontrée, et, quand elle se mit à crier son plaisir sur la tombe de celui qui, un jour, l'avait lui aussi fait crier, je ne me contins plus, et je jouis avec elle, par longues saccades.

Maintenant j'étais épuisé. La veuve gisait sur la tombe, couchée sur le ventre, la jupe fendue en deux sur toute sa longueur, la culotte aux genoux, les bras en croix, la joue contre la pierre. Elle poussa un profond soupir de satisfaction, ferma les yeux et sourit. Je remontai mon pantalon et je quittai l'endroit.

PORTE 5.

10

Les trois complices

Nous étions tous les trois couchés en chien de fusil, étroitement enlacés les uns contre les autres. La poitrine blanche d'Aurélie s'écrasait contre mon dos, sa petite touffe blonde s'emboîtait contre mes fesses, tandis que je tenais dans chaque main les petits seins fermes d'Anna, et que mon membre se tenait bien au chaud, encastré dans sa croupe splendide d'Africaine. Je me dis que j'allais leur faire encore une fois l'amour, profiter d'elles deux encore mieux que tout à l'heure, à fond, mais sans doute m'étais-je déjà un peu trop dépensé, car je me rendormis, le plus heureux de tous les hommes-sandwichs, entre leurs corps voluptueux.

Je fus tiré du sommeil par des gémissements d'amour. J'étais seul au milieu du lit, les membres en croix, solidement retenu aux barreaux par des cordelettes de soie nouées autour des poignets et des chevilles. J'essayai de me redresser, mais je pouvais à peine bouger. Comment les deux garces avaient-elles pu m'attacher ainsi sans me réveiller ? Ou elles étaient d'une habileté diabolique, ou, plus sûrement,

plus sûrement, elles m'avaient administré à mon insu quelque drogue soporifique. Mais il fallait croire aussi qu'elles m'avaient ensuite injecté un puissant aphrodisiaque. Car mon sexe était plus terriblement tendu que jamais — et ce n'était pas la scène qui se déroulait sous mes yeux qui risquait de le calmer.

Couchées par terre, et toujours nues, Aurélie et Anna s'embrassaient à pleine bouche, seins contre seins, mains enfouies entre leurs cuisses emmêlées. Au-dessus d'elles, debout et également nu, un homme noir d'une quarantaine d'années, grand, athlétique, branlait lentement son engin de fameuse taille en encourageant mes deux amies, parfois même en leur donnant des ordres qu'elles s'empressaient d'exécuter.

— Et maintenant, leur dit-il, faites-moi un joli 69. Je veux vous voir jouir.

— Oui, maître, répondirent-elles, plus dociles que des chiennes dressées.

Et elles roulèrent l'une sur l'autre, tête-bêche, cuisses grandes ouvertes, et, tout en se léchant gloutonnement l'une l'autre, elles gémissaient de plus belle.

L'homme continuait à se branler tranquillement, les yeux rivés sur ses proies. Je n'en pouvais plus. Je suppliai qu'on me détachât, mais le Noir ne fit qu'en rire et, semblant me voir pour la première fois, il me regarda d'un air moqueur, en se passant la langue sur ses lèvres et en se mettant à onduler du bassin de la manière la plus obscène, en se massant les couilles

de sa main libre, pour se branler encore plus ostensiblement, sous mon regard impuissant.

Quant aux filles, mes cris de rage et mes supplications ne faisaient que les exciter, et elles jouirent bruyamment, tandis que je me démenais pour essayer de me libérer, ou du moins de me retourner, afin d'avoir au moins une chance de me frotter contre le drap, ce qui, dans l'état où j'étais, aurait suffi à libérer mon plaisir.

Aussitôt que les deux filles eurent atteint l'orgasme, l'homme leur ordonna de se traîner à genoux jusqu'à sa queue et de la lui sucer. Leurs deux bouches s'attaquèrent au membre monstrueux, l'enfournant tour à tour (mais aucune d'elles ne parvenait à en avaler plus du quart), l'une léchant le gland, l'autre la hampe... Le gros vit sursautait, leur arrachant petits rires et cris d'effroi.

Tandis qu'Anna le suçait maintenant sans interruption, à un rythme soutenu, Aurélie se plaça sous les jambes de l'homme et se mit à lui lécher et mordiller les couilles et l'anus, le cou tendu de gourmandise. Quand elle sentit le moment venu, elle rejoignit Anna face à la queue, et enfonça son majeur dans le cul de l'homme. Ce dernier rejeta la tête en arrière, avec un râle saccadé. Aussitôt, Anna avait libéré la queue, qui éjaculait de longues et puissantes giclées de sperme sur leurs deux visages en adoration.

Je recommençai à me démener, essayant désespérément de me libérer. Toujours agenouillées, elles se léchaient l'une l'autre les grosses traînées de foutre qui coulaient sur leurs joues, aux commissures de leurs

lèvres, dans leurs cheveux, dégoulinaient lourdement dans leur cou, jusqu'à la pointe de leurs seins dressés. Plus dure qu'un tronc, ma queue me faisait mal, j'avais envie de hurler, de tuer, de sangloter de désir. Alors l'homme, semblant prendre pitié de moi, demanda brutalement aux femmes si elles n'avaient pas honte de me laisser dans un tel état, et les traîna sans ménagement jusqu'au lit.

Je me sentis à la fois plein d'espoir et plein d'appréhension, car il se pouvait fort bien que le colosse me préparât un plus mauvais coup encore. Mais le désir atroce qui me tenaillait me fit oublier toute crainte — à moins que la crainte ne rendît ce désir encore plus insoutenable. Je me sentais si minable, attaché sur ce lit, écartelé et bandant, à la merci des trois complices. Et, peut-être, ils allaient me libérer, l'homme allait me laisser prendre les femmes, de toutes les manières et autant que j'en aurais envie, car je me sentais capable de les baiser douze fois de suite avant d'être apaisé.

Ils montèrent tous les trois sur le lit, mais personne ne me détacha. Aurélie s'assit au-dessus de mon visage, et l'homme aussi, derrière elle. Il rebandait déjà. Elle tendit ses fesses, et, délicatement d'abord, puis vigoureusement, il l'encula. La blonde, qui luisait d'humidité jusqu'à l'intérieur des cuisses, devait être largement habituée à cette pratique, car elle se laissa faire sans sourciller, et, malgré son diamètre, l'engin pénétra en douceur dans son étroit orifice par un simple glissement progressif. C'était du joli travail — et j'étais bien placé pour en juger.

En même temps, enfin ! je sentis ma queue happée par la grande bouche d'Anna. Je déchargeai aussitôt au fond de sa gorge, avec un cri où se mêlaient le soulagement, la douleur et le plaisir.

Anna avait tout avalé, et elle continuait à me sucer doucement. Au-dessus de mon visage, presque à me toucher, les couilles de l'homme ballottaient, sa queue allait et venait dans la rosette dilatée d'Aurélie, qui agitait ses fesses blanches et un peu grasses entre les grandes mains noires qui la maintenaient fermement. Les couilles rondes et dures se balançaient au même rythme régulier que la bite énorme entrait et sortait, méthodiquement, comme s'il se fût agi de défoncer une porte à l'aide d'un bélier. D'une main, Aurélie se massait les seins, puis la chatte, puis s'y enfonçait un doigt, puis deux. Ils étaient presque sur moi, leurs parties intimes en mouvement envahissaient mon champ de vision, leurs odeurs de rut me montaient à la tête, et pendant ce temps la bouche d'Anna aspirait, léchait, astiquait ma queue. Quand l'homme se mit à accélérer son va-et-vient, elle me prit les couilles dans ses deux paumes, et se mit à me sucer ardemment, en s'accordant sur l'allure des coups de reins de son complice. Soudain, Aurélie sembla avoir perdu la tête, criant et se trémoussant comme une possédée. Après un dernier et violent coup de queue, l'homme se retira vivement d'elle, et lâcha sur ses fesses des jets de foutre qui éclaboussèrent aussi mon visage. En même temps, j'éjaculai encore une fois, directement au fond de la gorge profonde.

Les trois complices

Aurélie et l'homme se laissèrent retomber à côté de moi sur le lit, Anna vint nettoyer mon visage à petits coups de langue, et puis elle défit mes liens. J'étais maintenant libre de :

— rester encore avec les trois complices :

PORTE 22 ;

— ou aller tenter ma chance ailleurs :

PORTE 8.

11

L'endormie

Je la reconnus. C'était la Belle au bois dormant.
Elle reposait sur un haut lit ancien, richement vêtue,
sereine et plus belle que le jour. Avais-je été choisi
pour la réveiller ? Je m'approchai d'elle, m'assis à ses
côtés, au bord du lit.

La chambre, le château entier étaient plongés dans
le silence. On ne percevait que quelques craquements
dans les poutres, et, en se penchant sur elle, le petit
bruit régulier de son souffle léger.

Son visage était ravissant, nimbé de lumière,
encadré par les boucles longues de ses cheveux d'or.
La pureté de son front et la pâleur de sa peau étaient
rehaussées par la fine couronne de petites fleurs
blanches qui ceignait sa tête. Sa robe de soie, couleur
pêche, s'évasait à partir de la taille et tombait jusqu'à
ses pieds menus, chaussés de souliers de satin, à
talons carrés et à rubans. Très décolletée, à
l'ancienne mode, elle découvrait une gorge adorable,
un cou gracile et deux seins ronds et palpitants
comme des cœurs de pigeons, qui se soulevaient
doucement à chacune de ses inspirations.

L'endormie

Je me penchai sur son visage, déposai un baiser sur ses lèvres roses. Elle resta sans réaction. J'attendis un peu, et puis je recommençai, de manière un peu plus appuyée.

Elle ne se réveillait toujours pas. Voilà un point qui n'était évidemment jamais précisé dans les contes : peut-être fallait-il lui donner un baiser profond ? On ne sortait certainement pas d'un sommeil de cent ans aussi facilement que ça. Le plus délicatement possible, je lui ouvris la bouche avec ma langue et je l'embrassai longuement.

La Belle continuait à dormir. Je renouvelai mon baiser et, pour faire bonne mesure, je l'assortis de caresses sur les seins. Elle avait une peau de pêche, incroyablement douce.

Sa poitrine sortit tout entière de la robe, presque malgré moi. Je couvris de baisers tout son visage, son cou, sa gorge... Jusqu'à ce qu'enfin je ne pusse résister davantage à la tentation d'embrasser goulûment ses seins, qui jaillissaient du décolleté comme deux beaux fruits, frais et fermes.

Je me calmai, scrutai son visage, pris sa main, tentai de lui parler. Mais elle demeura figée dans la même expression sereine et alanguie, sauf que sa bouche était restée ouverte, ce qui entachait ses traits purs d'un petit caractère presque obscène.

Ses souliers étaient vraiment charmants, avec leurs rubans noués en boucle sur le cou-de-pied. Et elle semblait porter des bas de soie.

Je soulevai un peu le bas de sa robe. Il y avait là-dessous plusieurs jupons. Je m'autorisai à les relever

jusqu'aux genoux, juste pour voir les jambes. Quelles jolies jambes! Je laissai retomber robe et jupons. J'avais de plus en plus de mal à maîtriser mon excitation.

Encore une fois, je l'embrassai avec la langue. En vain.

Alors je ne pus m'en empêcher. Je relevai entièrement sa robe jusqu'à la taille.

Je voulais seulement regarder. Après tout, cela ne pouvait pas lui faire de mal, puisqu'elle dormait.

Et je vis. Elle ne portait pas de culotte. Ses bas de soie montaient jusqu'à mi-cuisses, où ils étaient retenus par un ruban, et ensuite les plaines blanches de son corps s'étalaient librement à l'air. Un fin duvet blond dissimulait à peine sa jolie fente dodue.

Je pris ses cuisses entre mes mains et je les lui écartai, doucement. Les lèvres de son ventre étaient aussi roses et tendres que celles de son visage. Je me penchai sur elles et je les embrassai, elles aussi, longtemps, sans me lasser, tant elles étaient douces, pulpeuses et parfumées.

Quand je revins vers elle, je vis que même ces baisers-là n'avaient pu la sortir de sa torpeur. Cela me mit presque en colère. Sa bouche bêtement ouverte m'énervait.

J'enlevai mon pantalon et j'y glissai ma queue. Je la fis aller et venir contre son palais et contre ses joues. Mais cela lui déformait le visage, et j'eus un peu honte.

Je revins entre ses cuisses et je la pénétrai, tout en lui pétrissant les seins. C'était un tel bonheur que je

ne souhaitais même plus la voir se réveiller. Je jouis dans son corps immobile avec un plaisir rare.

Je restai auprès d'elle plusieurs heures, sans doute. Je la déshabillai entièrement, m'amusai à lui enlever et à lui remettre bas et souliers, la retournai dans tous les sens, l'embrassai, la caressai, la pris, partout et de toutes les façons imaginables. Rien de ce que je pus lui faire ne la réveilla. J'abusai d'elle autant qu'elle m'avait excité, et je jouis tant et plus.

Quand je fus au bout de mes forces, je la rhabillai, refis le lit, l'y installai avec soin, arrangeai ses cheveux, refermai sa bouche, afin qu'à son arrivée son Prince Charmant pût l'avoir aussi belle que je l'avais trouvée.

Je m'en allai en sifflotant dans le couloir sombre, où j'eus l'impression d'être poursuivi par deux mégères d'ombres, dont je ne me souciai guère.

Je décidai de changer de coin. Quand j'eus emprunté plusieurs passages et corridors divers, je grimpai une petite volée de marches, au bout de laquelle je trouvai deux portes.

PORTE 8,

PORTE 14.

12

La mariée

Quel étrange endroit, pensais-je, tout en poursuivant mon chemin à travers le couloir sombre. Je me souvenais déjà à peine de la raison pour laquelle j'étais entré ici, mais la curiosité me poussait à y demeurer. La curiosité et le désir, oui, mais aussi quelque chose qui ressemblait à de la peur car, dès que je me retrouvais jeté dans ces corridors, je sentais sur mes épaules le poids d'une vague menace, comme si j'avais été suivi par quelqu'un ou quelque chose que je ne voyais pas.

J'avais connu bien des femmes, déjà. Mais jusque-là ni mes aspirations amoureuses ni mes appétits sexuels ne s'étaient trouvés entièrement comblés. Les femmes vous refusent toujours quelque chose. Ou bien elles veulent vous en donner trop, et alors elles commencent à vous étouffer. La femme de ma vie, si elle existait, serait à la fois aimante et vicieuse, soumise et effrontée, mystérieuse et belle. J'imaginai, seul dans le noir, tout ce que je pourrais faire à une telle femme, et je recommençai à bander. « Assez rêvé, me dis-je. Trouve cette femme,

et alors tu pourras prendre tout le plaisir que tu veux. » Et je poussai la porte qui se présentait devant moi.

C'était une pièce toute blanche, balayée par les rayons d'un soleil matinal.

— C'est toi, mon amour ? entendis-je.

Je clignai des yeux, encore ébloui par tant de lumière. Assise devant une coiffeuse, le visage tendu vers le miroir, une ravissante jeune femme était en train de se maquiller les yeux.

— J'arrive tout de suite, ajouta-t-elle sans se retourner.

Elle portait une robe de mariée en dentelle blanche, qui enserrait son joli buste étroit et s'évasait à partir de la taille en un ample jupon. De son chignon tressé de fleurs, des boucles de cheveux châtains s'échappaient sur sa nuque gracieuse.

— Excusez-moi, dis-je en m'apprêtant à sortir.

Quand elle s'aperçut de son erreur, elle tourna la tête vers moi et poussa un petit cri. J'allais répéter mes excuses et franchir la porte, mais elle se précipita vers moi, affolée, et me prit par le bras.

— Non, attendez, dit-elle en parcourant la pièce d'un regard inquiet, comme si elle y cherchait quelque chose.

On entendait un bruit de pas, et je commençai à comprendre ce qui lui faisait si peur.

— Mon mari, dit-elle. S'il vous trouvait...

Elle ne prit pas le temps d'achever sa phrase. Dans un geste désespéré, elle souleva son grand jupon et, avec une autorité étonnante pour une jeune femme

d'apparence si fraîche et si fragile, m'obligea à me cacher dessous. L'instant d'après, de sous la vaste robe nuptiale, je l'entendais, comme en écho, répéter sa petite phrase :

— C'est toi, mon amour ?

— Comme tu es belle, répondit une voix d'homme.

Et les pas se rapprochèrent, jusqu'au bord du jupon sous lequel j'étais accroupi.

Quoique ma position fût pour le moins inconfortable, elle ne manquait pas de charme. Pour plus de discrétion sans doute, la mariée m'avait caché sous la partie arrière de sa robe, qui s'allongeait en traîne. Je restai un moment immobile, paralysé à la fois par la peur d'être découvert et par le bonheur d'avoir le nez pratiquement enfoui entre les jolies fesses de la belle, juste contre la petite culotte en soie.

Puis le corps de la mariée se mit à bouger, je vis une chaussure d'homme, noire et vernie, se glisser entre les petits souliers blancs, et je compris qu'il l'avait prise dans ses bras pour l'embrasser. Dans le mouvement, les jambes de la jeune femme s'étaient un peu ouvertes. Elles étaient gainées de bas blancs, retenus par les jarretelles d'une guêpière garnie de dentelles, et, d'un côté, par la jarretière traditionnelle des mariées, ornée d'un ruban rose. Tous ses sous-vêtements étaient blancs, nacrés, délicats.

Comme elle avait écarté les cuisses, je m'aventurai tout doucement entre elles, jusqu'à pouvoir regarder le fond de sa culotte. L'autre était toujours

en train de l'embrasser, je les entendais échanger des rires et des niaiseries. Je posai les mains sur ses mollets. Elle tressaillit. Je remontai lentement le long de ses jambes, jusqu'au-dessus des bas, les yeux toujours rivés sur sa culotte. Alors je connus l'une des plus délicieuses émotions de ma vie : pendant que j'étais là, coincé sous la robe d'une jeune mariée que son futur époux embrassait, pendant que je caressais ses jambes, la soie fine de sa petite culotte, à quelques millimètres de mes yeux, se tachait d'humidité.

Comme elle avait eu la bonne idée de ne pas se parfumer, seule régnait, sous ce jupon, l'odeur du désir de cette femme. Je la respirais à grandes bouffées, la tête m'en tournait. D'une main, j'écartai le bout de soie, qui découvrit une ravissante chatte rose, brillante, dont les poils avaient été taillés et rasés avec soin, pour former un buisson coquet, ni trop ni trop peu fourni. J'en approchai encore mon visage, et j'y donnai le premier coup de langue.

Les grandes lèvres s'écartèrent entièrement, m'offrant deux petites lèvres brûlantes, elles aussi ouvertes, et un bouton avide, qui vint aussitôt chercher sa part de faveurs. Je me retenais pour ne pas gémir de plaisir, mais elle ne se priva pas de pousser un long soupir, que le fiancé jaloux dut attribuer à l'effet de ses baisers. Mais ma bouche à moi embrassait la meilleure bouche de sa promise. Je m'enhardis jusqu'à défaire ma braguette, libérer ma queue déjà très dure, que je me mis à branler,

tandis que, de l'autre main tenant la culotte écartée de son joli con, je la léchais sans ménager mes efforts.

Ma petite mariée s'enhardissait elle aussi, gémissant de plus belle et osant de légers mouvements de bassin pour mieux jouir de ma langue. Je ne voulais pas en arriver là, mais la tension était trop forte : je finis par éjaculer dans ses jupons de dentelle, avec des spasmes si longs que je ne pus retenir un râle, lequel fut heureusement couvert par un soupir plus profond de la belle, accompagné d'un soubresaut qui marquait aussi sa jouissance.

Alors je vis avec terreur la robe se relever d'un côté, et la main du marié, certainement encouragé par la passion de sa fiancée, se glisser le long d'une jambe. Heureusement, elle eut le réflexe de lui demander, dans un souffle prometteur, d'aller fermer la porte. Dès que je le sentis s'éloigner, j'en profitai pour filer, sans réfléchir davantage, par une autre porte, restée entrouverte au fond de la pièce. Avant de disparaître tout à fait, je ne pus m'empêcher de risquer un dernier regard vers eux. Tandis que son futur époux revenait vers elle, la mariée allait à sa rencontre, s'agenouillait devant lui et commençait à défaire sa braguette. Autant, sans doute, dans l'intention de se faire pardonner un forfait qu'il ignorait que pour satisfaire les appétits que j'avais excités en elle. En ce jour de noces, j'avais été le premier à la faire jouir et à empeser de foutre ses jupons.

Je rejoignis un couloir, toujours noyé dans l'ombre

La mariée

mais apparemment différent de celui d'où je venais. Il me fallait poursuivre ma recherche, et le seul moyen qui s'offrait à moi, c'était de pousser l'une des portes de ce corridor, derrière laquelle je ferais sans doute de nouvelles rencontres.

PORTE 13,

PORTE 16.

13

Le hammam

Je fus submergé par une bouffée de chaleur humide. La porte se referma seule, lourdement et en silence.

Je dévalai malgré moi les marches d'un large escalier de pierre écrue, que la vapeur d'eau avait rendues glissantes. L'escalier allait en s'étrécissant et s'achevait sur un palier de forme circulaire. L'ensemble avait ainsi l'allure d'une serrure géante, pour laquelle je faisais une bien petite clé. Mais j'étais en train de la pénétrer et, bien que je ne susse pas ce qui m'attendait au-delà, j'y allais le cœur battant d'espoir et de désir, pour cette femme qu'on m'avait promise et qui, sans doute, était elle aussi à ma recherche.

Au centre de la petite place ronde, elle aussi pavée de grandes pierres luisantes, se dressait une sorte de guichet pointu, une guérite en bois fermée, d'où l'on pouvait s'attendre à voir jaillir une sentinelle. Ridiculement bariolée de couleurs vives, ornée de dessins géométriques tracés au stylo feutre, yeux, bouches, fleurs, cœurs percés de flèches, bites, têtes de mort,

graffitis sentimentaux ou obscènes, elle était à mi-hauteur percée d'une meurtrière barrée de croisillons de bois, comme au confessionnal. J'en approchais mon visage, lorsque la dalle de pierre sur laquelle je me trouvais, en réalité une trappe, se déroba sous mes pieds. Je fis une chute de quelques mètres, directement dans un profond bassin d'eau chaude, d'où j'émergeai en suffoquant.

Je me hissai sur le bord de l'étroite piscine ronde. J'étais au centre d'une vaste pièce en marbre blanc, ovale et voûtée. Des bancs de bois couraient tout au long des murs. Leurs lattes humides étaient couvertes de vêtements d'hommes et de femmes. Je remarquai surtout les sous-vêtements féminins, culottes et sou-tiens-gorge de toutes tailles. Il faisait très chaud. Je me débarrassai de mes habits trempés, les abandon-nai sur un banc. De l'unique ouverture, en hublot, du fond de la salle, me parvenait un long murmure, composé de rires légers, de gémissements et de bruits d'amour.

Je rejoignis le hublot, l'essuyai de la main pour en dégager la buée. Derrière la vitre s'étendait un hammam assez grand pour qu'on ne pût, de ma place, en distinguer les contours. Sur les dalles de pierre, à l'intérieur et au bord des bassins, autour des colonnes de marbre, des hommes et des femmes entièrement nus, par dizaines, s'adonnaient aux plaisirs de l'eau et de l'amour. A ce moment-là, leur bonheur me parut si parfait, et je ressentis si vivement le désir de me joindre à eux que j'oubliai tout de ma vie antérieure, et de la raison pour

laquelle, si vraiment il en existait une, j'étais entré dans le royaume promis par ce petit cirque, qui se révélait bien plus riche et merveilleux que je ne l'aurais jamais cru.

D'un geste je déverrouillai le hublot, qui fonctionnait comme celui d'une machine à laver, et je me glissai par l'ouverture ainsi libérée jusque dans la salle de bains. Le murmure que j'avais perçu du vestiaire s'enflait maintenant en une vibrante rumeur d'amour, où les cris les plus proches, bien qu'étouffés par la vapeur, semblaient à tout instant recevoir en résonance mille autres cris, perdus dans les lointaines et incertaines limites de la salle. Partout, les corps emmêlés par deux, trois, quatre ou davantage, sexes confondus, semblaient former des animaux fantastiques, dotés d'une multitude de membres, et contorsionnés par des vagues successives et ininterrompues de jouissance. L'air, chaud et humide, était chargé d'une odeur de sèves humaines qui eût pu suffire, comme lorsque vous vous contentez de respirer une drogue à côté de quelqu'un qui la fume, à m'enivrer jusqu'à l'extase.

Je contournai un premier couple, qui s'adonnait, tête-bêche, à des plaisirs buccaux langoureux, hésitai un instant à rejoindre, sur son invitation, une rousse splendide, mais déjà prise en sandwich par deux hommes, et me sentant trop d'appétit pour partager, jetai finalement mon dévolu sur un groupe de six filles, entassées les unes sur les autres et occupées avec passion à s'embrasser et à se lécher à bouches-que-voulez-vous. Il émanait de cet amoncellement de

chairs blanchies et attendries par la vapeur un flot de gémissements à fendre l'âme.

Comme elles semblaient complètement absorbées par leurs jeux, je me tins un moment immobile au-dessus d'elles, la queue raide, ne sachant trop comment m'y prendre pour les aborder. Il y avait là un mélange délicieux de petites et de grandes, de dodues et de menues, de brunes et de blondes, de seins en poire, en pomme ou en obus, de culs ronds, gras ou petits, de chattes plus ou moins épilées, plus ou moins bombées, de têtes de salopes et de visages d'anges.

Je posai ma main sur une jolie croupe blanche, et cela suffit pour qu'elles sussent comment me prendre, elles. Une blonde aux cheveux courts et aux yeux clairs, se détournant du sein énorme de l'amie qu'elle était en train de téter, s'empara de ma queue, qu'elle enfourna entre ses grosses lèvres roses et se mit à sucer avec une gourmandise décuplée, tandis qu'une dizaine de mains se posaient sur mon corps, le tâtaient avec avidité, que des doigts écartaient mes fesses, des langues me léchaient les couilles et le cul, des dents agaçaient mes tétons.

Elles m'avaient fait tomber au milieu d'elles et se relayaient auprès de ma queue, dont elles voulaient toutes goûter. Comme j'essayai de garder, le plus possible, mon sang-froid, j'en profitais pour palper les culs et les seins qui passaient à ma portée, dans la plus grande confusion. Malgré toute ma bonne volonté, le combat était par trop inégal, et elles eurent assez rapidement raison de moi. Le nez enfoui dans la chatte blonde de la plus jeune des filles, qui

avait assis son gros derrière sur mon visage, je jouis dans la plus habile des suceuses, une petite brune aux joues musclées, qui avala tout et me garda ensuite en bouche jusqu'à ce que je fusse de nouveau en état de fonctionner.

Aussitôt que ma bite fut redevenue raide, ce qui ne tarda pas, étant donné l'excitation intense où me plongeaient la vue et le contact de ces corps de femmes emmêlés contre moi, elles voulurent toutes m'avoir entre leurs jambes, cette fois. J'accédai bien volontiers à leur désir. Je les fis coucher sur le dos, en rang côte à côte, genoux relevés, cuisses écartées, et je me mis en devoir de les pénétrer méthodiquement, les unes après les autres, en attendant que chacune se fût cabrée sous l'orgasme, avant d'enfourcher la suivante. J'éjaculai dans la dernière, tandis qu'elle criait, et que je revoyais défiler sous mes paupières les cinq autres filles, au moment où elles avaient été défigurées par le plaisir.

Presque aussitôt après, je me retrouvai soulevé et jeté dans le bassin le plus proche, comme un objet devenu inutile. Allongé tranquillement dans l'eau, le sourire aux lèvres, je regardai les cinq femmes qui avaient été privées de mon sperme aller y goûter, chacune à leur tour, dans la chatte qui l'avait reçu. Puis elles reprirent doucement leurs jeux saphiques, comme si rien jamais ne pouvait les en lasser.

Déjà mes forces revenaient. Contemplant les autres groupes d'amoureux autour de moi, je décidai d'explorer davantage ce lieu de délices, où je trouverais certainement sans peine encore quelques savou-

reuses compagnes et quelques bons compagnons de sexe.

Je m'apprêtai à sortir de l'eau, quand je fus brutalement happé vers le fond. J'essayai de lutter contre la force qui m'entraînait, mais je continuai à descendre, à toute vitesse. Ce maudit bassin semblait n'avoir pas de fond. Je me crus à l'heure de ma mort.

Je dus perdre connaissance, car je me retrouvai, sans savoir comment, là où j'étais arrivé, devant la guérite de l'entrée. Cette fois, il y avait un gardien à l'intérieur. Il me tendit mes vêtements, séchés et pliés, avec une plaisanterie que je ne goûtai guère.

— L'eau était bonne ? dit-il.

Je le regardai d'un œil noir, mais il était difficile de savoir s'il essayait simplement de se montrer courtois, ou s'il se payait ma tête. Je me rhabillai sans répondre, repris l'escalier et sortis.

Je marchai quelque temps dans les couloirs, en essayant de comprendre la géographie des lieux. Mais on ne pouvait que se perdre dans cette multitude de corridors, de passages et de volées de marches qui partaient dans toutes les directions. Je finis par pousser une porte, au hasard.

PORTE 19.

14

Au feu

Je fus accueilli par un brouhaha de voix d'hommes et de cliquetis. Dans cette petite pièce, il y avait bien une cinquantaine de types en train de se changer. L'un d'eux m'envoya un uniforme, que j'attrapai au vol, et me dit :

— Traîne pas, y a le feu !

— Vite, vite, reprirent les autres.

Je compris qu'on avait besoin de moi. Je me dépêchai de passer mon costume de pompier et, tout en ajustant mon casque, je demandai :

— Où ça ? Où y a-t-il le feu ?

— Aux fesses, répondirent-ils tous en chœur, avec de grands rires.

Je restai désappointé, mais aussitôt ce fut la bousculade vers la sortie, et je fus pris dans le mouvement.

Je m'attendais à me retrouver dans un garage, où nous aurions embarqué dans des camions-citernes, la lance à la main. Au lieu de quoi, je fus projeté avec les autres dans un grand salon cossu, au fond duquel, assises jambes croisées dans un long canapé en cuir rouge, deux femmes nous attendaient.

Au feu

Elles étaient toutes les deux parées de sous-vêtements entièrement rouges, bas, porte-jarretelles, culotte et soutien-gorge. Leurs escarpins étaient rouges, elles avaient du rouge aux ongles, aux lèvres et aux joues, et on peut dire qu'en nous voyant arriver leurs regards étaient de braise. L'une d'elles, qui semblait être la chef, nous fit mettre en rang contre le mur. Puis, debout face à nous, elle ordonna :

— Présentez, armes !

Aussitôt retentit le cliquetis discipliné des ceintures, que mes camarades, tous ensemble, ouvraient pour laisser tomber leur pantalon sur leurs pieds et présenter leur grappe virile à la dame qui leur en avait donné l'ordre. Je les imitai, ne tenant pas à me faire remarquer. Je craignais seulement qu'on nous criât maintenant : « Garde-à-vous ! », car j'eusse été bien en peine d'obéir aussi vite.

La dame passa parmi nous, comme pour vérifier le matériel, et puis nous fit séparer en deux groupes égaux. Moi, je regardais surtout l'autre femme, celle qui était restée sur le canapé, là-bas. Je la trouvais belle, et il me semblait l'avoir déjà vue quelque part.

La chef rejoignit son amie, et chacune d'elles s'assit à une extrémité du canapé. Je vis que les hommes du premier rang commençaient à se branler, et je compris pourquoi : il leur fallait être prêts pour éteindre les feux de ces dames.

Les deux premiers de chaque groupe se dirigèrent vers les deux femmes et les prirent, chacun à un bout

du canapé. Quand ils en eurent terminé, ils laissèrent leur place aux suivants, et ainsi de suite. Il fallait aller prendre la relève en courant, les pieds entravés par le pantalon baissé.

Chacun bénéficiait ensuite de la plus grande liberté et pouvait prendre la femme attribuée à son groupe dans la position de son choix. La plupart ne s'embarrassaient pas de fantaisies et adoptaient la manière la plus classique, en s'arrangeant une partie de jambes en l'air dans le canapé. Quelques-uns préféraient se faire sucer, ou bien faire ça par terre, en mettant leur partenaire à quatre pattes, ou en se faisant chevaucher...

Quand mon tour approcha, je commençai à me préparer pour arriver suffisamment raide. Je n'eus d'ailleurs pas grand mal, car le spectacle était tout de même assez excitant. Les deux femmes jouissaient sans se lasser, avec des cris hystériques, sans la moindre retenue.

Je regrettais seulement de faire partie du groupe qui devait s'occuper de la chef, bien qu'elle fût tout à fait bandante. Quand je m'approchai d'elle, je vis que l'autre femme me regardait aussi. Mais un autre s'occupait d'elle, et je n'y pensai plus.

L'un de mes camarades s'était chargé d'enlever le soutien-gorge de la chef, qui était dotée de gros seins lourds et ballottants. Comme j'étais parmi les derniers, je pensai qu'il serait plus propre de la baiser entre ces deux mamelles, où apparemment personne avant moi n'avait pensé à glisser sa bite. Je la fis donc s'étendre à demi dans le canapé, je m'accroupis sur

elle, et je commençai à aller et venir dans sa poitrine, qu'elle écrasait complaisamment autour de ma queue pour mieux l'y enfouir.

Cette femme avait l'air si libidineux qu'on avait envie de lui faire mal. Elle m'encourageait de « Vas-y, chéri » familiers, qui m'énervaient au plus haut point. Au bout d'un moment, je ne pus m'empêcher de lui rétorquer : « Tais-toi, salope. » Et j'abandonnai ses gros nichons pour me fourrer entre ses cuisses poisseuses de foutre. Je me mis à la défoncer sans ménagement. Elle s'accrochait aux boutons de ma vareuse, grimaçait de jouissance. Au dernier moment, je sortis brutalement de ce trou insatiable, et je lui lâchai tout sur son visage lubrique. Elle exultait.

Je me relevai, jetai un dernier regard à l'autre femme, celle que j'aurais voulue et qui était en train de prendre son plaisir avec un autre. Je m'en allai sans me retourner.

Je récupérai mes vêtements, repartis dans le couloir. D'abord, je voulus marcher un peu pour me changer les idées. Mais, en marchant, je pensais. Et quand je pensais, je pensais à cette femme que je n'avais pas eue, je pensais qu'elle venait de se payer au moins une vingtaine de pompiers, et cela ne m'était pas agréable.

Alors, j'arrêtai de marcher et je poussai une nouvelle porte.

PORTE 12.

15

La petite danseuse

La petite danseuse me prit par le bras et m'entraîna dans sa loge, à travers les coulisses.

C'était une pièce étroite, juste assez grande pour contenir une coiffeuse, surmontée d'un miroir entouré de spots, et une chaise pivotante, un lavabo, un paravent d'où pendaient des tutus, ainsi qu'un petit lit en fer où trônait un gros ours en peluche.

La petite danseuse déposa mes vêtements sur le dossier de la chaise, prit une éponge de bain et ouvrit le robinet d'eau chaude.

— Viens, dit-elle de sa voix claire et douce.

Je la rejoignis devant le lavabo. Elle se mit à me laver, en pressant l'éponge sur mon front, mes cheveux, ma nuque. Elle était obligée de se dresser sur la pointe de ses chaussons et de tendre le bras pour atteindre mon visage. On eût dit qu'elle exécutait une figure de ballet autour de moi, et son corps fluet, ainsi étiré, était si gracieux que je renonçai à me baisser pour lui faciliter la tâche.

Quand elle m'eut rafraîchi la tête, elle pressa l'éponge imbibée d'eau sur mes épaules, mon torse,

mon dos, mes bras. Elle avait des gestes sûrs et sereins, étonnants pour de si jeunes mains. Elle pressa encore l'éponge sur mon sexe, mes jambes, mes pieds. Je me laissais faire, oubliant facilement toute pudeur, car rien ne paraissait plus naturel pour elle. L'eau qu'elle faisait dégouliner sur mon corps mouillait aussi par endroits son tutu, son maillot rose et son collant, mais elle semblait ne pas s'en apercevoir, absorbée par son ouvrage. Pour finir, elle prit son petit peignoir, pendu à côté du lavabo, et s'en servit comme d'une serviette pour m'essuyer précautionneusement, en prenant garde à ne pas raviver la douleur des griffures et des contusions laissées par les dizaines de femmes qui s'étaient relayées sur moi.

— Viens, dit-elle encore.

Et, posant par terre l'ours en peluche, elle ouvrit son lit, où elle me fit étendre.

J'étais si las que j'aurais pu aussitôt sombrer dans le sommeil. Mais elle n'en avait pas terminé avec ses soins. D'un tiroir de la coiffeuse, elle ramena un paquet de coton et un flacon d'antiseptique, dont elle badigeonna délicatement chacune de mes plaies, les marques d'ongles et de coups réparties sur tout mon corps. Enfin, elle apporta une attention particulière à mon sexe, tamponnant les testicules, le pénis et le gland, qu'elle avait décalotté puis recalotté, d'une eau de fleur, avant d'y répandre, à l'aide d'une houppette de maquillage, un nuage de talc qui acheva d'en calmer l'échauffement.

Les femmes, dans leur furie, m'avaient tellement épuisé que je ne ressentais plus la moindre excitation

sexuelle. Grâce à quoi je pouvais me laisser aller en toute sérénité entre les mains expertes de la petite danseuse, qui agissait sans se départir de son calme angélique, avec la conscience professionnelle, l'assurance et la gentillesse d'une infirmière.

— Dors maintenant, dit-elle en souriant.

Et s'asseyant sur le lit, à côté de mon visage, elle me prit la main.

Je fermai les yeux et je m'endormis, ses petits doigts dans les miens.

Je ne sais combien de temps je restai ainsi, dans un état semé de rêves et de périodes de semi-conscience. Dans mes rêves, la petite danseuse continuait à me soigner, elle appliquait des sangsues sur mon corps, mais ces sangsues n'étaient que ses lèvres, sa bouche qu'elle promenait partout sur moi, et puis aussi elle me massait, elle se déshabillait et elle me massait avec son corps nu, son petit corps nu qui se promenait comme un serpent sur le mien, elle n'avait gardé que ses chaussons, et son diadème rose dans les cheveux, et elle me donnait un plaisir lent et doux, un plaisir qui me réveillait à moitié, et alors je sentais que je bandais à nouveau et que j'étais excité, mais je ne bougeais pas, je pensais à la petite et je me sentais plein d'amour pour elle, je pensais que c'était peut-être elle, la femme de ma vie, je pensais que j'allais l'emmener avec moi et attendre quelques années avant d'en faire ma femme, car c'était encore presque une enfant, mais elle était déjà mienne, j'en étais sûr, je lui apprendrais l'amour et le plaisir, et elle continuerait à me donner tout ce qu'elle savait

donner, elle serait ma femme jusqu'à la fin de notre vie, elle qui m'avait à la fois dégoûté et sauvé des autres femmes, les vraies femmes, brutales et voraces, qui s'en étaient prises à moi, tandis qu'elle m'avait lavé, soigné et tenu la main, avec toujours le même regard clair et admiratif, car j'étais son premier homme, le seul homme qu'elle avait connu et qu'elle connaîtrait jamais...

Et je sombrais encore dans le sommeil, heureux et serein, et de nouveau je voyais en rêve ma petite danseuse, et je sentais son corps nu contre le mien, et les mille petits jeux auxquels elle se livrait sur mon corps, et son souffle sur ma peau, et ses doigts sur mon sexe... Et puis il vint un moment où les sensations devinrent si fortes que j'ouvris les yeux.

J'étais alors tourné sur le côté, face au miroir de la coiffeuse. Ce que j'y vis me fit aussitôt refermer les paupières. D'abord, je crus être encore dans mon rêve, puisque la petite était nue. Nue et agenouillée devant mon sexe. Puis je dus me rendre à l'évidence : ce que je sentais autour de mon sexe, c'étaient ses doigts, et la sensation était bien réelle.

Je me mis à transpirer. Je me raidis pour rester immobile, et je rouvris les yeux, en baissant doucement la tête pour la regarder. Elle ne s'était aperçue de rien. Toute nue, elle tenait ma queue raide des deux mains, sans bouger, avec l'air extasié d'une sainte devant une apparition divine. Ses joues étaient rouges, ses lèvres brillaient. Quand je la vis, comme prise d'une subite inspiration, approcher sa bouche, je ne pus retenir un mouvement de recul. J'étais au

comble de l'excitation, mais je l'avais rêvée si pure, et elle était si fragile encore... Alors elle leva ses yeux vers moi. Et dans ses yeux, il y avait une supplique, une supplique incompréhensible et irrésistible, qui m'aiguillonna presque douloureusement, et que j'interprétai en me retournant vivement, juste à temps pour jouir dans le drap, seul, hors de sa vue.

Quand je me relevai, la petite était déjà rhabillée et se recoiffait en chantonnant devant son miroir. Alors, elle aussi ! Les femmes parviennent-elles toujours à vous prendre ce qu'elles veulent, tout en vous empêchant de leur prendre tout ce que vous voudriez leur prendre ? Je remis mes vêtements, en me promettant de trouver une aventure plus satisfaisante derrière la prochaine porte.

— Au revoir, me dit la petite danseuse en me raccompagnant.

Elle semblait aussi raisonnable qu'au premier instant, comme si rien ne s'était passé. A son attitude, j'aurais pu croire que j'avais tout rêvé, mais je me souvenais de son regard au moment où j'allais jouir. Comme si elle me demandait de tout oublier.

— Au revoir, lui dis-je.

Et je déposai un baiser sur son front.

De sa lampe de poche, elle éclaira pour moi le couloir, et je vis deux portes :

   PORTE 13,

   PORTE 9.

16

Les heures

Au moment où j'allais pousser la porte, on m'appela par mon nom, deux fois de suite. Deux voix chuchotantes, juste dans ma nuque. En même temps, la porte s'ouvrait devant moi, et une splendide brune m'invitait à entrer.

Aussitôt j'oubliai les voix. La brune, moulée comme une femme de chambre dans une robe noire agrémentée d'un petit tablier blanc amidonné, avec le croissant assorti dans les cheveux, était dotée de courbes époustouflantes. Grande, un port de reine, une poitrine plus que généreuse, la taille très marquée, une ligne de hanches finement arrondie, des cuisses qu'on devinait à la fois longues et pleines... Et un visage qui semblait sculpté au ciseau, et où des yeux en amande, bleus, immenses, brillants, disputaient la vedette à une grande bouche charnue.

La brune me pria de la suivre. Nous traversâmes un vaste salon de thé, au plafond et aux murs ornés de moulures, éclairé de lustres en cristal. La salle était pleine de monde, hommes et femmes de tous âges assis sur des banquettes et des sièges recouverts

de velours rouge, autour de tables nappées de coton blanc et garnies de boissons chaudes et de pâtisseries présentées dans des services de porcelaine à liséré doré.

La croupe magnifique de la brune, frôlée en son milieu par le nœud du tablier, ondulait devant moi à chacun de ses pas, tandis que les talons de ses escarpins noirs, aussi sobres que sa robe, frappaient en cadence le plancher ciré. D'autres serveuses, vêtues du même uniforme, et toutes ravissantes, quoique sans comparaison avec la beauté exceptionnelle de mon guide, allaient et venaient entre les tables, chargées de plateaux d'argent. Personne, ni parmi les clients ni parmi le personnel, ne levait les yeux sur moi. J'avais l'impression d'évoluer comme on le voit parfois au cinéma, en transparence sur un fond. Seule la brune devant moi, malgré son allure de star, me semblait bien réelle, avec ses trois voluptueuses dimensions.

Il ne restait certainement plus une seule table de libre, mais c'était apparemment le dernier souci de mon hôtesse. Elle me fit traverser à sa suite toute la salle et pénétrer dans les cuisines. Là bourdonnait une petite ruche de serveuses, dont j'avais déjà vu quelques-unes, affairées auprès de la clientèle. Elles portaient toutes la même robe noire cintrée près du corps, le même petit tablier coquet accroché à la taille, le même croissant blanc dans les cheveux, elles étaient toutes jolies et bien faites, vives et gaies.

Aussitôt que j'entrai, elles s'empressèrent autour de moi, m'entraînèrent devant une grande table

ronde chargée de théières, pots de lait, tasses et pâtisseries diverses, et m'invitèrent à prendre une collation. J'avouai avoir davantage envie d'un rafraîchissement, et elles m'apportèrent un verre d'alcool accompagné de glace.

L'étrange était qu'il n'y avait aucun siège autour de cette table, ni ailleurs dans la cuisine. Je restai donc debout, à siroter mon verre en admirant le va-et-vient de mes hôtesses, qui de temps à autre s'approchaient pour déguster une gorgée de thé ou une bouchée de gâteau. D'abord, je ne m'intéressai qu'à détailler leurs visages et leurs corps, tous plus séduisants les uns que les autres — à l'exception, toujours, de la fascinante beauté brune qui m'avait conduit jusqu'ici et qui, depuis, avait disparu. Mais quand le désir eut fini de m'aveugler totalement, je remarquai ce qui aurait tout de suite dû me sauter aux yeux, à savoir le très étrange manège de toutes ces filles.

Au centre de la table s'ouvrait un trou complètement noir, dont on ne pouvait voir, sans doute par un défaut d'éclairage, ni le fond ni les parois. Et chaque fois qu'une fille revenait de la salle, elle sortait quelque chose de la poche de son tablier, ou bien de sa manche, voire de son décolleté ou de sa jarretière, et le jetait dans le trou.

Leur geste était si rapide et si machinal que je n'y avais pas prêté attention, mais je le remarquai lorsque je vis une jolie rousse relever sa robe sur une de ses cuisses et sortir de son bas, où elle l'avait coincée, une carte d'identité qu'elle envoya, presque

sans regarder tant elle devait en avoir l'habitude, dans le trou au milieu de la table. J'avais eu à peine le temps d'apercevoir sa peau laiteuse, piquetée de taches de rousseur. Maintenant elle cueillait entre deux doigts une tartelette, l'enfournait dans sa jolie bouche rose et repartait de son pas dansant, sa petite frimousse maquillée de tons pastel tout animée d'une joie juvénile.

Dès lors, je vis qu'aucune ne revenait de la salle sans son butin, un objet au moins, visiblement volé à la clientèle, et qui pouvait être une montre, une alliance, un portefeuille, un flacon de parfum et même une dent ou une touffe de cheveux. Tous ces objets finissaient invariablement dans le même trou, où elles les jetaient sans les regarder un instant, même s'il s'agissait d'un bijou. Qu'elles pussent dérober des portefeuilles, je parvenais encore à l'imaginer. Mais comment diable parvenaient-elles à subtiliser des éléments aussi intimement liés au corps qu'une dent, des cheveux ou même une alliance?

Je me dirigeais vers la salle pour les voir opérer, quand la brune fatale refit son apparition, suivie de toutes les autres. « Ça y est, il va être temps », disaient-elles avec une effervescence joyeuse. Je n'avais plus d'yeux que pour la brune, qui se dirigeait vers moi. Bon sang! Je n'avais jamais possédé ni seulement vu une femme aussi belle.

— Cher ami, dit-elle, me prenant par le bras, pardonnez ma négligence. J'eusse dû faire les présentations plus tôt... On m'appelle Midi, ou Minuit. Et voici mes sœurs, les Heures.

Les heures

Alors je vis que toutes les filles s'étaient disposées en cercle autour de la table, à intervalles réguliers, exactement comme les heures sur un cadran. Il ne restait qu'un espace, où vint se placer la plus belle, celle qui disait se nommer Midi, ou Minuit, et qui était effectivement la douzième.

— Vous aurez sans doute remarqué, poursuivit la troublante Minuit, que, sous couvert de les servir, nous nous employons sans relâche à dépouiller nos clients. Aussi, tout à la fois pour nous punir et nous récompenser de notre ouvrage, chacune de nous doit, à son heure, être fêtée de la façon suivante : aussitôt que sonne la cloche, l'hôte que nous avons choisi, en l'occurrence vous, doit se placer derrière l'Heure concernée (suivant le nombre de coups) et l'enculer. Je sais, c'est un peu brutal, mais je suis sûre que je peux compter sur vous, non ? ajouta-t-elle en me regardant d'une façon telle qu'il était impossible de lui refuser quoi que ce fût.

Depuis que j'étais entré ici, je n'avais plus aucune idée de l'heure ni du temps écoulé. J'espérai seulement, le cœur battant, qu'il était midi, ou minuit.

Je n'eus pas longtemps à attendre et à rêver. La cloche se mit à sonner, et malheureusement je ne comptai que trois coups. Fidèle à ma mission cependant, je me plaçai aussitôt derrière la troisième Heure, qui, appuyée des deux bras sur la table, avait remonté sa robe jusqu'à la taille et me présentait, les reins cambrés, un cul appétissant, aussi rond que nu. Je regardai Minuit et je défis mon pantalon, que je laissai tomber à mes pieds.

Dès qu'elles virent ma queue dressée, les sœurs entrèrent dans une sorte de transe érotique et se mirent à m'encourager avec les mots les plus grossiers. « Vas-y, encule-la, cette salope ! Fous-la-lui dans son gros cul plein de merde ! N'est-ce pas que nous sommes toutes de belles salopes de voleuses ? Que nous ne méritons que de nous faire défoncer le cul par ta grosse queue ? »

La fille tendait tellement son cul, et elle était tellement excitée, que sa rosette s'était pratiquement ouverte d'elle-même, et que j'y étais entré en deux coups de reins. Maintenant, elle hoquetait de plaisir, en articulant : « Dis-le-moi, dis-le-moi », sans jamais préciser ce qu'elle voulait que je lui dise. Presque face à moi, la petite rousse, qui était la huitième Heure, tirait la langue.

Elle et ses sœurs, autour de la table, avaient toutes retroussé leur robe et, à la queue leu leu, elles s'enculaient l'une l'autre de deux doigts. Je regardai Minuit, qui jouissait sans retenue comme les autres, et je dis doucement : « Salope. » L'Heure que j'enculais poussa un cri de joie. Je le redis, encore et encore, de plus en plus fort, sans cesser de limer la fille, qui bavait maintenant de plaisir et de rage dans une tasse de thé, les mains pleines de crèmes et de gâteaux écrasés.

— Voilà pour toi, sale chienne d'heure, dis-je en lui envoyant un dernier et violent coup de queue.

Et j'éjaculai en riant dans son cul étroit.

J'avais rarement aussi bien joui. « La prochaine fois, pensai-je en me rhabillant, j'essaierai seulement

d'arriver vers midi, ou vers minuit. » Et pendant qu'elles se rajustaient pour reprendre leur service, je sortis par la porte du fond.

Une fois dans le couloir sombre, il me sembla une fois encore entendre deux voix chuchoter mon nom. Je me retournai, mais je ne vis rien, et j'étais encore trop sous le coup de l'émotion que venaient de me donner les Heures pour y accorder davantage d'importance.

J'avançai un moment dans la semi-obscurité, délaissant plusieurs portes sur mon passage. J'avais le sentiment d'être suivi, mais, puisque mes poursuivants ne daignaient pas se montrer, peu m'importait. Tout paraissait décidément possible ici, le pire et le meilleur. Un danger inconnu pouvait bien menacer de poser à tout moment sa main glacée sur mon épaule, les plus folles promesses me tiraient par le bras.

J'étais arrivé au bout du corridor, il y avait une porte à ma droite et une autre à ma gauche, et j'allais pousser l'une d'elles.

PORTE 17,

PORTE 18.

L'ogresse

— Ah, te voilà, mon chou, dit la grosse femme couchée dans le lit.

Les volets étaient tirés, et il faisait presque aussi sombre que dans le couloir. Seuls quelques rais de lumière tombaient sur les draps, gonflés par une énorme masse de chair.

— Allons, ne sois pas timide, continua-t-elle. Approche-toi, que je te voie un peu...

Elle avait une voix grave, qui tout d'un coup pouvait devenir flûtée et mielleuse, quand elle disait : « Mon chou », par exemple, et en général sur la fin des phrases.

Je fis quelques pas vers le lit. Il était couvert de plumes. Une poule se mit à caqueter, d'autres l'imitèrent. Je regardai dans l'ombre autour de moi et je vis que la couche de la femme était installée au beau milieu d'un poulailler.

— N'aie pas peur, mon joli, dit-elle. C'est juste mon garde-manger.

Et elle jeta par terre l'os d'une cuisse de poulet,

qu'elle venait de terminer. Une poule aussitôt
débarqua devant mes pieds, se saisit voracement de
l'os et, la tête levée et le bec ouvert, le fit descendre
lentement dans son gosier, jusqu'à ce qu'elle l'eût
entièrement avalé.

— Viens... Viens me voir..., poursuivait la femme.
Elle tendait vers moi son gros bras blanc. Je
m'approchai encore. Elle avait du bleu sur les
paupières, et de longs cheveux emmêlés, où s'accrochaient des petites plumes et du duvet. Elle me fit
une moue suggestive, ses grosses lèvres tendues en
avant comme pour un baiser. « Elle doit avoir la
bouche comme une ventouse », pensai-je.

— Viens, mon chou, dit-elle encore en dégageant
le drap et en tapotant la place qu'elle me réservait à
côté d'elle.

Je m'assis sur le lit. Son corps faisait comme une
montagne molle, qui bougeait lentement sous le
drap. Elle m'attira vers elle avec des minauderies de
gamine et brusquement sortit un de ses énormes
seins, qu'elle m'enfonça dans la bouche. Je m'y
accrochai des deux mains, pour l'empêcher de
m'étouffer, et me mis à le sucer.

Elle en profita pour se mettre à fourrager dans mon
pantalon. Je sentais ses doigts boudinés soupeser et
apprécier mon anatomie avec une agilité étonnante.
Elle réussit à me déshabiller complètement avec un
minimum de mouvements. Je me mis à tâter son
corps nu. Ce n'était que plis et replis, masses de
graisse sur masses de graisse. On avait envie de s'y
enfoncer et de s'y perdre.

Elle se mit sur le dos, et ce simple changement de position fit comme un raz-de-marée dans le lit. Quand tout fut bien en place, je lui montai dessus et je me frayai un chemin entre les grosses lèvres de sa vulve pour la pénétrer. Elle piaillait de plaisir, réveillant les poules qui se mettaient à voleter et à caqueter. Je la baisai comme on s'oublie, affalé sur cette mer de chair, la tête entre ses seins.

Quand j'en eus terminé, je ne pensai qu'à m'éclipser. Mais elle ne l'entendait pas de cette oreille.

— Oh, mon chou, minaudait-elle, tu m'as si bien fait jouir... Tu m'en donneras bien encore un peu, n'est-ce pas ?

Je bredouillai de vagues excuses, en essayant de récupérer mes vêtements.

— Tu ne vas pas me laisser déjà, commença-t-elle à larmoyer. Une pauvre femme comme moi, qui ne compte que sur les visites qu'on peut lui faire pour prendre un peu de plaisir...

Elle s'était emparée de ma queue et recommençait à la tripoter.

— Oh, tu ne vas pas la ranger comme ça... Elle est encore toute mouillée... Viens... Viens que je te la nettoie... Allons, sois gentil... S'il te plaît... Viens me la fourrer dans la bouche... S'il te plaît... Je ne te ferai aucun mal, tu sais... Au contraire... Et ensuite, tu pourras partir, c'est promis... Je ne te demanderai plus rien... Ah, je sens que tu en as déjà envie... Tu sais que tu seras bien, là, dans ma bouche...

« Heureusement que personne ne me voit », pensai-je. Je l'escaladai à nouveau, cette fois pour m'asseoir sur sa figure.

C'était en tout cas une femme qui tenait ses promesses. Elle pompait et suçait ainsi que je l'avais deviné, comme une ventouse. Elle vous aspirait depuis le plus profond de sa gorge, jusqu'à votre racine, et on eût dit qu'elle allait vous avaler tout entier. En quelques secondes, ma queue était plus raide que si je m'apprêtais à baiser la plus belle fille du monde.

Je lui aurais bien joui dans la bouche, mais le ventre de la grosse garce réclamait encore sa part de plaisir. Au moment où j'allais toucher au but, elle me laissa tomber, m'obligeant à retourner entre ses cuisses.

Là aussi, elle semblait avoir un système de ventouse assez efficace. Je n'eus pas à m'y activer longtemps, et cela suffit à lui donner encore un orgasme, lequel provoqua dans ses chairs une série de soubresauts qui faillit me désarçonner. Je m'accrochai à ses seins, et je jouis en surfant sur ces ondes vibratoires, qui étaient du meilleur effet.

Cette fois, je m'enfuis au plus vite. Je ramassai mes vêtements épars sur le lit et le sol, et je me mis hors de sa portée pour me rhabiller, tandis qu'elle essayait encore de me séduire par mille cajoleries et promesses. Je pris congé d'elle en me gardant à distance, et en lui assurant le plus gentiment possible qu'elle ne tarderait pas à recevoir un autre visiteur.

Une fois dans le couloir, je m'époussetai longuement pour chasser toute trace de plumes ou de duvet
sur mes cheveux et mes vêtements. Puis je poussai
l'une des deux portes suivantes.

 **PORTE 13,**

 **PORTE 20.**

18

La matrone

Je commençais à m'habituer à cet endroit, ce labyrinthe obscur où je me retrouvais chaque fois jeté dans les tourments du désir et de l'angoisse. Car j'aspirais toujours à trouver derrière l'une de ces portes une sensation nouvelle et sans cesse plus satisfaisante, tout en ayant le sentiment d'être poursuivi par une menace invisible, mais qui, j'en étais sûr, finirait par prendre forme.

Déjà je ne croyais plus à la promesse qu'on m'avait faite, de pouvoir réaliser ici tous mes fantasmes. Car si j'étais bien entré au royaume des fantasmes, il était clair que j'y étais gouverné par eux, et non l'inverse. J'étais un jouet entre leurs mains, ils s'amusaient de moi, et tout ce que je pouvais faire, c'était me contenter du plaisir que me donnaient leurs manipulations, en me laissant parfois aller à l'illusion que j'en étais le maître. Au fond, cet endroit ressemblait à la vie.

J'avais à peine poussé la porte que de chaudes effluves de cuisine m'enveloppèrent. Devant un large fourneau à charbon, une femme épaisse et mûre, qui

me tournait le dos, agitait une longue cuillère en bois dans une grande cocotte en fonte. Je refermai la porte derrière moi, toussai un peu pour m'annoncer.

— Vous tombez bien, dit-elle, faisant volte-face. (Et, me tendant sa cuillère en bois :) Goûtez-moi ça.

Je fis quelques pas, tendis le cou, approchai la bouche de la cuillère fumante, qu'elle fourra entre mes lèvres, y déversant une sauce au vin à la fois douceâtre et capiteuse, et dont les sucs continuèrent à se développer sur mon palais bien après que je l'eus avalée.

— Hum ! fis-je simplement, tout en indiquant d'un geste de mes deux mains ouvertes que c'était parfait et qu'il n'y avait rien à ajouter.

— Tant mieux, dit-elle.

Et, s'armant d'un torchon dans chaque main, elle souleva la cocotte de ses deux bras solides et la posa sur la vaste table, recouverte d'une toile cirée à petits carreaux bleus.

— C'est que je dois faire la cuisine pour tout le monde, ici, poursuivit-elle. Et, croyez-moi, c'est une vraie bande d'affamés. Oui, ça, on peut le dire. Ça ne mange pas, ça dévore. De vrais fauves. Si jamais je ne les nourrissais pas assez, ou pas assez bien, ils seraient capables de me bouffer, oui. Vous avez faim ?

Je n'avais pas eu le temps de répondre qu'elle avait déjà disposé pour moi un couvert sur la toile cirée, rempli un verre de vin, découpé une tranche d'un gros pain de campagne, servi une pleine assiette de sa sauce sombre et dense. Puis elle me tendit une chaise en paille à haut dossier, ajoutant familièrement :

La matrone

— Mange, petit, tu ne sais pas qui te mangera...

A vrai dire, tout cela avait l'air fort bon, et je me sentais parfaitement en appétit. Je m'attablai, goûtai le vin, qui était vieux, noir, profond, bouqueté, chambré à point, et entamai le ragoût, quelque chose qui ressemblait à un salmis de chevreuil, ou peut-être de sanglier, avec une viande sans mollesse, au fumet prononcé, et des lamelles de champignons sauvages, le tout si longuement mijoté que le vin de la sauce semblait être retourné, à force de cuisson patiente, à son essence originelle de raisin noir, chaude et sucrée.

La matrone s'était éclipsée quelques instants, pour revenir chargée d'un seau de charbon. Je fis mine de me lever pour l'aider, mais elle m'en dissuada d'un mot, de son habituelle voix forte et joviale. A l'aide d'une tige de fer, elle ouvrit une plaque du fourneau, à l'intérieur duquel je vis rougeoyer les braises. Puis elle y versa le contenu de son seau, une pluie de boulets noirs qui s'entrechoquaient en tombant. Je me resservis du vin et du gibier.

Maintenant elle préparait un laitage, dans une casserole en aluminium. Tout en finissant la sauce dans mon assiette avec le pain au levain, je regardai la femme qui m'avait régalé. C'était une forte femme, et plutôt grasse, mais elle ne manquait pas de féminité. L'empiècement de son tablier de cuisine était tendu sur une poitrine qui paraissait encore ferme, le ventre un peu empâté ne dissimulait pas la marque de la taille, les jambes étaient galbées, et la croupe pouvait être aussi accueillante qu'une paire de bons gros coussins. Quant à son visage, dépourvu

de tout maquillage, il portait l'empreinte d'une beauté naturelle, de celles qui s'ignorent et n'essaient pas de vous en imposer.

Je me resservis encore un verre de vin, regardai tourner dans mon verre ses reflets rouges et sombres. « Cette femme a dû être très belle, pensai-je, quand elle était jeune et fraîche. Mais le poids et les rides ne l'ont pas enlaidie, bien au contraire. Cette femme est belle parce qu'elle est ce qu'elle est, en accord avec elle-même. Et il n'y a sans doute rien de plus apaisant, et de plus attirant. »

J'avais fini de manger et de boire, et je me sentais gagné par une douce torpeur, en même temps que par un désir confus de compléter et de magnifier les plaisirs de la chère par le contentement de la chair.

La matrone, installée dans un large fauteuil à bascule près du fourneau, me regardait en souriant.

— Tu as assez mangé ? dit-elle.

Et je hochai la tête en guise de réponse, car je me sentais soudain extrêmement engourdi.

— Mais tu m'as l'air bien fatigué, poursuivit-elle. Viens me voir, je vais te donner de mon laitage, c'est un excellent remontant.

Mes membres étaient si lourds et si présents, ma tête si embrumée, que j'avais l'impression d'être sous l'emprise d'une drogue à la fois lénifiante et aphrodisiaque. Je me levai avec effort, la rejoignis lentement, comme si chacun de mes pas était un prodige d'équilibre. Dès que je fus à sa portée, elle me prit par le bras et me fit asseoir sur ses genoux.

— Mon pauvre enfant, dit-elle. Elles t'ont fatigué,

n'est-ce pas ? Viens là, mon chéri, je vais te donner quelque chose qui va te soigner.

J'étais si las que je me laissai aller, assis dans la chaleur de ses cuisses, et que je fermai les yeux, une joue sur son sein. Elle faisait balancer doucement le fauteuil, je bandais, mais j'allais tout bonnement m'endormir, si je n'avais soudain réalisé qu'elle était en train de déboutonner ma braguette.

Aussitôt après, de sa main gauche passée derrière mon cou, elle me fourrait un biberon dans la bouche, tandis que de son autre main elle empoignait ma queue et se mettait à la branler tranquillement.

— Tète mon chéri, tète, dit-elle d'une voix douce.
· Et je lui obéis, pour qu'elle ne s'arrête pas de me masturber.

Il y avait dans le biberon un laitage tiède et légèrement sucré, sans doute celui qu'elle venait de préparer. Je me mis à tirer sur la tétine de caoutchouc, à la même cadence où je sentais aller et venir ses doigts potelés resserrés autour de ma queue. La bouillie giclait sur ma langue et sur mon palais, je l'avalais, les yeux fermés, la joue toujours enfouie dans sa poitrine, la main montait et descendait le long de mon membre, le pressait savamment, je me mis à respirer et à téter plus vite et plus fort, et alors elle accéléra aussi son mouvement, en suivant si merveilleusement mon rythme que j'avais l'impression d'avoir mon sexe dans ma bouche, d'être en train de me sucer moi-même, mes lèvres harcelant la tétine comme si elles voulaient en exprimer ma propre substance, sucer branlé, branlé sucer, et le

balancement du fauteuil, branle et suce, j'éjacule, j'extrais les dernières gorgées et j'éjacule, avec des soubresauts dans tout le corps.

Elle laissa encore quelques instants le biberon dans ma bouche, et ma queue dans sa main. Puis me libéra de l'un et de l'autre, quand j'ouvris les yeux. Je vis ses doigts accrochés à mon membre encore gonflé, et qui dégoulinaient de sperme. Elle les retira, je me levai, fis une légère toilette dans l'évier et me rajustai. Elle était en train de se frotter les mains avec mon foutre, comme elle les aurait enduites de crème. « Pour garder la peau douce », dit-elle avec un clin d'œil. Je passai ma main dans ses cheveux, pris ses doigts dans les miens en la regardant dans les yeux, m'inclinai pour lui baiser la main et sortis.

Une fois dehors, je me rendis compte que, pendant tout le temps où j'étais resté dans cette cuisine, je n'avais pas prononcé un mot. Je me sentais maintenant parfaitement bien, détendu, prêt à tout. J'ouvris directement la première porte qui se présentait :

PORTE 26.

19

La rue

Aussitôt que j'eus passé la porte, je me retrouvai dans un autre couloir, mais beaucoup plus large et plus clair. La lumière, naturelle, tombait du plafond, entièrement vitré.

Je levai la tête et compris, avec une vive émotion, que je me trouvais sous un trottoir de grande ville. Mon couloir suivait exactement le tracé de ce trottoir, où je pouvais voir, par transparence, défiler des dizaines de gens. Et parmi ces passants il y avait évidemment des femmes, et parmi ces femmes beaucoup étaient en jupe, et de ma place je voyais tout ce qu'on ne voit jamais dans la rue, tout ce qu'elles cachaient sous leurs jupes.

Je vérifiai d'un coup d'œil si j'étais bien seul dans ce couloir, et je ne pus m'empêcher de pousser un juron de plaisir. Je ne pouvais croire à mon bonheur. Là-haut, il semblait qu'on était au milieu d'un bel après-midi du mois de mai, les gens étaient vêtus légèrement, mais sans arborer la nudité excessive des mois d'été. Comme il arrive toujours en cette période, les femmes étaient apparemment heureuses de pou-

voir se promener en robes légères, après avoir été contraintes pendant des mois aux pantalons et collants opaques de l'hiver.

Je ne savais plus où donner des yeux. Ici arrivait une petite demoiselle en ballerines plates, jupe longue et jambes nues. Je restai un moment à marcher sous elle, à admirer ses mollets fermes, ses cuisses longues, sa culotte de coton blanc.

Puis une femme en talons aiguilles vint à la croiser, et je me détournai pour lui emboîter le pas. Celle-ci avait les jambes très musclées, de cette musculature fine et incisive qu'on voit souvent aux femmes habituées à porter des talons hauts, et qui aboutit, en haut des cuisses, à des rondeurs un peu plus importantes, à cause de la cambrure à laquelle les soumettent de telles chaussures, et qui isole tout le fessier, comme un havre de féminité ondulante, gourmande et paresseuse. Cette femme, de toute évidence, savait depuis toujours marcher sur des escarpins semblables à ceux-ci, en cuir bleu marine, qu'elle faisait claquer au-dessus de moi en cet instant. Cela, je le voyais au balancement à la fois discret et terriblement lascif de son cul rebondi dans sa jupe droite, je le voyais au mouvement de ciseau parfait de ses jambes gainées de bas, de vrais bas en voile, gris, très fins, tout simples, retenus par des jarretelles en soie brochée grise, qui plongeaient dans une culotte en satin bleu pâle. Et cette culotte avait des bords flottants, comme si cette femme voulait, avec ces bas et cette culotte, laisser un accès immédiat à son sexe, comme si cette femme voulait qu'on pût à tout

moment, sans avoir à rien enlever, glisser dans son sexe une main, une bouche ou un sexe, comme si toute la vie de cette femme était là, toute sa vérité, qu'elle ne voulait cependant pas dévoiler complètement nue, mais magnifiée, exposée et protégée comme un trésor dans son écrin, puisque là étaient son trésor et son secret, là, dans ce buisson noir et cette chair rose vif que parfois, par l'entrebâillement de la culotte, je parvenais à deviner.

Voir une femme en dessous aussi érotiques est toujours émouvant. Mais la regarder du point de vue exceptionnel qui m'était accordé était presque insoutenable. Ma queue se tendait si fort dans mon pantalon que je fus obligé de la libérer. Je continuai à marcher sous la femme aux bas gris, les yeux rivés entre ses jambes, le souffle court et la queue à l'air, mais sans me toucher, car je me promettais de trouver un moyen de la prendre, plutôt que de me masturber. Mon gland était déjà humide, et il m'aurait suffi d'un geste pour me faire jouir, mais j'avais envie de prolonger le plus possible cet état d'excitation presque insupportable, qui donnait une valeur inouïe au spectacle qui m'était offert.

Il vint un moment où la femme s'arrêta sur le bord du trottoir et attendit. J'eus alors tout le loisir d'observer passionnément ses attaches, le cou-de-pied où le bas plissait finement, et, en remontant le long de ses jambes, de me perdre entre ses cuisses, dans son intimité ombreuse, depuis le ruban de la jarretelle contre le bas, jusqu'au fond étroit et lâche

de la culotte délicate. Puis elle dut traverser la rue, et, comme mon champ de vision se limitait au trottoir, je la perdis de vue.

Mon premier mouvement fut de vouloir la suivre, et je me mis à examiner et tâter furieusement le mur de mon couloir dans l'espoir d'y trouver une brèche, une issue quelconque, un escalier, qui me permettrait de la rejoindre. Mais le mur était désespérément clos. Je lui balançai un coup de poing, et je relevai la tête vers le plafond vitré, où les allées et venues me firent oublier ma déception.

Des dizaines de filles et de femmes se promenaient sur ce trottoir, et il était impossible de les suivre toutes. Je restais quelques instants sous la jupe de l'une, entre les cuisses de l'autre, et ainsi de suite, sans vraiment choisir, au hasard du passage. J'étais comme un petit enfant, ou comme un chien, tout fou, bavant de joie, émerveillé ici par un slip brésilien en dentelle rouge tendu sur des fesses brunes et musclées et une chatte entièrement épilée, là par des Dim Up blancs et une culotte à fleurs sous une jupe plissée, ailleurs par une touffe de poils noirs dépassant d'un trop petit slip rose en nylon, dont les élastiques s'enfonçaient dans une chair blanche et grasse, ou bien par des collants résille moulés sur des cuisses plantureuses et portés sans culotte avec des bottes et une robe en daim, ou encore par des socquettes blanches et une culotte Petit Bateau sous un ensemble en coton de style marin...

Je parcourus sans doute ainsi plusieurs dizaines de mètres, queue raide et langue pendante, à la pour-

suite du diamant noir de ces dames et de ces demoiselles. Je me retrouvai au coin de la rue, et c'est là que j'arrêtai ma chasse. Une superbe créature à longue chevelure blonde, moulée dans une petite robe blanche, jambes nues, était postée au bord du trottoir, immobile, bras croisés sous la poitrine, une jambe écartée sur le côté, pour reposer sur l'autre. Et j'étais le seul à savoir que cette blonde sculpturale, que tous les hommes, et même toutes les femmes, détaillaient sur leur passage, ne devait la couleur dorée de ses cheveux qu'à son coiffeur. Car, quoique sa robe fût très courte, et peut-être parce qu'en même temps elle était très ajustée sur son petit derrière, elle ne portait pas de culotte. Et son buisson, très étroit et très soigneusement épilé, était la petite chose la plus charmante qu'il me fût possible de contempler en ce bas monde.

Je me couchai sur le dos, exactement sous elle, pour admirer la longueur de ses jambes parfaites et la fraîcheur dodue de sa chatte rose pâle, assez ouverte pour me laisser voir son joli bouton, un peu brillant, et la trouée plus sombre de la fente, vers laquelle ma queue se dressait d'elle-même. Cette fois, je ne pus m'empêcher de me donner ce que tout mon corps me réclamait, la délivrance du plaisir. Autour d'elle, les gens allaient et venaient, ignorants de cette merveille libre sous sa robe, cachée seulement par quelques centimètres de tissu blanc, ce con exquis entièrement offert à mon regard et pour lequel je me branlais à son insu, à l'insu de tous, et, quand elle se déhancha pour changer de jambe et consulter sa montre, elle

ouvrit aussi les fesses, un instant elle me montra aussi
malgré elle son petit trou de cul, et la vallée entière
nichée au plus profond de sa motte de salope, et alors
j'envoyai tout, le foutre partit en l'air, vers elle,
comme une fontaine, par jets brillants dans la
lumière qui tombait du plafond de verre, qui tombait
juste d'entre les jambes de cette fille.

Presque aussitôt après, je la vis sourire et faire un
geste de la main. Un grand garçon athlétique, de
type moyen-oriental, en baskets, jean et tee-shirt, la
rejoignit et l'enlaça. Ils s'embrassèrent, collés l'un
contre l'autre. Elle avait refermé ses jambes, mais elle
mettait tant de ferveur dans ce baiser que j'étais sûr
qu'elle mouillait, maintenant. Il passa une main sur
ses fesses, rapidement à cause du monde qui les
entourait, puis l'entraîna dans le premier immeuble.

Au même niveau, dans mon couloir, se trouvait
une porte. Je la poussai sans réfléchir. Ces deux-là
avaient un furieux désir de faire l'amour, et je ne
voulais pas manquer ça. D'une manière ou d'une
autre, j'allais me débrouiller pour les retrouver.

PORTE 21.

20

Le fourreau

Une jeune fille devant sa glace était en train d'essayer une robe de soirée, un fourreau rouge qui moulait joliment ses courbes. Je gardai la porte entrouverte et la main sur la poignée, prêt à partir, craignant d'être indiscret.

— Vous êtes très belle, dis-je tout de même.

Elle se retourna vers moi, et ne parut nullement gênée par mon intrusion.

— Vous trouvez ? fit-elle avec une moue dubitative.

Apparemment, elle n'était pas du même avis. J'entrai dans la chambre et refermai la porte derrière moi.

— Mais oui. Vous êtes très, très belle, insistai-je en souriant.

— Eh bien, moi, je ne trouve pas. Regardez ça. Ça me colle partout. C'est ridicule, et indécent.

— Quand on a la chance d'avoir un corps comme le vôtre, rien n'est ridicule. Et cette robe est très élégante.

— Tu parles d'un déguisement ! J'aimerais bien

mieux être habillée comme vous, tiens! Vous, les hommes, on ne vous oblige pas à mettre des trucs pareils... Pourtant, vous avez l'air d'avoir un corps plutôt montrable, vous aussi..., ajouta-t-elle malicieusement.

— Vous voulez le voir?

— Oh, c'est malin... Vous allez pas le croire... Imaginez-vous que c'est ma grande sœur qui m'a fait acheter ça, pour sa foutue soirée... Et c'est pas tout... Regardez...

Relevant sa robe, elle me montra sa cuisse, gainée d'un bas noir attaché par une jarretelle.

—. Mais... C'est très joli, dis-je.

C'était tout ce que je trouvais à dire, comme un idiot.

— Ah oui, très joli. Ça plaît aux mecs, ça, hein? Dis, si je te demandais une petite faveur, tu accepterais?

— Avec plaisir. Qu'est-ce que tu veux?

— Promets, d'abord.

— Promis.

— Alors voilà. Tu veux bien me prêter tes fringues? Juste pour un petit moment...

— Pour quoi faire?

— Tu avais promis...

— Pas de problème...

Je commençai à me déshabiller, et, ce qui m'encouragea, elle en fit autant. Belle fille, vraiment. Allez savoir pourquoi elle s'était mis en tête de passer sur ce corps ravissant des vêtements d'homme trop grands pour elle...

Une fois en chemise et pantalon, elle se regarda dans la glace avec un large sourire.

— Comment me trouves-tu ? dit-elle, ravie.

— Pas mal, mais...

— Non mais, imagine que je suis un garçon. Si j'étais un garçon, comment me trouverais-tu ?

— Moi, tu sais, j'ai plus l'habitude de regarder les filles que les garçons...

— Bon. Imagine que tu serais une fille, et moi un garçon, et que tu me regarderais. Comment tu me trouverais ?

— Très bien, dis-je pour en finir. Je te trouverais très bien.

— Oh, j'aurais tant aimé être un garçon. Juste une fois, au moins. Évidemment, il me manque quelque chose, dit-elle en regardant mon sexe avec le plus grand naturel.

— Évidemment, fis-je. Mais je peux te prêter cette chose, si tu veux...

— Oh, c'est vrai ? Tu ferais ça ?

Elle avait tout l'air d'être en train de mettre au point un plan qui lui faisait monter le rose aux joues. Elle prit son courage à deux mains et me l'exposa :

— Et... Ça t'embêterait de t'habiller un peu... Je veux dire... Moi, j'ai mis tes habits, alors peut-être... Peut-être tu pourrais mettre les miens... Comme ça, on pourrait vraiment jouer...

— Mais je ne rentrerai jamais là-dedans !

— Oh, mais si ! C'est extensible ! Laisse-moi faire ! Génial, génial, génial !

Elle réussit à me passer sa robe, puis la releva pour

m'enfiler aussi les bas et le porte-jarretelles. Sa joie faisait plaisir à voir.

— Regarde comme tu es belle! dit-elle en me poussant devant la glace.

La robe me moulait encore plus qu'elle, et finalement — c'était vrai — je n'étais pas mal du tout.

— Je risque d'abîmer tes bas, remarquai-je.

— T'inquiète pas, j'en ai une autre paire. Allez, maintenant, mettons-nous sur le lit. Moi, je fais le garçon, d'accord?

Elle me fit coucher sur le dos, robe relevée, jambes écartées. Elle enleva son pantalon et vint s'asseoir sur mes couilles, de façon que ma queue semblât partir de son sexe à elle.

— Tu as vu cette grosse bite que j'ai? dit-elle en s'amusant à la toucher et à la manipuler. Tu la veux, ma grosse bite? Je vais te la mettre...

Elle se pénétra elle-même avec ma queue, et commença à me chevaucher, en relevant ma robe pour me caresser les seins. Elle m'attendit pour jouir et, quand elle sentit que j'étais prêt, alors elle libéra aussi son plaisir en disant, avec des coups de reins suggestifs : « Tiens, prends ça...! »

Ensuite, elle m'offrit une cigarette, et nous fumâmes tranquillement dans le lit.

— Alors, comment j'étais? dit-elle. Comme mec, comment j'étais?

— Vous étiez parfaite, miss... Et moi, en fille?

— Bof... La prochaine fois, j'essaierai avec une vraie fille...

Elle regarda l'heure et se rendit compte qu'elle

Le fourreau

était en retard. Je repris mes vêtements de garçon, comme elle disait, et je la quittai en lui souhaitant bien du plaisir, pour la prochaine fois.

« Cette petite devrait être intéressante, quand elle aura un peu grandi », pensai-je. Et je m'en allai dans le couloir, le sourire aux lèvres. Les ombres habituelles me suivirent, jusqu'au moment où je poussai une porte.

PORTE 23.

dant que je regardais sur ma droite, il se produisit sur ma gauche un bruit de pas furtif. Je fis aussitôt volte-face, mais déjà tout était rentré dans le silence. Je restai encore un moment à attendre une nouvelle manifestation de mes mystérieux poursuivants, mais ils avaient bel et bien disparu.

« Tu vas trouver une femme, peut-être la Femme », me répétais-je pour me donner de l'allant. Car je me sentais soudain gagné par une sorte d'abattement. « Tu n'aurais pas dû te masturber, me dis-je. Maintenant le désir est moins fort, et le plaisir, une fois obtenu, paraît avoir été un but bien déri-soire. » Je m'étais si souvent masturbé dans mon adolescence. A ce moment-là, c'était une curiosité, une découverte perpétuellement renouvelée, je ne risquais pas de m'en lasser. Mais pourquoi le faire encore aujourd'hui, parfois même quand je pouvais sans problème obtenir mon plaisir d'une femme ? Parce que ce n'était pas la même chose. Parce que j'avais encore besoin, de temps en temps, de cette sorte de plaisir différent, le plaisir solitaire, qui ne ressemble à nul autre, pas même à celui qu'on peut obtenir en se faisant masturber par quelqu'un d'au-tre. Tout le secret, tout l'attrait de ce plaisir-là résidait dans ce mot : solitaire. Et c'est pourquoi c'était un plaisir aigu, et qui me laissait vidé, avec pour seule envie celle de tout oublier, ou de tout recommencer, ce qui est une manière d'oublier.

J'étais entré dans un salon élégant, qui aurait pu être celui d'un grand hôtel. Un paquet de cigarettes et une boîte d'allumettes traînaient sur la table basse.

J'en pris une, l'allumai, et m'assis dans un fauteuil, en fumant tranquillement. C'est alors que je vis entrer le grand type basané de tout à l'heure, celui qui avait embrassé la blonde sur le trottoir et l'avait emmenée avec lui.

Il s'avança vers moi, se présenta, me serra la main et demanda la permission de s'asseoir quelques instants à côté de moi, demande à laquelle j'accédai sans manières, comme il l'avait formulée.

Quoique je fusse insensible aux charmes masculins, je dus reconnaître que c'était un très bel homme, viril, séduisant, raffiné sans excès, et d'un abord sans doute aussi sympathique pour les hommes que pour les femmes. Il me considéra quelques secondes d'un air mi-embarrassé, mi-amusé, et dit :

— J'ai un service à vous demander.

Sur ce, il sortit sans plus attendre une photo de sa poche, et me la tendit en ajoutant :

— Comment trouvez-vous cette femme ?

Il s'agissait d'un polaroïd de la blonde sculpturale de la rue. Elle avait été prise debout, et entièrement nue, dans une chambre d'hôtel.

— Félicitations, fis-je. Elle est très belle.

— N'est-ce pas ? dit-il.

J'avais dû avoir malgré moi un profond accent de sincérité, et même de désir, car il paraissait ravi.

— Alors voilà, poursuivit-il. Je serai très direct : accepteriez-vous de venir la baiser avec moi ? Avant que vous ne me donniez votre réponse, je tiens à vous préciser que ce serait évidemment autant pour son plaisir que pour le nôtre. Voyez-vous, il y a long-

temps que nous sommes amants. Et de temps en temps, nous avons besoin de ces moments d'intimité à trois, qui nous comblent différemment de ce que nous pouvons d'ordinaire nous apporter l'un à l'autre. Quand nous choisissons de nous aimer avec une autre femme, c'est elle qui nous la ramène. Et quand nous ressentons le besoin d'un homme, eh bien, c'est moi qui suis chargé du recrutement...

Il se tut un instant, et ajouta, comme un dernier argument :

— Je crois que vous lui plairez...

Je regardai encore une fois la photo et me levai en disant simplement :

— Alors, ce sera réciproque.

Il se leva à son tour, souriant, et, après m'avoir donné une accolade fraternelle, il m'entraîna au fond du salon, où il me fit passer derrière une tenture.

Je reconnus la chambre de la photo. La blonde était là, debout près de la fenêtre, nue. Son corps était encore plus splendide que je ne l'avais imaginé. Elle vint vers nous et, me regardant, elle dit : « Merci », sans que je pusse comprendre si ce remerciement s'adressait directement à moi, ou à son amant, qui lui avait amené un deuxième mâle. Elle nous prit tous les deux par la main et nous entraîna vers le lit.

— Voici ce que je te propose, dit mon camarade. D'abord, nous allons te demander de bien vouloir nous accorder les services dont nous avons besoin. Ensuite, si tu le veux, notre amie sera à ton entière disposition pour réaliser ton vœu le plus cher. Ça marche ?

Avant de m'engager par une quelconque promesse, je leur demandai ce qu'ils attendaient de moi.
Il apparut qu'il voulait faire profiter son amie des
joies du 69, sans avoir, pour une fois, le souci de lui
procurer lui-même l'orgasme, ce qui gâchait toujours
un peu sa concentration pour prendre son propre
plaisir. Alors qu'elle, en revanche, adorait jouir la
bouche pleine. Il s'agissait donc pour moi, comme
entrée en matière, tandis que la belle se régalerait de
la queue de son amant, de brouter son ravissant
minou. Je l'avais suffisamment admiré, alors que je
me trouvais hors de sa portée, pour être maintenant
alléché par la perspective de lui rendre hommage.

On se déshabilla et on se mit en place, elle couchée
sur le dos au milieu du lit, cuisses grandes ouvertes,
lui accroupi sur son visage. Elle ouvrit la bouche
pour enfourner l'imposant membre brun de son
amant, déjà légèrement bandant, et je plongeai entre
ses jambes, où je me mis à lécher de bon cœur la
délicieuse chatte, rose et luisante. Elle avait une
odeur de miel de bruyère, un goût de sucre d'orge, et
elle savait parfaitement s'y prendre pour guider ma
langue là où elle la voulait : tantôt tout autour du
clitoris, tantôt sur le bord des lèvres, puis tout à
l'intérieur de son sexe. Bientôt elle commença à se
cabrer violemment, et elle jouit avec des bruits
feutrés, à cause de la queue qui encombrait sa
bouche, et en inondant mon visage.

Quand je relevai la tête, je vis que son amant avait
atteint l'orgasme en même temps qu'elle, puisqu'il
retirait son membre de ses lèvres, et qu'elle y passait

la langue pour déguster les dernières gouttes de sperme. Nous avions donc rempli notre mission, et tout le monde se congratula.

Mon camarade, qui bandait de nouveau avec une belle vigueur, m'expliqua que sa maîtresse n'acceptait d'être sodomisée que par lui, mais seulement à une certaine condition, à savoir quand elle pouvait, en même temps, être prise par-devant. Car c'était le seul moyen pour elle de jouir de la sodomie, et il était hors de question qu'elle se donnât sans jouir. Mon rôle consistait donc cette fois, si je l'acceptais, à enconner la maîtresse de mon ami, pendant qu'il l'enculerait.

Une nouvelle fois, on se mit en place, chacun couché sur un côté, elle entre nous deux. Elle me branla un peu, tandis qu'il lui massait la rosette avec un tube de lubrifiant. Puis, d'un signe, nous nous entendîmes pour la pénétrer en même temps.

Nous commençâmes à la combler de coups de reins, en suivant les mêmes cadences. Je sentais sa grosse bite frapper dans la fille en même temps que la mienne, juste de l'autre côté de la paroi. Nous nous accordions, toujours d'un simple signe de la tête, pour changer de rythme, la faire gémir et hurler de plaisir. Quand nous estimâmes l'avoir bien épuisée, nous décidâmes de jouir à notre tour, ensemble. Tous deux agrippés aux hanches de la fille, nous nous mîmes à la fourrer sans plus aucune retenue, et sans plus nous soucier de ses réactions. Je regardais les traits de mon complice pour y déceler les premiers symptômes de l'orgasme, qu'il guettait aussi sur mon

visage. Nous sentîmes en même temps notre souffle se raccourcir, et nous jetâmes ensemble tout notre foutre dans le corps de la fille entièrement réduit à notre merci.

Après quoi, nous nous tapâmes sur l'épaule comme deux vieux amis, nous embrassâmes ensemble la fille sur la bouche, et nous prîmes un peu de repos. Quand la blonde, quelques instants plus tard, me demanda si elle pouvait faire quelque chose pour moi, je m'assis au bord du lit, la fis mettre à genoux sur le tapis et la priai de me sucer.

Elle s'y mit avec application. Voyant que son amant s'était remis à bander, je pris pitié de lui et demandai à la fille de s'occuper aussi de son cas. Elle fit de son mieux pour sucer les deux bites à la fois et, en s'aidant de ses mains, finit par nous faire éclabousser, gland contre gland, sur tout son visage.

J'estimai avoir fait assez ample connaissance avec eux, et je les quittai, tout aussi cordialement que je les avais rencontrés. En sortant, par le fond de la chambre, je me retrouvai dans un nouveau corridor, désert et sombre comme les précédents. Comme je n'avais pas envie de tenir compagnie aux ombres funestes qui me poursuivaient toujours dans ces couloirs, je me décidai rapidement à pousser l'une des deux portes qui se présentaient.

PORTE 24,

PORTE 27.

22

La Noire

Je commençais à me dire que j'étais idiot de rester ici, même si j'y étais en excellente compagnie. Après tout, il y avait sûrement, derrière les portes de ce couloir que j'avais quitté, bien d'autres aventures à vivre, bien d'autres rencontres à faire. A commencer par cette femme qui me cherchait, et que je risquais de ne pas trouver si je restais enfermé dans cette chambre.

Mais j'étais comme englué dans un désir de sexe, ces deux femmes et leur ami sentaient le sexe, avec eux tout semblait permis, et j'avais l'impression qu'ils pouvaient me donner bien davantage encore, des choses auxquelles je ne pensais même pas. Car ils semblaient dotés d'une expérience, d'une liberté et d'une imagination infinies, avec lesquelles ils feraient reculer mes propres limites, et qui pourraient éveiller la foule des appétits puissants et inconnus que je sentais en moi. Je me trouvais avec eux dans une intimité obscène et malsaine, où j'avais envie de me vautrer jusqu'au bout.

Je me couchai sur le lit, en compagnie d'Aurélie et

de Joseph, le Noir. Anna était sortie. Nous nous assoupîmes, dans les bras les uns des autres. Au bout d'un moment, tout en rêvassant mollement, nous commençâmes à nous livrer tous les trois à tous les attouchements dont il nous prenait la fantaisie, tâtant et soupesant nos chairs mêlées, comme se flairent des animaux curieux de se reconnaître. Aurélie, qui semblait, dans son délire sensuel, être revenue à l'état de nourrisson, s'accrochait indifféremment à Joseph ou à moi, suçait nos tétons, ou n'importe quel morceau de nos chairs à portée de sa bouche.

— C'est une bonne suceuse, dit Joseph en riant. Tu verras, poursuivit-il, quand tu la connaîtras mieux, tu en seras très content. Elle est un peu molle, et n'aime rien tant que de se faire gouiner par Anna, mais on peut lui faire, et lui faire faire, absolument n'importe quoi. La seule chose qu'on ne peut pas lui demander, c'est de prendre une initiative. N'est-ce pas que tu es complètement idiote, ma grosse ?

Aurélie ne réagit pas. Peut-être n'avait-elle même pas entendu. J'avais profité de sa frénésie suceuse pour lui fourrer ma bite dans la bouche, et elle la tétait, les yeux fermés, comme perdue dans son monde.

— Ne t'en fais pas, tu es une bonne fille, va, continua Joseph. (Puis, s'adressant à moi :) Tu la lui as déjà mise entre les seins ?

— Oui.

— Ah, délicieux, n'est-ce pas ?

Et il posa sa bite sur la poitrine d'Aurélie, grande barre noire autour de laquelle il pressa les deux gros globes blancs, qu'il se mit à faire aller et venir.

— L'ennui, avec une femme comme ça, reprit Joseph, c'est qu'une fois que tu t'en es servi tu as envie de la jeter. Grave erreur. Il faut bien la garder, au contraire. On n'imagine pas le nombre de fois où on est content de l'avoir sous la main, ou de pouvoir la prêter à des amis. Ne sois pas choqué, elle est la première à aimer qu'on se serve d'elle, à aimer se sentir un objet utile. Et puis c'est qu'elle a du goût pour ça... Elle ne te suce pas bien ?

— Si.

— Tu vois. Et encore, elle fait exprès de faire durer le plaisir... Je parle de son plaisir à elle. Regarde.

Lâchant un de ses seins, il avait plongé deux doigts dans sa chatte, d'un geste rapide, et les exhibait maintenant sous mon nez. Ils étaient trempés.

Sous l'effet de surprise, Aurélie avait bien failli me mordre. Je commençais à me sentir dans un drôle d'état, d'une part parce que la façon un peu grossière dont Joseph parlait d'Aurélie me mettait mal à l'aise et, d'autre part, parce que je voyais bien qu'il avait raison, qu'on aurait tort de ne pas se servir de cette fille comme on en avait envie. Et l'envie qui me prenait maintenant, c'était de la sodomiser.

L'autre était toujours en train de se branler entre ses seins, et je me dis qu'il serait peut-être plus poli d'attendre qu'il en eût terminé. D'ailleurs, il commençait à s'exciter, et elle aussi, qui me pompait ardemment, avec des grognements de joie. Je vis qu'il était sur le point d'inonder sa gorge et je craignis de ne pouvoir me retenir plus longtemps, pour l'autre

réceptable que je m'étais fixé. « Peu importe, me dis-je en une seconde. Je l'enculerai après, puisque cette pouffiasse est là pour ça. » Et je m'apprêtai à tout lâcher, en même temps que Joseph.

Mais nous n'eûmes ni l'un ni l'autre le temps de nous satisfaire.

— Qu'est-ce que c'est que ça ? entendit-on.

Et aussitôt, Aurélie lâcha ma queue, se dégagea de l'étreinte de Joseph et accourut auprès d'Anna, qui venait d'entrer. Joseph et moi restâmes sur le lit, médusés.

Anna était extrêmement belle, et impressionnante. Son corps d'ébène était sanglé dans un harnais en peau, une peau pâle et fine, tendue sur sa peau noire comme sur un tambour, si moulante qu'on eût dit qu'il s'agissait de l'envers de sa propre peau, comme si, à supposer que l'envers de sa peau fût blanc, on l'eût écorchée, retournée, puis recousue à même sa chair, partout où se découpait son costume.

Car tout ce qu'elle portait était taillé dans cette peau : les gants, longs jusqu'au-dessus du coude, le corset, étroitement serré autour de la taille et prenant les seins jusque sous le mamelon, le slip minuscule, qui épousait de si près sa fente qu'elle en était horriblement plus obscène que nue, et même les cuissardes, dont le talon vertigineux se terminait par une grosse vis en acier. Ces bottes, aussi ajustées sur ses jambes que des bas, montaient jusqu'en haut des cuisses, où elles étaient rattachées au corset par des jarretelles également

en peau, mais en peau non rasée, encore couverte
d'un poil dru, brun-gris, semblable à du poil de
chien.

Pourtant, le plus saisissant et le plus glaçant
dans la tenue d'Anna n'était pas là, mais dans les
objets qui lui faisaient office de coiffure et de
ceinture. Elle avait accroché sur sa tête, après avoir
tiré en arrière la masse abondante de ses cheveux,
qui déferlaient dans son dos, une tête de hyène
empaillée, gueule ouverte et babines retroussées sur
des crocs jaunes, à laquelle il ne manquait plus que
d'aboyer pour être définitivement criante de vérité.
Quant à sa taille, elle y avait noué une cordelette
de chanvre, dont les deux extrémités tombaient sur
son entrejambes, et où était accrochée une paire de
ciseaux, la pointe en bas, comme un sexe d'homme,
avec les deux petits testicules et le pénis en acier,
qui pendait sous son sexe de femme moulé dans la
peau.

Anna se tenait immobile, royale, jambes un peu
écartées comme sur le pont d'un bateau par légère
houle, dans une attitude de domination évidente.

— Ne vous ai-je pas interdit de jouir sans moi ?
prononça-t-elle, d'une voix où la suavité le dispu-
tait à la méchanceté.

— Oui, maîtresse, répondirent aussitôt en chœur
Aurélie, prosternée à ses pieds, et Joseph, réfugié
craintivement au bout du lit.

Anna planta ses yeux dans les miens, et je supposai qu'elle attendait ma réponse. Je regardai les
deux autres et je me dis que, si c'était un jeu, ils

avaient l'air d'en respecter les règles avec sérieux, et je ne devais pas jouer les trouble-fête.

— Oui, dis-je.

— Oui qui ?

Elle n'avait pas l'air de plaisanter, elle non plus.

— Oui, maîtresse.

J'avais dit « maîtresse » seulement pour faire comme les deux autres, mais, dès que j'articulai ce mot, je me sentis devenir soudain infiniment fragile. Et, me sentant devenu fragile, il me vint un désir aigu de l'être davantage encore, et d'obéir, et de me soumettre, corps et âme, à celle qui, par la magie d'un mot, était effectivement devenue ma maîtresse.

— Au pied, maintenant, dit-elle.

Je me jetai par terre et je la rejoignis, moitié rampant moitié à quatre pattes, comme un chien apeuré. Joseph avait suivi le même chemin que moi. Nos queues, toujours bandantes et mouillées sur le bout, en traînant sur le verre, y avaient laissé comme deux traces d'escargots.

— C'est bien, vous êtes gentils, dit Anna.

Et, ouvrant sa main où elle avait caché trois sucres, elle nous les distribua.

Mais, pendant que nous croquions nos morceaux de sucre, elle fit perfidement crisser la vis en acier de ses cuissardes sur le sol vitré. Ce fut aussi douloureux que si elle nous l'enfonçait dans les dents jusqu'aux nerfs, et nous nous mîmes à gémir en nous tenant la bouche. Après quoi, elle s'éloigna quelques secondes, nous laissant à notre souffrance,

et revint avec des cordelettes, à l'aide desquelles elle nous lia les mains dans le dos.

— Vous étiez sur le point de jouir, n'est-ce pas ?

— Oui, maîtresse, répondîmes-nous en chœur.

— Et je suis là pour vous faire jouir, c'est ce que vous pensez, n'est-ce pas ?

— Oui, maîtresse, répondîmes-nous encore, plus soumis et plus fébriles que jamais.

— C'est bien ça, c'est ce que tout le monde pense toujours : la Noire fait jouir le Noir, qui fait jouir la Blanche, qui fait jouir le Blanc. En haut de l'échelle, on jouit à tous les coups, en bas jamais, comme il se doit... Eh bien, vous allez me montrer si vous savez vraiment jouir, vous, les plus ou moins privilégiés sur les montants de l'échelle...

« Toi, Aurélie, parce que tu te crois obligée, pour jouir, de te déguiser en salope ou en victime frigide, parce que tu as peur du regard des hommes, parce que tu les détestes de te regarder ou de ne pas te regarder, parce que la compagnie des femmes ne t'est qu'un refuge, je te condamne à jouir sans homme ni femme, avec ce seul barreau de chaise, totalement dépourvu d'yeux.

« Toi, Joseph, parce que tu prends la femme blanche pour une pute, et la femme noire pour une pute qu'il faut empêcher de devenir pute en l'épousant, parce que tu as peur de toutes les femmes, je te condamne à jouir sur ce petit ours en peluche, qui ne devrait pas trop t'effrayer.

« Et toi, poursuivit-elle en s'adressant à moi, parce que tu crois que la femme noire et l'homme noir sont

sexuellement supérieurs à la femme blanche et à l'homme blanc, parce qu'avec eux le sexe te paraît plus libre car plus proche de celui de l'animal, parce que tu crois que la femme blanche n'aime le sexe que si elle est une salope, je te condamne à te vider dans cette chaussette, où tu jouiras selon ton habitude, comme un pied.

Sur ce, elle amena une chaise à Aurélie, une peluche à Joseph, et à moi une chaussette, que dans sa bonté sévère elle eut l'obligeance de passer autour de ma bite, et nous ordonna de nous exécuter.

Je regardai les grands ciseaux se balancer entre ses jambes, et j'eus très peur de ce qu'elle pourrait en faire si je ne lui obéissais pas. Nous commençâmes à nous escrimer, tous les trois, Aurélie sur le barreau de sa chaise, Joseph sur son nounours, moi dans ma chaussette. Tout à l'heure, il eût suffi d'un simple attouchement pour nous faire jouir, mais maintenant nous avions les mains liées dans le dos, et, même en essayant d'échauffer nos imaginations et en nous frottant de notre mieux sur l'objet qui nous avait été imparti, rien ne venait, qu'une irritation de plus en plus douloureuse.

Anna s'était éclipsée, en précisant qu'elle allait revenir et qu'elle comptait sur nous. Elle revint en effet, au bout d'un long moment. Fraîche et jolie comme un cœur, drapée dans un boubou coloré, elle tenait dans ses bras un bébé, une toute petite fille qui mangeait une banane en riant.

— Ah, vous êtes encore là ? lança-t-elle d'un air désinvolte. Eh bien, moi j'ai à faire, je vous laisse...

Et elle allait sortir. Nous protestâmes vivement que nous étions attachés et que nous aimerions bien être libérés, maintenant.

— Attachés ? dit-elle, en pouffant de rire.

Son bébé, tout joyeux, se mit à rire encore. Et elle nous abandonna.

Nous prîmes la peine de remuer un peu nos poignets, d'où les cordelettes, très lâches, tombèrent d'elles-mêmes. Nous n'avions pas joui, mais nous n'en avions plus envie. Je me rhabillai, quittai la pièce sans saluer personne.

Je marchai longtemps, seul dans le couloir sombre, où j'avais l'impression d'être harcelé par des ombres, qui allaient parfois jusqu'à m'appeler par mon nom, mais qui disparaissaient toujours au moment où je me retournais pour essayer de les voir. Je m'arrêtai, tout seul dans le noir, pour les injurier, avec des cris et des gestes de rage. J'en avais plus qu'assez, de ces ombres. Finalement je poussai une porte, au hasard.

PORTE 16.

23

La sorcière

C'était une vieille cabane sombre et crasseuse, encombrée de tout un fouillis de fagots de bois et de pots en terre. Sur le feu, dans la cheminée, quelque chose bouillonnait bruyamment dans un chaudron.

· D'abord, je crus qu'il n'y avait personne, mais, aussitôt que je fus entré, j'entendis derrière moi le bruit d'un verrou qu'on refermait. Je me retournai.

Une vieille femme courbée, en hardes noires, se tenait près de la porte, une clé à la main, et me regardait d'un air méchant. Je me mis à rire.

— Seriez-vous en train d'essayer de m'enfermer ? lui dis-je.

Ses petits yeux de rapace me fixèrent sans ciller, et elle fourra la clé dans la poche de son tablier. Puis elle passa devant moi et alla touiller ce qui mijotait dans son chaudron, à l'aide d'une grande louche en fer. Finalement, je me dispensai de lui faire remarquer qu'il m'eût suffi d'un coup de pied pour ouvrir sa porte en bois pourri, ou encore de serrer juste un peu ma main autour de son bras pour lui briser les os.

— Je sais ce que vous pensez, dit alors la vieille

d'une voix étonnamment claire. Je ne suis pas folle. Que vous le vouliez ou non, vous êtes enfermé ici avec moi jusqu'à ce que je veuille bien vous libérer.

— Ah oui ? dis-je.

Je ris encore, et j'allai m'asseoir sur le banc, auprès du feu.

— Je plaisante, bien sûr, reprit la vieille. Je ferme à clé parce que, sinon, la porte s'ouvre tout le temps. Avec ces courants d'air qui circulent partout dans les couloirs... Vous avez remarqué ces courants d'air ?

Maintenant, elle était presque cordiale. En trottinant, elle alla chercher deux gobelets, qu'elle remplit d'un liquide épais.

— Liqueur maison, dit-elle en m'en tendant un verre. J'espère que vous l'aimerez...

Et elle but le sien, cul sec. Je l'imitai. Sa liqueur avait un goût fortement épicé, que je ne sus pas identifier. Les petits yeux de la vieille se mirent à briller, et elle eut un sourire édenté.

— Maintenant, vous êtes enfermé, dit-elle.

— Encore ? C'est une obsession ! Et puis-je savoir ce qui me vaut l'honneur d'être séquestré par...

Un soudain malaise, doublé d'une subite et incompréhensible érection, m'empêcha de terminer ma phrase.

— Oui, dit la vieille. Bien sûr que vous allez le savoir. Je veux votre sperme.

Je l'entendis à peine. Je baissais fébrilement mon pantalon. Mes couilles et ma bite me faisaient trop mal, il fallait absolument que je me soulage.

— Qu'est-ce que vous avez foutu dans cette putain de liqueur ? balbutiai-je.

— C'est pour moi, dit-elle en me prenant la queue.

Et elle se mit à me branler, de sa main décharnée. J'éjaculai aussitôt.

Elle recueillit le sperme dans un de ses pots de terre et recommença. Ma queue restait toujours aussi raide et congestionnée. Quand j'essayais de me branler moi-même, je me faisais mal, alors qu'elle savait exactement comment s'y prendre pour tirer le meilleur parti de l'état où elle m'avait mis. Je ne sais combien de fois elle réussit à m'extraire du sperme, mais j'éprouvai chaque fois une vive jouissance. La main était sordide, mais le doigté virtuose.

Quand elle eut suffisamment rempli son bocal, elle sortit la clé de sa poche et ouvrit la porte. Je me levai et partis.

Dans le couloir, je me demandai si elle m'avait tendu ce piège pour obtenir de quoi préparer quelque potion, ou pour son simple plaisir. Je décidai de marcher un peu avant d'entrer ailleurs, car j'étais complètement épuisé.

Durant tout le temps où j'errai dans le labyrinthe, je me sentis suivi par les ombres. Quand leur présence devint trop oppressante, je poussai une porte.

PORTE 24.

24

La truite

C'était un de ces paysages qui vous réconcilient avec la vie, qui vous la font même terriblement aimer. Je me trouvais sur une pente herbeuse semée de rochers, qui dévalait vers les eaux claires et torrentueuses d'un ruisseau de montagne. Il faisait frais, on était aux premières lueurs d'une aube d'été, l'air était extraordinairement pur et silencieux, en dépit du fracas des eaux, comme suspendu dans une attente.

Derrière moi s'étageait un petit groupe de cabanes de berger abandonnées, en grosse pierre grise de la montagne, dont quelques-unes tombaient en ruine. J'étais complètement seul, seul mais en compagnie de fantômes chaleureux, ceux des hommes et des bêtes qui avaient vécu là, ceux de la nuit et du jour, qui ni l'un ni l'autre n'étaient alors de ce monde, seul et prodigieusement vivant, en compagnie du fantôme de la vie, qui semblait en ce moment de passage tombé en catalepsie, mais sur le point de s'éveiller, seul avec le regret de cet instant qui allait passer, et avec l'espoir inquiet de celui qui allait suivre, seul

comme on l'est toujours avec des fantômes, et d'abord avec les fantômes de soi-même, de celui qu'on a été et de celui qu'on sera, c'est-à-dire en réalité une multitude de fantômes, tous ces clairs fantômes des aubes, dont on ne peut réellement goûter la précieuse compagnie que dans la solitude.

Je descendis vers le ruisseau, assez large et qui coulait, comme tous les ruisseaux de son espèce, en claquant ses milliers de langues sur les cailloux et les rochers, qui formaient par endroits des niches, et où étaient accrochées, parfois, des herbes aquatiques. Et comme je l'avais espéré, je vis filer entre ces pierres, dans ces eaux claires et bouillonnantes, une petite truite argentée, vive comme l'éclair.

Je la suivis des yeux jusqu'à ce qu'elle eût disparu en aval, dans les détours du torrent, puis je remontai vers les cabanes, mû par un instinct. Tout autour d'elles poussait une sorte d'épinard sauvage, qui s'étendait au point de ne laisser pratiquement place à nulle autre végétation, à l'exception de quelques bouquets d'orties, entre lesquels je me faufilai.

Il y avait cinq ou six cabanes, dont la plupart étaient minuscules, avec un toit à moitié ou entièrement effondré. Leurs ouvertures étroites, une porte et parfois une fenêtre, n'étaient plus que des trous où se réfugiait l'ombre. Une seule d'entre elles, la mieux conservée, avait encore toutes ses ardoises sur le toit, ainsi qu'une porte en bois et un volet fermé devant la petite percée rectangulaire qui servait de fenêtre. A l'intérieur, un lit en fer, un tabouret, une table et une petite cheminée en coin occupaient à peu près tout

l'espace. J'y trouvai aussi une canne à pêche et une boîte de mouches.

Je retournai près du ruisseau, où je cherchai le meilleur endroit pour lancer ma ligne. Je longeai un lit de petits cailloux plat. Un peu plus loin, un gros rocher blanc, autour duquel l'eau s'infiltrait doucement, abritait une vasque profonde et sombre. Je quittai le ruisseau des yeux un instant, le temps de préparer mon matériel. Quand je les relevai, je vis, à demi étendue sur le rocher blanc, à quelques mètres de moi, une jeune fille nue.

La tête appuyée sur un coude, elle était tournée vers l'amont du torrent, et je ne pouvais voir d'elle que les longues mèches mouillées de ses cheveux verts, qui couraient le long de son dos comme des serpents, et la ligne déliée de ce dos, soulignée en son milieu par un sillon souple et profond, cette ligne creusée à la taille pour s'arrondir sur les hanches avec la grâce d'un instrument à cordes, cette ligne ondulante qui s'achevait dans les courbes délicates des fesses, pour laisser la place à la longue ligne des jambes, laquelle se perdait hors de ma vue, de l'autre côté du rocher.

Saisi par l'émotion, je ne pus d'abord ni bouger ni prononcer un mot. C'était comme surprendre une biche au fond d'un bois. Si je l'appelais, je craignais de l'effrayer et de la voir disparaître. Car si elle se trouvait là, et dans une telle tenue, c'était sans doute qu'elle se croyait seule. Mais, si je me dirigeais vers elle sans la prévenir de ma présence, je risquais de l'alarmer davantage encore. Je restai un moment

pétrifié, à contempler cette beauté svelte et fragile, dont la peau, presque diaphane dans cette lueur d'aube, brillait légèrement d'une lumière froide et fascinante.

Et puis elle se retourna vers moi, dans un mouvement qui me parut à la fois excessivement long et rapide, en me projetant dans un instant de lucidité exacerbée, où l'action se déroulait en même temps à une lenteur médusante, parce que décomposée en une infinité de fragments, et à une vitesse fulgurante.

Elle se retourna vers moi, ses yeux verts aux paupières à demi closes se plantèrent dans les miens, elle ouvrit la bouche, l'élargit lentement en un sourire qui était clairement une invite, et plongea derrière le rocher.

Au même moment, les premières gouttes de pluie se mirent à tomber. Je jetai tous mes vêtements dans l'herbe, et plongeai à mon tour. Elle nageait devant moi, à contre-courant, je voyais onduler son corps souple et vif entre les eaux glacées qui embrasaient ma chair. Il me fallait, pour la suivre, nager vigoureusement, en papillon. De tous mes muscles je luttais contre le torrent, et j'aimais passionnément cet effort. J'y voyais juste assez pour distinguer la forme fuyante que je poursuivais, mais je ne ressentais nulle inquiétude. Sa fuite n'était qu'un jeu, une façon de mobiliser nos deux énergies pour la rendre plus désirable.

Soudain, elle fit volte-face, revint vers moi en me frôlant. J'essayai de l'attraper, mais elle me glissa entre les doigts et se laissa dériver, dans le sens du

courant cette fois. Ses longs cheveux verts flottaient devant moi, comme pour m'inviter à la suivre. Je me laissai moi aussi porter par les eaux.

Nous parvînmes au rocher blanc, que nous contournâmes pour passer de l'autre côté. J'eus tout juste le temps de la voir disparaître dans la vasque.

J'allais à mon tour plonger dans le petit bassin sombre, quand je sentis mon sexe happé dans l'eau par une bouche tiède, des lèvres qui l'enserraient comme un gant, et se mirent à le sucer, avec une telle puissance que j'avais l'impression d'être aspiré tout entier, que mon être se concentrait dans cette chair qui n'en finissait pas d'enfler et de durcir au bas de mon ventre, cette chair tirée vers le bas par des sensations brûlantes. Je commençai à me laisser couler, me laisser entraîner avec délices vers les profondeurs de cette vasque sans fond, où je pourrais à tout jamais m'en remettre à la succion ardente de ces lèvres, m'abandonner dans la bouche de mon amante froide et ensorceleuse...

J'allais jouir. Je cherchai ma respiration, et c'est ce qui me rendit mes esprits. En une fraction de seconde, je me rendis compte que j'étais au fond de la rivière, plongé dans des eaux vertes où je ne voyais rien, et que, si je ne quittais pas à l'instant mon irrésistible fiancée, je resterais à jamais son prisonnier. Au moment ultime, je trouvai l'énergie de m'arracher à l'étreinte de sa bouche et, en plein orgasme, comme propulsé, je revins vers la surface, dans un soubresaut de tout le corps.

De la berge, je regardai mon sperme remonter

doucement dans la vasque, puis la quitter pour s'en aller au fil du ruisseau, en filaments blancs, un peu argentés. Il pleuvait. L'aube avait passé, l'aube la plus longue qu'il m'avait été donné de vivre. La belle ne reviendrait pas s'étendre nue sur ce rocher, ne reviendrait plus, avec son sourire envoûtant, me demander de la suivre.

Je lançai ma ligne, et aussitôt je sentis mordre et tirer une truite, qui se mit à sauter, avec une énergie qui se transmettait en vibrant dans tout mon bras. C'était une très belle truite arc-en-ciel, et qui se débattit longtemps, cambrée dans l'eau, avec des bonds farouches et gracieux. Puis elle se fatigua, et je la ramenai, en l'enveloppant dans ma chemise.

Je ramassai mes vêtements, mouillés par le crachin, regagnai la cabane. La pluie faisait remonter les odeurs chaudes de la terre et des herbes, et le parfum froid et métallique des pierres. J'allumai un feu dans la cheminée, avec du bois que je trouvai dans une autre cabane, et je restai un long moment devant, à me faire sécher. Puis je revins vers la truite. Elle avait fini par mourir.

Je lui entaillai le ventre, la vidai. C'était vraiment une belle truite, fine et irisée. Je plantai un bâton dans sa bouche, l'enfilai à travers son corps et la fis cuire au-dessus des braises. Je la mangeai avec mes doigts. Elle avait la chair la plus délicate et la plus exquise de toutes celles que j'avais dégustées jusque-là.

Je retournai au ruisseau pour laver ma chemise et la mis à sécher devant le feu, avec mes autres

vêtements. Étendu sur le petit lit de fer, je m'assoupis.

Quand je pus me rhabiller, j'étouffai les braises, remis tout en ordre dans la cabane et sortis. Il n'y avait plus ni montagne ni ruisseau, mais un de ces couloirs sombres semés de portes où je commençais à avoir l'habitude d'errer. Les ombres coutumières m'emboîtèrent le pas, mais leurs chuchotements me laissèrent froid, et je n'essayai pas même un instant de les apercevoir. Je poussai l'une des deux premières portes devant lesquelles je passai.

PORTE 25,

PORTE 26.

25

La cloison

J'entrai dans une petite chambre d'hôtel, confortable et calme. Comme il n'y avait personne, je me dis que je ferais aussi bien d'attendre là et de prendre un peu de repos, car j'allais sûrement recevoir de la visite. Je me déshabillai, pris une longue douche chaude et me mis au lit.

C'est alors que j'entendis s'ouvrir et se refermer la porte de la chambre d'à côté, où étaient entrés un homme et une femme. Au dialogue qu'ils entamèrent, et qui devait être sans cesse entrecoupé de soupirs, gémissements, cris et râles divers, je compris vite à quoi ils avaient l'intention d'occuper leur temps. D'abord, je tâchai de le prendre en souriant. Puis de penser à autre chose, pour ne plus rien entendre.

Mais j'avais beau me tourner et me retourner dans mon lit, leurs paroles entraient dans ma tête, l'emplissaient entièrement, échauffaient mon imagination. Finalement, elles m'affolèrent au point de me faire perdre tout contrôle de moi-même. Je me jetai hors du lit, allai m'asseoir par terre contre le mur

d'où venaient les voix, et, la queue dans la main, l'oreille contre la cloison, je les écoutai jusqu'au bout, sans perdre un mot ni un soupir, pas même le plus petit bruit de succion ou de frottement entre deux peaux. Je les écoutai, haletant.

— HOMME : Fais-moi voir comme tu es belle.

— FEMME : Tu veux voir?

— H : Oui. Oui, je veux.

— F : Alors assieds-toi là, par terre. Oui, contre le mur. Et maintenant, ouvre ta braguette. Sors-la. Mon Dieu, comme elle est belle! Sors tout. S'il te plaît. Je veux tout voir...

— H : On avait dit qu'on regardait, d'abord...

— F : Oui, pardon. Je ne le fais plus. Regarde, je reste loin de toi. Dis-moi ce que tu veux que je te montre.

— H : Tourne-toi. Marche maintenant. Balance bien les fesses, oui. Reviens vers moi. Encore. Encore. Ne t'inquiète pas, je ne te toucherai pas. Relève ta jupe.

— F : Alors tu dois te caresser en même temps. Doucement.

— H : Relève encore un petit peu... Montre-moi ta culotte.

— F : Oh, j'aime ça. C'est si beau quand tu la caresses.

— H : Montre-moi tes fesses. Tes bas plissent sur tes chevilles. Remonte-les. Baisse-toi et remonte-les. Tu as mis une culotte transparente et maintenant tu me montres ton cul, salope?

Allons, remets cette jupe comme il faut... Oui, bien tendue sur les cuisses...

— F : Espèce de cochon, ne t'excite pas tant, ou tu vas jouir trop vite. Regarde ça, comme elle est dure ! Je suis complètement mouillée, moi.

— H : Sois gentille, ramène ce fauteuil. Oui, ici. Assieds-toi. Croise les jambes. Oui, tu peux me frôler avec ta chaussure. Décroise-les. Recommence. Moins vite. Lève bien haut la jambe chaque fois.

— F : Comme ça ? Tu y vois bien, comme ça ?

— H : Oui, comme ça. C'est juste à ma hauteur, je vois tout. Qu'est-ce que tu fais ?

— F : Je relève ma jupe et j'écarte les jambes.

— H : Oh, mon Dieu. Ta culotte est toute mouillée.

— F : Je suis tellement excitée... J'ai envie, maintenant... S'il te plaît, viens...

— H : Non. Pas tout de suite. Enlève ta culotte. Bien. Non, ne change pas de position. Mets tes jambes sur les accoudoirs. Caresse-toi, maintenant.

— F : Oh oui, je veux bien. Mais toi aussi. Je veux le faire en te regardant. Oh oui, fais-le encore. Regarde comme je le fais bien... Regarde... Avec mes deux mains... Oh, donne-moi la bougie... Là, sur la table, à côté de toi... Oh, merci... Regarde, je le fais pour toi... Pour ta queue...

— H : C'est bien. Tu es belle. Continue. Va jusqu'au bout.

— F : Et toi aussi, tu le fais ?

— H : Je le fais, quoi ?

— F : Tu te...

— H : Dis-le. Je veux que tu dises le mot et que tu jouisses en même temps. Oui, je me branle, je me branle. Oui, tu es gentille, tu y es, vas-y, vas-y, vas-y... Et dis-le...

— F : Tu te... branles... aaaah...

— H : Maintenant, tu vas la sentir... Allez, à quatre pattes...

— F : C'est ça, c'est ce que je voulais. C'est pour l'avoir que j'ai fait ça.

— H : Tu as bien joui ?

— F : Oui, oui. Mais ta bite, elle est plus grosse... Elle est meilleure, je la préfère... Je l'adore, je l'adore... Elle va bien au fond, je l'adore... Ça y est, ça y est, ça revient... iaaaah...

— H : Viens sur le lit, maintenant.

— F : Oui. Attends. Je veux enlever ma jupe et mon chemisier. Déshabille-toi, toi aussi.

— H : Elle est belle, cette guêpière. Garde-la, mais fais sortir tes seins par-dessus.

— F : Alors, viens les sucer... Hum... L'autre, maintenant... Doucement... Oui... Couche-toi, maintenant. Laisse-moi faire. J'ai envie de profiter de toi.

— H : Hum ! J'adore quand tu me pinces les seins, comme ça.

— F : Je sais. Et quand je te les suce ?

— H : Hum... Et tes ongles...

— F : Mes ongles, ils aiment se promener partout... Là... et là... et... écarte un peu... et... là... Non, n'aie pas peur... là, doucement... N'est-ce pas que c'est bon ? Allez, tourne-toi maintenant. Sur le ventre. Attends, je la fais passer par-dessous. Là...

Hum... Non, attends. Reviens sur le dos. Il faut que mon corps la touche. Je la veux partout. Là... Sur la plante des pieds... Tu vois, je la roule comme un boudin de pâte à modeler... Derrière les genoux... Génial, derrière les genoux! Sur le nombril... Dans les bras... Sur les seins... Sur l'autre... Entre les deux... Dans le cou... Dans les yeux... Et là... A tapoter sur les joues... Sous les narines... Miam... Venez dans ma bouche, bel engin... Oh, laisse-la-moi. Laisse-la-moi encore un peu...

— H : D'accord, mais après je veux te la mettre... derrière...

— F : ...

— H : Tu veux bien?

— F : Attends... Je ne sais pas.

— H : S'il te plaît...

— F : Je ne sais pas... J'ai peur...

— H : Mais non, tu n'as pas peur... D'abord, tu as peur et, ensuite, tu n'arrêtes pas de jouir...

— F : Oui, mais pas aujourd'hui... S'il te plaît, pas aujourd'hui...

— H : D'accord. Viens alors. Mets tes jambes sur mes épaules. Et ta main... Oui...

— F : Oui, comme ça... Allez, vas-y... Bien au fond... Encore, encore, encore...

— H : Tu es belle quand tu jouis.

— F : Oh, c'était si bien. Viens maintenant. Viens par là...

— H : Tu as changé d'avis?

— F : Oui, j'ai envie maintenant. Regarde, j'ai tellement envie, ça va aller tout seul... Vas-y... Tu

vois... Tu vois comme j'aime ça ? Oh, je la sens... Elle est tellement grosse... Oh, mon amour, tu m'encules... Je me touche en même temps, de l'autre côté, et... je jouis... je jouis si fort quand tu m'encules... je ne peux plus m'arrêter de jouir... Oh, s'il te plaît, mets-moi tout, dis-le que tu m'encules et mets-moi tout...

— H : Tiens, prends ça... dans... le... cul...

Ils râlèrent en chœur un bon moment, puis ce fut le silence. Ensuite, il y eut des bruits de petits baisers et de petits rires, et des bruits de salle de bains.

Je retournai à la salle de bains, moi aussi. J'avais joui sur la moquette et sur le mur. Le sperme formait des petites boules qui glissaient lentement sur la tapisserie. Je l'avais fait pour cette femme que je n'avais pas vue. Maintenant, je savais que c'était elle que je voulais. Je reconnaîtrais au moins sa voix quand je la rencontrerais...

Je repartis dans le couloir, confiant. Je laissai passer quelques portes avant d'en pousser une, car je ne voulais pas risquer de la voir tout de suite. Pour l'instant, je me contentais de garder avec moi sa voix, puisque c'était avec elle que j'avais fait l'amour.

 **PORTE 29.**

26

Le filet

C'était une sorte de grand hall de gare, absolument désert et silencieux. Aussitôt que j'entrai, j'entendis une voix aiguë appeler :

— S'il vous plaît ! Au secours !

La voix résonnait, se cognait contre les parois, faisait le tour de la salle. Je levai la tête vers le toit de verrière, par où tombait le jour. Tout là-haut, juste sous le faîte, une femme était suspendue dans un hamac en filet.

— Ils m'ont attachée ! cria-t-elle encore.

Je vis qu'il y avait le long des parois tout un réseau d'échelles de corde, qui montaient jusqu'au sommet du toit en formant une toile d'araignée géante, qui n'était pas sans rappeler les cordages d'un bateau à voiles, ou l'univers des équilibristes sous un chapiteau de cirque.

Accroché dans le vide à ce système complexe et instable, je commençai mon ascension vers la lumière. L'exercice sollicitait une attention aiguë de tout mon corps, et je m'efforçais de ne regarder ni au-dessous ni au-dessus de moi, pour ne pas être saisi

par le vertige. Mais, plus je m'élevais, plus j'étais gagné par une douce euphorie, qui finit par s'emparer entièrement de moi et par me faire tout oublier, excepté ce but exaltant qui était de rejoindre dans les airs une femme nue qui m'attendait et que j'allais délivrer.

Je parvins au sommet de la verrière, devant le filet baigné de lumière. Couchée sur le dos, la femme était savamment ligotée, d'une façon qui semblait moins destinée à la torturer qu'à mettre en valeur ses atouts féminins. La cordelette à nœuds enserrait ses chairs pour mieux les faire bomber et ressortir.

Ses seins, ficelés à leur base, étaient séparés en deux entités bien distinctes. Ses bras étaient noués dans son dos. Ses cuisses et ses jambes avaient été bardées de ficelle séparément, puis attachées ensemble par des cordes passées autour des chevilles et des genoux. Ce n'était plus seulement son corps qu'on désirait, mais chaque partie de son corps ainsi morcelé, et livré à la merci de qui voudrait en disposer.

— Vous êtes venu, dit-elle, pleine de gratitude.

J'entrai précautionneusement dans les mailles du hamac, qui se mit à osciller, et je m'accroupis sur elle. Je passai mes mains sous sa taille pour délier ses poignets. Elle me remerciait, la voix chargée de larmes de bonheur. Dès qu'elle eut les mains libres, elle m'attira vers elle et m'embrassa longuement.

— Tu m'as libérée, tu es mon maître, dit-elle. Attache-moi, maintenant. Sépare mes jambes et attache-les en l'air, grandes ouvertes. Attache aussi

mes bras en croix. Je veux être écartelée et ficelée pour te recevoir en moi.

Elle retira de sous ses fesses une cagoule en latex noir, qu'elle enfila, et qui ne comptait aucune ouverture, pas même pour les yeux, en dehors d'un trou rond au niveau de la bouche.

Le hamac se balançait doucement, ma tête tournait. J'étais couché sur son corps ligoté, je bandais.

Je m'assis à nouveau sur elle, enlevai tous mes vêtements et les laissai choir sur le sol, tout en bas. Puis je l'attachai en l'écartelant, comme elle l'avait voulu. Pendant toute la durée de l'opération, ma queue et mes couilles frottaient sur elle, sur la chair de ses cuisses, de son ventre ou de ses seins, et sur la cordelette qui les ceinturait. Le filet oscillait fortement, mais cela ne faisait qu'augmenter mon excitation.

Quand elle fut bien ficelée, je me couchai sur elle, entre ses cuisses maintenues en l'air grandes ouvertes, et je la pénétrai. Je l'entendais jouir. Seule sa langue, qu'elle tirait parfois, dépassait de sa cagoule. La ficelle irritait ma peau, le filet se balançait, la femme criait, je m'arc-boutais pour m'enfoncer au plus profond de son corps ligoté, ce corps sans tête qui n'était plus qu'un assemblage de chairs lubriques, à perforer... J'éjaculai, par saccades brutales.

Puis je m'assis au bord de la cagoule et j'introduisis ma queue dans le trou, où elle fut aussitôt avalée. Les bras en l'air, je m'accrochai aux câbles et, agenouillé au-dessus du vide, la tête aspirée vers la lumière, je baisai le trou noir.

Le filet

Quand tout fut fini, elle retira sa cagoule, je défis tous ses liens, et nous restâmes un moment ensemble, enlacés dans le filet, à contempler le ciel. Puis nous redescendîmes, et je la quittai, tendrement.

A l'angle du couloir, je poussai une porte.

PORTE 27.

27

Le questionnaire

J'entrai dans une grande bibliothèque, boisée et chaleureuse. Je fis lentement le tour de la pièce, dont les murs étaient entièrement tapissés de livres. Sur les étagères s'alignaient, par ordre alphabétique de noms d'auteurs, tous les grands textes de la littérature mondiale, ouvrages anciens et récents confondus, dans leur langue originelle ou en traduction, ainsi que des livres dont je n'avais jamais entendu parler, des éditions sans doute rares d'auteurs méconnus ou anonymes, œuvres poétiques, philosophiques, érotiques, ésotériques... Une section était réservée aux livres d'art, une autre aux récits de voyages, une autre encore aux travaux scientifiques.

Je piochai dans les rayons, feuilletai les exemplaires qui excitaient le plus ma curiosité. J'avais l'impression d'être en compagnie de vieux amis, des êtres que pour la plupart je ne connaissais pas, mais qui m'étaient pourtant proches, car ils me proposaient d'emblée une relation d'intimité, car ils avaient besoin de moi comme j'avais besoin d'eux, car ils aimaient mes mains et mes yeux comme

j'aimais leurs pages et leurs signes, car nous ferions ensemble la plus merveilleuse équipe et la plus folle équipée, car ils étaient là pour m'aider dans ma quête, pour m'aider à faire de ma vie une quête, même si j'en ignorais l'objet réel. Et il se dégageait de cette bibliothèque comme une grande musique silencieuse, que je restai à écouter de longs moments, debout au milieu de la pièce.

Puis je m'installai au bureau, sur lequel étaient placés une rame de papier, un stylo et ce questionnaire, auquel je répondis par écrit en essayant tour à tour de laisser percer toute ma fantaisie, et de rassembler en moi tout ce qui était profond et authentique.

Questionnaire

— Avez-vous fait l'amour avec deux sœurs jumelles ?

— Avez-vous maté votre voisine à la jumelle ?

— Avez-vous sodomisé votre fiancée la nuit au fond d'un bois ?

— Avez-vous payé une femme pour faire l'amour ?

— Vous êtes-vous fait sucer sous la table, à votre bureau ou pendant un dîner ?

— Vous souvenez-vous de votre dépucelage ?

— Avez-vous fait l'amour sur une échelle ?

— Vous êtes-vous masturbé d'une façon, dans des circonstances ou dans un endroit insolites ?

— Avez-vous fait l'amour en ciré jaune, avec une casquette de marin ?

— Avez-vous été amoureux fou ?

— Avez-vous écrit des lettres d'amour ? En avez-vous reçu ?

— Avez-vous attendu, le cœur dans le ventre, un appel de l'être aimé ?

— Avez-vous été jaloux ?

— Avez-vous un jour reçu un télégramme qui annulait un rendez-vous d'amour ?

— Avez-vous pleuré, un matin à l'aube, parce que vous étiez seul ?

— Avez-vous été trompé ?

— Avez-vous été infidèle ?

— Avez-vous désiré quelqu'un que vous ne deviez pas désirer ?

— Avez-vous vécu un grand amour platonique ?

— Avez-vous été abandonné ?

— Avez-vous fait souffrir ?

— Avez-vous été ivre de bonheur ?

— Vous souvenez-vous des moments où vous avez retrouvé l'être aimé, après une séparation, sur le quai d'une gare ou dans le hall d'un aéroport ?

— Aimez-vous la solitude ?

— Avez-vous eu le sentiment qu'un amour pourrait vous entraîner à votre mort ?

— Avez-vous vraiment aimé ?

— Avez-vous envie de retrouver un ancien amour ?

— Avez-vous un cœur d'artichaut ?

— Êtes-vous amoureux en ce moment ?

— Avez-vous fait l'amour passionnément, jusqu'à épuisement ?

Le questionnaire

— Reconnaîtriez-vous l'être aimé à son odeur?

— Faites-vous tout ce dont vous rêvez à l'être aimé?

— Vous laissez-vous tout faire?

— Vous est-il arrivé d'en venir à aimer ou à haïr votre rival?

— Vous sentez-vous responsable de la mort de quelqu'un?

— Avez-vous le sentiment d'avoir beaucoup détruit?

— Avez-vous senti votre amour, parfois, se changer en haine?

— Pensez-vous pouvoir, après votre mort, rester auprès de l'être aimé, qu'il soit mort ou vivant?

— Que seriez-vous sans amour?

— Par amour, êtes-vous prêt à tout donner? A tout abandonner?

— Aimez-vous les aventures d'une nuit?

— Pensez-vous pouvoir vivre un amour éternel?

— Avez-vous parfois l'impression que vous resterez toujours en quête d'une absolue et impossible satisfaction?

— Avez-vous parfois l'impression que vous ne pourriez pas être plus parfaitement heureux et satisfait?

— Dans quelles conditions obtenez-vous vos meilleurs orgasmes?

— Utilisez-vous des objets pour faire l'amour?

— Lesquels?

— Comment?

— Quel est votre genre de femme?

— Quelle partie du corps préférez-vous chez la femme ?

— Pensez-vous beaucoup au sexe ?

— Regardez-vous des films et des magazines spécialisés ? Lisez-vous des livres excitants ?

— Quel est votre fantasme favori ?

— Aimez-vous que l'on fantasme sur vous ?

— Aimez-vous votre corps ?

— Aimez-vous votre sexe ?

— Aimez-vous voir jaillir votre sperme ? Pourquoi ?

— Avez-vous envie de vivre, d'aimer et de jouir ?

Je restai sans doute des jours et des jours dans cette bibliothèque. Tantôt plongé dans un livre, tantôt revenant au questionnaire pour compléter mes réponses, tantôt cherchant dans le sommeil le repos et les rêves qui contribueraient à mon plaisir et à ma quête.

Quand la faim se fit sentir, le loup que j'étais devenu dans cette aventure sortit du bois et, une nouvelle fois, se jeta dans le couloir sombre.

C'était un très long corridor, suffisamment éclairé pour me laisser entrevoir plusieurs carrefours, quelques paliers entre deux volées d'escaliers et d'innombrables portes. Comme j'étais mû par la faim, je ne pris pas la peine d'hésiter ni de choisir. De toute façon, quelle que fût la porte que je pousserais, c'était moi que je retrouverais derrière.

PORTE 32.

28

Les anges

Au moment d'atteindre la porte, je sentis les mains des ombres, mes poursuivantes, effleurer mes épaules. Cette fois pourtant, je n'en tirai aucune inquiétude. Je ne me retournai pas, persuadé maintenant qu'elles finiraient par se montrer à moi d'elles-mêmes, et que le moment de notre rencontre n'était plus très éloigné. C'était ce qu'elles voulaient me dire par cet attouchement léger, qui était aussi un encouragement à franchir la nouvelle étape qui se présentait.

Dès que je poussai la porte, je fus assailli par une petite musique perlée et sucrée, assez semblable à ces musiques d'ambiance diffusées dans les supermarchés, et par une odeur de même nature, un parfum de viennoiserie, de pop-corn et de fleurs coupées, où l'on reconnaissait le caractère forcé de certaines essences artificielles.

Je pénétrai dans un étroit couloir, flanqué de toilettes désertes. Sur la musique synthétique se superposait tout un gazouillis de rires, chuchotements, soupirs. Je fis encore quelques pas et j'aboutis

sur l'un des côtés d'une immense salle de spectacle, entièrement tapissée de velours bleu ciel, avec un très vaste parterre étagé en gradins, une multitude de baignoires, corbeilles et balcons, et trois grandes galeries en surplomb. De l'orchestre au poulailler, des anges, amassés en nuées compactes, voletaient et s'enlaçaient dans la plus grande confusion.

Nus et beaux, ces êtres, pour la plupart bisexués, ne semblaient occupés qu'à jouir sans interruption, dans des fauteuils souvent à moitié défoncés, noyés sous les plumes et le duvet qui tombaient de leurs ailes et plongeaient la salle entière dans une atmosphère nébuleuse.

Cependant la scène gigantesque, dont les rideaux avaient visiblement été arrachés depuis longtemps, puisqu'il en pendait encore quelques lambeaux d'un rouge sale et décoloré, et dont le plancher disparaissait sous une épaisse couche de poussière, cette scène magnifique, en forme de demi-lune, était vide.

Je montai lentement les gradins, en me frayant un chemin dans la première travée. De tous côtés, j'étais frôlé par des anges qui voltigeaient de l'un à l'autre sans se soucier de ma présence, emportés dans un incessant babillage, figés dans un perpétuel sourire, dans une éternelle jeunesse. Tous avaient un corps harmonieusement développé, mince, finement musclé, des chairs souples et appétissantes, une peau fine, entièrement glabre. Beaucoup possédaient les attributs des deux sexes, des seins magnifiques, fermes et ronds, associés à un pénis et à des testicules. Quelques-uns étaient exclusivement de type féminin ou

masculin, d'autres étaient totalement dépourvus de sexe, dotés d'une chair étrangement lisse entre les jambes, d'autres encore étaient hermaphrodites.

Parmi ces derniers, certains arboraient un appareil génital féminin, placé au-dessus d'un appareil génital masculin ; tandis que pour d'autres, à l'inverse, la grappe virile surplombait la fente féminine. Ils s'accouplaient ensemble de la manière qui me parut la plus parfaite possible, la queue d'en haut du premier dans la fente d'en haut du deuxième, et la queue d'en bas du deuxième dans la fente d'en bas du premier. Chacun était simultanément le pénétreur et le pénétré, chacun était en même temps l'homme et la femme de l'autre. Et je songeai qu'ils devaient connaître ainsi les plus grandes extases.

Les autres anges s'enlaçaient aussi sans répit et sans distinction de sexe, agglutinés, voletant des uns aux autres, de parterre en balcon et de corbeille en baignoire, dans le désordre général, adoptant toutes les positions imaginables pour des êtres délivrés des lois de la pesanteur.

Les verges étaient constamment en érection, les vulves toujours gonflées. L'étalage de tous ces sexes dénués de poils aurait pu être obscène. Mais, ce qui me parut particulièrement étrange, car depuis mon entrée dans le petit cirque j'avais remarqué que l'on se trouvait ici dégagé de cette obligation du monde extérieur, tous les sexes, y compris ceux de type féminin, étaient recouverts jusqu'à l'anus d'une sorte de préservatif sophistiqué, une très fine pellicule de latex parfaitement moulée sur toute la peau de

l'entrejambes, au point de se confondre avec elle. Tous ces préservatifs étaient délicatement teints, et ceci, comme je le notai bientôt, dans toutes les couleurs de l'arc-en-ciel. « Si ces êtres ont besoin de se protéger, peut-être ai-je trouvé derrière cette porte, pensai-je, malgré les apparences, le monde le plus proche de celui du dehors, celui qu'on appelle habituellement le monde réel... »

Je remarquai qu'entre les plumes et les duvets épars le sol était jonché de pop-corn. J'en picorai suffisamment pour calmer ma faim, puis je rejoignis le fond de la salle, où je trouvai les escaliers menant aux galeries supérieures. Je laissai tous mes vêtements sur un palier, désireux de me fondre dans la masse de ces êtres nus, et je grimpai jusqu'au paradis.

Là-haut, il régnait la même ambiance qu'au parterre, avec, peut-être, un supplément de confusion, à cause de la relative étroitesse des lieux, et un supplément de fantaisie, dû au plaisir que prenaient les anges à profiter de la rambarde pour se livrer à quelques acrobaties particulières.

J'avais aussi une vue plongeante sur la scène, qui me parut, déserte et abandonnée comme elle l'était au centre de toute cette agitation, d'autant plus désolée. J'observai qu'aucun ange ne tournait jamais le regard vers elle, comme s'ils avaient su que cette vision serait trop triste, presque insupportable, et qu'elle risquait de gâcher leurs plaisirs.

Je décidai de les imiter et, le dos à la scène, je me mêlai à leur foule et tentai d'entrer peu à peu dans

leurs ébats. Je commençai à prodiguer quelques caresses autour de moi, en essayant d'abord de choisir, conformément à mes goûts de l'extérieur, des anges de type féminin. Mais les sexes étaient trop mêlés, et ils étaient trop nombreux. Quand je me surpris en train d'embrasser la poitrine plantureuse d'un être qui se révéla posséder une queue aussi grosse et aussi bandante que la mienne, je renonçai à établir plus longtemps des distinctions qui paraissaient ici dénuées de sens.

Je me laissai aller à toucher tout ce qui se présentait à ma portée, et c'est ainsi que, pour la première fois de ma vie, je me retrouvai avec une queue entre les lèvres, celle qu'un ange hermaphrodite venait d'y fourrer d'autorité, en volant à hauteur de mon visage. Avec son préservatif, elle avait un petit goût de sucette à l'anis, et je la gardai volontiers en bouche, tout en admirant et caressant la jolie chatte qui s'ouvrait sous ses couilles, et qui était elle aussi recouverte d'une fine pellicule de latex vert. Presque aussitôt, un ange mâle vint se placer derrière lui et le pénétra dans son sexe de femme, tandis que je continuais à prendre soin de son autre sexe.

« Est-ce que nous ne te gâtons pas, tous les deux, ma jolie ? pensai-je. Toi, tu ne devrais pas tarder à jouir... » Et je me demandai alors comment, après avoir joui, ils enlevaient et changeaient leur espèce de préservatif, qui semblait si bien adhérer à leur peau. Mais, au bout d'un moment, ils se retirèrent tous les deux pour aller voleter ailleurs, chacun de leur côté, sans avoir atteint l'orgasme.

Quant à moi, j'étais très excité. Je m'emparai d'un ange femelle, qui se trouvait à côté de moi, et je le pénétrai sans plus attendre. Il avait de grands yeux de biche, et il était le premier à me regarder vraiment, avec un sourire tout à fait angélique et attendrissant. Je caressai ses longs cheveux blonds et soyeux, et je me dis que, malgré mon désir, j'allais essayer de ne pas trop me presser, pour lui laisser le temps de prendre son plaisir avec moi.

C'est alors que je sentis ce que, dans ma hâte, j'avais négligé de regarder. Une nouvelle fois, j'étais tombé sur un hermaphrodite. Sa queue dressée entre mes fesses, où il essayait de se faire un chemin, ne laissait aucun doute là-dessus. Choqué, je me retirai vivement de lui. Geste dont je regrettai aussitôt la brutalité et que je voulus me faire pardonner, mais inutilement, car il était déjà parti vers d'autres cieux, toujours souriant et nullement affecté.

Toutes ces aventures m'avaient laissé un sentiment de frustration aigu. « Tu n'es pas assez décontracté, me dis-je. Sois comme les autres, laisse-toi aller, laisse-toi faire, et tu connaîtras les mêmes félicités. »

Autour de moi, il se formait comme un mouvement de fête. Les anges mâles et hermaphrodites s'amusaient maintenant à se prendre en enfilade, les uns derrière les autres. La chaîne comptait déjà plusieurs dizaines de membres et s'allongeait d'instant en instant. Sans réfléchir davantage, d'un coup énergique, je pénétrai dans le cul rose et ouvert qui se tendait devant moi. Et puis un autre ange vint se planter derrière moi, puisque telle était la loi de la

chaîne, et cette fois je le laissai faire. Je sentis le bout de sa queue écarter doucement mon anus, puis se glisser à l'intérieur, où elle finit par pénétrer à fond. Il se mit à me ramoner, dans le même rythme où je défonçais l'autre, le rythme de la chaîne tout entière. La douleur avait fait place à une joie étrange, et je râlais, à la fois de rage et de plaisir, de violence et de soumission, d'envie de faire mal et d'envie de jouir.

Autour de nous les anges femelles faisaient l'amour entre eux, ou se le faisaient faire par les anges asexués, qui étaient peut-être les plus acharnés à baiser tous les sexes, même s'ils ne disposaient pour cela que de leur bouche et de leurs mains. D'autres anges, pourvus de queue, quittaient la chaîne pour se mêler à leurs ébats, ce que je me promettais de faire aussi, une fois que j'en aurais terminé avec les mâles.

Je remarquai que, curieusement, aucun n'avait attendu de jouir pour changer de plaisir. Pour moi, puisqu'il s'agissait de ma première expérience homo-sexuelle, j'entendais bien la mener jusqu'au bout, pour connaître cette sensation d'éjaculer dans le cul ferme d'un mâle, tout en sentant mon propre cul envahi et défoncé par une autre bite. Et je ne fus pas long à venir. Je poussai un cri, mon foutre partit comme une flèche.

Aussitôt, l'ange que j'avais enculé se mit à crier lui aussi et se sépara de moi, pour s'effondrer sur le sol, en pleurs. En même temps, celui qui était en moi s'en était vivement retiré, et, en un instant, la chaîne s'était entièrement défaite. Dans tout le poulailler, il régnait maintenant une sorte d'abattement, qui se

changeait peu à peu en délire et en colère. Des anges s'arrachaient les plumes, d'autres se griffaient la poitrine, ou tournaient en rond sur eux-mêmes. Leurs visages se décomposaient sous mes yeux, leurs corps s'affaissaient, leurs chairs splendides devenaient molles, s'empâtaient et se déformaient lamentablement, des rides apparaissaient et se creusaient aux coins de leurs yeux, le long de leurs joues, sur leur front... Alors, ils se retournèrent contre moi, tentèrent, pour m'impressionner, de déployer leurs ailes, qui grinçaient et s'effritaient pitoyablement, et, tous ensemble, me désignèrent du doigt.

— Que se passe-t-il? Qu'ai-je fait? demandai-je, éberlué.

— Il a joui! répondit en criant un chœur de pleureuses.

— Je ne comprends pas... Pourquoi n'aurais-je pas dû jouir?

— Il a blasphémé! Tout détruit! Sache que nous ne jouissons jamais, misérable, car nous avons appris à oublier la jouissance! L'oubli! C'est pourquoi nous étions si beaux! Si purs! Si parfaits! Regarde ce que tu as fait de nous!

Ils s'accrochaient à moi, me secouaient violemment, les yeux pleins de haine. Je me sentis soudain envahi par un sentiment d'injustice et de révolte, et je me mis à crier, moi aussi:

— Misérables, vous-mêmes! Triste public d'un néant que vous refusez de voir! Que faites-vous donc, dans ce théâtre où plus personne ne joue,

enfermés les uns sur les autres, à vous désirer sans jamais jouir ?

Mais ces dernières paroles les mirent en fureur. Beaucoup même semblaient devenus fous. Ils se bouchaient les oreilles des deux mains, hurlaient de façon hystérique en secouant la tête de gauche à droite, comme pour nier tout ce que j'avais fait et dit. D'autres devinrent violents et commencèrent à me lyncher. Heureusement, mon plaisir leur avait fait perdre beaucoup de leur force, et je parvins à leur échapper.

Je quittai le paradis, récupérai mes vêtements sur le palier, où je me rhabillai, et pris la première sortie que je trouvai, au pied de l'escalier. Je me sentais meurtri, affaibli. Triste aussi, comme si ces êtres déplorables avaient réussi à me contaminer, avec leur goût de non-vivre. Je crachai par terre, à leur intention.

J'étais au centre d'un carrefour de couloirs, et une seule porte s'offrait à moi.

PORTE 33.

29

Le chien

Il faisait complètement noir. J'hésitai un instant, la main sur la porte, puis je me laissai gagner par la curiosité et j'entrai.

J'avançai en tâtonnant le long du mur. Il y eut un premier angle, vers l'intérieur, puis un autre, vers l'extérieur, comme pour changer de pièce. Alors, j'entendis tomber une grille et je me retrouvai enfermé dans un réduit, derrière des barreaux.

Je me mis à appeler, sans résultat. Après avoir fait et refait le tour de mon maigre espace, dans l'espoir de découvrir une possibilité d'issue, après avoir plusieurs fois, et de toutes mes forces, secoué la grille qui me retenait prisonnier, je finis par me coucher sur le sol, en chien de fusil, et tentai de m'endormir, pour chasser l'angoisse que me donnait la sensation d'un temps rendu immobile par l'enfermement, le silence et le noir.

J'avais fini par trouver le sommeil, quand je fus brutalement réveillé d'un coup de pied dans la cuisse. Une lumière crue tombait sur moi. Je clignai des yeux et je vis, sous la grille relevée, une femme en

cuissardes et sous-vêtements de vinyle, qui me tenait en laisse, par un collier de chien passé autour de mon cou.

— Sors de ta niche, sale bête, dit la femme.

Et elle me tira violemment par la chaîne. Je voulus me lever, mais je reçus un autre coup de pied, du bout pointu de sa cuissarde.

— A quatre pattes! ordonna-t-elle, d'un ton qui n'admettait aucune discussion.

Je lui obéis. Tout en marchant derrière elle, je levai les yeux de ses talons aiguilles jusqu'à son petit cul, qui débordait d'un slip très étroit et se dandinait joliment. Elle était mince et bien faite, très érotique dans ses dessous de cuir synthétique, moulants et brillants. Le corset, lacé dans le dos, soulignait la cambrure de sa chute de reins.

Je suivis ma maîtresse dans le salon. Dans un coin de la pièce, un gros homme en peignoir de soie se prélassait en fumant un cigare, sur le divan.

— Cette sale bête a encore fait des bêtises, dit le gros homme en me regardant d'un air méchant. Si ça continue, il va falloir le faire piquer.

— Ne t'inquiète pas, je vais le mater, dit la femme.

Elle m'entraîna dans la cuisine. Je commençais à avoir mal aux genoux. Elle mit un gros tas de viande hachée dans une écuelle, revint au salon et la posa au pied du divan.

— Mange, dit-elle.

Et, sans lâcher ma laisse, elle s'assit auprès du gros homme, ouvrit son peignoir et commença à le branler. Je risquai une main sur sa cuisse, dans

l'espoir d'obtenir la permission de participer à leurs jeux, mais je reçus un coup de pied dans les côtes.

— Espèce de gros cochon! cria la femme. Vas-tu manger ta viande?

Je me penchai sur l'écuelle, pris trois petites bouchées, que j'avalai avec effort.

— C'est bien, tu es un bon chien, dit ma maîtresse en me flattant la nuque. Pour la peine, tu peux lécher, ajouta-t-elle en me tendant son pied.

Je me mis à tirer la langue sur le bout pointu de sa botte, au talon vertigineux. Le gros me regardait faire, les yeux allumés de vice. La femme venait de plonger vers sa petite bite, qui commençait à bander, et se mettait à la sucer.

Je continuai à lécher consciencieusement les bottes. Quand je vis qu'ils devenaient tous les deux trop pris par leur fornication pour faire attention à moi, je défis rapidement mon pantalon et, pendant qu'elle était toujours occupée à sucer, je me branlai en me frottant contre sa jambe, comme l'aurait fait n'importe quel chien.

Je fus plus rapide à jouir que le gros. Ils ne s'étaient rendu compte de rien. Je me débarrassai de mon collier et gagnai discrètement la porte, en jetant un dernier regard sur mon foutre qui dégoulinait le long de la cuissarde en vinyle. J'avais envie de rire.

Je finis de reboutonner ma braguette dans le couloir et je poussai la porte suivante.

PORTE 30.

30

Jane et le Marsupilami

Tout était vert. Tout, sauf la rivière aux eaux turquoise et les cabanes en palmes et en bois rouge dans la clairière. C'était la forêt vierge, impénétrable et pleine du chant des oiseaux-mouches et des cacatoès, et du bruissement sourd des serpents sur les herbes.

Je quittai la lisière du bois pour m'avancer vers les baraques, plantées au bord d'un sentier.

Il n'y en avait qu'une dizaine, et on ne voyait personne, mais il devait exister ici une vie civilisée, puisque deux d'entre elles portaient une enseigne : sur la plus allongée, on pouvait lire CAFÉ, et sur la plus petite, dont le toit était équipé d'un tas d'antennes sophistiquées, BANQUE. Elles paraissaient en bon état, non abandonnées.

Je continuai jusqu'à la rivière, que je voyais scintiller entre les feuilles, et je découvris qu'elle était bordée sur ses deux berges, et sur toute sa longueur, d'un mur de cailloux soigneusement empilés les uns sur les autres, sur une hauteur d'environ cinquante centimètres. Je m'assis sur le muret pour regarder

chatoyer le ruisseau. C'est alors que je vis surgir de l'eau une tête monstrueuse, qui d'abord se mit à souffler bruyamment, avant de pousser des cris gutturaux.

Je me levai d'un bond. Mais ce n'était qu'un homme, un type du coin, dont le visage était à moitié mangé par un vieux masque de plongée, et qui exultait. Il sortit de l'eau, les bras levés en signe de victoire, en riant et en dansant comiquement sur ses jambes frêles, qui filaient tout droit se perdre dans son short trop grand et trempé. La peau basanée de son torse était rayée en diagonale, de la clavicule gauche au sternum, d'une cicatrice qui m'avait tout l'air d'être due à un coup de couteau.

Il vint vers moi, toujours sautillant et délirant de joie, et ouvrit ses mains à hauteur de mon visage. Je reculai un peu, car la proximité de ce qu'il me montrait me faisait loucher. Dans chacune de ses paumes brillait une grosse pépite d'or.

— De l'or, mon pote ! dit-il. De l'or !

Et, retirant son masque, il me désigna les murs de cailloux.

— Tout ça. J'ai retiré tout ça de la rivière pour y voir clair. Beau travail, non ?

Il considéra avec fierté son ouvrage, des milliers et des tonnes de cailloux patiemment ramassés et empilés.

— Maintenant, y reste plus que les pépites. Y a plus qu'à plonger et se servir. Tiens, mon pote !

Et il me fourra une pépite dans la main.

— Prends ! Prends ! Je te la donne !

Il était ravi de lire sur mon visage la surprise et l'incrédulité, ravi de sa propre générosité. Ses petits yeux noisette brillaient.

— Hé, hé! Allez, viens, petit, c'est ma tournée!

Il m'entraîna vers le bar. En chemin, je regardai la pépite. Elle avait une forme de fesses, ou de cœur, selon le sens dans lequel on la tournait. Je me demandai si j'allais la garder ou la vendre. Tout dépendait de sa valeur. Aujourd'hui, c'était peut-être une meilleure affaire de trouver une carte bancaire plutôt qu'une pépite. Je la mis dans ma poche.

Le bar, sombre et tout en bois, avait quelque chose du saloon. A notre entrée, les quatre poivrots accoudés au comptoir se retournèrent sur nous comme un seul homme, du même mouvement lent de la tête, sans ciller, le torse et le reste du corps restant par ailleurs parfaitement figés dans leur placidité. Il y avait là un petit vieux à tête chafouine, un grand échalas au sourire de débile, et deux rougeauds de taille moyenne mais solidement bâtis, qui pouvaient avoir trente à trente-cinq ans et se ressemblaient comme des frères.

— C'est ma tournée, répéta mon chercheur d'or à l'attention du barman, un grand moustachu à queue-de-cheval, qui aligna six verres de bière sur le comptoir.

Après quoi, chacun paya ses tournées. Au plafond, un énorme ventilateur brassait l'air étouffant, tandis qu'ils se racontaient leurs dernières aventures de chercheurs d'or, ou qu'ils ressortaient pour moi de vieilles histoires qu'ils connaissaient tous, et où il était question de filons, plus faramineux les uns que

les autres, et de fortunes faites et défaites en quelques jours.

Mon « ami » leur fit croire que j'avais trouvé une pépite sous ses yeux, comme ça, par hasard, juste en me baissant, et m'invita à la leur faire admirer, en prétendant qu'il n'avait jamais rencontré un type aussi chanceux que moi, ce dont il semblait tirer une mystérieuse gloriole. Les autres considérèrent mon trésor en hochant la tête, visiblement impressionnés. Puisque j'étais devenu une sorte de héros, j'offris une nouvelle tournée.

J'avais bien dû ingurgiter des litres de bière, mais il faisait toujours aussi chaud. La conversation devenait de plus en plus confuse, et ma chemise collait à ma peau. Je demandai le chemin des toilettes. On m'indiqua un corridor au fond de la salle.

L'endroit n'était éclairé que par la lueur incertaine d'une enseigne qui annonçait les toilettes, tout au bout du couloir. Je m'y dirigeai en chancelant un peu, à cause de la bière. Quand je voulus m'appuyer contre le mur pour me guider plus facilement, je m'aperçus que, de chaque côté, mes mains ne rencontraient que des barreaux.

En même temps, je me rendis compte qu'il y avait une vie derrière ces barreaux, d'où me parvenaient des bruits de frottements et des souffles. Ma première impression fut de me trouver dans l'allée étroite d'une ménagerie de cirque, entre les cages des fauves et des singes. Mais j'avais l'esprit trop embrumé pour me poser davantage de questions, et ma préoccupa-

tion la plus pressée était d'atteindre les toilettes, où enfin je pus vomir et pisser tout l'excédent de liquide qui ballottait dans mon corps comme une mer houleuse.

En revenant vers le bar, j'entendis qu'on m'apostrophait de toutes parts, de l'intérieur des cages. C'étaient des voix chuchotantes, qui ne ressemblaient pas pourtant à celles des ombres des couloirs, lesquelles d'ailleurs m'appelaient toujours par mon nom, alors que celles-ci employaient le langage des prostituées, des « Tu viens, chéri ? » et autres douceurs. Bien qu'encore ivre, je compris tout : dans ce village qui ne comptait que quelques baraques de chercheurs d'or aux méthodes primaires, il y avait tout de même une banque, petite mais reliée par tous les moyens modernes de communication aux établissements bancaires et aux places boursières du monde entier, un bar où la bière et l'alcool coulaient à flots, et un bordel.

Je m'appuyai contre les barreaux d'une cage pour essayer de distinguer quelque chose à l'intérieur, et la porte s'ouvrit toute seule. Dans le fond de la pièce, à droite, je vis un lit, sur lequel était allongée la silhouette voluptueuse d'une jeune femme nue qui me tournait le dos.

— Viens, oh, je t'en prie, viens vite, chuchota-t-elle à plusieurs reprises, d'une voix brûlante de désir.

Je me débarrassai de mes vêtements, que je laissai par terre, et je la rejoignis sur le lit. Elle continuait à me tourner obstinément le dos, mais elle avait une chute de reins si épanouie, un cul tellement splen-

dide, que, loin de songer à me plaindre de sa position, je la pris par les hanches et lui fourrai ma queue entre les fesses, d'où elle glissa d'elle-même pour l'enfiler dans son con, car la fille était si excitée qu'elle semblait avoir l'entrejambe pommadé de lubrifiant. Elle se laissa faire sans dire un mot.

Elle avait la peau douce, le corps souple, elle était étonnamment docile, et son vagin était si élastique qu'il vous suçait et vous pressait la bite avec les talents conjugués d'une bouche et d'une main expertes. Je dus m'activer assez longtemps, à cause de l'alcool, et puis je sentis monter le plaisir, lentement, et je jouis dans le ventre de la fille. Je m'endormis aussitôt, en la serrant dans mes bras et sans me retirer d'elle.

Je ne m'en aperçus qu'à mon réveil : j'avais baisé une poupée gonflable, dont les appels lascifs provenaient d'un petit magnétophone posé sur la table de nuit. Mes yeux s'étant habitués à l'obscurité, je la retournai dans tous les sens pour l'examiner. Elle était foutrement bien roulée, dotée d'une belle paire de seins pointus et d'un joli minois, avec de grands yeux qui semblaient vous supplier de quelque chose et une bouche pulpeuse, ouverte juste comme il le fallait pour vous y recevoir.

— Alors comme ça, tu m'as menti, sale petite pute, lui dis-je.

Et, pour la punir, je me mis debout au-dessus d'elle, jambes écartées, et je lui pissai sur le visage. Puis je l'attrapai par les cheveux et je lui enfonçai ma bite dans la bouche.

— Alors, chienne, qu'est-ce que tu dis de ça?

Elle n'en disait rien, mais on aurait cru qu'elle avait une ventouse entre les lèvres. Je faisais aller et venir sa tête en la tenant par les cheveux, ses grands yeux fixes avaient l'air de plus en plus étonnés, et elle aspirait mon nœud avec l'efficacité d'une machine à faire jouir, tandis que je profitais de la situation pour l'abreuver d'insultes et d'obscénités. Toutes ces saletés, qui me vengeaient de la trahison que j'avais subie, me montaient à la tête. Je me mis à serrer son cou entre mes mains, en appuyant de toutes mes forces avec les deux pouces, et, au moment où le latex explosa sous la pression, j'éjaculai.

Je cherchai mes vêtements, en tâtonnant à quatre pattes dans toute la cage. Mais ils avaient bel et bien disparu. Je ne trouvai qu'une espèce de cache-sexe en imitation léopard, un truc ridicule mais que je passai quand même, faute de mieux.

Apparemment, le bar était fermé. Il n'y avait plus personne, et la porte était verrouillée de l'intérieur. J'en fus presque soulagé, car je ne tenais pas à m'exhiber dans cette tenue. Je regardai dehors, à travers la vitre. Personne non plus. A part le petit vieux, accroupi par terre, à l'ombre. Parfait. J'ouvris la porte, sortis et me dirigeai vers lui.

Dès qu'il me vit, il s'esclaffa en se tapant sur la cuisse et, me montrant du doigt, il partit d'un rire idiot, ponctué de hoquets aigus. Je l'aurais volontiers fait taire d'un coup de poing mais, vraiment, il était trop malingre.

— Où sont mes fringues? lui demandai-je d'un

ton assez menaçant pour le persuader de me répondre.

Toujours entre deux hoquets, il me montra du doigt le haut d'un arbre. En m'approchant du tronc énorme, je vis que mes vêtements avaient été déposés sur une grosse branche, soigneusement pliés, avec les chaussures par-dessus. Heureusement, il pendait de cette même branche une liane solide.

Je commençai à y grimper, comme à la corde lisse. La branche était à plusieurs mètres du sol. A chaque nouvelle extension de mon corps pour s'élever, mon sexe, qui pendait librement sous le bout de tissu censé protéger ma pudeur, frottait doucement contre la liane. En arrivant à destination, je bandais, et je regrettai presque que le voyage fût déjà terminé.

Il y avait quelque chose de singulier dans cet arbre. En réalité, c'était un faux arbre, un arbre de décor. Le bois, l'écorce, les feuilles, les lianes, tout n'était qu'imitation. Je levai les yeux vers les autres arbres de la jungle, pour voir s'ils étaient aussi faux que le mien. C'est alors que je vis, confortablement assise dans les branches d'un arbre voisin, une superbe créature en chair et en os, une femme de toute beauté seulement vêtue d'un cache-sexe semblable au mien. Le mien que, justement, elle regardait fixement, en se passant la langue sur les lèvres.

Je baissai à mon tour les yeux sur l'objet de sa curiosité et de sa gourmandise, et je vis que, bandant toujours à cause de la liane, et sûrement

d'autant plus depuis que j'avais vu cette pin-up nue, ma queue avait fait se relever le bout de tissu, d'où le gland dépassait.

Je regardai de nouveau la fille, qui continuait à ne s'intéresser qu'à ma virilité, et s'y intéressait même si bien qu'elle commença à se masser les seins, puis laissa descendre ses mains sur son ventre, ses cuisses, pour finalement ouvrir grandes les jambes, soulever son pagne et se caresser ardemment, toujours en fixant ma queue, plus raide que jamais.

Je saisis une liane et, m'en servant cette fois comme d'un balancier, je m'élançai à sa rencontre, sans la quitter des yeux. Le spectacle qu'elle m'offrait, haletante, la tête renversée au milieu des feuilles, ajouté au contact de la liane, faillit bien me faire jouir en plein vol. Mais je parvins à me contenir, et je fus auprès d'elle au moment même où elle atteignait l'orgasme. Pendant qu'elle jouissait, je lui collai ma queue sur le ventre, ce qui la fit sursauter plus violemment encore. Aussitôt après, je la pénétrai en mettant ses jambes magnifiques autour de mon cou.

Ma sauvageonne avait des cheveux blond platine impeccablement mis en plis et laqués, des yeux délicatement agrandis par les fards, la bouche peinte, les jambes, les aisselles et le sexe parfaitement épilés, vingt ongles vernis, et une peau imbibée d'une eau de parfum luxueuse. Des marques de bronzage en maillot délimitaient les portions très réduites de son corps que sa décence l'empêchait habituellement d'exposer sur la plage. Elle recommença à se cambrer

en criant, et je m'efforçai de faire durer la séance le plus longtemps possible, car la comédie qu'elle donnait en prenant son plaisir était d'une telle intensité qu'on avait tout de suite envie de la voir recommencer.

Au bout d'un moment, estimant que je l'avais assez vue côté face, je la fis se retourner et la pris en levrette, côté pile. Elle s'accrochait aux branches et donnait des coups de reins furieux, en miaulant et rugissant, et en secouant sa crinière laquée dans tous les sens. C'en était trop pour moi.

J'allais jouir avec elle, quand un monstre poilu, jaune à pois noirs, qui semblait tombé du ciel, me l'arracha subitement. Avant que j'eusse eu le temps de comprendre quelque chose, elle s'était accrochée à lui avec un cri de joie, et, en quelques bonds, il l'avait emportée dans les plus hautes frondaisons de l'arbre voisin.

Je me retrouvai seul en moins de temps qu'il n'en faut pour le dire, le sexe turgescent à l'air, douloureusement abandonné. Là-bas, ma Jane tremblait de joie en s'amusant avec la queue du Marsupilami, car c'était bien lui (je l'avais reconnu à son cri de victoire, ce « houba, houba » si spécifique avec lequel il me narguait). Évidemment, j'étais hors concours. Avec sa queue, il pouvait la satisfaire de toutes sortes de façons imbattables, comme, par exemple, la pénétrer tout en la ligotant. Et elle jouissait de plus belle.

Je me contentai donc de faire le voyeur. Je me finis à califourchon sur une branche, en les regardant.

Jane et le Marsupilami

Mon sperme jaillit comme une fontaine et tomba, de branche en branche et de feuille en feuille, jusqu'au sol, où il alla fertiliser la terre.

Je rejoignis mon arbre, quittai mon pagne, enfilai mes vêtements et redescendis par la liane. Une fois en bas, je pensai à chercher la pépite dans ma poche. Elle y était toujours. Et qu'elle était belle ! Je la tournai avec émotion entre mes doigts. Je regardai vers les cabanes, tâchai d'apercevoir les bords du ruisseau entre les feuillages. Il me fallait quand même faire mes adieux à celui qui s'était montré si généreux envers moi, même si je n'avais pas la moindre envie de revoir les autres.

Je me dirigeais vers la rivière, les mains dans les poches et la pépite au creux de la main, quand je sentis, dans la chaleur de ma paume, la pépite ramollir et se déformer. J'osai à peine la regarder. Quand j'ouvris ma main, elle était tout empoissée de traces marron, d'une pâte brune qui fuyait d'entre les déchirures du papier doré.

Je jetai la pépite en chocolat par terre, dans l'herbe synthétique, léchai ma paume pour la nettoyer et retournai à l'endroit par où j'étais entré, cette porte au fond du décor qui me rendit aux couloirs obscurs, où deux portes s'offraient à moi.

PORTE 28,

PORTE 31.

31

La joueuse

— Vite, vite, Mlle Mariella vous attend !

L'homme m'entraîna à travers les vestiaires jusqu'au cabinet de kinésithérapie. Étendue sur la table de massage, une joueuse de tennis, en jupette blanche, m'accueillit avec un sourire.

— C'est vous qui remplacez Paul ? dit-elle en me tendant la main. Je suppose qu'il vous a expliqué. Il me masse toujours les mollets et les cuisses avant mon entrée sur le court.

— Bien sûr, dis-je en lui rendant son sourire.

Elle avait des jambes magnifiques, longues, fines et musclées, et si elle me prenait pour le remplaçant de son kiné, eh bien, c'était à moi de jouer et de ne pas la décevoir. Avec un peu d'application, je trouverais bien le moyen d'échauffer convenablement ces muscles si précieux.

Mlle Mariella ferma les yeux et attendit que je me mette au travail. Je m'approchai de la table. Ainsi posée, elle avait l'air d'une friandise, livrée à ma gourmandise. Je saisis sa jambe gauche, l'écartai de la droite. Sa peau était élastique, lisse, bronzée. Je lui

fis plier un peu le genou et commençai à lui masser le mollet en faisant jouer mes doigts sur toute la longueur de ses chairs fermes et souples.

Un demi-sourire d'aise se dessina sur ses traits. Elle était féminine et ravissante, avec ses fins cheveux châtains ramenés en arrière et retenus par un chouchou coloré, avec les petites mèches bouclées qui s'échappaient de sa coiffure, avec son visage ovale, ses pommettes hautes, son petit nez, son maquillage discret, et cet air de détermination mêlé à l'impression de gaieté et de fraîcheur qui émanait d'elle.

Je remontai vers le genou, fin et rond. Sous le body blanc, ses petits seins rebondis se soulevaient lentement à chaque inspiration. A l'orée de sa jupe plissée, je pouvais voir le fond de sa culotte, fermé entre les jambes par trois pressions. Je massai longuement ses cuisses, l'une après l'autre, en allant aussi haut que me le permettait mon rôle. Je bandais.

Puis elle se leva et me demanda de ne pas la quitter des yeux durant le match, pour le cas où elle aurait besoin de mes services. Je croisai les doigts pour lui souhaiter bonne chance et je rejoignis les tribunes, tandis qu'elle gagnait le court.

La foule applaudit son arrivée à tout rompre. Son adversaire était là aussi, une grande blonde à l'air rude, mince et charpentée. Pendant tout le match, cette dernière s'obstina à envoyer méthodiquement des balles puissantes du fond du court, alors que Mariella, vive, mobile, ne cessait de monter au filet et de se déplacer sur la terre battue, comme si elle y exécutait les figures d'un ballet, comme si elle

accomplissait les rites d'une cérémonie cosmique, où la transe consistait à glorifier la totalité d'un espace délimité.

J'étais placé au premier rang. Quand elle jouait face à moi, je pouvais voir le regard de tueuse de Mariella au moment de servir, regard qui tentait de réduire à sa merci la force morale inébranlable et les solides qualités physiques et techniques de son adversaire. Et quand elle se trouvait de mon côté, je pouvais admirer au plus près son jeu de jambes et sa culotte.

Sa culotte, qu'elle me révélait tout entière quand, trépignant sur place et balançant sa raquette de gauche à droite, elle attendait le service de son adversaire, ou encore chaque fois que sa jupette s'envolait, au moment où, les bras en l'air, elle projetait violemment tout son corps en avant pour effectuer un service ou un smash.

Deux fois, lors d'une pause, elle fit appel à moi pour lui masser rapidement la cuisse droite, où elle sentait une légère contracture. Mais le match était très serré, et chaque fois j'eus l'impression qu'elle se laissait faire sans me voir, sans rien voir du monde extérieur, tant elle était concentrée en elle-même. Finalement, elle l'emporta en trois sets, 7-6, 6-7, 8-6.

Elle accueillit sa victoire avec un geste du poing. Tant qu'elle resta sur le court, elle fut radieuse, comme habitée par les applaudissements qui pleuvaient sur elle. Mais dès qu'elle retourna en coulisses, je vis qu'elle était extrêmement grave et que, loin d'être délivrée de la tension du match, elle

paraissait plus que jamais close sur elle-même et sur son angoisse.

Elle m'entraîna dans la salle de kiné. Là, elle ouvrit un placard en fer, d'où, dressée sur la pointe des pieds pour atteindre le fond de la dernière étagère, elle sortit une cravache, qu'elle me tendit. Puis elle alla s'accroupir sur la table de massage, défit les pressions de sa culotte, dont elle remonta sur sa taille les deux pans ainsi libérés, et, me tendant ses fesses nues, ravissantes, plus blanches que ses cuisses bronzées, me dit : « Allons-y. »

Je bredouillai, incrédule, n'osant pas comprendre ce qu'elle attendait de moi. Elle retourna vers moi son visage fermé et répéta : « Allons-y. »

Son cul dodu se tendait vers moi. On aurait dit qu'il me regardait. Je levai la cravache et je frappai, doucement.

Quand la lanière toucha sa chair, elle eut un sursaut. Le coup avait laissé sur sa peau une marque légère, qui allait en rosissant. Un moment, j'hésitai à poursuivre. Mais elle se cambra un peu plus, dans un mouvement qui était un geste d'appel. Je recommençai, plusieurs fois de suite.

Je continuai à opérer avec précaution, afin de ne pas trop la blesser. Ses fesses étaient maintenant toutes zébrées de rose vif, mais elle en demandait toujours. Sa croupe sursautait à chaque nouveau coup, mais elle ne bronchait pas davantage.

Pourtant, il arriva un moment où elle laissa échapper un gémissement de douleur. Alors, je ne sais pourquoi, il me vint à la bouche un goût de sang,

et je laissai retomber la cravache de toutes mes forces. La lanière cingla, elle poussa un cri, une trace rouge apparut sur son cul.

Mon souffle était devenu court, j'étais comme tétanisé. Mon bras se leva de nouveau, et je recommençai, encore et encore, de plus en plus excité à mesure qu'elle geignait et criait sous la violence des coups, à mesure que des larmes rouges perlaient en brillant de chaque déchirure dans sa peau. Je finis par la rejoindre sur la table et, à genoux derrière elle, pantalon baissé, je pénétrai sans ménagement dans son cul meurtri et la défonçai. Elle hurlait, se contorsionnait, suffoquait, sous l'emprise d'une crise de nerfs, et, tout en la bourrant de coups de reins, je devais la tenir par les cheveux. Puis elle se mit à sangloter. Je jouis comme j'avais frappé, avec une sorte de sauvagerie.

— Merci, me dit-elle en se relevant.

Elle essuyait ses larmes, rassérénée, et passait sur ses fesses une serviette blanche, qui se tacha de rouge. Je commençai à regretter ce qui s'était passé, d'autant qu'à aucun moment je ne l'avais vue prendre son plaisir.

— Mais vous n'avez pas joui, dis-je.

— Ce n'est pas ce que je recherche dans la douleur, répondit-elle. La douleur ne me donne aucun plaisir.

— Alors, pourquoi... ?

— Parce que j'ai besoin de ce genre de douleur pour me distraire d'une autre douleur, une douleur bien plus terrifiante dont j'ignore le nom et la cause,

et qui, lorsqu'elle se manifeste, menace de devenir insupportable. En quelque sorte, je choisis de souffrir pour ne pas mourir d'une plus grande souffrance.

— Cette douleur insupportable, pourquoi ne pas essayer de l'oublier dans le plaisir, plutôt?

— J'aime beaucoup trop le plaisir pour le gâcher de cette façon. Mon plaisir, je le prends quand je me sens bien. C'est alors qu'il est le meilleur...

Au moment de quitter la pièce, elle me fit un petit signe d'adieu et ajouta :

— A-t-on une chance de comprendre un jour quelque chose à la vie?

Et elle s'éclipsa en direction des douches.

Pour ne pas la suivre, je fis ma toilette dans le lavabo, en me demandant si vraiment j'avais échappé à mon propre contrôle, ou si cette impression d'avoir perdu le contrôle de moi-même n'était pas plutôt un leurre volontairement élaboré par mon esprit pour me libérer du poids de mon geste.

Je rejoignis les couloirs sombres, dans lesquels j'errai longuement, avant de pousser une porte.

PORTE 33.

32

La collection

Je me retrouvai dans un ascenseur. J'en serais peut-être aussitôt sorti, s'il n'avait été déjà occupé par une jeune fille, qui m'accueillit avec un sourire. Elle appuya sur un bouton, et nous commençâmes à monter.

Nous étions l'un et l'autre appuyés dans un coin, face à face, en diagonale. C'était une fille toute simple, en jean, bottes et blouson. Elle avait posé à ses pieds une grosse sacoche de photographe et portait à son cou un appareil carré de 6 × 6. Elle me détailla de haut en bas, d'un regard franc et direct.

— Voulez-vous que je me tourne? dis-je, amusé.

— Je veux vous montrer quelque chose, fit-elle.

Elle se baissa, sortit un classeur de sa sacoche et vint vers moi. Il y avait là-dedans une collection de photos pornographiques, des corps et des sexes d'hommes et de femmes, des couples en action.

— C'est vous qui faites ça? demandai-je.

— J'ai plusieurs clientes... Des collectionneuses... Elles paient bien.

— Félicitations.

— Vous voulez bien poser pour moi ?

— Pour une riche collectionneuse ?

— Oui. Ici, dans l'ascenseur, ce sera parfait. Ouvrez votre chemise, baissez votre pantalon, ça suffira... Merci, c'est sympa. Oh ! Je suis sûre qu'elles vont adorer...

Elle vint mesurer la lumière sur mon bas-ventre et prit une première série de clichés, en plans plus ou moins rapprochés. Elle me faisait adopter différentes poses, en m'encourageant :

— Très bien... Oui, comme ça... Très joli...

Puis elle s'agenouilla à mes pieds et commença à me sucer. Je crus que la séance l'avait excitée, mais je découvris qu'elle voulait seulement me faire bander, pour poursuivre son reportage avec mon sexe en érection. Dès qu'il fut bien raide, elle se remit à mitrailler.

Elle me photographia encore sous toutes les coutures, la bite dressée, puis me demanda de faire mine de me branler. Enfin, elle eut la politesse de venir finir de me sucer. Je n'étais pourtant pas encore au bout de ma contribution. Dès qu'elle me sentit prêt à jouir, elle se dégagea, remit ma queue dans ma main et reprit son appareil. J'éjaculai en plein sur l'objectif.

Quand je la quittai, elle m'envoya de la main un petit baiser. La porte se referma, et l'ascenseur l'emporta.

Je marchai un peu dans le couloir, en essayant d'imaginer quel effet auraient mes photos sur la ou les riches collectionneuses qui les achèteraient. Qu'en

feraient-elles exactement ? J'espérais qu'il y aurait parmi ces salopes au moins une jolie femme... Une jolie femme qui rêverait sur moi comme j'étais en train de rêver sur elle...

Puis je cessai d'y penser et je poussai une porte.

 **PORTE 28.**

33

L'échange

J'entrai dans une maison rustique, une grange aux murs de pierres grossièrement taillées et assemblées par de la terre. Dans un coin de l'unique grande pièce, une bûche se consumait doucement dans la cheminée. En face, un tas de bois montait le long du mur crépi de blanc, le seul mur dont on avait caché les pierres et le long duquel s'étendaient plusieurs étagères remplies de livres.

L'aménagement présentait un mélange de rudesse et de confort, avec un sol en béton teinté de rose, un tapis très coloré dont le fond blanc prenait la poussière, un canapé en tissu noir à petits motifs blancs, deux fauteuils en osier peints en blanc, deux fauteuils en toile bleue et, du côté de la cuisine, tout l'équipement électroménager moderne, une grande table sur tréteaux et deux bancs de bois grossiers.

Trois abat-jour chinois en papier rouge, qui pendaient d'entre les poutres du plafond bas, ajoutaient une petite touche de tripot, tandis que la porte de la salle de bains, qui attendait depuis longtemps d'être peinte et n'avait pas de loquet, contribuait à

l'impression d'inachèvement qui se dégageait de l'ensemble. Au centre de la pièce, une grande ouverture carrée dans le plafond laissait voir l'étage, auquel on accédait par une échelle. Une rambarde en bois courait le long de cette trouée, et je m'attendais à y voir apparaître une brochette de filles en jupons, qui viendraient s'y accouder en me souriant. Je me mettrais au milieu, juste au-dessous d'elles, et, de là, je serais parfaitement bien placé pour faire mon choix. Mais personne ne vint.

En passant devant la grande glace aux contours rouge bordeaux placée sous l'échelle, je vérifiai mon allure, comme si je m'attendais à un rendez-vous important, et je montai.

Là-haut, l'espace, sous les toits, était divisé en trois niveaux, qui délimitaient trois petites chambres ou dortoirs. L'une d'elles était séparée des autres par divers tissus accrochés aux poutres. J'en écartai un pan et je pénétrai dans cette dernière pièce.

Elle était presque entièrement occupée par un haut et grand lit aux montants de fer, qui faisait face à une porte-fenêtre dans laquelle s'encadrait un lumineux et magnifique paysage de montagne, entièrement blanc de neige. A l'intérieur de ce lit, une femme était à moitié étendue sur deux gros oreillers. Elle avait sur les cuisses une chemise en carton rigide, sur laquelle reposait une feuille blanche, qu'elle était en train de couvrir d'encre bleue.

— Bonjour, dit-elle. (Et, désignant le lit :)

Asseyez-vous, je vous en prie. Si vous voulez bien m'accorder quelques minutes... Le temps de finir une petite description et je suis à vous...

Et elle continua à écrire.

Derrière le lit, deux étagères pleines de livres formaient des sortes de cloisons, de chaque côté des deux tentures rouges qui marquaient l'entrée de la pièce. C'était ce même rouge sombre, théâtral, qui encadrait la grande glace du rez-de-chaussée et qu'on retrouvait ici sur une autre grande glace ovale, et sur la couverture qui faisait office de dessus-de-lit. Il y avait aussi, appuyé contre la partie la plus basse du toit, un cadre où étaient punaisées plusieurs cartes postales et photos, sur lesquelles je reconnus Kafka, Poe, Céline dans son jardin, Rimbaud, Verlaine attablé dans un bistrot devant un verre d'absinthe, Baudelaire, Tolstoï avec son bâton de mendiant... Et une reproduction du *Philosophe en méditation,* de Rembrandt, une autre d'une gravure représentant une église romane en ruine au milieu des sables et des pins... Et des photos... Un petit garçon en train de lire sur une plage, le menton sur le genou, un bébé nu et dodu assis dans un fauteuil, en train de sucer son pouce, une jeune femme en short endormie sur un banc public, qui n'était autre que cette femme en train d'écrire dans son lit, un jeune homme à chapeau et lunettes noires couché de tout son long sur une route, le même en train de lire sur un lit d'hôtel, avec, à la fenêtre, une pleine lune dans la nuit noire...

Je détournai mon regard vers la montagne.

— Vous voyez ce sommet, là, en face, avec une grande antenne ? C'est le pic du Midi, dit-elle, sans s'arrêter d'écrire. C'est de là-haut qu'ils font les meilleures photos de la couronne solaire. Et la nuit, ils observent le ciel... C'est beau, non ?

Elle paraissait émerveillée. J'acquiesçai poliment, en me demandant où elle voulait en venir. Elle ne disait plus rien. Je tendis une main vers sa jambe, à travers la couverture. Mais elle la retira d'un air amusé. Elle était toujours absorbée dans son écriture.

— Votre description n'est pas encore terminée ? lui dis-je, un peu agacé.

— Si, justement. Nous allons pouvoir parler, tous les deux.

Mais elle écrivait encore. Je me penchai sur sa feuille et je vis qu'elle venait de noter exactement la question que je lui avais posée et la réponse qu'elle m'avait faite. Et qu'en ce moment même elle était en train de raconter que je lisais sur sa feuille.

— Mais que faites-vous ? lui demandai-je.

Maintenant elle me regardait dans les yeux, tout en continuant à griffonner. Elle avait des yeux sombres, brillants, grands ouverts, qui lui donnaient un air presque idiot, ou halluciné.

— Je vais t'expliquer, dit-elle. On peut se tutoyer ? Voilà, c'est moi qui écris tes aventures.

— Tu es reporter ?

— Eh bien, pas tout à fait. Pour faire un reportage, il faudrait que je te suive...

— Ah, j'ai compris. C'est toi qui me suis dans les couloirs ?

— Mais non, ce n'est pas moi. Moi, je reste ici, dans mon lit. Pour tout te dire, c'est moi qui ai inventé tout ça, le royaume d'Éros, les portes, les ombres qui te suivent dans les couloirs, les aventures, les personnages, la Femme... et toi, bien sûr.

— Ah bon. Si je te comprends bien, je n'existe que dans ton imagination.

— Évidemment non, pas seulement. Tiens, touche-toi. Tu vois bien que tu es fait de chair et d'os. Surtout de chair, d'ailleurs, j'espère que tu as eu l'occasion de le vérifier plus d'une fois depuis que tu es entré ici...

— Comment puis-je être à la fois dans ta tête et dans mon corps ?

— Je ne sais pas. Je suis aussi dans ta tête, tout en restant dans mon corps. Tu vois, en ce moment même tu m'inventes autant que je t'invente...

Je me tus un moment, puis j'ajoutai :

— Si tout est écrit... Ça veut dire que je ne suis pas maître de mes actes ni de ma destinée...

— Rien n'est écrit à l'avance. Tout s'écrit au fur et à mesure que nous le vivons. Ce n'est qu'une question de perception du temps. Sait-on vraiment où est le présent ? Dans le passé, dans le futur, il est partout et nulle part...

— Peut-être... En tout cas, tout ça, c'est très joli, mais il y a un truc sur lequel je ne suis pas d'accord. Toi, tu sais tout ce que je fais, tu me vois même dans les situations les plus intimes,

mais moi, je ne peux rien voir de toi. Alors, si on parlait un peu de toi ? Par exemple, pour changer un peu, qu'est-ce qui t'excite, toi ?

— Tu es vraiment injuste. Ou aveugle ? Je n'arrête pas de m'exposer. Tu vois de moi tout ce que je vois de toi : tous les couloirs que tu empruntes, c'est dans mon cerveau qu'ils circulent, toutes les portes que tu ouvres, c'est en moi que tu les ouvres. Vois-tu, nous avons des myriades de portes là-dedans, ajouta-t-elle en montrant sa tête. Il y a des gens qui, leur vie durant, n'en ouvrent que quelques-unes, alors que toi et moi, nous transformons ce dédale en le plus passionnant des terrains d'aventure et d'exploration. Chaque fois que tu ouvres une porte, tu l'ouvres à la fois dans ma tête et dans la tienne. Finalement, tu en sais autant sur moi que j'en sais sur toi...

— Ouais... Tu me fais quand même faire ce que tu veux, alors que l'inverse est impossible.

— Tu crois ça ? Tu aurais dû m'entendre quand j'en avais assez de ta frénésie érotique. J'avoue qu'en ces moments-là il m'est arrivé de m'emporter contre toi dans des termes peu élégants. De temps en temps, ton acharnement sexuel, j'en avais par-dessus la tête. Mais je poursuivais ma tâche... Pour toi...

— Je comprends à présent pourquoi tu m'as fait vivre quelques trucs plutôt bizarres... Et maintenant, est-ce que je peux savoir ce qui va m'arriver ? Est-ce que je vais retrouver la Femme ?

— Tout dépendra de toi. De la façon dont tu surmonteras les dernières épreuves. Mais d'abord, il est temps pour toi de rencontrer les ombres.

— Et... toi et moi ? ajoutai-je, d'un air entendu, en me penchant vers elle.

— Toi et moi, c'est tout. C'est déjà beaucoup, non ?

Elle se leva, descendit l'échelle, ouvrit la porte de la grange et sortit avec moi dans le couloir.

Cette fois, elles étaient là. Deux silhouettes immobiles dans l'obscurité, l'une enveloppée d'un linge rouge sombre, l'autre d'un linge noir. Mon cœur se mit à taper dans ma poitrine.

— Je te présente l'ombre de l'Amour perdu, dit mon accompagnatrice.

L'ombre en rouge vint vers moi, me prit la main et dit, d'une voix chaude et pathétique : « Viens. »

— Et voici l'ombre de Toi-Même.

L'ombre en noir s'avança, prit mon autre main et dit, d'une voix grave et pénétrante : « Viens. »

Au bout du couloir, une enseigne lumineuse indiquait la sortie. Je compris que j'étais arrivé à la fin de mon voyage. Il ne restait plus que deux portes, mais je pouvais très bien les délaisser.

Je me retournai vers mon accompagnatrice, qui déjà m'abandonnait.

— Et la Femme ? lui demandai-je.

— Dehors, dit-elle. Tu la retrouveras dehors.

Un âpre combat se livrait dans mes veines, entre la terreur et le désir. Maintenant sans doute, je n'étais plus loin du grand moment. Tout dépendrait du choix que j'allais faire entre :

— suivre l'ombre de l'Amour perdu :

 PORTE 34 ;

— suivre l'ombre de Moi-Même :

 PORTE 35 ;

— ne suivre ni l'une ni l'autre :

 PORTE 36.

34

L'ombre de l'Amour perdu

— Qui es-tu ? demandai-je à l'ombre de l'Amour perdu.

Dans l'obscurité, je ne pouvais que deviner sa silhouette drapée de rouge sombre et la lueur blanche de ses longs cheveux. Elle baissait la tête, et son visage demeurait enfoui dans les ténèbres.

— Je t'en prie, viens..., gémit-elle.

Brusquement, il me revint un souvenir d'enfance. Notre chienne avait disparu. Malgré toutes nos recherches, nous ne devions la retrouver que sept jours plus tard. Elle avait été découverte par un chasseur, au fond d'un puits à sec, dans la forêt. Quand nous revînmes sur les lieux avec lui, et avec des cordes pour la sortir de là, nous l'entendîmes geindre doucement. Il y avait dans cette plainte timide tout son épuisement, mais aussi son amour et sa fidélité. Alors, couché au bord du trou, le visage caché entre les mains, l'enfant que j'étais s'était mis à pleurer avec la chienne, par compassion et par peur du néant.

Et maintenant, c'était comme si l'ombre de

l'Amour perdu était tombée au fond d'un puits et attendait que je la sauve. Je serrai ma main dans la sienne et je la suivis.

Elle me fit entrer, par une porte capitonnée, dans une petite chambre rose et circulaire. Le lit, rond aussi, était placé au centre de la pièce. C'était le seul meuble, et il suffisait à occuper presque tout cet espace très réduit. Le plafond voûté diffusait sur l'ensemble une faible lumière opaline.

L'ombre avait fait quelques pas, en me tournant le dos. Son étrange et magnifique chevelure blanche déferlait jusqu'à sa taille, et faisait un contraste saisissant avec le drap écarlate qui l'enveloppait comme une tunique antique.

— Tu as vu comme mes cheveux ont blanchi, mon amour, à force de t'attendre ? dit-elle. Mais tu es là, enfin et de nouveau et plus que jamais nous allons être unis, dans la plus brûlante passion... Vois, je suis à toi.

Elle amena sa main droite sur son épaule gauche, le linge tomba, elle fut nue.

Je restai suffoqué par sa beauté. On eût dit une statue. C'était Vénus sortant des eaux, vue de dos. Je m'approchai d'elle, posai mes mains sur ses hanches. Sa chute de reins semblait avoir été sculptée par un dieu.

— Tu es très belle, dis-je.

Était-ce sa beauté qui la rendait à ce point émouvante ? Ou paraissait-elle si belle à cause de l'émotion qui se dégageait d'elle ? Quand je voulus l'inviter à se retourner vers moi, elle s'y refusa.

— Tu ne dois pas me voir, dit-elle.

— Mais pourquoi ?

— Je ne veux pas que tu me voies. Je t'en supplie...

J'étais décontenancé.

— Déshabille-toi, souffla-t-elle.

— Écoute, ça n'a pas de sens.

— Je t'en prie...

J'enlevai mes vêtements. Puis je ramassai ma chemise, y déchirai une bande de tissu, la nouai sur mes yeux.

— Je ne pourrai plus te voir, maintenant, lui dis-je en posant doucement ma main sur son épaule.

Elle se retourna et m'embrassa longuement sur la bouche en pressant son corps contre le mien.

Je l'entraînai sur le lit, qui était juste derrière nous. Nous continuâmes à échanger des baisers et des caresses. Je me sentais fébrile et maladroit, sans doute à cause de l'émotion qui s'était emparée de moi depuis que j'avais suivi cette femme, et aussi à cause de l'interdiction qu'elle m'avait faite de la regarder. Malgré ce corps superbe entre mes mains, je ne bandais pas.

Elle descendit le long de mon torse, prit mon sexe dans sa bouche. Mais, malgré tous ses efforts, rien ne changea. Je me sentais de plus en plus mal à l'aise. Pour lui faire oublier ma déconvenue et gagner un peu de temps, je plongeai à mon tour entre ses jambes, où je gardai mon visage enfoui le plus longtemps possible. Elle me tenait par la nuque, soulevait les hanches, faisait de son mieux pour

prendre son plaisir. Mais bientôt il fut clair qu'elle non plus n'arriverait à rien.

D'un seul coup, je ne supportai plus ce bandeau sur mes yeux. Je l'arrachai avec colère. Et je la vis.

Nue, étendue sur le dos au milieu du lit rond. Son corps d'albâtre était comme je l'avais touché, admirablement proportionné. Ses longs cheveux blancs répandus faisaient autour de son visage et de son buste une douce auréole de lumière. Ses traits étaient ceux d'une madone, bouleversants de grâce et d'humilité. Ses lèvres étaient tendres et roses, comme l'aréole de ses petits seins ronds. Sa taille était harmonieusement marquée, son ventre ferme, son nombril frais et joli comme un cœur, sa motte soyeuse aussi blanche et fascinante que ses cheveux, ses cuisses potelées, ses mollets galbés, ses pieds menus, ses attaches fines, ses mains délicates, ses bras pleins de douceur, ses épaules voluptueuses, son cou élégant, le lobe de ses oreilles subtilement découpé et attaché directement à son délicieux visage... Tout en cette femme était ravissant, tout était parfait. Sauf les yeux. Ses yeux, vitreux et révulsés, n'avaient pas de regard.

J'étais sans doute resté un assez long moment à l'observer, immobile, à genoux au-dessus de son corps. Soudain, elle comprit tout. Elle s'assit d'un bond, chercha mon visage en tâtonnant. Je ne me dérobai pas. Quand elle eut vérifié que j'avais enlevé mon bandeau, elle se recoucha sur le ventre et se mit à pleurer, le visage entre ses bras.

L'ombre de l'Amour perdu

— Ne pleure pas... Je t'en prie, ne pleure pas..., lui dis-je en la caressant lentement.

Elle était plus belle que jamais. Le désir me prit d'un coup. Ma queue était si tendue qu'elle me faisait presque mal. Mais je voulais rester gentil. Je l'obligeai avec douceur à se retourner vers moi. Les larmes coulaient à flots de ses globes blancs et trempaient ses joues, ses cheveux, son cou, jusqu'à sa poitrine. Je la fis mettre sur le dos et je la pénétrai.

Elle poussa un profond soupir, et puis continua à pleurer de plus belle, avec des gémissements où se mêlaient le plaisir et la peine. Je me penchais sur elle pour embrasser ses lèvres mouillées, son cou mouillé, ses seins mouillés, et puis je regardais ma queue, qu'elle ne pouvait pas voir, aller et venir jusqu'au plus profond entre ses cuisses, que je maintenais grandes ouvertes, et de nouveau j'allais goûter la liqueur salée qui s'échappait de ses yeux révulsés comme une lente, plaintive et savoureuse jouissance, et je lui demandais de ne plus pleurer, alors même que ses larmes m'excitaient au plus haut point.

Au moment ultime, je me retirai d'elle pour éjaculer sur son visage, aveugle et déjà trempé. Le sperme partit par grosses giclées et se déposa en lourds paquets à la commissure de ses lèvres, sur sa joue et au coin de son œil blanc.

Avec la bande que j'avais découpée dans ma chemise, je lui essuyai tendrement le visage.

— Oh, mon amour, dit-elle, je ne veux plus être séparée de toi, plus jamais.

— Moi non plus, dis-je en la prenant dans mes bras.

C'était la femme que j'avais toujours aimée.

— Tu me quitteras? chuchota-t-elle.

— Pourquoi dis-tu ça? Je t'aime, je veux rester avec toi.

— Mais moi, je ne pourrai pas sortir d'ici. Ils ne me laisseront pas partir, je le sais.

— Ne t'inquiète pas. Je suis là. Je t'emmènerai avec moi. Fais-moi confiance.

— Oh, si seulement nous ne nous étions jamais quittés... Tu vois ce que le chagrin a fait de moi? Mes cheveux sont devenus tout blancs, j'ai perdu la vue...

— Mais tu es encore plus belle... Et moi aussi, j'ai été malheureux... Tellement malheureux...

Je la serrai plus fort dans mes bras et je me mis à pleurer doucement, comme elle.

Je ne savais de quoi, mais ces larmes qui coulaient de moi me libéraient. Je la pénétrai de nouveau, et nous fîmes l'amour, étroitement enlacés. Au moment de jouir, j'eus l'impression que mon sexe se joignait à nos pleurs, en venant couronner et exalter leur acuité doucereuse.

Elle posa sa tête sur mon épaule et s'endormit. Je restai pensif, les yeux fixés sur les murs et le plafond voûté. Il me semblait que toutes les parois de la chambre s'étaient rapprochées du lit. La pièce devenait de plus en plus minuscule, étouffante; mon esprit se brouillait; parfois, il me revenait un souvenir précis de mes amours passées

avec cette femme étendue à mes côtés; d'autres fois, j'éprouvais un vif sentiment de mensonge et d'irréalité.

— Mon amour, chuchotai-je, je ne te quitterai plus jamais, plus jamais...

Oui, sans doute était-ce ce que je voulais. N'avais-je pas une chance inouïe de pouvoir embrasser et aimer à jamais l'Amour perdu, celui que d'habitude tous regrettent leur vie durant?

Je me levai, en prenant garde à ne pas la réveiller, et sortis dans le couloir.

Alors je vis venir à moi, toujours enveloppée de noir, l'ombre de Moi-Même. La porte de sa chambre, derrière elle, était restée ouverte, et je pouvais y voir son lit, en forme de bateau.

— Tiens, dit-elle en me tendant un caillou. Garde-le avec toi.

Je me penchai pour le voir. C'était un beau galet poli. Je le mis dans ma poche.

Maintenant il était temps pour moi de sortir d'ici. Mais une sourde angoisse m'empêchait de partir seul. Il se creusait dans ma poitrine un sentiment d'irrémédiable, que j'essayai de chasser en me donnant un choix. Face à l'issue, dont la lumière verdâtre au bout du couloir signalait l'imminence, je me persuadai que j'étais toujours libre, puisque je pouvais encore:

— retourner chercher l'ombre de l'Amour perdu et l'emmener avec moi comme je le lui avais promis:

☞ PORTE 38;

— ou prendre par la main l'ombre de Moi-Même, vers laquelle je me sentais irrésistiblement attiré, et l'entraîner avec moi jusqu'à la sortie :

 **PORTE 39.**

35

L'ombre de Moi-Même

— Je suis ravie de vous rencontrer ici, dit l'ombre de Moi-Même.

— Enchanté, répondis-je, assez maladroitement.

Et je lui serrai la main, qu'elle tenait déjà dans la mienne. Il me sembla, dans l'obscurité, qu'un sourire se dessinait sur son visage, dont je distinguais à peine les contours. Je pensai qu'elle devait être amusée par ma gaucherie. Cette femme m'intimidait, mais je ressentais un besoin impérieux de la connaître. J'étais sûr qu'elle et moi pourrions faire de grandes choses, et c'était ce qui me rendait si nerveux.

— Puis-je vous inviter à boire un verre ? dit-elle. Nous serons mieux chez moi que dans ce couloir sombre...

Je la suivis, et elle me fit entrer dans une grande pièce carrée, couverte du sol au plafond d'une très ancienne mosaïque, d'une finesse et d'une richesse de teintes extraordinaires.

Contre les murs étaient disposés quelques placards noirs. Près d'un angle de la pièce, une table ronde, entourée de fauteuils, était copieusement garnie de

bouteilles d'alcool et de nourritures. Il y avait aussi un grand lit en forme de bateau, dont les bords internes étaient tapissés d'un kaléidoscope de milliers de minuscules miroirs.

Je me retournai vers l'ombre, anxieux de découvrir son visage. Elle était en train d'enlever sa cape, et elle se révéla tout entière, nue. C'était une très jolie femme, mûre mais encore fine, sans maigreur, avec des seins petits mais fermes, la taille marquée, des jambes joliment ciselées, et des fesses et des cuisses pleines, qui soulignaient sa féminité.

Elle ne portait que des bottines noires, au cuir lustré et à hauts talons bobine, étroitement lacées jusqu'à mi-mollet. Et, dans ses cheveux noirs, coupés au carré à l'égyptienne, une large couronne de diamants. Ses grands yeux sombres et brillants étaient très allongés sur les tempes par un maquillage soutenu, sa bouche était peinte en rouge sang, du même rouge qui ornait les ongles très longs de ses doigts fins. Elle avait un port de reine, elle était magnifique. Et malgré son allure théâtrale, impressionnante, elle gardait sur le visage un air de gaieté juvénile et d'intelligence extrêmement vivante.

— Laisse-moi te voir, dit-elle.

Et elle commença à me déshabiller.

— Tu es beau, ajouta-t-elle, une fois que je fus nu.

Je lui rendis son compliment, pris son visage entre mes mains et l'embrassai. Son corps contre le mien vibrait, chaud et sensuel. Elle était très excitée. Elle frottait son sexe contre le mien, et ce seul contact semblait près de la faire jouir.

— Tu sais que je te regarde toutes les nuits ? souffla-t-elle à mon oreille. Quand tu es nu dans ton lit, je me penche sur toi, je te donne des rêves érotiques, et puis je me glisse entre tes draps pour te caresser et te sucer...

Je la soulevai, elle passa ses mains autour de mon cou, ses jambes autour de mes hanches, et je l'empalai, debout. Elle eut un fort soupir de satisfaction, et se mit à balbutier sans relâche : « Fais-moi jouir, fais-moi jouir... »

Sans m'interrompre, je l'entraînai sur le lit. Je lui tenais les jambes, ses bottines posées sur mes épaules, et elle accompagnait chacun de mes coups de reins de langoureuses ondulations du bassin.

— Je le mérite bien, tu sais, disait-elle. Car chaque fois que tu fais l'amour, chaque fois que tu te branles ou que tu baises une autre femme, c'est moi qui suis là, avec toi, c'est moi qui caresse tes couilles pour t'exciter et t'aider à jaillir de toi... Comme ça...

Passant une main sous ses fesses, elle se mit à griffer mes couilles de ses ongles longs, ordonna : « Maintenant fais-moi jouir », et aussitôt jouit, la tête renversée en arrière, avec d'amples et violents soubresauts, qui partaient de sa taille et se répercutaient dans tout son corps, tendu comme un arc. Je ne résistai pas non plus à la griffure de ses ongles, et je jouis en même temps qu'elle, avec un tel sentiment de joie et de libération que je finis d'éjaculer en riant.

Je me laissai retomber à côté d'elle, caressai d'une main légère son visage et ses seins. Elle était comme moi, épuisée et heureuse.

— C'est vrai ce que tu m'as dit ? demandai-je. Tu viens entre mes draps, la nuit ? Et tu es toujours à mes côtés quand je fais l'amour ?

— Bien sûr. Et pas seulement quand tu fais l'amour. A tout moment, je suis avec toi, et je t'aime.

— Tu es mon ange gardien, alors ?

— Si tu veux... Sauf que je ne suis pas là seulement pour te protéger, mais pour te faire rêver, aimer, jouir, conquérir... Et aussi souffrir... Espérer, désespérer... T'exciter, te satisfaire... Je suis à tes ordres, et tu m'obéis... Je suis ta servante et ta maîtresse, ta pute et ton alliée...

Son discours devenait de plus en plus haché car, tout en parlant, elle s'était mise à nous branler tous les deux.

— Oh, branlons-nous tous les deux, tu veux bien ? dit-elle, le souffle déjà court. J'aime tant quand tu le fais... Chaque fois, je suis là, je te regarde... Et tu m'excites tant que je le fais aussi... J'aime tant me branler... Faisons-le ensemble, tu veux bien ?

Elle se leva, ouvrit l'un des placards noirs et en sortit une bouteille d'alcool vide, un lingot d'or en forme de phallus, un tube de lubrifiant, une paire de ciseaux, une bombe de mousse à raser et un rasoir.

— D'abord, il faut nous préparer, dit-elle.

Elle s'installa à la proue du lit, cuisses ouvertes, et, me tendant la paire de ciseaux, me demanda de lui tailler les poils du pubis, qu'elle avait très fourni. Je commençai à couper. Elle s'accrochait des deux mains aux bords du lit, de peur et d'excitation. Les lames d'acier effleuraient sa peau blanche et ses

lèvres rouges, luisantes et gonflées de désir, et crissaient en se refermant sour les touffes noires. Je coupai tout, jusque entre les fesses.

Puis je la badigeonnai de mousse à raser, et je finis le travail au rasoir, jusqu'à ce que sa chatte fût entièrement lisse et nue. Enfin, je l'enduisis généreusement de lubrifiant, sur les lèvres et sur le clitoris, et aussi, selon son désir, sur et dans l'anus. Pendant toute l'opération, elle gémit et haleta, mais se retint de jouir.

Ensuite, ce fut à mon tour. Je m'allongeai à moitié contre la poupe, jambes écartées. Elle passa le lubrifiant sur mes couilles, sur ma queue et jusque dans mon cul, avec un tel doigté, une telle application, que je dus aussi me contenir pour ne pas jouir. Elle retourna s'installer face à moi, et nous entreprîmes de nous branler ensemble, en nous promettant de faire durer la séance le plus longtemps possible.

Ma main se referma autour de ma queue, déjà raide, et se mit à monter et descendre lentement le long de la hampe, tandis que je la regardais se toucher, en même temps que moi. D'abord, elle fourra le goulot de la bouteille dans sa bouche, comme s'il se fût agi d'une bite. Elle se l'enfonçait dans les joues et au fond du palais, le léchait et le suçait, sans me quitter des yeux. Puis elle s'en massa tout le corps, en s'attardant sur le lobe des oreilles, la pointe des seins, le ventre, avant de le poser sur son clitoris, où elle l'accueillit avec un sursaut et un gémissement plus accentués. Enfin, elle se l'enfonça dans le con, où elle le fit aller et venir dans le même

rythme où elle me voyait me branler, et, tout en caressant son clitoris d'un mouvement tournant des doigts, elle se mit à s'exciter en me parlant, d'une voix rauque de plaisir :

— Branle-toi, branle-toi bien, mon amour... Là, remonte jusqu'au bout du nœud... Ça glisse bien, je t'ai bien lubrifié, n'est-ce pas ? Descends jusqu'à la racine... Oh, comme ta bite doit être chaude et dure... Comme tu dois sentir le sang frapper sous la peau... Comme ce doit être bon de l'avoir dans la main... Masse-la bien, mon chéri, elle est si belle... Masse-la doucement... Et caresse tes couilles avec ta main gauche... Tes grosses couilles gonflées... Oui... Encore... Va jusqu'au trou du cul... Et branle-le aussi, ce joli petit trou... Enfonce ton doigt... Oh, tu vas me faire jouir... Attends...

C'est alors qu'elle prit le lingot d'or et qu'elle le fit entrer dans son con, à la place de la bouteille, qu'elle me donna en me suppliant de me la mettre dans le cul. Car il fallait absolument, ajouta-t-elle, que nous nous élargissions l'anus pour tout à l'heure.

— Je t'en prie, dit-elle, fais-moi confiance. Nous allons prendre ensemble de très grands plaisirs, mais ce ne seront pas des plaisirs ordinaires. C'est nécessaire, comprends-tu ? Fais comme moi, mon amour... Tu vois, d'abord je me détends, puis je le fais vibrer sur le bord, c'est bon n'est-ce pas, et ensuite, doucement... Ça entre tout seul, ça glisse... Maintenant branlons-nous fort... Si tu savais comme tu es beau... Remue-le dans ton cul, branle ta grosse bite qui me fait jouir, et viens, viens...

J'éjaculai en même temps qu'elle se convulsait dans l'orgasme. A cause de ce goulot dans mon corps, j'eus un plaisir étrange, plutôt désagréable mais exacerbé, qui fit partir mon sperme loin devant moi, jusque sur sa bottine.

Nous restâmes un long moment sans bouger ni l'un ni l'autre, étourdis. Puis elle se rapprocha de moi à quatre pattes, l'air malicieux, et me glissa à l'oreille :

— Tu n'as pas faim ?

Il y avait sur la table plusieurs plateaux de fruits de mer, des assiettes de viandes froides, des salades, des fromages, des pâtisseries, des corbeilles de fruits, des vins rouges et blancs... J'étais affamé. Elle aussi avait un féroce appétit. Nous dévorâmes et bûmes de grand cœur, en parlant et en plaisantant, de plus en plus gaiement à mesure que les nourritures et les vins nous échauffaient.

Nous achevâmes notre festin par un gros joint, que nous fumâmes confortablement renversés dans nos fauteuils, face à face, jambes écartées sur les accoudoirs. Au centre de l'aréole brune de ses petits seins pointus, ses tétins se dressaient, durcis. Sa vulve, mise à nu par le rasoir, s'ouvrait comme un coquillage. Elle se laissa glisser un peu plus dans le fauteuil, et je vis son anus s'ouvrir aussi.

Elle se leva, empoigna mes couilles et dit :

— Maintenant, il faut chier.

Dans un placard noir, elle prit deux petits pots en plastique, qu'elle posa par terre. Nous nous assîmes dessus, côte à côte, et nous commençâmes à pousser en nous tenant la main. Quand nous eûmes terminé,

elle tendit le bras pour attraper ma chemise, qui était restée sur le sol, et y déchira une bande de tissu, qu'elle partagea en deux, pour nous torcher. Puis elle versa le contenu d'un pot dans l'autre en disant :

— Notre merde, c'est ce qui nous unit.

Nous retournâmes dans le bateau, et nous nous mîmes à faire l'amour avec nos bouches, tête-bêche. Cela dura des heures, peut-être, et nous ne changeâmes pas de position, sauf, de temps en temps, pour rouler l'un sur l'autre, de façon à reposer chacun à notre tour sur le lit. Quand nous eûmes joui, je me relevai, et je la vis, cuisses écartées, continuer à se convulser, jusqu'au moment où une grosse araignée noire sortit de son vagin et s'en fut en courant dans la pièce, avant d'entrer se réfugier dans la bouteille d'alcool vide qui était restée auprès du lit. Alors l'ombre se laissa retomber, apaisée.

Plus tard, je la pris par le bras, l'entraînai jusqu'à la table, où je la fis s'appuyer des deux mains, penchée en avant. Et je la sodomisai en répétant :

— C'est notre merde qui nous unit. Et notre putain de foutre, ajoutai-je au moment de jouir.

Car son foutre à elle coulait entre ses cuisses autant que le mien dans son corps.

Au moment de nous quitter, elle ramassa la bouteille qui gisait auprès du lit. A l'intérieur, à la place de l'araignée, il y avait maintenant un caillou. Elle la lança par terre, où elle se brisa bruyamment.

— Garde-le, me dit l'ombre en me tendant le caillou.

C'était un beau galet poli. Je le mis dans ma poche.

L'ombre de Moi-Même

Une fois dans le couloir, je me demandai si j'allais maintenant choisir de :

— sortir et retrouver la Femme :

PORTE 40;

— sortir et partir seul :

PORTE 37;

— ou emmener dehors avec moi cette ombre que j'aimais, car c'était peut-être elle, ma Femme :

PORTE 39.

36

Le monstre

Les deux ombres attendaient en me pressant les mains.

— Je regrette, dis-je. Vous êtes certainement très charmantes, et j'avoue que je suis séduit et touché par votre invitation. Mais il est temps pour moi d'en finir avec mon errance dans ce labyrinthe. Dehors, une femme bien réelle m'attend, et je ne veux pas compromettre mes chances de la retrouver.

Et, leur lâchant les mains, je me dirigeai vers la sortie.

Au bout du couloir, l'enseigne lumineuse m'appelait comme un espoir, une délivrance, une aventure. Cette dernière serait-elle heureuse ? Une pointe d'appréhension se mêlait maintenant à mon envie de respirer l'air du dehors. A l'intérieur de ce royaume obscur, même si le voyage n'avait pas toujours été facile, j'avais été exposé à d'étranges rencontres, de singuliers plaisirs. Saurais-je retrouver autant d'émotions à la lumière du jour ? Saurais-je y évoluer avec le même mélange d'inquiétude et de désir, avec le même esprit de jeu ? N'allais-je pas me laisser

emporter par la banalité répétitive du quotidien, les servitudes de la nécessité ? Saurais-je réchapper de tous les pièges qui en ce monde guettent ce malheureux être qu'on appelle humain, le sentiment de l'absurde, la tentation de l'aveuglement, la soumission à la fatalité, l'ennui, le renoncement, la peur ? Saurais-je aimer cette femme qui m'attendait ?

Avant d'atteindre le bout du couloir, je me retournai. J'aperçus les ombres, à demi noyées dans l'obscurité. Elles étaient l'une contre l'autre, enlacées. Il me sembla qu'elles échangeaient un baiser d'amoureuses. Et puis elles disparurent derrière l'une des deux portes.

Elles m'avaient suivi en secret durant tout mon parcours, et j'étais en train de rater la seule occasion qui me serait jamais donnée de les voir à visage découvert. Je fis demi-tour, rejoignis d'un pas vif l'endroit où je les avais vues s'effacer. La porte était restée entrouverte.

Je me glissai doucement dans l'entrebâillement et découvris une vaste pièce carrée, entièrement tapissée de mosaïque, comme dans un palais antique. Les deux ombres étaient là, nues. Je reconnus l'ombre de l'Amour perdu à sa longue chevelure blanche. C'était une fille superbe, une sorte de sculpture vivante, une œuvre d'esthète toute de grâce et de douceur, l'incarnation même d'un idéal profondément humain.

L'ombre de Moi-Même, quant à elle, était une femme plus mûre mais encore belle, et tout aussi fascinante, avec son regard sombre, intelligent, formidablement vivant, et son allure de dominatrice.

Elle était juchée sur de hautes bottines lacées, qui épousaient étroitement ses mollets fins, et portait dans ses cheveux noirs, coupés court au carré comme ceux d'une ancienne Égyptienne, une rutilante couronne de diamants. Pour le reste, elle était aussi nue que sa compagne. Les draps dont elles étaient enveloppées dans le couloir, l'un pourpre et l'autre noir, gisaient sur le sol.

Elles ne m'avaient pas entendu arriver, et je restai là, dans l'entrebaîllement de la porte, sans oser les déranger. Elles possédaient toutes les deux un charme étrange, qui me plongeait dans un état quasi hypnotique. L'ombre de l'Amour perdu avait le pubis du même blanc soyeux que ses cheveux. Je ne me lassais pas de contempler son corps, ses courbes, sa chute de reins voluptueuse, sa poitrine ronde et nacrée... Et je n'étais pas le seul à succomber à sa beauté : l'ombre de Moi-Même était tombée à ses pieds, qu'elle baisait avec ferveur.

L'ombre blanche se mit à gémir, et, pour la première fois, je pensai à regarder son visage. Alors je découvris qu'elle avait les yeux révulsés, à moins que ce ne fussent des yeux sans pupille, puisqu'il ne roulait entre ses paupières que deux globes entièrement blancs. Comment ne l'avais-je pas remarqué plus tôt ? On eût dit que cette beauté sans regard avait le pouvoir de vous ôter la vue, à vous aussi.

Cette découverte faillit me soulever le cœur, et pourtant je dus reconnaître qu'elle ne faisait qu'augmenter l'attrait fascinant de cette femme. Car, si j'avais jusque-là vivement admiré son corps nu, si

j'avais pris plaisir à observer aussi celui de sa compagne, si j'avais apprécié de les voir se livrer ensemble à un début de jeux amoureux, c'est au moment précis où je vis ce regard vide que je me mis à bander.

Au même instant, l'ombre de Moi-Même se retourna vers moi et me fit un sourire entendu, en m'ordonnant d'un geste de ne pas faire de bruit. Puis elle prit l'ombre blanche dans ses bras et, avec une force et une aisance qui me sidérèrent, la transporta sur le lit, qui avait une forme de bateau. D'un coin de la pièce, elle ramena ensuite un fauteuil, qu'elle mit près du lit, et où elle me fit signe de venir m'installer, toujours en silence.

L'ombre de l'Amour perdu gisait dans le bateau, immobile, dans la position où on l'avait posée, couchée sur le dos, jambes écartées. Quand je fus près d'elles, l'ombre noire vint à moi, défit ma ceinture et ma braguette, et laissa tomber mon pantalon sur mes pieds. Je voulus l'embrasser, mais elle m'en empêcha.

— C'est trop tard, dit-elle. Tu n'as pas voulu nous suivre quand il en était temps... Maintenant, il ne te reste plus qu'à nous regretter...

— Il est là ? s'écria l'ombre blanche en se redressant d'un air hagard. (Et elle se mit à pleurer, en balbutiant :) Oh, pourquoi es-tu parti, pourquoi es-tu parti ?

Cette fois, je tendis le bras vers elle, mais de nouveau l'ombre noire m'arrêta.

— Ne fais pas ça, dit-elle. Crois-moi, tu ne dois

pas faire ça. C'est une autre tâche qui t'attend, notre sort à tous trois en dépend. Je t'en prie, écoute-moi et reste là, car nous aurons besoin de toi tout à l'heure. Mais, pour l'instant, sache prendre le seul plaisir que nous pouvons t'accorder.

Elle me fit asseoir avec douceur dans le fauteuil, prit ma main droite, la baisa et la fit se refermer sur ma queue. Elle avait été si persuasive, elle m'avait paru tellement supérieure dans la connaissance des mystères de la vie, que je m'étais mis à la désirer plus ardemment encore que sa jeune compagne. Cependant je lui faisais entièrement confiance et j'étais prêt à me soumettre à ses ordres, même s'ils m'obligeaient à ne les toucher ni l'une ni l'autre.

Elle rejoignit son amie dans le lit et se mit en devoir de la consoler. De grosses larmes coulaient sans relâche de ses yeux blancs, trempaient son visage et son cou, dégoulinaient sur la pointe de ses seins, qu'elles faisaient se dresser. Elle la prit dans ses bras, lui ouvrit la bouche avec sa langue et l'embrassa longuement, tout en lui caressant la poitrine, le ventre, l'intérieur des cuisses, jusqu'à ce que la belle éplorée écartât d'elle-même ses jambes pour offrir sa chatte aux doigts experts qui la malaxaient.

Alors l'ombre de Moi-Même se leva, pour retirer de l'un des placards noirs qui bordaient les murs de mosaïque un petit pot en plastique. Puis elle fit accroupir l'ombre blanche sur le lit, tint le pot entre ses cuisses ouvertes et lui dit, avec autorité :

— Arrête de pleurer. Pisse, plutôt.

Le monstre

La fille s'exécuta aussitôt. Je regardai le jet tomber en clapotant d'entre ses lèvres intimes, et je dus relâcher la pression de ma main sur ma queue pour ne pas jouir.

L'ombre noire posa le pot au pied du lit et enfouit son visage dans la chatte humide, où elle se mit à lécher et à titiller longtemps le clitoris, puis toute la vulve. Sa jeune amie gémissait, haletait, cambrait ses reins magnifiques sous le plaisir. Enfin, elle la pénétra de la langue, tout en massant du pouce son bouton de rose. Alors elle parut comme possédée et jouit en s'arquant violemment, avec des râles gutturaux.

Quand elles échangèrent leurs rôles, quand l'ombre blanche à son tour glissa son visage dans l'intimité de son amie, j'oubliai l'ordre qu'on m'avait donné. Je commençais à être las d'assister à leurs jeux de femmes. L'ombre blanche lapait avec application, à quatre pattes entre les cuisses de sa maîtresse, sortant sa petite langue rose avec régularité et candeur, telle une chatte devant une assiette de lait, tandis que son délicieux derrière, tendu vers le plafond, se dandinait en l'air de haut en bas, comme si elle était prise par quelque invisible fantôme. De toute évidence, il lui manquait quelque chose, quelque chose que j'étais seul dans cette pièce à pouvoir lui fournir.

Qui eût pu résister au spectacle de cette croupe sublime, de ce cul adorable en mal d'amour ? Je montai sur le lit, me plaçai derrière elle et la pénétrai. Elles crièrent toutes les deux, sans doute de surprise,

de colère et de plaisir mêlés, et je jouis, au plus profond du ventre de mon bel Amour perdu.

Elles me chassèrent du lit, en continuant à crier et à s'agiter de plus belle, terrifiées, comme si elles s'attendaient à quelque horrible conséquence de ma désobéissance. L'ombre blanche, surtout, semblait prise d'un accès de démence. Elle se mit à se griffer le visage et le corps, jusqu'au sang. J'aidai l'ombre noire à lui tenir les bras pour l'empêcher de se blesser davantage. J'enlevai ma chemise et y déchirai une bande de tissu, dont je me servis pour lui attacher les poignets à la proue du bateau.

Elle était couchée sur le dos, et peu à peu se calmait. C'est alors que je remarquai combien elle était pâle. Sa peau était devenue transparente, et de grosses veines bleues saillaient un peu partout sur son visage et sur son corps. En même temps, son ventre se mettait à gonfler spectaculairement. Je regardai l'ombre de Moi-Même, en quête d'une aide, d'une explication. Mais elle se contentait de pleurer et de trembler silencieusement, en caressant le front de son amie.

Puisqu'elle n'était maintenant, hélas, que trop calme, je voulus défaire les liens de la malade. Mais elle recommença à se convulser en prenant appui sur ses pieds, cuisses écartées. Son visage, pourtant, n'exprimait plus aucune douleur, ni plus rien. On eût dit que ce qui se passait en elle lui était totalement étranger. A vrai dire, on eût dit qu'elle était morte, et que quelque chose cherchait à sortir d'elle.

— C'est maintenant que nous avons besoin de toi, dit l'ombre de Moi-Même.

Et le timbre de sa voix me surprit. Elle ouvrit l'un de ses placards noirs et me tendit un grand couteau de cuisine.

Parfois, j'ai l'impression de ne pas très bien me souvenir de ce qui s'est vraiment passé, alors. D'autres fois, alors même que je crois avoir tout oublié, il m'en revient soudain des images d'une précision hallucinante. Dans ces moments-là, j'ai le sentiment que toute ma vie ne consiste qu'à marcher sur un fil, ou sur un réseau de fils, dans une sorte d'état second qui me permet d'oublier le risque permanent de chute et les efforts que je dois produire à chaque instant pour garder un si fragile équilibre.

Un énorme cafard noir était en train de s'extirper du ventre de l'ombre de l'Amour perdu. En même temps, elle perdait tout son sang, qui s'écoulait de son sexe par longues traînées brillantes. J'avais le couteau à la main et j'étais incapable de bouger.

Maintenant, le monstre avait fini de s'extraire d'entre les cuisses de l'ombre blanche, et il levait les yeux sur moi, de grands yeux surprenants, tristes, qui semblaient me demander pitié.

— C'est une femelle, dit l'ombre de Moi-Même, elle a le ventre plein de vermine. Tue-la, avant qu'elle n'ait le temps de pondre. Tue-la, ou ils se répandront partout !

La bête me regardait toujours, de ses yeux étrangement humains. Je m'approchai du lit, plantai ma lame dans sa carapace, juste derrière la tête, la

retirai, la replantai, plusieurs fois de suite, de toutes mes forces. Elle se contorsionnait maladroitement sur ses pattes maigres, tandis que s'échappait de chacune de ses blessures une épaisse liqueur blanche. Il me vint à l'idée que c'était mon sperme, et je me sentis spolié, trahi. Je continuai à frapper pour lui faire rendre tout ce qu'elle m'avait pris, et que je n'avais pas voulu lui donner. La bête tomba par terre, où elle se trouva renversée sur le dos, agita encore un peu ses pattes immondes, et cessa de bouger.

— C'est fini, dit l'ombre de Moi-Même en arrêtant mon bras.

Elle me prit le couteau, fendit le ventre du monstre. A l'intérieur, des milliers de cafards minuscules grouillaient faiblement, à l'agonie.

L'ombre noire me regarda et se retourna pour vomir. Pliée en deux, elle eut un violent haut-le-corps et éjecta un galet, qu'elle recueillit dans sa main. Sur le lit, l'ombre blanche était morte. Je me laissai tomber sur le sol et, la tête dans les mains, je me mis à pleurer.

— Il le fallait, dit l'ombre noire en posant sa main sur mes cheveux.

Je restai prostré un long moment, comme si j'espérais, en laissant s'écouler le temps à vide, effacer tout ce qui s'était passé.

— Allons, lève-toi maintenant, dit enfin l'ombre. Viens m'aider.

Le sol de mosaïque était constitué de trappes, qui s'ouvraient sur des tombes.

— Alors, tu vis sur un cimetière, dis-je, un peu dégoûté, à l'ombre.

Elle me regarda comme si j'étais idiot et dit simplement :

— Évidemment.

Nous enterrâmes les deux corps, et nous pleurâmes ensemble sur l'Amour perdu, sur cette ombre blanche que nous avions aimée, qui était si belle, et dont il nous fallait maintenant faire le deuil. Puis je l'aidai à nettoyer la pièce.

Au moment de nous quitter, l'ombre de Moi-Même me tendit le caillou qu'elle avait vomi. C'était un beau galet poli.

— Garde-le, dit-elle. (Et elle ajouta :) Désormais, toi et moi serons toujours alliés.

Je l'embrassai longuement. Nous fîmes l'amour, nous pleurâmes encore et nous nous endormîmes, dans les bras l'un de l'autre.

Puis je mis le caillou dans ma poche et je la quittai. Je savais que nous resterions de toute façon proches, et que je pourrais compter sur elle, comme elle pourrait compter sur moi.

En me dirigeant vers la sortie, je me dis qu'une fois dehors il me resterait encore le choix entre :

— partir avec la Femme que j'allais y retrouver :

PORTE 40 ;

— ou partir seul :

PORTE 37.

37

L'ermite

Cet après-midi, Émilie est venue. Elle avait acheté un VTT. Elle est arrivée rouge et essoufflée, mais toute contente de son nouveau jouet, dont elle m'a vanté les caractéristiques avec force détails. Elle a dit qu'elle pourrait venir me voir plus souvent, maintenant. A pied, la route était longue.

Comme il faisait beau, j'avais sorti la table devant la grotte pour dessiner. Elle a sorti de son sac à dos des cerises et du tabac, pour moi. J'ai fait du thé, et nous nous sommes installés au soleil pour bavarder.

Elle a encore voulu parler de l'Alaska, mais, cette fois, elle avait amené un petit cahier pour prendre des notes. Elle a dit qu'un jour elle irait là-bas, exactement où je suis allé. Elle a dit qu'un jour elle irait partout où j'ai vécu et qu'elle écrirait ma vie. Je sais ce qu'elle voulait dire par « un jour » : elle voulait dire quand je serai mort. Je ne lui en ai pas fait la remarque, parce qu'elle aurait eu trop de peine. Mais elle et moi savons bien que je suis un vieil homme, et que mes jours sont comptés.

Émilie est la seule à ne pas essayer de me

convaincre de descendre au village. Ils pensent tous que, si je continue à rester loin des gens et des médecins, je finirai par mourir ici, seul, dans la montagne. Je mourrai où j'aurai envie de mourir.

Émilie est devenue toute rouge quand elle m'a parlé de ce livre qu'elle voulait écrire sur moi. J'ai bien vu que c'était sa manière à elle de me déclarer son amour. Ensuite, elle m'a demandé si je l'autorisais à le faire, et si j'accepterais de l'aider en lui racontant tout. Cette fois, c'était sa manière de me demander si je voulais bien reconnaître cet amour.

Alors, je n'ai pas répondu tout de suite. Ne ferait-elle pas mieux d'aller s'amuser avec des amis de son âge, au lieu de s'épuiser à grimper jusqu'ici pour venir me voir ?

— Juste pour le livre, a-t-elle ajouté, comme si elle lisait dans mes pensées. S'il vous plaît, c'est très important pour moi...

J'ai dit oui.

*

Je m'appelle Émilie, j'ai dix-sept ans. L'ermite est mort. Je l'aimais.

Ce n'est pas moi qui ai trouvé le corps. C'est le fils du boulanger, qui était monté, comme chaque semaine, lui apporter du pain et des provisions.

La mort remontait à plusieurs jours. J'aurais tant voulu qu'il sache pourquoi je ne venais plus, ces derniers temps.

Cela faisait plus d'un mois, maintenant, qu'il avait accepté de me raconter sa vie. J'avais tout noté, les voyages, les métiers, les amours... Sur ce sujet, j'essayais de ne rien montrer, mais j'étais assez jalouse. Ah, il en avait aimé des femmes ! Et, à l'entendre, elles lui avaient toutes laissé le meilleur souvenir possible. Un jour, je n'ai pas pu m'empêcher de lui dire, à propos de l'une d'elles :

— Si elle était si bien que ça, pourquoi n'êtes-vous pas resté avec elle ?

C'est alors qu'il m'a raconté le petit cirque. Comment il avait fait, dans sa jeunesse, un voyage dans un étrange labyrinthe, à la recherche de la femme de sa vie, et comment, au bout de ce parcours, il avait finalement renoncé à aimer cette femme. Évidemment, je lui ai demandé pourquoi.

— Je n'en sais rien, a-t-il répondu. Ma vie aurait certainement été aussi belle si je l'avais vécue avec cette femme... Mais on n'a qu'une vie, et on est bien obligé de faire des choix. Moi, j'ai fait le choix de vivre et de mourir seul...

— Mais vous n'avez jamais été seul !

— Beaucoup de femmes m'ont aimé, c'est vrai... Elles m'ont accompagné... Comme toi aujourd'hui, ma très chère Émilie... Mais, au fond de moi, je suis toujours demeuré seul. J'en ai souvent souffert, mais j'en ai tiré des joies précieuses aussi. Car c'était ce que je voulais : dialoguer avec mon ombre...

L'ermite

Et il a sorti de sa poche un beau galet poli, qu'il a fait tourner dans sa main, avant de le remettre dans sa veste.

Je ne savais pas que c'était la dernière fois que je le voyais. Je ne suis pas sûre d'avoir compris ce qu'il voulait dire. Il aurait fallu que j'y retourne, qu'il m'en parle encore. Mais juste après qu'il m'a raconté cette histoire de petit cirque, le lendemain, il en est arrivé un au village. D'habitude, ce genre d'attraction ne m'intéresse pas beaucoup, mais, tout d'un coup, je me suis sentie fascinée. Dès que je l'ai vu, en début d'après-midi, je m'y suis arrêtée.

Tout était calme, les gens étaient certainement en train de faire la sieste dans leur caravane, car il faisait très chaud. Je me suis approchée des quelques cages de la ménagerie et je me suis arrêtée devant celle du tigre. C'est comme ça que j'ai rencontré Pablo. Il est arrivé derrière moi, il m'a demandé, en plaisantant, si je ne voulais pas qu'il m'apprenne le métier, car ils avaient besoin d'une dresseuse. Oh, Pablo, Pablo aux yeux noirs, aux dents blanches et à la peau sombre, je t'ai dit oui. C'était la première fois que ça m'arrivait, de dire oui comme ça. Tu m'as emmenée dans ta caravane, et nous nous sommes tout de suite aimés.

Le soir, il y a eu une représentation, et, le lendemain, je suis partie avec lui, avec le petit cirque. Je ne suis revenue qu'hier, à la fin de l'été. Et voilà, l'ermite était mort. J'aurais tant voulu lui raconter ce qui m'arrive et lui demander conseil. Et, surtout, qu'il sache que je ne l'ai pas abandonné.

Je me demande à quoi il a pensé au moment de mourir. J'ai cherché le galet dans sa grotte, j'ai demandé si on ne l'avait pas trouvé sur lui, mais il n'était plus nulle part.

38

Le fou

Dès que j'ai passé la tenture, dès que je suis sorti du petit cirque, elle a disparu. L'ombre de l'Amour perdu. Dehors il y avait tant de soleil, j'ai cligné des yeux, et puis je n'ai plus rien senti, la main de l'ombre dans ma main je ne l'ai plus sentie, je me suis retourné et je ne l'ai plus vue. Que me restait-il maintenant ? Le galet, je le lui avais donné, mais ils m'ont tout repris, ma belle ombre, le galet, tout. D'abord, c'est vrai, j'ai cru que ce n'était pas si grave, c'est à peine si je me souvenais de tout ça, j'ai fait trois pas dans la lumière et déjà tout était oublié, je suis monté dans ma voiture et j'ai conduit, j'ai conduit très vite sur la route, c'était bon. C'est plus tard que j'ai compris, j'ai compris qu'il ne me restait plus rien. J'ai aimé toutes les femmes mais plus aucune ne m'aimait, plus aucune ne m'aimait comme je voulais, et j'étais si nerveux qu'au bout d'un moment j'ai tout arrêté, d'ailleurs je ne savais plus faire l'amour, je suis allé voir une femme qu'on paie mais ça n'a pas marché j'ai eu envie de me coucher dans le caniveau de me coucher et de partir avec

l'eau du caniveau. J'ai pris des drogues j'ai arrêté de manger de la viande je suis devenu religieux et puis j'ai arrêté je suis revenu vers les femmes mais elles m'aimaient de moins en moins et moi je ne me souvenais même plus de l'ombre de l'Amour perdu je marchais sur des plages je ramassais des galets mais je ne me souvenais même plus qu'elle avait emporté mon galet, oh, pourquoi ai-je voulu l'enlever ? Parfois je m'en souvenais, je cherchais partout le petit cirque, j'étais comme un mendiant un vagabond j'errais partout à sa recherche et puis je finissais par oublier comme toujours oublier ce que je faisais alors quand même je continuais il faut bien faire quelque chose et puis j'arrêtais et je recommençais les femmes ne m'aimaient plus et je les aimais trop. Je suis devenu poète et j'ai tout brûlé je suis devenu artiste et j'ai tout cassé je suis devenu fou et j'ai tout compris je suis devenu vieux et je suis parti, je suis parti mourir dans la montagne. Au village on m'a dit qu'il y avait un vieil ermite dans la montagne, un homme de bon conseil, alors je suis parti c'était un jour de grand brouillard et le chemin était ardu, l'ermite m'attendait devant sa porte et j'ai vu qu'il me ressemblait comme un double. Je veux mourir je lui ai dit mourir dans la montagne alors il m'a ouvert sa porte je suis entré dans la grotte, il est parti ailleurs parti vivre, et je suis mort.

39

Le mort

Ils sont tous là : ma veuve et ma famille censément éplorées, mes soi-disant amis, mes collaborateurs prétendus les plus proches, et même un représentant du gouvernement. Un beau cortège, derrière un cercueil vide. Ah, ils n'ont pas fini de compter et de se haïr, maintenant. Mon héritage, au propre et au figuré.

Ils n'ont jamais pu retrouver mon corps. La mer l'a avalé.

J'ai vite compris quelle avait été l'erreur, mon erreur. Je n'aurais pas dû faire sortir du petit cirque l'ombre de Moi-Même. C'est comme ça que je l'ai perdue. Aussitôt que j'ai passé la tenture, elle a disparu. Évanouie. Plus tard, je me suis aperçu que j'avais aussi, sans doute au même moment, perdu le beau galet poli qu'elle m'avait donné.

Ensuite, plus rien n'a été comme avant. Peu à peu, je me suis rendu compte que j'étais devenu incapable d'aimer, qu'il ne me restait plus rien de ma joie et de mon insouciance. Le monde me dégoûtait. Je me suis tourné vers l'argent, le pouvoir. J'ai amassé tout ce

qu'il m'était possible de prendre aux autres dans ces deux domaines. Plus je devenais cynique et méprisant, plus les femmes et les hommes cherchaient à entrer dans mes bonnes grâces, tout en me détestant.

J'ai épousé une femme qui bientôt n'a rêvé que de divorce et de pension alimentaire, affaire la plus juteuse qu'elle eût pu conclure avec moi. Mais, loin de lui accorder cette grâce, je lui ai imposé une descendance que nous n'avons aimée ni l'un ni l'autre. Puisque je ne pouvais plus jouir, je n'ai permis à personne d'autre autour de moi de le faire.

Je me suis payé des quantités de filles et des orgies de toute sorte. Je me suis gavé de produits pour pouvoir baiser à répétition pendant des heures entières, toujours plus. J'ai acheté un bateau. J'ai fait venir les plus belles filles du monde, et les plus grandes vicieuses, pour les baiser dans ce bateau. Je me suis inventé une histoire d'amour, et j'ai invité celle sur qui j'avais jeté mon dévolu, pour l'aimer dans ce bateau. J'ai bandé, j'ai éjaculé de mille façons, avec mille personnes dans ce bateau. Mais rien n'y a fait. Je ne jouissais plus.

Une nuit, j'ai quitté les six idiotes qui s'acharnaient à me donner du plaisir et je suis monté sur le pont. Je me suis penché à la proue du bateau et je l'ai vue dans l'eau noire. L'ombre de Moi-Même. J'ai sauté.

Tout au fond de la mer, j'ai vu s'ouvrir un couloir lumineux. Elle était là, au bout. Elle m'attendait.

Le mort

Mon cœur a cogné dans ma poitrine, et je me suis mis à marcher pour la rejoindre.

Je ne devrais pas tarder à arriver, maintenant. Le couloir devient de plus en plus sombre, mais je suis sûr qu'elle m'attend toujours, au bout. Je l'espère tant.

40

Les jongleurs

Je l'ai attendue à la sortie du petit cirque, et c'est comme ça que nous nous sommes ratés, une première fois. Car elle aussi m'attendait, juste un peu plus loin. Comment ne nous sommes-nous pas vus, ça, je l'ignore. En tout cas, nous nous sommes attendus, et puis nous avons eu la même idée : aller à la représentation du petit cirque, le soir même.

Là non plus, nous ne nous sommes pas vus. C'est seulement après le spectacle que nous nous sommes reconnus. Au petit bar, de l'autre côté de la place.

Il y avait là aussi à peu près tous les gens du cirque, et nous avons sympathisé avec eux, parce que c'était un bon moyen de nous rapprocher aussi, dans l'ambiance générale de convivialité. A la fin de la soirée, elle et moi étions côte à côte au comptoir, à rire ensemble, et avec les autres. C'était un rire qui cachait tant de choses...

Il était très tard, et tout le monde commençait à partir. Nous avons demandé au cafetier s'il y avait un hôtel au village. Il n'y en avait qu'un, et il était complet. Alors les jongleurs nous ont dit : « Vous en

faites pas, les petits amoureux, on va vous trouver un lit. » Et ils nous ont prêté leur caravane. Ce fut notre première nuit d'amour.

Et la dernière pour un bout de temps, aussi. Elle avait sa moto, moi ma voiture. Avant de repartir, le lendemain matin, nous avons échangé nos numéros de téléphone sur des pochettes d'allumettes. Et nous les avons perdues. Tous les deux. Je me suis rendu compte que je ne connaissais même pas son nom. Je ne pouvais même pas la chercher dans l'annuaire. Comme elle ne me téléphonait pas non plus, j'ai pensé qu'elle n'avait plus envie de me voir.

Un an a passé. J'avais eu quelques aventures, mais le cœur n'y était pas. De temps en temps, je regardais le galet que m'avait donné l'ombre de Moi-Même. Et je reprenais espoir, en l'amour, en moi, en tout.

J'avais l'impression de ne plus penser à elle, mais l'été suivant, quand j'ai vu, par hasard, que le petit cirque était de passage dans un village que je traversais, je me suis arrêté. Et c'est là que je l'ai retrouvée. Elle aussi était passée par hasard, elle aussi s'était arrêtée.

A partir de cet instant, nous ne nous sommes plus quittés. Nous étions las tous les deux de nos vies d'avant. Nous sommes restés quelque temps sur les routes avec le cirque, où nous avons appris à jongler. Tous les deux, nous avons mis au point un nouveau numéro, avec une touche de poésie très personnelle, qui a beaucoup plu.

Plus tard, nous avons quitté le petit cirque pour tenter notre chance ailleurs et autrement dans le

monde. Nous avons eu des enfants, des petits-enfants. Des disputes, des réconciliations. Des bonheurs, des peines. Tout ce qui fait une vie.

Cet après-midi encore, nous nous sommes offert une petite fête d'amour et de sexe. Le jeu, la passion, le plaisir... Une nouvelle fois, nous nous sommes renvoyé en virtuose tout ce que nous avons appris, derrière les Portes et dans le petit cirque. Nous sommes toujours des jongleurs...

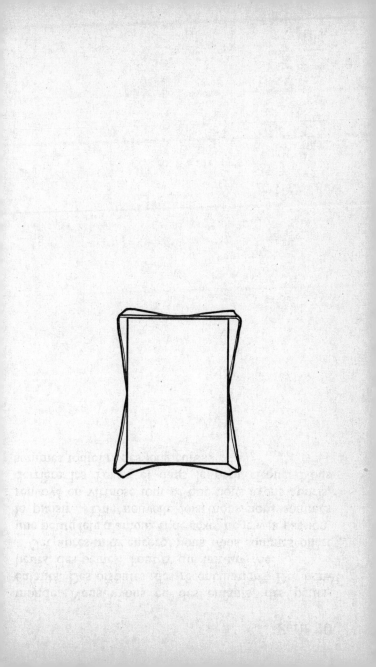